सुर जो सजे...

सुर जो सजे...

डॉ. राजेश कुमार व्यास

nbt.india
एकः सूते सकलम्

राष्ट्रीय पुस्तक न्यास, भारत
NATIONAL BOOK TRUST, INDIA

ISBN 978-81-237-7081-9
पहला संस्करण : 2014
तीसरी आवृत्ति : 2024 (*शक* 1945)

Sur jo saje *(Hindi)*
₹ 230.00
निदेशक, राष्ट्रीय पुस्तक न्यास, भारत
नेहरू भवन, 5 इंस्टीट्यूशनल एरिया, फेज-II
वसंत कुंज, नई दिल्ली-110 070 द्वारा प्रकाशित
Website:www.nbtindia.gov.in

विषय-सूची

पुरोवाक्

हमारे यहाँ कहा गया है, 'नादाधीनं जगत्'। माने यह संपूर्ण जगत नाद के अधीन है। इस नाद से उत्पन्न रस ही संगीत है। इसलिए कि वहाँ लय है, ताल है और है जीवन का राग। सोचता हूँ, संगीत की लय यदि जीवन में नहीं हो तो क्या यह संसार असार नहीं हो जाएगा! इसी से तो राग है—जीवन से अनुराग कराता। संगीत सुनते रस की सृष्टि होती है। भारतीय फिल्म संगीत में सुनने के इस रस की सृष्टि हर ओर है। वहाँ स्वर और वर्ण से विभूषित चित्त को रंजन करने वाली मधुर ध्वनियां सुनते औचक ही मन करता है उसे गुनें। 'सुर जो सजे' पुस्तक में मैंने यही किया है। संगीत सृजन को लफ़्ज़ों से एक तरह से बुना है।

संगीत सुनने, खासकर हिंदी फिल्म संगीत को सुनने की दिवानगी आरंभ से ही रही। जब कभी कोई गीत सुनता उसे गाने वाले की सुर साधना, गीत में निहित शब्द और संगीत सृजना के बारे में ही सोचने लगता। बहुतेरी बार यह भी लगा, फिल्म संगीत का यथार्थ वही नहीं है जो आप-हम सुनते आ रहे हैं, उसके अंतर्निहित भी बहुत कुछ ऐसा है जो सदा पार्श्व में ही रहा है। पार्श्व में जाने की इस चाह से ही फिल्म पत्रकारिता के अपने कर्म के तहत संगीतकारों, गायक-गायिकाओं, गीतकारों के सदा नजदीक जाता रहा। जितना नजदीक गया, पार्श्वसंगीत के मर्म में जैसे और उतरता चला गया। यह वह मर्म था जिसमें किसी गीत के बोल के पीछे की कहानी, गीत की धुन से जुड़ा कोई प्रसंग या फिर गायक-गायिका को गाने की मिली कोई प्रेरणा निहित रही है।

पत्रकारिता कर्म के अंतर्गत मुंबई में जब रहना हुआ तो लगभग प्रतिदिन ही फिल्म संगीत से जुड़ी किसी हस्ती से साक्षात् होता था। जिन मधुर फिल्मी गीतों को सुन-सुन कर बड़ा हुआ, उन्हें गाने वाले गायक-गायिकाओं, संगीतकारों,

गीतकारों से जब मिला तो लगा फिल्म संगीत जीवन से जुड़ी अनवरत सृजना है। 'सुर जो सजे' पुस्तक इस अनवरत सृजना की तलाश की ही परिणति है। हिंदी फिल्म संगीत को व्यापक परिप्रेक्ष्य में देखने और उसमें निहित सृजन की दीठ पर विचारते ही इस पुस्तक में कुछेक प्रमुख संगीतकारों, गायक-गायिकाओं, गीतकारों से किए गए लंबे संवाद के जरिए संगीत में निहित उनकी संवेदनाओं को छूने का प्रयास किया गया है। इसके साथ ही किसी एक फिल्मी गीत के बहाने उसके संगीत, उसके गायन, उसके लिखे जाने के पीछे की कहानी भी उससे जुड़े सृजक से संवाद या फिर अन्य स्रोत से जुटायी गई है। लगभग हरेक फिल्मी गीत के पीछे उसकी धुन, उसके लिखे जाने और उसे संगीतबद्‌ध किए जाने के पीछे कोई न कोई कहानी, कोई व्यथा या अन्य कोई प्रसंग जुड़ा रहा है।

कोई भी सृजन आखिर किसी खास परिस्थिति, किसी खास दीठ या समय की तात्कालिक संवेदना से ही तो उपजता है।...फिल्मी गीतों के साथ भी यही रहा है। वहाँ जब भी सुर सजे हैं, उनके गहरे निहितार्थ रहे हैं। इस निहितार्थ पर ही कभी राजस्थान पत्रिका में साप्ताहिक 'सरगम' स्तंभ का लगभग तीन वर्षों तक लेखन किया। यह स्तंभ तब पाठकों में बेहद लोकप्रिय रहा था। स्तंभ में लेखक के रूप में मेरा पूरा नाम नहीं जाकर केवल राजेश नाम ही जाता था। याद पड़ता है, सुप्रसिद्ध कथाकार कमलेश्वर ने जब इस स्तंभ को पढ़ा और उसको सराहा था तो इस बात के लिए टोका भी था कि जब तुम लिखते हो तो कॉलम में पूरा नाम ही जाना चाहिए। उन्होंने कहा था, ''पता नहीं क्यों! हिंदी लेखक फिल्मों से अवैध रिश्ता तो रखना चाहते हैं, वैध रिश्ते से कतराते हैं।'' उनकी यह बात मन में तीर की तरह चुभी थी। इसके बाद तो फिल्मों पर जब भी लिखा, अपनी पहचान से ही लिखा।

बहरहाल, पत्रकारिता कर्म के बाद जब राज्य सेवा में सूचना अधिकारी के रूप में पदस्थापित हुआ तो फिल्म संगीत से नाता भी केवल सुनने तक ही सिमट कर रह गया था। केंद्रीय साहित्य अकादमी ने 10-12 वर्ष पहले जब लेखक फैलोशिप प्रदान की तो एक अंतराल बाद फिर से मुंबई जाने का संयोग हुआ। साहित्यकारों से मिलने-जुलने के लिए अकादमी यात्रा कराती है परंतु फिल्म संगीत का मोह तब भी छूटा कहाँ था! सो पुराने संपर्कों को ताज़ा करते फिर से फिल्म संगीतकारों, गीतकारों, गायक-गायिकाओं से मिला। गुलजार से बांद्रा स्थित उनके निवास 'बोस्कियाना' में मिला। फिल्म संगीत पर तब उन्होंने गहरी

सूझ दी। इस सूझ में यह भी बताया कि बनी-बनाई धुन पर गीत लिखने में स्वतंत्रता का हनन नहीं होता बल्कि यह तो सृजन का विशिष्ट अनुशासन है। इससे आपकी लेखन कला में और निखार ही आता है। लक्ष्मीकांत-प्यारेलाल जोड़ी के प्यारेलाल जी से भी तभी लंबा संवाद हुआ था। और भी संगीत से जुड़ी हस्तियों से फिर से संवाद हुआ। यह दूसरा पड़ाव था, फिल्म संगीत से मेरे जुड़ाव का।

फिल्मी गीतों के बहाने उनसे जुड़ी अनगिनत अकही कहानियों के साथ ही 'सुर जो सजे' में संगीत हस्तियों से किए संवाद से भारतीय फिल्मों के पार्श्वसंगीत की एक प्रकार से सुनहरी यात्रा का आस्वाद मुझे हुआ है। राष्ट्रीय पुस्तक न्यास के जरिए अब यह यात्रा आप भी कर सकेंगें। इस पुस्तक के जरिए मेरा यह प्रयास रहा है कि फिल्म संगीत के अकहे इतिहास को पाठकों के समक्ष लाया जाए। निश्चित ही इसमें फिल्म संगीत से जुड़े संगीतकारों, गीतकारों, गायक-गायिकाओं से हुआ संवाद बेहद उपयोगी रहा है। उनका तो हृदय से आभारी हूँ ही।

फिल्म पत्रकारिता के दौरान मेरा वक्त अधिकांश फिल्म संगीत से जुड़ी हस्तियों से मिलने-मिलाने में ही जाता। याद है, कभी देर रात्रि तक संवाद करते निवास पर लौटता तो भोर होने को होती। मुंबई ऐसा शहर है जो कभी नहीं सोता। मैं भी जब वहाँ था कब सोया था! सोते-जागते, फिल्म संगीत को ही जिया। लोकल ट्रेन, बस और कार में सफर करते की गई मुलाकातों, सुने हुए संगीत और उसके पीछे की कहानी को ही गुन रहा होता।...तो यह गुना हुआ ही 'सुर जो सजे' पुस्तक में आपके समक्ष रख रहा हूँ। राष्ट्रीय पुस्तक न्यास के जरिए यह देश के व्यापक पाठक वर्ग तक पहुँच रही है, यह अत्यधिक सुखद है। एनबीटी का आभार!

मार्च, 2013

डॉ. राजेश कुमार व्यास
dr.rajeshvyas5@gmail.com

संवाद

- संगीतकार रवि
- ओ.पी. नय्यर
- प्यारेलाल
- ख़याम
- गीतकार प्रदीप
- गुलजार
- स्वरकोकिला लता
- मन्ना डे

रवि

संगीतकार रवि का मूल नाम है रवि शंकर शर्मा। फिल्मों में वह आए थे गायक बनने पर बन गए संगीतकार। हेमंत कुमार के संगीत सहायक के रूप में 'नागिन' फिल्म और उसके गीत 'मन डोले मेरा तन डोले...' में बजी बीन के कारण उन्हें अपार लोकप्रियता प्राप्त हुई। स्वतंत्र रूप से उनकी पहली संगीतबद्ध फिल्म 'वचन' है। इसमें उनका संगीतबद्ध और लिखा हुआ गीत 'चंदा मामा दूर के...' गीत बच्चों में आज भी लोकप्रिय है। हिंदी के साथ मलयालम, गुजराती, मराठी, भोजपुरी फिल्मों में भी उनका दिया संगीत खासा लोकप्रिय रहा है। वर्ष 1961 में 'घराना' फिल्म के लिए और 1965 में 'खानदान' फिल्म के सुपरहिट संगीत के लिए उन्हें फिल्म फेयर अवार्ड से सम्मानित किया गया। इसके अलावा उन्हें राष्ट्रपति द्वारा पद्मश्री से भी सम्मानित किया गया। मुंबई में 7 मार्च 2012 को उन्होंने अंतिम साँस ली। दूरदर्शन द्वारा प्रसारित धारावाहिक 'महाभारत' का भी उन्होंने संगीत दिया था। संगीत में गीत के भावों को जीने वाले वह अद्वितीय संगीतकार रहे हैं।

संगीतबद्ध चंद लोकप्रिय गीत

- सौ बार जन्म लेंगे, सौ बार फ़ना होंगे...(उस्तादों के उस्ताद)
- चौदहवीं का चाँद हो या आफ़ताब हो...(चौदहवीं का चाँद)
- छू लेने दो नाजूक होंठो को...(काजल)
- मिलती है जिंदगी में मोहब्बत कभी-कभी... (आँखें)
- तुम अगर साथ देने का वादा करो...(हमराज)
- बच्चे मन के सच्चे...(दो कलियाँ)
- बाबूल की दुआएँ लेती जा... (नीलकमल)

किसी दरिया में समंदर नहीं मिलता

संगीतकार रवि से बतियाना संगीत और साहित्य के रिश्तों की गहराई में जाना था। संगीत की उनकी बेहतरीन सूझ तो उनके संगीतबद्ध गीतों से सहज समझ आती है परंतु उनसे जब संवाद होता तो शायरी की उनकी अदाएँ भी मन को गहरे से छूती। 'नागिन' में 'मन डोले मेरा तन डोले...' के साथ बजी बीन को भला कोई भूल सकता है! यह बीन रवि की ही उपज है। फिल्मिस्तान ने जब 'नागिन' का रिकॉर्ड जारी किया तो बाकायदा उस पर 'बीन म्यूजिक प्लयेड बाय रवि शंकर' दर्ज किया था। हेमंत कुमार के साथ संगीत सहायक के किए काम को याद करते वह जब फिल्मों में संगीत के किस्से बयान करते तो मन उन्हें सुनने से न भरता। हरेक गीत की रचना की अलग एक कहानी...इन्हें एकत्र करें तो गीत रचना धर्मिता का पूरा का पूरा एक शास्त्र ही तैयार हो जाए। फिल्मों में पार्श्वगायन का ख्वाब लेकर आए रवि पार्श्वगायक तो भले बन नहीं पाए परंतु उनके संगीत में पार्श्वगायक निरंतर हिट होते रहे हैं। यह बात अलग है कि उन्होंने जिन भी फिल्मों में अपनी आवाज दी, वह गीत भी कम हिट नहीं रहे और वह गीत ही क्यों जो गीत उन्होंने लिखे, उन्होंने भी इतिहास बनाया है। विश्वास नहीं हो तो याद करें उनका लिखा बेहद मशहूर बच्चों का 'चंदा मामा दूर के...' गीत।

बहरहाल रचनाधर्मिता रवि में कूट-कूट कर भरी हुई थी और शायद इसी कारण वह प्रचार की राजनीति से भी सदा दूर रहे। संवाद हुआ तो कहने लगे, 'मैंने कभी नहीं चाहा कि मेरी पब्लिसिटी हो। काम के प्रति लगन तब इतनी रहती थी कि बस उसमें डूबे ही रहते। मेरी सिनसियेरिटी ही मेरी धुनों के पीछे रही है। पब्लिसिटी करता तो धुनों पर ध्यान कैसे दे पाता!'

रवि से संवाद होता तो लगता आप किसी मासूम से बच्चे से बतिया रहे हैं। वह सहज, बगैर किसी लाग-लपेट के अपनी बात कहते। कहीं किसी प्रसंग

में उन्हें लगता है कि उनकी तारीफ अधिक हो रही है तो वह टोक भी देते। हाँ, बीच-बीच में जब उनके संगीतबद्ध किसी लोकप्रिय गीत का प्रसंग आता तो वह खुद भी अपने आपको उस गीत को गुनगुनाने से रोक नहीं पाते। उनसे संवाद का अवसर भी संयोग ही था। सुर संगम संस्थान द्वारा आयोजित बाईसवीं अखिल भारतीय संगीत प्रतिस्पर्द्धा के दौरान निर्णायक के रूप में वह जयपुर आए थे। जवाहर कला केंद्र के ओपन थियेटर में 2 अक्टूबर 2008 को उन्होंने अपने जीवन से जुड़ी बहुत सी यादें साझा की तो खुद के गाये गीत भी सुनाए थे। भेंट तो उनसे पहले भी हुई थी मुंबई में परंतु लंबी बातचीत का मौका जयपुर में ही मिला। याद पड़ता है, छायाकार मित्र महेश स्वामी को लेकर मैं तय समय पर ही उनके पास पहुँच गया था। बैठे तो पता ही नहीं चला कब मिनट घंटों में तब्दील होते चले गए थे। बाद में दूरभाष पर भी उनसे संवाद निरंतर होता रहा। जब भी संवाद होता, उत्साह और उमंग के साथ उनके अपनेपन को गहरे से अनुभूत किया। तब भी जब वह बीमार हो गए थे और कुछ दिन बाद ही चिर मौन में चले गए थे। उनकी ज़िंदादिली, बच्चों की सी मासूमियत न भूला देने वाली थी। जयपुर में वह राजकीय अतिथि के रूप में खासाकोठी में ठहरे हुए थे।

दूरभाष पर संवाद पहले ही हो गया था सो वह हमारा इंतजार ही कर रहे थे। हम जब उनके पास पहुँचे थे तब वह बाँस की कुरसी पर आराम से बैठे हुए थे, पहुँचे तो गर्मजोशी से स्वागत किया। बातचीत का सिलसिला इधर-उधर की बातों और जयपुर के लोगों, मिजाज पर ही हुआ। वह बेहद प्रसन्न थे। एक दिन पहले के अपने उस कार्यक्रम को लेकर जिसमें वे लोगों से रू-ब-रू हुए थे। उनके संगीतबद्ध रिकॉर्ड सुनाए गए थे। संवाद हुआ तो बीते दिनों को उत्साह से उन्होंने जिया। कहने लगे, "एक-एक दिन की एक-एक कहानी है। कहूँगा तो कई दिन भी कम पड़ जाएँगे। वह दिन संघर्ष के थे। सुबह घर से निकलते थे, शाम तक कुछ काम मिलेगा और कुछ बात बनेगी या नहीं, यही चिंता रहती थी। दिन में क्या-क्या नहीं करते थे...काम की तलाश करते। एक संगीतकार से दूसरे संगीतकार तक धक्के खाते जाते थे। कभी काम मिल जाता था तो कभी नहीं भी मिलता था। आरंभ में मैंने पोस्ट एंड टेलिग्राफ डिपार्टमेंट में नौकरी की थी। यह 1947 की बात है। डिपार्टमेंट के अफसरानों ने कहा कि हम आपको हिंदुस्तान-पाकिस्तान के बोर्डर पर पठानकोट भेजेंगे। मैंने कहा कि कहीं भेजना ही है तो मुझे बंबई भेजो। मैंने सोचा बोंबे जाकर एज ए सिंगर ट्राई करूँ। फिल्मों

में काम करना अच्छा रहेगा। पिताजी ने भी कहा कि ठीक है तुम बोंबे चले जाओ। 1950 में बोंबे आ गया। उम्मीद बंधी कि यहाँ बोंबे में काम मिल जाएगा और मैंने फिर नौकरी छोड़ दी। फिल्मों में आया तो पार्श्वगायन के लिए ही था परंतु गाने का अवसर किसी ने दिया नहीं।''

रवि यह कहते हैं और कुछ गुनगुनाने भी लगे हैं। मैं गौर करता हूँ, वह गायन को तहेदिल से प्यार करते हैं, आज भी। माने गाने के लिए उनका तन तब भी मचलता था और आज भी मचलता है। उम्र होगी उनकी तब कोई 24 बरस की। मुंबई पहुँच गए। पार्श्वगायन के लिए ही। फिल्मों में गायक ही तो बनना चाहते थे परंतु किसी ने गायन का अवसर दिया ही नहीं। जुनून ऐसा था कि सोलो नहीं तो कोरस में ही गाना आरंभ कर दिया। कहने लगे, ''मजबूरी थी इसलिए और कर भी क्या सकता था!''

बहरहाल, उन्हें कोरस में इधर-उधर गाने का मौका मिलने लगा था। उसी दौरान हेमंत दा के लिए भी उन्होंने कोरस में गाना प्रारंभ कर दिया था। हेमंत दा को गायन अच्छा लगा तो उन्होंने बाद में रवि को अपना सहायक रख लिया। फिर तो उनके साथ 'सम्राट', 'जागृति', 'नागिन' आदि फिल्मों में सहायक का काम भी रवि ने किया। संवाद में उन दिनों को याद करते हुए ही फिर से वह कहने लगे थे, ''हेमंत कुमार के साथ जब काम करना शुरू किया तो ज़िंदगी के दिन भी फिरने लगे थे। आमदनी फिर ठीक होने लगी। हेमंत दा के असिस्टेंट के रूप में जब 'नागिन' फिल्म की तो उसके बाद मुड़कर पीछे नहीं देखना पड़ा। मुझे याद है 'नागिन' के हिट होते ही हेमंत दा को एक साथ 10 फिल्में बाहर के प्रोड्यूसर्स की मिल गई थी। हर प्रोड्यूसर हेमंत दा के सहायक के रूप में मुझे 200 रूपये महिना दिया करते थे...अच्छा खासा वेतन हो गया था मेरा। कुल मिलाकर 2000 के करीब तो अलग-अलग फिल्मों के प्रोड्यूसर्स से और 250 मुझे मिलते थे फिल्मिस्तान से। इस प्रकार अच्छा काम चल रहा था। जॉब सिक्योरिटी को लेकर तो भय तब भी था ही। कभी-कभी यह डर तो लगा ही रहता था कि काम से निकाल दिया गया तो! हेमंत दा ने ही अपने सहायक के रूप में हटा दिया तो फिर आगे क्या करूँगा? कहाँ काम मिलेगा? क्या होगा भविष्य का? कभी-कभी रात को यह सोचकर ही उठ बैठता और सोचता था कि आदमी कितना बेबस है। जैसे कोई पढ़ाई करता है तो उसका समय तय होता है कि इतने वर्ष में यह डिग्री मिल जाएगी, इतने वर्ष का यह कोर्स है और उसके बाद पढ़ाई से

मुक्ति होगी परंतु मैं जो काम कर रहा था उसकी तो कोई अवधि ही तय नहीं थी। कब तक चलेगा, कोई पता नहीं था और कब छूट जाएगा और फिर नए सिरे से काम के लिए संघर्ष करना पड़ेगा, कहा नहीं जा सकता था।...तो यह वह दिन थे।''

रवि जब यह कह रहे थे, मैंने महसूस किया, उनसे बतियाना सच में सुकून देता है। मन करता है, उन्हें सुनें और बस सुनते ही रहें। इसलिए कि वह बेहद सहज अपने आपको बगैर किसी लाग-लपेट के खोल कर रख देते हैं। वहाँ कोई ओढ़ी हुई बनावट नहीं। झूठी दानशमंदी नहीं। ज़िंदगी के कड़े अनुभवों, सच्चाईयों के साथ सुख के दिनों की शुरूआत उनकी आँखों में अलग सी चमक पैदा कर देती। बातें वह संघर्ष की बता रहे थे—जीवन संघर्ष की।...और तभी समय ने करवट बदली। हेमंत दा का सहायक स्वयं भविष्य का बड़ा संगीतकार बनने जा रहा था। जी हाँ, रवि की ज़िंदगी का मोड़ था वह। मैं साफ देखता हूँ, उसे याद करते उनकी आँखें भर आती हैं। भीगी पलकें। खुशी में भीगी आँखें। वहाँ कृतज्ञता भी है। अपने आपको वह रोक नहीं पाते, हाथों से आँसू पोंछते वह अपने को रोक नहीं पाते, चहकते हुए भावुक पलों को साझा करने लगते हैं, ''वह एक डायलॉग है ना कि 'आदमी की लाईफ बदल जाती है।'...तो मेरे साथ ऐसा ही हुआ है। जब भी अपने संगीतकार होने के बारे में सोचता हूँ, यह डायलॉग याद आ जाता है। कैसे मेरी ज़िंदगी अचानक बदल गई थी...हेमंत कुमार जी के साथ सहायक के रूप में काम किया करता था तब। इनकम भी अच्छी-खासी थी, 2250 रूपये महिने के मिल जाया करते थे। अचानक एक दिन हेमंत दा कश्मीर जा रहे थे तो उन्होंने मुझे बुलाया और कहा कि रवि मैं कश्मीर जा रहा हूँ और कुछ समय बाद वापिस लौटूँगा परंतु अब तुम अपना अलग काम करो। मेरे साथ काम मत करो। अलग रहो, तुम्हारे लिए यह ठीक रहेगा। सुनकर मुझे झटका लगा। बड़ा दुखी हुआ कि मेरे तो महिने के 2250 रूपये चले गए। अब क्या होगा! कहाँ जाऊँगा, क्या करूँगा? बड़ी कठिनाई हो गई। यह बात 1956-57 की है। मैंने हेमंत दा से बहुत कहा कि दादा मैं मजे में हूँ। आपके साथ ही अच्छा हूँ। हेमंत दा ने मेरी एक नहीं सुनी और कहने लगे, 'मैं तुम्हारा टेलेंट दबाना नहीं चाहता। एक दिन तुम बहुत बड़े संगीतकार बनोगे। मैं यह जानता हूँ।...मेरे साथ रहोगे तो हमेशा सहायक ही बने रहोगे।''

यह कहते हुए रवि गहरी साँस लेते हैं। कुछ पल के लिए मौन हो जाते

हैं। उनके चेहरे से पता चलता है, वह उन दिनों की दुनिया में चले गए हैं। कुछ पल चुप्पी ही बनी रहती है। इस दौरान मैंने यह भी अनुभूत किया कि रवि के मन में हेमंत दा के प्रति गहरी कृतज्ञता भाव उभरे हैं। औचक जेहन में खयाल आया, कितने महान लोग थे तब! भला कोई सफलतम व्यक्ति किसी दूसरे की प्रतिभा को जानते-बूझते क्या अपने लिए उसी क्षेत्र का प्रतिस्पद्र्धी खड़ा करने की सोच सकता है! शायद नहीं। रवि हेमंत दा को याद करते उनके इस महान व्यक्तित्व के प्रति जैसे बार-बार नतमस्तक हो रहे थे। उनका कहना, उनकी भंगिमा, उनकी बातों की डोर—सब कुछ इसी का तो ईशारा कर रही थी।

कुछ पल के मौन के बाद अपनी बात को जारी रखते हुए ही वह फिर से कहने लगे थे, "...मैंने हेमंत दा की सारी बातें सुनी परंतु उनका साथ छोड़ने की बात से ही घबरा गया था। मजबूरी थी। करता भी क्या! मुझे समझ में आ गया था कि अब हेमंत दा को कहने से कुछ फायदा नहीं है। दुखी होने का कोई मतलब नहीं है। चुपचाप भारी मन से घर आ गया। घर आकर पत्नी को सारी बात बतायी। कहा कि अब फिर से नए सिरे से संघर्ष करना पड़ेगा, पता भी नहीं है कि काम मिलेगा भी या नहीं।"...पत्नी ने सुना और सांत्वना देते हुए कहा कि कोई बात नहीं भगवान ने सुख के दिन दिए हैं, इन्हें जिया है तो अब दुख के दिन भी देख लेंगे। इसमें क्या है। गुजार लेंगे जैसे भी होगा।...तो उस रात दुखी मन से ही मैं सोया और दूसरे दिन स्टूडियो गया। हेमंत दा के साथ उनके लिए 'इन्स्पेक्टर' और 'हिल स्टेशन' पिक्चर के लिए काम किया था। सोचा जो काम किया है, उसका वेतन तो उनसे ले लूँ। तो 200 रूपये महिने की मिलने वाली सैलरी लेने के लिए कैशियर के पास गया और वेतन लिया। सैलरी लेने के बाद बाहर मालिक के पास आकर बैठ गया। वह कहने लगे, "अरे! आज तो तुम्हारा चेहरा उतरा हुआ है। हमेशा तो हैप्पी रहते हो। खिले-खिले से, आज क्या हो गया।" मैंने भारी मन से कहा कि हेमंत दा ने मुझे जवाब दे दिया है। अब नए सिरे से संघर्ष करना पड़ेगा। काम ढूँढना पड़ेगा...पता नहीं मिलेगा भी या नहीं मिलेगा! उन्होनें मेरी बात सुनी और कहा कि काम ढूँढना क्यों पड़ेगा। अभी तुम्हारी समस्या का हल कर देते हैं। उन्होंने मेहता साहब को बुलाया और कहा कि अभी का अभी तीन फिल्मों का कॉन्ट्रेक्ट बनाओ। इंडेपेंडेंट फिल्में, म्यूजिक डायरेक्टर होंगे—रवि।...तो बस यहीं से 'आदमी की लाईफ बदल जाती है' डायलॉग मेरे साथ लागू हो गया। पहले पहल मैंने उनके साथ 'मेहंदी', 'घर-संसार'

और 'नई माँ' फिल्में की। बाद में तो बहुत सी और फिल्मों का संगीत भी मैंने दिया और यह सिलसिला चल निकला। फिल्में मिलती चली गई और मैं हेमंत दा का सहायक होते-होते संगीतकार रवि बन गया।''

यह सब बताते हुए भी रवि इस बात को लेकर गौरवान्वित महसूस कर रहे थे कि उन्होंने हेमंत दा के साथ काम किया। उनके सहायक के रूप में सेवाएँ दी। इसीलिए तो जोर देकर उन्होंने कहा भी, ''हेमंत कुमार के साथ काम करना मैं अपनी खुशनसीबी मानता हूँ। 'नागिन' जब उनके साथ की तो फिल्मिस्तान ने मुझे पहली बार रिकगनाईज किया। मैं धुनों के साथ प्रयोग करता रहता था। 'नागिन' में कई गाने हेमंत दा के साथ बनाए।'' एक दिन हेमंत दा कहने लगे, ''बंगाल में एक गाना बहुत हिट हुआ है। 'अल्ला मेघ दे, पानी दे...अल्ला मेघ दे' ... इस पर कोई धुन बनाएँ या फिर यह धुन हम ले लें। मैंने कहा दादा हम कुछ अलग बनाएँ तो उन्होंने कहा तुम सोचो कुछ क्या हो सकता है। संयोग देखिए कि राजेंद्र कृष्ण साहब अल्ला मेघ दे से इंस्पायर होकर ही तब एक गीत बनाकर लाए थे 'सैंया छोड़ दे पतंग मेरी छोड़ दे...' हमने इसकी धुन बनाई और गीत बहुत हिट हुआ। बाद में हमारी बनाई इस धुन की कॉपी ही 'शराबी' फिल्म के गीत 'दे दे प्यार दे, प्यार दे, प्यार दे रे...' में हुई। हमने कभी कॉपी नहीं की। सदा नई धुनें बनाई। प्रेरणा लेनी चाहिए, उसमें कोई हर्ज नहीं है परंतु नकल नहीं होनी चाहिए। आपकी खुद की मौलिकता बरकरार रहनी चाहिए।''

रवि यह कहते हैं और मेरा ध्यान उनके संगीतबद्ध उन गीतों पर चला जा रहा है, जिनमें मौलिकता से कहीं कोई समझौता नहीं है। सुरों की समझ के साथ शब्दों का अपनापा लिए संगीत रवि के संगीतबद्ध गीतों की बड़ी विशेषता है। सुनेंगे तो मन करेगा बार-बार गुनगुनाएँ। ढेरों गीत हैं, जिन्हें चाहकर भी कहाँ हम बिसरा सकते हैं! फिर भी उनके जीवन के दो गीत ऐसे हैं जिन्हें स्वयं रवि भी कभी भूला नहीं पाए। गीतों पर ढेरों बातें हुई तो उन दो गीतों का भी ज़िक्र आया ही। वह बताने लगे, ''मैं खुशनसीब हूँ कि दो गीत मेरी ज़िंदगी के ऐसे हैं जो हमारे यहाँ हर घर में सुने जाते हैं, गाए जाते हैं। दोनों ही शादी के गीत हैं। मैं उन्हें कभी भूल नहीं सकता। एक तो 'आज मेरे यार की शादी है....' और दूसरा है, 'बाबुल की दुआएँ लेती जा, जा तुझको सुखी संसार मिले...'। यह इतने पोपूलर हुए कि पूछो मत। इसमें एक 'आज मेरे यार की शादी है...' में तो मैंने भी अपना स्वर दिया है। वह बीच का अंतरा है ना 'ओ सुन मेरे दिल...' देवेन वर्मा पर यह फिल्माया गया था और रफी साहब के साथ मैंने इसमें गाया है।''

सच! सुनते हैं तो इन दोनों ही गीतों का संगीत मन में घर करता है। बोल के साथ यह सांगीतिक माधुर्य ही है कि बरसों बाद आज भी ये दोनों गीत उतने ही जीवंत हैं जितने कि जब संगीतबद्ध किए गए थे। सहज-सरस गीत। और 'बाबुल की दुआएँ लेती जा...' गीत तो सुनते हैं तो शायद हर पिता की आँखें भर आती होंगी। रफी ने गाया भी इसे इस शिद्दत से है कि शब्दों को जैसे उन्होंने अपने गान में आत्मसात कर लिया है। जैसे स्वयं उनकी बेटी की विदाई हो रही थी और वह यह गीत गा रहे थे। शब्द और संगीत में कहीं कोई भेद जो नहीं है! वाकई क्या ऐसा ही था कि रवि ने इसे अपने लिए ही गाया था! जिज्ञासा हुई ही थी सो संवाद में पूछ ही लिया था, रवि बताने लगे, "अच्छी याद दिलाई आपने। इस गीत के बनने की बड़ी रोचक कहानी है। वह होता क्या है ना कि जब डायरेक्टर सिचुएशन बताता है, हमें और लेखक को तो लेखक लिखकर लाता है। उसके हिसाब से ही फिर गाना बनता है। लेखक ने सिचुएशन बताई कि लड़की शादी के बाद घर से विदा हो रही है और बाप की तरफ से एक गाना आ रहा है।...तो साहिर साहब लिखकर ले आए 'बाबुल की दुआएँ लेती जा...' तो मुझे लगा इसकी धुन भी बड़ी दुखभरी और मर्म को स्पर्श करने वाली होनी चाहिए। टची होनी चाहिए।...तो हमने शहनाई से शुरू किया...दर्दभरी शहनाई से। गीत जब बना तो सबको अच्छा लगा। हर शादी में जब बेटी विदा होती है तो उसे ही बजाया जाने लगा।

...जब मैं इस गीत की रिहर्शल रफी साहब के घर में उन्हें करवा रहा था तो मैंने एक लाईन 'बाबुल की दुआएँ लेती जा, जा तुझको सुखी संसार मिले ...' गाकर रफी साहब से कहा कि गाइए। मैंने देखा कि रफी साहब तो रो रहे हैं। मुझे जरा परेशानी हुई। मैंने कहा, ऐसी तो कोई बात नहीं हुई है फिर क्यों अचानक यह रोने लगे। मैं उठकर बाहर गया और उनके साले जहिर साहब को बुलाया। उन्हें पहले से ही जानता था क्योंकि वे अकसर रफी साहब के साथ आया करते थे।...मैंने कहा भई ये रोने क्यों लगे हैं तो उन्होंने बताया अभी लड़की का एंगेजमेंट किया है। आपका यह गाना सुना तो दिल भर आया है। बाद में जब यह गाना रिकॉर्ड किया तब भी रफी रोने लग गए थे।...हमने इसे ऐसे ही रिकॉर्ड कर लिया। अब देखिए! यह गाना है ही ऐसा। शादी के बाद कोई भी बाप अपनी बेटी को विदा करता है तो रोने लगता है। यह ऐसा है जिसे सुनकर कोई पत्थर दिल भी हो तो रो पड़ता है।"

गीत और भी हैं जिनसे जुड़े रोचक किस्से रवि संवाद में बताते हैं। गीत और उनकी भी कहानियां सुनते लगता है, एक अलग दुनिया है फिल्मी गीतों के सृजन की। इस दुनिया में जाएँ तो मजेदार किस्से-कहानियां की बहुत सारी किताबें तैयार हो जाए। और रवि जब अपने संगीतबद्ध गीतों की कहानियां सुनाने लगे तो जैसे उनमें रच-बस गए। हर एक गीत की अलग कहानी। उन कहानियों को सुनते हुए मन फिर से किया कि उन गीतों को अब फिर से सुना जाए। गीत को आपने जान जो लिया है। वह होता है ना कि किसी रहस्य को जब आप जान जाते हैं तो उससे संबद्ध दृश्य को देखने, पाठ को गुनगुनाने का मन करता है। ऐसे ही गीतों की कहानियों में 'नागिन' फिल्म में बजायी बीन का किस्सा भी आता है। बहुत कम लोगों को शायद यह पता होगा कि बीन वादन के हमारे यहाँ कोई पुरोधा है तो वह संगीतकार रवि हैं। पहले पहल फिल्मों में बीन का प्रयोग रवि ने ही किया। वह भी प्रयोग के रूप में। प्रयोग इतना सफल हुआ कि फिर तो हर फिल्म में बीन की धुन सुनाई देने लगी। कोई एक नहीं बल्कि कई वाद्य यंत्रों को मिलाते हुए उससे कोई अलग धुन निकालने का रवि का जुनून ही उनसे यह प्रयोग करवा बैठा। पहले-पहल फिल्मों में बीन के प्रयोग का प्रश्न करता हूँ तो रवि हँसने लगते हैं। मेरी ओर देखते हुए उनकी हँसी रूकती नहीं है। मैं घबड़ा जाता हूँ। यह प्रश्न कहीं गलत तो नहीं है! बीन और रवि के संबंधों पर मेरी जानकारी में कहीं कोई कमी तो नहीं है? मन में कुछ ऐसी ही आशंकाएँ होती है। रवि मुसकराते हुए कुछ नहीं कहते हैं, इसलिए चुप्पी का वह सन्नाटा मेरे लिए और भी भारी हो जाता है। रवि जैसे मेरे अंदर की इस उहापोह को भाँप रहे हैं, इसीलिए मुसकुराते हुए मेरी बदलती हुई मुखाकृतियों का मजा लेते हँसते हुए अंतराल की खामोशी तोड़ बीन बजाने के संशय से पर्दा हटाते हैं, 'मैंने जो बजाई वह बीन नहीं है बल्कि हारमोनियम और उसके साथ की बोर्ड जैसे ही क्लेवॉयलिन नाम के वाद्य यंत्र का मिश्रण है। मैंने ही संगीत का यह प्रयोग किया था। हमारे यहाँ शीला करके एक महिला थी, वह बजाया करती थी क्लेवॉयलिन। तो एक दिन जब 'नागिन' के गानों पर हम काम कर रहे थे तो मैंने उससे कहा कि वह बजाए। उसने बजाया। मुझे लगा इसके साथ कुछ नया हो सकता है सो दूसरे दिन मैंने कल्याण जी को बुलाया। कल्याण जी हमारे यहाँ उन दिनों वायलिन बजाया करते थे। बाद में उनकी संगीतकार जोड़ी कल्याणजी आनंदजी बनी। मैंने कल्याणजी को इंस्ट्रक्शन दी कि जैसे मेरी उंगलियां हारमोनियम

पर बजती है, वैसे ही वह क्लेवॉयलिन को बजाए...उसके पीछे-पीछे। क्लेवॉयलिन से कुछ-कुछ शहनाई जैसे स्वर निकलते थे।...तो हारमोनियम और उसके मिश्रण से सर्वथा नई धुन निकलकर आई। मैंने प्रयास किया कि यह हारमोनियम की धुन न लगे और इसमें सफलता भी मिली। कल्याणजी ने मुझे बाद में कहा कि रवि भाई मैं इसका रिकॉर्ड बनाना चाहता हूँ। मैंने साफ मना कर दिया और कहा कि मुझे संगीतकार नहीं बनना है, सहायक ही ठीक हूँ। बाद में फिल्मिस्तान ने इसका रिकॉर्ड बनाया और उसमें बाकायदा मुझे इसका श्रेय भी दिया। फिल्मिस्तान के रिकॉर्ड में लिखा भी गया, 'बीन म्यूजिक बाई रवि शंकर।'

रवि जब यह कहते हैं तो उनसे संवाद करता मेरा मन औचक किसी पत्र या पत्रिका में पढ़े हुए उन पन्नों पर चला जाता है जिनमें उनकी बजाई इस बीन की धुन का श्रेय कल्याणजी-आनंदजी संगीतकार जोड़ी के कल्याणजी को दिया गया है। बल्कि यह भी कि स्वयं कल्याणजी का कहीं दिया इंटरव्यू का भी उन पन्नों में ज़िक्र याद आता है जिसमें बीन की धुन बजाने के साथ कल्याणजी अपनी यादों को साझा करते हैं। जेहन में यह बातें याद आते ही अपने को रोक नहीं पाता और रवि से इसी मुजब सवाल कर बैठता हूँ 'बीन की धुन के बारे में कल्याणजी ने कहा है कि उन्होंने इसे सृजित किया। कहते हैं, उन्होंने इसे तब बनाया जब वह हेमंत दा के सहायक हुआ करते थे।' मैं गौर करता हूँ, यह सुनते ही रवि तमतमा जाते हैं। मासूम चेहरे के रवि की भाव भंगिमाएँ बदल जाती है। अपने गुस्से पर जैसे काबू नहीं रख पा रहे हैं। मैं उनके इस आवेश से कुछ विचलित हो जाता हूँ। मन में खयाल आता है कि कहीं रवि मेरे प्रश्न को सुनकर बुरा तो नहीं मान गए हैं। हो सकता है, अब मेरे से आगे बात ही नहीं करें। लगता यह भी है कि कुछ अचाहा कहते हुए मुझे वह अब चलता कर देंगे। ...कुछ देर तक गुस्से के साथ वह चुप्पी धारण किए हैं। यह चुप्पी ही तो मन को डराती है। सो बहुत से बुरे खयाल जेहन में आ जाते हैं।...कुछ देर तक चुप्पी में ही रवि का चेहरा तमतमाया हुआ रहता है परंतु फिर वह अपने को जैसे संयत कर लेते हैं। आवेश को दबाते हुए जब बोलते हैं तो अनायास यह अनुभव होता है कि मेरे प्रश्न को सुनकर अंदर ही अंदर दुखी हुए हैं। फिर भी संयत स्वर है, "...पहली बात तो यह है कि हेमंत दा का असिस्टेंट मेरे अलावा कभी कोई नहीं रहा। कल्याणजी वाद्‌य यंत्र बजाने वाले के रूप में हमारे साथ काम करते थे। मैंने ही उन्हें इस धुन के लिए संकेत बनाकर दिए थे। फिल्मिस्तान ने इसीलिए

'नागिन' के रिकॉर्ड में बीन म्यूजिक में मेरा नाम दिया है। मैंने ही इसे बनाया, मैंने ही बजाया। अब वह कहीं किसी इंटरव्यू में यह कहते हैं तो यह गलत बात है। यह बात तो वह खुद भी अच्छी तरह से जानते हैं। मुझे भी इस बारे में पता लगा है।....यह गलत बात है।''

रवि यह कहते हुए बातों का रूख मोड़ देते हैं। मैं गौर करता हूँ कि वह इस प्रसंग को याद नहीं करना चाहते और न ही आगे बढ़ाना चाहते हैं। शायद इसीलिए ही वह 'नागिन' फिल्म से संबंधित और दूसरी बातों को साझा करने लगते हैं। कड़वे प्रसंग से अपने को निकालते ही वह कहने लगते हैं, ''नागिन' फिल्म में बहुत सी नई बातें हुई थी। बीन के साथ ही आप देखिए इसके गीतों में जंगली शब्द भी बहुत से आते हैं, जैसे 'ओ ज़िंदगी के देने वाले, ज़िंदगी के लेने वाले प्रीत मेरी छीन के बता, तुझे क्या मिला...' के बाद जो शब्द आते हैं वह है '...जाजोमाला हकोमाला हो या ऽ ऽ ऽ'। यह गीत जब बना तो मैंने संगीत दिया और बीच में कुछ गैप रखकर राजेंद्रकृष्ण साहब से कहा कि यहाँ सिचुएशन के हिसाब से कुछ जंगली, आदिवासी जैसे कुछ गाते हैं वैसे बोल दे दें। उन्होंने हथियार डाल दिए तो फिर मैंने यह बोल खुद लिखे और उसमें डाले।...तो ऐसे प्रयोग होते थे और ऐसे गाने तब बनते थे। हम उनमें रमते थे, इसी से वह इतने अधिक लोकप्रिय हुए।''

गीतों में इस तरह के बोल डालने के प्रसंग से ही याद आता है कि रवि ने फिल्मों में संगीत देने के साथ स्वयं बहुत से गीत भी तो लिखे हैं। पार्श्वगायन, लेखन और संगीत की त्रिवेणी है उनका व्यक्तित्व। यह शायरी की उनकी अच्छी समझ ही कहें कि उन्होंने जो भी संगीत दिया उसमें अंतर्मन संवेदनाएँ ध्वनित हुई है। उनके लिखे गीतों का प्रसंग छेड़ता हूँ तो वह खुश हो जाते हैं। बेहद खुश। वैसे ही जैसे किसी बच्चे को उसकी कोई खूबी जब बताई जाती है तो वह उछल पड़ता है। मैं गौर करता हूँ, रवि भी उछल पड़ते हैं। गीत लिखे जाने के मेरे प्रसंग को पूरा होने देने से पहले ही वह तपाक से कहने लगते हैं, 'हाँ, हाँ। मैंने बहुत सारी फिल्मों में लिखा है। आपको याद ही होगा कभी मैंने ही लिखा था, ''गरीबो की सुनो, वह तुम्हारी सुनेगा...' जबरदस्त हिट हुआ था यह गीत। 'चंदा मामा दूर के' तो बच्चों को बहुत भाया। 'एक फूल दो माली' में भी मैंने लिखा था 'औलाद वालों फूलो फलो...' बहुत सी और भी फिल्में हैं जिनमें मैंने लिखा जैसे 'सुहाग', 'अलबेली', 'वचन', 'खामोश निगाहें' आदि। फिल्मों में यह जो गीत

लिखे गए वह अनायास ही लिखे गए हैं। हम क्या करते, जब हमारे साथ के मशहूर शायरों की डेथ हो गई तो उस समय मैंने खुद ही गीत लिखने प्रारंभ कर दिए। शायर मिलने लग गए तो फिर छोड़ दिया।''

रवि जब यह कहते हैं तो संगीतकार अनिल विश्वास का एक प्रसंग भी न जाने क्यों याद आ गया। अनिल विश्वास बहुत अच्छा गाते थे। सो वह गायक को समझाते हुए स्वयं भी गाने लगते थे। कई फिल्मों में उन्होंने गाया भी परंतु एक दिन ऐसा वाकया हुआ कि मुकेश को गाना था और वह ठीक से गा नहीं पा रहे थे। अनिल विश्वास ने टोका। स्वयं गाने लगे। मुकेश उदासीन हो गए और कह दिया, दादा आप ही गाने लगेंगे तो हमसे फिर कौन गवाएगा। अनिल दा को बात लग गई और बस तभी से उन्होंने गाना बंद कर दिया। तब ऐसे ही लोग हुआ करते थे। रवि चाहते तो क्या नहीं कर सकते थे। गा सकते थे, लिख सकते थे परंतु संगीत बनाने लगे तो बस उस पर ही अपने को केंद्रित कर दिया। उन्हें इस बात का कोई मलाल भी नहीं था। इसीलिए तो फिल्मों में गायन के लिए आने के बावजूद उस ओर फिर से प्रयास नहीं करने के प्रश्न पर वह कहने लगे थे, ''...मैं आया तो फिल्मों में गाने के लिए ही था। पार्श्व गायक ही बनना चाहता था। चाहा तो यही था कि गायक बनता परंतु बन गया संगीतकार। अब क्या कहूँ इसे 'हीरा' चाहा था और 'पन्ना' बन गया। अच्छा ही हुआ। सिंगर बनता तो सबके पास जाना पड़ता। संगीतकार बुलाते तो उनके पास जाना ही पड़ता परंतु सब किस्मत का खेल है। आपके हाथ में थोड़े ही ना कुछ होता है। कुछ फिल्मों में मैंने गाया भी है। 'एक फूल दो माली' में मैंने गाया है। इसका टाईटिल सोंग 'किस्मत के खेल निराले....' मेरा ही गाया है। 'पड़ोसी' में भी मैंने गाया है। 'उम्मीद' में गाया। 'वचन' में एक डूएट गाया। 'गौरी' में गाया। गाने का तो शौक निरंतर रहा ही...तो जब भी अवसर मिलता, गाता ही था परंतु अपने गायन के लिए दूसरे के अवसर पर कभी रोड़ा नहीं आने दिया।''

अवसर की उनके पास कहाँ कमी थी। चाहते तो वह फिल्मों में खूब गा सकते थे। संगीतकार दूसरों से गवाता है फिर वह खुद क्यों नहीं गा सकता और तब तो और भी यह संभव है जब उसकी आवाज भी खूबसूरत हो। रवि के साथ यही तो था परंतु उन्होंने कभी-कभार ही गाया। गायन के अवसर पर ही बात हुई तो कहने लगे, 'अवसर क्यों नहीं थे। अवसर तो बहुत थे परंतु जिसका जो काम हो, उसे वही करना चाहिए। रफी साहब तो खुद चाहते थे कि मैं फिल्मों में गायन

करूँ। मुझे याद है एक दिन जब उन्हें रिहर्सल करा रहा था तो वह अड़ गए थे। रिहर्सल में धुन बनाकर पहले मैं अपनी आवाज में गाकर उन्हें सुनाता था। मैं गाना गाकर उन्हें सुनाने लगा। वह सुनते रहे। सुनते रहे। जब उन्हें उसी तरह से गाने के लिए कहा तो वह चुप बैठ गए। कुछ नहीं बोले। मैंने कहा, गाइए भई अब आप गाइए। कहने लगे, ''मैं सोचता हूँ प्रोड्यूसर के पैसे बचाने चाहिए।' मैं कुछ समझा नहीं इसलिए कहा आप क्या कह रहे हैं, मुझे कुछ समझ नहीं आ रहा। अभी तो आप गाइए। उन्होंने कहा 'आप गाइए। आप इतना अच्छा गाते हैं।' मैंने उन्हें मना कर दिया और साफ कहा कि मुझे नहीं आपको ही गाना है। संगीतकार गवाता है, खुद यदि गाने लग जाएगा तो फिर गायक कहाँ जाएँगे! यह सोचकर ही मैंने गायन को कभी पूरी तरह से अपनाया नहीं। गा सकता हूँ और जरूरत हुई तो गाया ही है।''

बहरहाल, यह रवि ही हैं जिन्होंने कभी महमूद से भी गवाया। तब महमूद संघर्ष के दौर में थे। महमूद से गवाने के बारे में चर्चा हुई तो रवि बताने लगे, 'हाँ, मेहमूद ने गाया है। कोरस में उसने गाया। यह उन दिनों की बात है जब मेहमूद मशहूर नहीं हुआ था। मैंने ही मेहमूद को हेमंत कुमार के साथ कोरस गायन में अवसर दिया था। बड़ी मजेदार कहानी है इसकी भी । हुआ क्या कि एक दिन 'नागिन' का गाना रिकॉर्ड हो रहा था। मेहमूद उस जमाने में फिल्मिस्तान में ऐसे ही घुमा करता था। सब लोगों से मिलना, कॉमेडी बातें बतानी। कॉमेडी करना। मजे की बात यह है कि वह गाना स्टूडियो में रिकॉर्ड नहीं हुआ था। फिल्मिस्तान का जो कैंटीन था उसके साथ में एक रास्ता था। वहाँ गली में साजिदें बैठे थे और दूर हेमंत कुमार साहब गाना गा रहे थे और एक तरफ साइड में कोरस बैठा था, बाहर की तरफ। कोरस गाने के लिए। गाना रिकॉर्डिंग हो रहा था तो मेहमूद मेरे पास आया। उसे मालूम था कि सारा काम मैं करता हूँ। तो मेरे पास वह आया और कहने लगा, ''भाई मेरे पास बड़ी कड़की है। कोरस में गवा दो मुझे। कोरस में बैठ जाउँ? मैंने देखा कि चार-पाँच लड़के हैं, और जरा बढ़ जाएगा। अच्छा ही रहेगा। तो मैंने हेमंत दा से जाकर पूछा कि कोरस में एक लड़का और बढ़ा दूँ। उन्होंने कहा 'हाँ, हाँ, तुम तो मालिक हो। भई तुम जो चाहो करो। तुम्हीं तो सारा इंतजाम करते हो।' मैंने मेहमूद को कहा कि तुम बैठ जाओ और कोरस में गाओ। इस तरह मेहमूद ने सबसे पहले कोरस में मेरे लिए गाया था।''

यह कहकर रवि जैसे अतीत के गलियारे में पहुँच जाते हैं। कुछ देर मौन छाया रहता है। मौन को तोड़ते हुए महमूद के उस गाए गीत के बारे में जब पूछता हूँ तो वह बताते हैं, "...अरे! सुपर हिट गीत है वह (खुद गाकर सुनाने लगते हैं) 'ओ ज़िंदगी के देने वाले, ज़िंदगी के लेने वाले...' इसी में जब वह मेरे लिखे जंगली वर्ड आते हैं, 'जाजो वाला हको वाला हो..हो' इन्हें कोरस में मेहमूद भी गा रहा है। तो इस तरह से जब गीत बनते थे और कोरस में बड़े-बड़े लोगों ने गाया है। धीरे-धीरे मेहमूद का भी खूब नाम हुआ परंतु मुझे याद है जब कभी स्टेज पर उसके प्रोग्राम होते तो वह मुझे जरूर याद करता और कहता था देखिए रवि दा बैठे हैं। इन्होंने ही कभी मेरी दाल-रोटी की व्यवस्था की थी। मैं तब बहुत शर्मिंदा होता था और उसे टोकता था।...यह और ही दिन थे। वे बातें, वे लोग सब कुछ आज याद करता हूँ तो लगता है एक सपना था जो हमने देखा था। अब कहाँ वह बातें।"

बहुतों को यह जानकर अचरज हो सकता है कि रवि ही देश के वह पहले संगीतकार हैं जिनके संगीत में मंगेशकर बहनों से एक साथ एक गीत में गवाया है। संवाद में ही पता चला कि रवि ने कभी लता, उषा और आशा तीनों बहनों से एक साथ गवाया। यह प्रसंग छिड़ते ही वह गौरवान्वित होकर कहने लगे, "..जी हाँ, मैं पहला ऐसा संगीतकार हूँ जिसने लता, उषा और आशा तीनों को एक साथ अपने संगीत में गवाया है। मेरे से पहले एक साथ ये बहनें कभी नहीं आई। याद है, वह 'गृहस्थी' फिल्म थी जिसमें मैंने इन तीनों की आवाज एक साथ ली थी। लता, आशा और उषा मंगेशकर तीनों ने मिलकर गाया था यह गीत 'खिले हैं सखी आज फूलवा मन के...'। मजे की बात यह है कि इस गीत की प्रेरणा मुझे बचपन में सुने एक लोकगीत से मिली थी।"

यह कहते हुए वह सोचने लगते हैं। कुछ याद नहीं आता है। इसलिए झुंझला जाते हैं। उनकी झुंझलाहट देखकर मैं उस प्रसंग से हटा बातों का रूख मोड़ना चाहता हूँ तो वह और अधिक झुंझला जाते हैं। कहते हैं, "यार याद तो करने दो।" मैं गौर करता हूँ, वह उस लोकगीत के प्रति बेहद गंभीर हैं। उसे चाहकर भी भुलाना नहीं चाहते। याद नहीं आता है तो अपनी यादाश्त पर और जोर देकर उसे याद करना चाहते हैं। औचक वह उछल पड़ते हैं, जोश में आते हुए कहते हैं, "...याद आ गया। हाँ, हाँ। वह लोकगीत था, 'मेरे कान का बाला लाओ रे छेला मेरे कान का बाला लाओ...'। मैंने उसे सुना तो उसे याद कर

लिया। तब जुबान पर यही गीत रहने लगा और देखिए 30 साल की उम्र में इस लोकगीत का मुखड़ा बदलते हुए गीत बनाया गया ,'खिले हैं सखी आज फूलवा मन के ..'। गीत के बोल और उसके भावों के हिसाब से मुझे लगा कि यह गीत लता, उषा और आशा तीनों मिलकर गाए तो बात बन जाएगी। 'गृहस्थी' फिल्म में मेरे लिए इन तीनों ने गाया। यह पहला रिकॉर्ड है इन तीनों बहनों का जिसमें इन्होंने मेरे संगीत में गाया है।''

इस लोकगीत को मैंने तब सुना था जब मैं कोई 8-9 साल का ही था। मेरा एक कजिन था। बुआ की जेठानी का लड़का। हम उनके यहाँ किसी शादी में गए थे। आपको पता ही है कि हर घर में जब शादी-विवाह होते हैं तो गीत गाए जाते हैं, महिलाएँ मेंहदी लगाती हैं और डांस करती हैं। तो ऐसे ही शादी के माहौल में हमारे उस कजिन के लड़के की नई-नवेली पत्नी को भी कहा गया कि तुम डांस करो। भाभी ने कहा मैं नहीं करूँगी, मुझे शर्म आती है। कुछ देर तक ऐसे ही होता रहा। सबने कहा यहाँ कौन है जो तुम्हें देखने वाला है, सभी महिलाएँ ही तो हैं...तो उसने कहा कि देवरजी बैठे हैं, बच्चे हैं और इनके सामने मैं डांस नहीं कर सकती। पहले इन्हें बाहर भेजो। नई-नवेली दुल्हन का डांस सभी को देखना था सो हमें बाहर भेज दिया गया। हम भी कहाँ मानने वाले थे सो खिड़की से झाँक कर डांस देखा। भाभी लोकगीत 'मेरे कान का बाला लाओ रे छेला मेरे कान का बाला लाओ...' खुद ही गा रही थी और नाच भी रही थी। और भी बहुत से ऐसे लोकगीत हैं। राजेंद्र कृष्ण एक दिन पंजाबी गीत लिखकर लाए 'साडी गली विच आई तेरी मेहरबानी..' हमने इसे बदलकर कभी 'नागिन' का गीत बनाया था , 'याद रखना गोरी, प्यार की निशानी याद रखना..'। ऐसे गीत अपने आप ही कभी-कभी बन जाते थे। लोकगीतों की प्रेरणा से बहुत से फिल्मी गीत बनें हैं और अपार लोकप्रिय हुए हैं। लोकगीत तो हैं ही हमारे गीतों के प्रेरणा स्रोत। लोक में जो बसता है, फिल्मों में अकसर वह हिट होता है। देखिए कई बार ऐसी घटनाएँ हो जाती हैं कि अपने आप ही आपका कोई गीत तैयार हो जाता है। 'नागिन' के गीत हिट हुए क्योंकि उनमें लोगों की अपनी बात थी, लोगों का अपना संगीत था।''

लोकगीत से ही क्यों रवि के संगीत में आम जन की भावनाएँ बसी हैं। उनके भीतर एक लेखक भी कहीं बसा था सो वह अपने आस-पास से कभी बेख़बर नहीं रहते थे। इसीलिए बहुत सी धुनें उन्होंने लोगों से ही ग्रहण कर उन्हें

फिल्मों में आजमाया। बीते दिनों के साथ ऐसे ही बने गीतों को याद करते हुए वह अपनी संगीतबद्ध धुनों के बारे में बताते हुए अतीत की यादों में जैसे खो गए थे। बताने लगे, ''एवीएम के बैनर तले कभी 'मिस मेरी' फिल्म आई थी। इसमें एक गीत ऐसे ही हमें मिल गया था। मुझे याद है इसके लिए हम मद्रास गए थे। राजेंद्र कृष्ण ने एक दिन कहा कि तिरूपति चलते हैं, बालाजी के दर्शन कर आएँगे। हमने कहा ठीक है। हम लोग बाइ कार तिरूपति रवाना हुए। क्या देखा कि रास्ते में चाय-वाय के लिए जहाँ भी रूकते हैं तो एक गीत सब जगह समान रूप से सुनाई देता है। सुपर हिट गीत। जहाँ रूके वहीं वह बजता सुनाई दे। बोल कुछ इस तरह से थे, 'गैर पाटी पोटी, गैर पोटी पोव्वा रे, इन्नै रै...'। हमने सुना तो सुनते ही रह गए। सधा हुआ संगीत। हेमंत दा ने कहा कि बड़ा पोपूलर है यह गीत, धुन भी इसकी अच्छी है। इसे हम अपनी फिल्म में ले लेते हैं। मैंने कहा कि नहीं हम इस पर आधारित नया गीत अपनी फिल्म में रखेंगे। थोड़ा बदलकर हमने धुन बनाई और राजेंद्र कृष्ण से कहा कि इस पर आप गीत लिखें। उन्होंने लिखा, 'पहले पैसा फिर भगवान बाबू देते जाना दाना, अठन्नी या चवन्नी बाबा आना दो आना...'। गीत फिल्म में खूब पोपूलर हुआ। तो ऐसे अच्छे गीत कई बार आपको मिल जाते हैं।''

रवि के संगीत की बड़ी विशेषता यह भी है कि जिस भी गायक ने उनके संगीत में गाया, वह धुन को जैसे अपने तई जीता है। जिससे जैसे चाहे स्वर रवि ने निकलवाए हैं। शायद इसलिए कि उनकी संगीत की समझ ही गहरी नहीं है बल्कि बोल के हिसाब से गायक से गवाने में भी उन्हें महारत हासिल रही है। गायन और गायक के बारे में बातें हुई तो कहने लगे, ''सिंगर इंस्ट्रूमेंट की तरह होता है, संगीतकार चाहे तो उससे कुछ भी गवाया जा सकता है। असली क्रिएटर राइटर और कंपोजर होते हैं। 'निकाह' में सलमा आगा मेरे संगीत में गाए एक ही गीत में हिट हो गई थी।''

मजे की बात यह है कि सलमा आगा की आवाज रवि को पसंद नहीं थी और वह उससे गवाना ही नहीं चाहते थे। बी.आर. चौपड़ा साहब के कहने के कारण मजबूरन उन्होंने सलमा से गवाया। और गवाया तो सलमा की आवाज के साथ भी पूरा-पूरा न्याय करते ऐसी धुनें बनाई कि सलमा रातों-रात गायन में भी हिट हो गई। माने संगीतकार के रूप में वह गायक-गायिका की आवाज को इस्तेमाल करना बखूबी जानते थे। सलमा आगा से गवाने के प्रसंग पर वह हँसते

हुए ही बताने लगे, ''निकाह' फिल्म के 'दिल की ये आरजू थी...' के लिए मैंने 15-16 धुनें बनाई थी। बी.आर. चौपड़ा ने सबकी सब सुनी। वे सुनकर तय नहीं कर पा रहे थे कि किस धुन को रखें और किसको नहीं रखें। अंत में 8 धुनें पसंद की गई। 8 में से 4 और फिर अंत में एक रख ली गई। इसको जब सलमा से गवाया गया तो उसने नाक से गाया। मुझे उसकी आवाज बिलकुल ही नहीं जँची। मैंने साफ कह दिया कि यह गीत सलमा से नहीं गवा सकते। सलमा को भी मैंने नाक से गाया उसका गाना सुना दिया। तय यह किया कि यह गीत आशा से गवाएँगे। सब कुछ फाइनल हो गया। जैसे ही इसकी भनक सलमा को लगी वह सीधे चौपड़ा जी के पास जा पहुँची और बोली कि मैंने तो गीत गाने के लिए ही फिल्म साइन की थी। जब आशाजी गाएँगी तो फिर मैं काम नहीं करूँगी। चौपड़ा जी ने मुझे बुलाकर स्थिति समझाई और कहा कुछ तो करना पड़ेगा। मैंने सलमा को ध्यान में रखकर फिर से धुन बनाई। महेंद्र के साथ सलमा को गवाया और 'दिल के अरमां आँसुओं में बह गए...' सलमा से अकेले गवाया। आप देखिए, यह एक गीत ही सलमा आगा को हिट कर गया।''

...तो आशा की बजाए सलमा से भी अंततः उन्होंने गवा ही लिया और माशाअल्लाह क्या खूब गवाया! यह बात जब वह बता रहे थे तभी रफी का गाया वह गीत भी औचक जेहन में कौंधा जिसे पहले मुकेश गाने वाले थे परंतु बाद में गाया रफी ने। यह गीत है, 'रहा गर्दिशों में हर दम, मेरे इश्क का सितारा...।' इसे पहले मुकेश गाने वाले थे और बाद में रफी ने गाया। कहीं पढ़ा हुआ यह याद आया तो रवि से साझा किया। रवि बताने लगे, ''वह बिलकुल अलग बात है। जैमिनी पिक्चर्स, मद्रास की 'घुँघट' के लिए पहले यह गीत फिल्माया गया था। इसकी स्टोरी भी गजब की है। शकील साहब ने 'रहा गर्दिशों में हर दम, मेरे इश्क का सितारा...' गीत लिख दिया। हम लोग सोच रहे थे कि इसे रफी से गवाया जाए या फिर मुकेश से गवाया जाए। प्रदीप पर मुकेश की आवाज मैच करेगी, इसे ध्यान में रखते हुए उसकी धुन बना दी। गाना मुकेश से गवा भी दिया। गाना रिकॉर्ड हो गया तो रामानंद सागर ने पिक्चराइज भी कर दिया। पूरी पिक्चर देखी तो सब कुछ ठीक ही लगा। एक दिन जैमिनी के मालिक ने फोन किया और कहा, 'प्लीज कम टू माई रूम।' मैं उनके कमरे में गया। मेरा वह बहुत सम्मान करते थे। कहने लगे, 'आई वान्ट टू डिलिट दिस सोंग। यह आता है तो मेरी पिक्चर की स्टोरी रूक जाती है। पब्लिक को ऐसा लगता है कि

पिक्चर जाम हो गई है, आपको एतराज नहीं हो तो इसे हटा दें?' मैंने कहा यदि फिल्म की बेहतरी के लिए यह किया जा रहा है तो इस गीत को निकाल दें। 'घुँघट' से यह गीत निकाल दिया गया परंतु बाद में यही गीत 'दो बदन' में रखा गया।

'दो बदन' के सारे ही गीत रफी की आवाज में ही हैं तो इस गीत को भी रफी की आवाज में ही बाद में रिकॉर्ड किया गया। हुआ दरअसल यह कि राज खोसला 'दो बदन' बना रहे थे। हम लोग तब वहीं काम करते थे। फिल्म में गीत से संबंधित एक सिचुएशन आई तो मुझे 'रहा गर्दिशों में हर दम...' गीत की याद आई। मैंने शकील साहब से कहा कि वह गाना बड़ा हिट था। बड़ा ही प्यारा गीत था। वैसा ही कुछ बना दें। तय यह हुआ कि उसी गीत को क्यों नहीं जैमिनी से 'दो बदन' के लिए ले लिया जाए। मैंने प्रोड्यूसर से कहा कि जैमिनी के पास जाइए और इस संबंध में आग्रह कीजिए। उनके पास रिकॉर्ड गीत हमें मिल जाए तो बात बन जाएगी। प्रोड्यूसर गए और वह गीत 'दो बदन' के लिए ले आए। इस फिल्म में सारे के सारे गाने रफी ही गा रहे थे, तो मुकेश की आवाज जँचती नहीं। फिर मैंने इसका म्यूजिक भी चेंज कर दिया और फिर इसे रफी से गवाया। आपने गौर किया होगा, 'रहा गर्दिशों में हर दम....' गीत जब बजता है तो उससे पहले शादी का संगीत है। शहनाई बजती है। मुकेश की वजाए जब रफी से यह गीत गवाया तो संगीत की स्टाईल पूरी की पूरी ही चेंज की और नए सिरे से इसे गवाया गया है।''

रवि अपने मधुर संगीत के लिए उन रिश्तों को भी श्रेय देते हैं, जो उनके गायकों, गीतकारों से रहे हैं। सृजन सुख को याद करते ही वह रिश्तों को याद भी करने लगे, ''तब रिश्तों की अहमियत थी। हम लोग साथ-साथ काम करते और उसमें डूब जाते थे। शकील साहब सुबह आते और शाम को साहिर साहब आ जाते। हम लोग साथ बैठते, गप्पें मारते। ये लोग लिखते और साथ में बहुत से दूसरे किस्से भी सुनाते। फिल्म इंडस्ट्री में फलां शायर ने क्या-क्या लिखा वगैरा-वगैरा। ऐसे ही एक दिन रोचक किस्सा हुआ। साहिर साहब एक दिन बताने लगे कि मोरारजी देसाई को सुनाने के लिए एक दिन यूँ ही शायर ने लिखा कि शराब बंद करो, ये भी एक बुराई है। असल में मोरारजी ने उन दिनों कहा था कि गरीबी हट गई है। भूखों को रोटी मिल गई है। देश में सब तरफ अमन है। शांति है। साहिर साहब ने बाद में इसी को ध्यान में रखते हुए लिखा 'खाली

डिब्बा, खाली बोतल, खाली सब संसार...।' 'बहु बेटी' फिल्म में भी ऐसा ही हुआ। फिल्म की सिचुएशन के अंतर्गत साहिर साहब ने बेहद नायाब गीत लिखा। दरअसल इस फिल्म में अशोक कुमार का जवान बेटा मर जाता है। विधवा बहू को वह उदास देख कहते हैं कि बेटी पढ़ने का शौक है तो तुम फिर से पढ़ाई प्रारंभ कर दो। कॉलेज में बहू की नजदिकीयां एक लड़के से बढ़ती है। लड़का देखता है कि सभी रंगीन कपड़ों में है परंतु हिरोइन माला सिन्हा सफेद कपड़े पहने बैठी है। साहिर साहब ने इस सिचुएशन में लिखा ,'सबमें शामिल हो मगर सबसे जुदा लगती हो, सिर्फ हमसे नहीं सबसे खफा लगती हो।' तो साहिर साहब की शायरी का जवाब नहीं था।''

रिश्तों की गहराई में जाते हुए ही रवि ने संवाद में साहिर साहब की शायरी के बहुत से किस्सों को साझा किया। उस किस्से को बताना वह नहीं भूले जिसमें 'काजल' फिल्म के लिए साहिर ने कभी न भुला देने वाला वह गीत लिखा था, 'छू लेने दो नाजुक होठों को....'। इस गीत की याद आते ही रवि इसे गुनगुनाने लगे। गुनगुनाते हुए ही उन्होंने बताना शुरू किया, ''साहिर ने 'छू लेने दो नाजुक होठों को...' गीत के चार अंतरे लिखे थे परंतु फिल्म में दो ही रखे गए परंतु जानबूझकर ऐसा नहीं किया गया। फिल्म के डायरेक्टर एक दिन साहिर साहब को सिचुएशन समझा रहे थे कि मीना कुमारी को शराब पिलाने की कोशिश की जाए और इस सिचुएशन पर आप एक शेर लिख दीजिए। जैसे हम शेर पढ़ते हैं, वैसे ही फिल्म में शायराना अंदाज में उसे कहलवा दिया जाएगा। तय यह किया गया कि साहिर साहब शेर लिखेंगे और उसको कहने के अंदाज में ही संगीतबद्ध करके फिल्म में रखा जाए। साहिर साहब ने गजब का शेर लिखा, 'छू लेने दो नाजुक होठों को, कुछ और नहीं है जाम है ये....' मैंने भी शायराना अंदाज में उसकी धुन बना दी। जब यह धुन सुनी गई तो सबने कहा कि शायरी की बजाए गाना ही फिल्म में रखा जाए। साहिर साहब को धुन इतनी भायी कि उन्होंने पूरा चार अंतरों का गीत ही लिख दिया। डायरेक्टर जब आए तो उन्होंने भी गाना सुनकर कहा कि यह तो बहुत अच्छा बन गया है परंतु राजकुमार के मुँह पर गाना अच्छा नहीं लगेगा। उन्होंने कभी गाया नहीं है, इसलिए गाना अधिक लंबा नहीं हो। इसे छोटा कर देना चाहिए। साहिर साहब क्या करते, उन्होंने आगे के दो अंतरे ही हमें दिए। गीत की जब रिकॉर्डिंग हो रही थी तब सभी ने गीत को पंसद करते हुए हर बोल पर 'वाह', 'वाह' कहना प्रारंभ कर दिया। राजकुमार,

स्वयं के साथ डायरेक्टर भी बैठे हुए थे। गीत जब पूरा हो गया तो सबको लगा कि यह पूरा नहीं है। साहिर साहब को फोन मिलाया गया परंतु साहिर साहब उस समय कहाँ मिलते! बाद में इस गीत के दो अंतरे ही रख कर संतोष करना पड़ा।...तो कई बार ऐसा हो जाता है।''

रवि यह कहते हुए फिल्म जगत में इसी तरह के कुछ और भी किस्से सुनाते हैं। उन्हें सुनते हुए ही स्वयं उनके परिवार के बारे में पूछ बैठता हूँ। वह कहते हैं, ''एक लड़का और दो लड़कियां हैं। लड़का फिल्म डायरेक्टर है। उसने दो फिल्में डायरेक्ट की, 'खामोश निगाहें' और 'मेरा सुहाग'। इसके अलावा बहुत सारे टीवी धारावाहिक भी डायरेक्ट करता है। इसी फिल्म लाइन में आ गया वह। हाँ, दो लड़कियों में से एक अमेरिका में सेटल्ड है और दूसरी यहाँ मेरे साथ है। दोनों लड़कियां बड़ी सेवा करती हैं मेरी। पत्नी का तो 1986 में ही देहांत हो गया था। उसके बारे में क्या कहूँ...हर कदम पर उसने सदा साथ निभाया। कैसे भी दिन हों, उसने कभी भी मुझसे कोई शिकवा नहीं की। अकसर ऐसा होता है कि पत्नियां मुसीबत के समय, संघर्ष के समय दुखों को बरदाश्त नहीं कर पाती है परंतु मैं इस मामले में भाग्यशाली रहा हूँ। मेरा साथ संघर्ष में भी सदा पत्नी ने निभाया और बल्कि हौसला अफजाई ही करती रही सदा मेरा। पत्नी क्रांति शर्मा नहीं होती तो मैं आज जो हूँ, वह नहीं होता। उसने बहुत सहयोग किया है मेरा। सदा मुझे हौसला दिया।...जब कभी कोई संकट आता, तत्काल वह उसके सामने आ खड़ी होती या फिर कुछ ऐसा कहती कि मैं आने वाले संकट से मुकाबला करने के लिए अपने आपको तैयार कर लेता।...अब वह नहीं है परंतु उसकी कमी तो हमेशा खलती ही है। क्या करें...ईश्वर ने इतना ही साथ निभाया था। वह देह से नहीं है परंतु मुझे लगता है, अभी भी मेरे साथ ही है।''

कहते हुए रवि उदासीन हो जाते हैं। मुझे लगता है अभी भी वह अपनी पत्नी को भुला नहीं पाए हैं। पत्नी की यादें अभी भी बसी हैं उनके जेहन में। इस उदासीनता से बाहर निकलने के लिए ही बातों का रूख मोड़ देता हूँ। कुछ देर ऐसे ही इधर-उधर की बातें होती है फिर फिल्मों पर ही हम लोग आ जाते हैं। आज के फिल्मी दौर पर ही चर्चा प्रारंभ होती है। रवि कहते हैं, ''अब तो चारों ओर कॉमर्शियलाइजेशन है। न वह संगीत है और न ही वह रसिक श्रोता हैं। राइटर, सिंगर, कम्पोजर कोई भी तो ऐसा नहीं है जो अच्छा काम कर रहा है।'' टीवी चैनलों पर होने वाली टेलेंट हंट प्रतियोगिताओं से रवि इतेफ़ाक नहीं रखते।

इसीलिए इस पर जब संवाद होता है तो वह इस संबंध में अपनी असहमति जताते हुए सवाल करते हैं, ''कितने ऐसे सिंगर हैं जो इन प्रतियोगिताओं से आकर बाद में चले हैं? पिछले 20-25 सालों से यह बेतुकापन चल रहा है। इसका कोई अर्थ नहीं है।''

रवि से बतियाना इस मायने में तसल्ली देता है कि आप ऐसे संगीतकार से संवाद कर रहे हैं जो अभी भी गुणवत्ता के साथ किसी प्रकार का समझौता नहीं कर रहा। यह बात इसलिए कि रवि ने जो भी संगीत दिया उसमें अपने तई संगीत की सुमधुरता को लगातार बरकरार रखा है। इधर कुछेक कुछ मलयाली फिल्मों में भी उन्होंने संगीत दिया है। और सभी की सभी हिट रही हैं। हिंदी फिल्मों में संगीत देने के सवाल पर उन्होंने पहले तो टाल दिया फिर कहने लगे, ''मुझसे फूहड़ संगीत की माँग की गई, मैंने साफ मना कर दिया। मैं म्यूजिक से समझौता नहीं कर सकता, इसलिए म्यूजिक नहीं दे सकता। आप ही बताएँ, स्तरहीन संगीत की माँग कैसे पूरी करूँ!''

रवि यह कहते हैं तो फिल्म जगत में दिए उनके लोकप्रिय गीतों की याद उमड़ पड़ती है। वह भी अपने दौर के मधुर गीतों में बसते हुए ही भविष्य को जीना चाहते हैं। शायरी और संगीत की उनकी समझ से ही तो बने हैं रवि के संगीतबद्ध तमाम गीत। बातें होती है। होती ही रहती है। पता ही नहीं चलता। रवि को कुछ समय बाद ही जयपुर से मुंबई के लिए रवाना होना है, यही सोचकर अंततः बातों को विराम देते हैं। ...जिंदादिल रवि अपनी ओर से यह शानदार शेर सुनाते हुए हमें विदा करते हैं, ''हालात के कदमों पर कलंदर नहीं गिरता/टूटे भी तारा तो ज़मीं पर नहीं गिरता/गिरते हैं समंदर में बड़े शौक से दरिया/लेकिन किसी दरिया में समंदर नहीं मिलता।''

ओ.पी. नय्यर

लाहौर में 16 जनवरी 1926 को जन्मे ओंकार प्रसाद नय्यर ने फिल्मों में सदा ही लीक से हटकर संगीत दिया है। घोड़ा-गाड़ी की धुन खास अंदाज में फिल्मों में पहले-पहल वही लेकर आए। दो दशकों तक फिल्मों को अपनी धुनों से रोशन करने वाले नय्यर 12 वर्ष की उम्र के थे तभी ऑल इंडिया रेडियो, लाहौर में बच्चों का लोकप्रिय 'चुलबुल' कार्यक्रम प्रस्तुत करने लगे थे। जब वह 18 वर्ष की उम्र के हुए तो उन्होंने 1950 में सी.एच.आत्मा की आवाज में गाना रिकॉर्ड करवाया था। गीतादत्त से 'बाबूजी धीरे चलना...' जैसा लोकप्रिय गीत उन्होंने गवाया तो आशा भोंसले को 'आइए मेहरबां...' जैसे गीत से फिल्म जगत में पहचान दी।

कुछेक संगीतबद्ध लोकप्रिय गीत

- ऐ दिल है मुश्किल जीना यहाँ....(सीआईडी)
- यूँ तो हमने लाख हँसी देखे (तुम सा नहीं देखा)
- दीवाना हुआ बादल...(कश्मीर की कली)
- चल अकेला चल अकेला...(संबंध)
- ये चाँद सा रोशन चेहरा...(कश्मीर की कली)
- इक परदेशी मेरा दिल ले गया...(फागुन)
- कजरा मुहब्बत वाला...(किस्मत)

झूठे हैं सब झूठे हैं ये दर्दे दिल के अफसाने

होले-होले चलते घोड़े की टाप, कल-कल बहते झरने का गान, प्यार का हलका सुरूर, गहराती रात के गान में अपने साज को महसूस कराते ओमकार प्रसाद नय्यर के नहीं होने को क्या कोई स्वीकार करेगा! पंजाब, बंगाल की रिद्म और मैलोडी से कहीं गहरे तक प्रभावित उनके संगीत में प्रयोगों की भरमार है। घोड़ा-गाड़ी की धुन को संगीत में सम्मिलित करते ओ.पी.नय्यर ने पहली बार यह भी जताया कि आप अपने आस-पास के परिवेश से ही सृजन को नए आयाम दे सकते हैं।

ओ.पी.नय्यर भारतीय रजतपट के पहले ऐसे संगीतकार कहे जा सकते हैं जिन्होंने अपने समय में अपनी शर्तों पर संगीत दिया। कहते हैं एक फिल्म के लिए वे एक लाख रुपये तक लिया करते थे। यह तब की बात है जब इतनी राशि के बारे में कोई सोच भी नहीं सकता था। जिस तरह से सफेद झक कपड़े, सिर पर काली हैट उनके साथ आरंभ से ही जुड़ी रही उसी तरह अपने उसूल, खयालातों पर भी वे तमाम उम्र कायम रहे।

कभी उनसे मुंबई में लंबा संवाद हुआ था। इस संवाद से उनको नजदीक से जानने का ही अवसर नहीं मिला बल्कि उनके बारे में बनी बहुत सी धारणाएँ भी टूटी। ठीक वैसे ही जैसे उन्होंने संगीत में अपने होनेपन को बरकरार रखते तमाम पुरानी परंपराओं को तोड़ते हुए संगीत के नए अफसाने लिखे। संवाद हुआ तो वह खुले, पता चला, 'मालिक मेहरबान तो गधा पहलवान' उनका तकिया कलाम है। इससे अपनी तमाम उपलब्धियों का श्रेय वे मालिक यानी ईश्वर को देते। कहने लगे थे, ''संगीत का—क, ख, ग—का भी उन्हें भान नहीं है।'' विश्वास करेगा कोई?!.

बहरहाल उनके अक्खड़पन, सनकी होने के किस्से बॉलिवूड में खासे मशहूर हैं परंतु शायद बहुत कम लोग यह जानते हैं कि उनके भीतर एक बेहद संवेदनशील इन्सान सदा मौजूद रहता था। याद पड़ता है, नवभारत टाइम्स, जयपुर के संपादक श्याम आचार्य जी हुआ करते थे। नवभारत टाइम्स में वे नियमित लिखवाते, फिल्मों के साथ दूसरे विषयों पर भी। पत्रकारिता के अंतर्गत ही एक बार एक समारोह में भाग लेने जब मुंबई जाना हुआ तो वानखेड़े स्टेडियम के पास के फ्लैट में रह रहे अभिनेता और कवि महिपाल से सुखद संवाद हुआ...राजस्थान से आया जानकर तो उन्होंने घंटों बातें की। अपने बीते दिनों की यादें साझा की। खास बात यह कि अपनी लिखी बहुत सी कविताएँ भी सुनाई। उनसे हुई बातचीत में ही नय्यर साहब का ज़िक्र छिड़ा तो उन्होंने कहा चाहो तो उनसे भी मिल सकते हो। अंधा क्या चाहे दो आँखें। सो मैं व्यग्र हो गया था नय्यर साहब से मिलने के लिए। महिपालजी ने ही बताया था कि इन दिनों नय्यर साहब विले पार्ले के एक होटल में वास कर रहे हैं।...अपना संदर्भ देने का भी हक दे दिया।...तो महिपालजी से विदा ले उनके बताए होटल पर जा पहुँचा नय्यर साहब से मिलने। जिनका संगीत चाव से सुनता रहा, जिन्हें दिल में बसाया हुआ था, वह औचक यूँ मिल जाएँगे, विश्वास नहीं हुआ था। जी हाँ, ओ.पी. नय्यर साहब से मेरी भेंट इस तरह से औचक ही होटल में हो गई थी। संयोग देखिए, उस वक्त होटल में उन्होंने प्रवेश किया ही था। माने थोड़ी देर पहले आता तो शायद वह नहीं मिलते। मैंने सोचा ईश्वर कितना दयालू है। नय्यर साहब से यूँ मिलवा दिया। सोचा, जब अपने पत्रकार होने का, लेखक होने का कहूँगा तो वे निश्चित ही गर्मजोशी से मिलेंगे। पत्रकारी दंभ में भूल गया कि महिपाल साहब का संदर्भ भी देना है। सो हुआ बिलकुल उलट। नय्यर साहब को जब पता चला कि मैं पत्रकार हूँ तो उन्होंने मुझे यूँ घूरा जैसे मैं कोई अलग ग्रह का प्राणी हूँ। बोले, "मेरे से क्या काम है आपको? आपने मेरे से पहले समय लिया था क्या? मेरे पास अभी समय नहीं है। पहले समय लें और जब समय हो तब आइएगा।"

नय्यर साहब की इस बेरूखी से मैं भौंचक! अब क्या बोलता? आवाज लड़खड़ा गई। बोल फूटे नहीं, फिर भी अपने आपको संभालते हुए जैसे-तैसे कह पाया कि उनसे मिलने के लिए महिपालजी ने भेजा है। यह भी कि राजस्थान से आया हूँ। मुझे और महिपाल को राजस्थान का जान संबंधों को समझते हुए जैसे वह पिघले। अब तक भीतर का मेरा पत्रकार न जाने कहाँ भाग गया था! नय्यर

साहब अब थोड़े सामान्य हुए। अपने कमरे में साथ चलने का इशारा किया। मैं उनके पीछे हो लिया। हम उनके कमरे में थे। नीरवता बिखरी पड़ी थी। मैंने बातचीत करने से पहले उन्हें बताया कि उनके गीतों को खूब सुनता हूँ। यह भी कि उन पर शोध कर कुछ अलग लिखना चाहता हूँ। यह भी कि साहित्य के भी मेरे सरोकार हैं और फिल्म संगीत और साहित्य के संबंधों पर अलग ढ़ंग से नय्यर साहब को लेकर कुछ करना चाहता हूँ। इन सब बातों का उन पर कोई असर शायद नहीं पड़ा परंतु हाँ, इतना जरूर हुआ कि मेरे प्रति अब उनका भाव थोड़ा बदल गया था। मैंने गौर किया जो कुछ कह रहा था, मैं ही कह रहा था। वह बस सुन रहे थे। कोई प्रश्न हुआ भी तो उसका जवाब इस कदर संक्षिप्त कि उसके आगे बात बढ़े ही नहीं। लब्बोलुआब यह कि बहुत हो गया, मिल लिए अब फूटो। मुझे लगा, नय्यर साहब के दर्शन हो गए—इसी में संतोष कर यहाँ से लौटना पड़ेगा। तभी एक शख़्स ने उनके कमरे में प्रवेश किया। नय्यर साहब ने उस शख़्स से त्वरित पूछा, 'पैसे लाए हो?'

'हाँ।' कहते हुए उस व्यक्ति ने अपनी जेब से बहुत सारे नोट निकाले और उन्हें (नय्यर साहब) को थमा दिया। नय्यर साहब ने बगैर गिने उन्हें सहेज कर रख दिया। मेरे लिए सर्वथा अजनबी उस शख़्स ने जैसे ही उनके कमरे से विदा ली, नय्यर साहब कहने लगे, "इन्हें इंटरव्यू दिया था।...मैंने पहले ही कह दिया कि इंटरव्यू का तुम पता नहीं क्या-क्या उपयोग करोगे। प्रोफेशनल हैं जी ये। ...मैंने भी इन्टरव्यू करने के पैसे बता दिए।...अच्छा रहा ना। खैर जाने दीजिए आपको इससे क्या?..."

मैं जैसे आसमान से धरती पर गिरा। नय्यर साहब तो बात करने के भी पैसे लेते हैं। अब समझ में आ रहा था कि क्यों उनके सनकीपन के किस्से सिनेमा की दुनिया में भरे पड़े हैं। मेरी कहाँ औकात है, नय्यर साहब को पैसे देने की सो बगैर कुछ और बात किए मैंने उनसे विदा लेने की रस्म अदायगी करते हुए कहने लगा कि मेरा सौभाग्य रहा जो आपसे भेंट हो गई।...यह कहते हुए खड़ा हो गया था। नय्यर साहब ताड़ गए। बोले, "अभी तो तुम कह रहे थे, मेरे पर शोधपरक कुछ लिखना चाहते हो। लेखक हो। पूछो भई पूछो कुछ पूछना है तो?"

"नहीं। नहीं।...आपके दर्शन हो गए। मेरे लिए यही बहुत है।..." कहते हुए मैं हकलाया। चाहते हुए भी आगे बोल नहीं पाया।

नय्यर साहब कुछ नहीं बोले। मेरी ओर घूरते रहे। मुझे लगा उनकी घूरती आँखें मेरे भीतर गड़ गई है।...ये गड़ी आँखें जैसे पूछ रही है, कुछ छुपा क्यों रहे हो?...

औचक मेरे मुँह से निकला, ''मैं इंटरव्यू करना चाहता था परंतु मेरे पास तो पैसे नहीं हैं...''

नय्यर साहब ने सुनकर जोर का ठहाका लगाया। बोले, ''तुमसे किसने कहा था पैसे देने को। पूछो, जो पूछना है। अरे भई, पैसे उससे लेते हैं जिसके पास पैसे ही देने को होते हैं कुछ और नहीं।...तुम तो लेखक हो। महिपाल मेरे बहुत अच्छे मित्र हैं। तुम घबराओ मत। मेरे मेहमान हो तुम।...कर लो भई। कर लो। इन्टव्यू करना चाहते हो तो कर लो।''

...यह नय्यर साहब का ऐसा रूप था जिससे शायद बहुतेरे लोग अनजान हैं। ओ.पी.नय्यर से बातचीत का सिलसिला उनके व्यक्तित्व के इसी छोर से प्रारंभ होता है जो बहुत से अन्य पहलुओं से होते उनके संगीत की ही तरह उनके व्यक्तित्व के महानतम पहलुओं से रू-ब-रू करा देता है। इस सब में जोरदार बात उनसे साक्षात् में सामने जो आई वह है, उनकी सहजता, ज़िंदादिली और हँसमुखपन। उनसे साक्षात्कार का आगाज ही उनके उस स्वभाव को लेकर हुआ, जिसके कारण उन्हें सनकी और भी न जाने क्या-क्या कहा जाता है। संवाद हुआ तो वह भावुक हो गए, कहने लगे, ''मैं संवेदनशील और, जमीन से जुड़ा व्यक्ति हूँ। संवेदनशील होना कोई बुरी बात नहीं है। मेरी संवेदनाएँ ही मुझसे संगीत में सृजन कराती रही हैं।...यह भी मालिक की मेहर ही है। मेरी उस मालिक के सामने बिसात ही क्या है। मालिक की मेहर नहीं होती तो संगीत की बारहखड़ी ही नहीं जानने वाले व्यक्ति से आप जो सुनते रहे हैं और कहते हैं कि वे उम्दा धुनें हैं, कभी बनती?...इस बात का इल्म मुझे है कि बहुत सारे लोग मुझे सनकी और अक्खड़ कहते हैं। यह सब बकवास है। मुझसे जो जलते हैं वे ही ऐसा कहते रहे हैं। कहते क्या रहे हैं ऐसी बातें जान-बूझकर उड़ाते रहे हैं।...आप ही सोचिए मैं सनकी और अक्खड़ होता तो फिल्म निर्देशक मुझे अपनी फिल्मों में संगीत का काम देते? हाँ, अपने स्वाभिमान और सम्मान पर मैंने आँच नहीं आने दी। यह कोई अक्खड़पन नहीं है।''

सच भी यही है। नय्यर साहब जितने बाहर से जटिल दिखते हैं, दरअसल उतने हैं नहीं। अक्खड़पन उनका मिज़ाज नहीं है परंतु हाँ, स्वाभिमान से कोई

समझौता भी उन्हें पसंद नहीं है। वह जब बोल रहे थे, मैंने गौर किया उनकी आवाज भी दमदार है। दुबले-पतले नय्यर साहब को देखकर उनकी जानदार आवाज के बारे में अनुमान नहीं लगाया जा सकता परंतु वह जब बोलते हैं तो लफ़्ज उनकी शानदार आवाज की गवाही देते हैं। सुनते हैं तो वह लुभाती है। यह महज संयोग ही तो नहीं था कि फिल्मों में प्रवेश करने से पहले वह अपनी इसी आवाज की बदौलत आकाशवाणी से जुड़े हुए थे। उनकी उम्र के लोगों को तो शायद याद भी होगा कि यह वही नय्यर हैं जो कभी ऑल इंडिया रेडियो स्टेशन लाहौर में बच्चों का सर्वाधिक लोकप्रिय कार्यक्रम 'चुलबुल' पेश किया करते थे।

यह बात तब की है जब हिंदुस्तान-पाकिस्तान का बँटवारा नहीं हुआ था। विभाजन से पहले का दौर था वह। नय्यर साहब उन दिनों को याद करते हुए जाने किसी ओर जहाँ में चले गए। कहने लगे, "देश विभाजन से पहले मैं ऑल इंडिया रेडियो स्टेशन लाहौर से जुड़ा हुआ था। मेरी पीढ़ी के जो लोग हैं उन्हें हो सकता है याद भी हो कि वहाँ मैं कभी बच्चों का कार्यक्रम 'चुलबुल' पेश किया करता था।...यही कोई 12-13 वर्ष की उम्र होगी उस समय मेरी। इसके बाद बड़ों के लिए भी प्रोग्राम पेश किए।...मेरे घर में संगीत से किसी का कोई नाता कभी नहीं रहा। डॉक्टर, लॉयर, बेरिस्टर्स वाले ख़ानदान में पढ़ाई में सबसे कमजोर भी मैं ही था। जैसे-तैसे मैट्रिक मैंने की थी। कॉलेज में दाखिला तो ले लिया परंतु बीच में ही पढाई छोड़ दी।...पढाई में मेरा दिल कभी था ही नहीं। घरवाले इस बात से परेशान भी रहते। कहते—"पढाई नहीं करोगे तो क्या बाजा बजाओगे?" ...तब तो यह भी नहीं पता था कि बाजा बजाऊँगा। मालिक की मेहर से बाजा बजाया और ऐसा बजाया कि दुनिया में मालिक ने इस बंदे की इसी से शानदार पहचान करा दी।...मेरे बड़े भाई उस जमाने के टॉप क्लास डॉक्टर थे। मेरी उलुल-जुलूल हरकतों और पढ़ाई में मन नहीं होने को लेकर अकसर तब वे कहते थे कि यह अनपढ ही रहेगा। इसमें कोई टेलेंट नहीं है। कहते—चिड़ियों के घोंसलों में क्यों मांस ढूँढते हो। उनका कहना सही ही था। मेरे अंदर कोई टेलेंट नहीं था। आज भी नहीं है। सब मालिक की मेहर है।"

ओमप्रकाश नय्यर अपनी उपलब्धियों का सारा का सारा श्रेय इसी तरह से मालिक की मेहर को देते हैं। यह उनकी सहजता है। कहने का फक्कड़पन है। स्वंयं में टेलेंट नहीं होने को इस सहज ढंग से वह कहते हैं कि कोई नहीं जाने कि यह महान संगीतकार ओ.पी. नय्यर हैं तो शायद उनकी बात को मान भी लें।

परंतु हम क्या करें जो उनके संगीत के दिवाने हैं! जिनमें महान प्रतिभा होती है, शायद वह अपने आपका इसी ढंग से परिचय कराते हैं। या कहूँ अपने आपको इसी ढंग से पेश करते हैं। उनका बैलोशपन और कहने की ज़िंदादिली मन में घर करती है। परिवारजनों की और भी ढेरों बातें वह बताते हैं और जब वह बीते दिनों को याद करते हैं तो अपने आपको जैसे भूल जाते हैं। परंतु उनके कहने का अंदाज इस कदर प्रभावी है कि आप केवल और केवल उन्हें ही याद रखते हैं, अपने आपको भूल जाते हैं। उनके संगीतबद्ध गीतों के साथ भी तो यही है। उन गीतों को सुनते हैं तो गीतों की झंकार मन में अजीब सी हलचल मचाने लगती है। वहाँ शास्त्रीय संगीत है, लोक संगीत है और है आस-पास के परिवेश में ध्वनित बहुत सारी आवाजों का अहसास।

कैसे कोई जीवनानुभूतियों, परिवेश को इस कदर संगीत में ढ़ाल सकता है! सोचकर ही अचरज होता है परंतु नय्यर साहब ने यही किया है। घोड़ों की टाप, सारंगी और घुँघरूओं का प्रयोग नय्यर साहब ने सर्वथा नए अर्थों में किया है। यह बात इसलिए कि संगीत की उनकी बीट ही दूसरे संगीतकारों से उन्हें सदा अलग करती है। कोई गीत यदि बज रहा हो तो त्वरित पहचान लिया जाता है कि यह संगीत ओ.पी. नय्यर का है। संगीत की उनकी इस खूबी पर ही बातें होती है तो वह बताते हैं, ''बंगाली रिद्म ओर बंगाली मैलोडी ने मुझे अत्यधिक प्रभावित किया। पंजाब, राजस्थान, गुजरात के लोकसंगीत ने ही नहीं पाश्चात्य संगीत ने मेरे लिए सदा प्रेरणा का कार्य किया। मैं निग्रो संगीत से भी प्रभावित रहा, इसी से मैंने बहुत सी धुनें दी हैं। आप सही कह रहे हैं, सारंगी, संतुर, घुँघरू का प्रयोग अपनी धुनों में मैने खूब किया है और इनको अलग अर्थों में मैंने ध्वनित भी किया है। संगीत में बीट बहुत महत्वपूर्ण होती है। मेरे साथ यह सौभाग्य रहा है कि मुझे गजब के रिकॉर्डिस्ट मिले।... किस-किस का नाम लूँ। मुकुल बोस तो गजब के थे। मैंने अधिकतम रिकॉर्डिंग इनके साथ की।''

नय्यर साहब यह जब बता रहे थे तो औचक मेरे जेहन में उनका संगीतबद्ध गीत 'मोहब्बत कर लो, जी भर लो...' जैसे गूँजने लगा। इसमें गिटार का प्रयोग इस खूबसूरती से हुआ है कि मन करता है इसे बार-बार सुनें। उन्हें इस गीत की याद दिलाता हूँ तो वह खुश होकर बताते हैं, ''इसमें हजारा सिंह ने गिटार का पीस दिया है। वाह क्या बात है! क्या पीस दिया है। और यही क्या आपको डबल बैस का कमाल देखना है तो 'बूझ मेरा क्या नाँव रे...' सुन लीजिए।

मेरा यह मानना है कि रिकॉर्डिस्ट से गाना रिकॉर्ड करवाते समय आप को उनसे सलाह करते रहना चाहिए। इससे अच्छी धुन में बहुत मदद मिलती है।''

अच्छी धुन आखिर यूँ ही तो नहीं सृजित होती। उसके लिए संगीतकार को खुला होना पड़ता है। सन्नाटे के छंद को भी सुनना पड़ता है। खुलने का अर्थ यह नहीं कि आपसे जो चाहे करवा लिया जाए, खुलने का अर्थ यह कि आप भले अपने में बंद हों परंतु उस छंद को सुन सकें जो सबके लिए माधुर्य की संवाहक बने। अज्ञेय की कविता की पंक्तियां जेहन में कौंधती है, ''मैं सभी ओर से खुला हूँ/वन-सा, वन-सा अपने में बंद हूँ/शब्द में मेरी समाई नहीं होगी/मैं सन्नाटे का छंद हूँ।'' कविता की ये पंक्तियां शायद इसलिए भी जेहन में कौंधी कि नय्यर साहब संगीत के साधक हैं। विरल साधक। अज्ञेय की मानिंद। उन्हें शायद लोग ठीक से समझ ही नहीं पाए परंतु उनके सृजन में जो बसा है, उसके सभी मुरीद हैं। शायद इसलिए कि अपने में बंद भी वह हर ओर से खुले हैं। सृजन की नई राहों के संवाहक हैं। उनसे साहित्य की बातें होती है। जेहन में आई अज्ञेय की इन पंक्तियों को उनसे साझा करता हूँ तो वह बेहद प्रसन्न होते हैं। मुझसे फिर से उन पंक्तियों को दोहराने के लिए कहते हैं। मैं दोहरा देता हूँ। वह मूक सुनते हुए साहित्य पर और बातें करना चाहते हैं। चाहते हैं उन्हें साहित्य के और ऐसे बोल दूँ परंतु मैं चाहता हूँ कि उन्हें सुनूँ सो बमुश्किल उन्हें फिर से उनके संगीतबद्ध गीतों की ओर मोड़ता हूँ। कुछेक गीतों की उन्हें याद दिलाते उनमें निहित संगीत के माधुर्य की बात करता हूँ और जब यह पूछता हूँ कि कैसे उन्होंने शब्दों के साथ संगीत की इस गजब की संगत की है तो वह बताने लगते हैं, ''...सिचुएशन के मुताबिक गाना बनाना हो तो गीतकार को लिखने की भी पूरी छूट मिलनी चाहिए। मैं ऐसा ही करता रहा हूँ। शायर को जब तक आज़ादी नहीं मिलेगी, वह कमाल नहीं करेगा। शायरी कम बड़ी बात नहीं है। लिखना अपने आप से जूझना है। शायर के सृजन को समझेंगे नहीं तो फिर कैसे उसमें संगीत का रस घोला जाएगा। इसलिए मैं शायर की आज़ादी का सदा ही पक्षधर रहा हूँ मैं क्या सभी को होना चाहिए।''

वह जब यह कहते हैं तो मुझे ध्यान में आता है कि अब तो फिल्मी गीत प्रायः पहले से बनी धुन पर ही बनते हैं। ऐसे में शायरी की बजाए संगीत को ध्यान में रखकर लिखना होता है। तो क्या यह मानें कि गीत की सफलता में संगीतकार का अधिक योगदान होता है, बजाए शायर के। सफलता के इस पैमाने

पर नय्यर साहब से अपनी बात रखता हूँ तो वह कहते हैं, ''मैं इस बात को नहीं मानता।... गीत की सफलता और उसके हिट होने में संगीतकार ही महत्वपूर्ण नहीं होता। इसमें 50 टका हाथ गीत लेखक का, 25 टका संगीत कंपोजर का और 25 टका उसके वितरक का होता है। संगीतकार होना कोई बड़ी बात नहीं है। मालिक की मेहर न हो तो भला कोई धुन बना सकता है! संगीत तन-मन को स्वस्थ करता है। गाने की धुन महत्वपूर्ण होती है परंतु बोल अगर उम्दा नहीं हो तो धुन भी उम्दा नहीं बन सकती।''

यह ओमप्रकाश नय्यर साहब का लेखकों के प्रति सम्मान है। साहित्य से उनके वह सरोकार हैं जिनमें गीत लेखन को वह बहुत महत्वपूर्ण मानते हैं। शायद यही वह वजह है कि उनके संगीतबद्ध गीतों में शब्दों के साथ हर स्तर पर न्याय मिलता है। वहाँ गीत गौण नहीं होते बल्कि गीत का पूरक होता है—संगीत। बातें और भी होती है परंतु इसी दौरान फिल्मों में संगीत देने के अंतर्गत किसी समय में उनके सर्वाधिक राशि लिए जाने की बात जब दिमाग में आती है तो अपने आपको रोक नहीं पाता और सवाल कर बैठता हूँ कि किसी जमाने में फिल्म संगीत देने के लिए वह सर्वाधिक रुपये लिया करते थे। वह इस प्रश्न को सुनकर मुसकुराते हैं, कहते हैं, ''हाँ, अपने दौर में संगीत के लिए मैं सर्वाधिक राशि लेता था। सी.एच.आत्मा के लिखे गीत 'कौन नगर तेरा दूर ठिकाना...' गीत का संगीत मैंने दिया था। 'आन मिलो' फिल्म के इस गीत लेखन के लिए सी.एच.आत्मा को तब लाखों रुपये की रॉयल्टी मिली थी। मुझे मिले थे मात्र 80 रुपये। बस वहीं से मुझे लगा कि यह क्या बात हुई! मालिक की मेहर रही और मैंने भी बाद में अपने संगीत के जो रंग बिखेरे कि जितनी चाही उतनी राशि उसके लिए ली।''

फिल्म जगत में नय्यर साहब अकेले ऐसे संगीतकार हैं जिन्होंने बगैर लता से गवाए हुए भी हिट दर हिट गीत दिए। यह महज संयोग ही नहीं है कि उनके संगीतबद्ध गीतों में एक भी ऐसा नहीं है जिसमें लता ने आवाज दी हो परंतु फिर भी लता के दौर में नय्यर साहब न केवल स्वयं हिट हुए बल्कि आशा को उन्होंने ही परवान चढ़ाया। मुझे लगता है, आशा की आवाज का जितना बेहतरीन और भिन्न आयामों से नय्यर साहब ने उपयोग किया है, उतना किसी और ने किया ही नहीं है। आशा की आवाज की रेंज को पहचानते, उस आवाज के चुलबुलेपन को पहचानते और उसमें बसी शोखी को पहचानते हुए ओ.पी. नय्यर ने जो गीत आशा से गवाए वह कभी न भुला देने वाले हैं। लता से उन्होंने नहीं गवाया, इस

बात को लेकर फिल्म जगत में किस्से भी बहुत हैं। कोई कुछ कहता है तो कोई कुछ। मुझे लगा जब अवसर मिल ही गया है तो क्यों नहीं इस कॉमन प्रश्न को मैं भी कर ही लेता हूँ। सो अपने को रोक नहीं पाता और लता से नहीं गवाने की बात छेड़ देता हूँ। यह भी कि लता से उनके झगड़े की बातें भी खूब प्रचलित है। वह सुनकर मुसकुराते हैं। अपनी ओर से कुछ नहीं कहते। हाँ, जानना जरूर चाहते हैं कि क्या-क्या, कैसी-कैसी बातें की जाती है। मैं जो कुछ इस संबंध में पढ़ रखा था, वह सबका सब उनके सामने रख देता हूँ। वह सुनते हैं और फिर कुछ देर तक सोचते रहते हैं। लगता है, जो कहना चाहते हैं उसे तौल कर ही सामने रखना चाहते हैं। औचक उनके मुँह से निकलता है, ''...लता-लता है। लोग तिल का ताड़ बनाते हैं। हमारा कभी कोई झगड़ा नहीं रहा इतनी सी बात है कि मैं जो धुनें बनाता रहा हूँ उन पर मुझे कभी लगा नहीं कि लता की आवाज फिट बैठती है। सो ऐसा कोई संयोग भी नहीं बना कि वह मेरे लिए गाती। हाँ, मैं उनकी आवाज का आज भी सम्मान करता हूँ।''

वह जब यह कह रहे थे, मैंने गौर किया उसमें उनका वह फक्कड़पन नहीं था जो दूसरी बातों में था। यह भी कि अपने इस उत्तर में वह सोच समझकर बोल रहे थे, जोकि उनके शायद स्वभाव में नहीं है। यह बात इसलिए कि अब तक जो संवाद हुआ उसमें वह किसी भी बात पर रूके नहीं थे। कुछ सोचकर उन्हें नहीं बोलना पड़ा था। जो मन में आया कह दिया था।...या यह भी हो सकता है कि मेरे ही कुछ पूर्वाग्रह रहे हैं, जो इस खास प्रश्न पर मैं ही कुछ अधिक उत्सुक था कि वह कुछ अलग सा बोलेंगे। इसलिए इतना कुछ सोच लिया। कुछ कहा नहीं जा सकता। खैर।...बात समाप्त हो गई थी। इसलिए उस प्रसंग में और अधिक जाना मुझे भी अच्छा नहीं लगा इसलिए मैंने भी बातों का रूख मोड़ते हुए ही कह दिया कि उनके गीतों में शास्त्रीय संगीत का माधुर्य अलग से ध्यान खींचता है। शास्त्रीय संगीत की उनकी समझ की दाद भी दी। इस पर वह हँसने लगे। मुझे और मेरी तारीफ को पूरी तरह से खारीज करते हुए कहने लगे, ''आप कमाल की बात करते हैं साब। ...शास्त्रीय संगीत ही क्या मैंने तो कभी संगीत का अ, आ ही नहीं सीखा। मालिक की मेहर देखो, मैने 'संबंध' फिल्म का एक गाना कंपोज किया था। 'अकेली मैं पिया...' इसमें 12-13 राग बदलते हैं।... अमीर खां साहब ने कहा—तुम संगीत जानते ही नहीं फिर कैसे ऐसे शास्त्रीय संगीत आधारित गीत की रचना कर दी।...अब मैं क्या जवाब देता। मुझे खुद ही नहीं पता।''

कमाल है! यह कैसे हो सकता है? शायद नय्यर साहब मजाक कर रहे थे परंतु उनके कहे के भावों में संजीदगी थी। इसलिए थोड़ी देर के लिए यह मान भी लिया जाए कि उन्हें शास्त्रीय संगीत की समझ नहीं है परंतु उन गीतों का क्या जिसमें शास्त्रीय संगीत की रागें कूट-कूट कर भरी हुई है। उन गीतों का क्या जिनकी धुनें शास्त्रीयता में ही पूरी तरह से रची-बसी है! जो हो, इस बात से तो इन्कार किया ही नहीं जा सकता कि नय्यर साहब की संगीत की समझ अद्‌भुत है। शायद इसीलिए उनके गीत सधे हुए सीधे मन में बसते हैं। निश्चित ही गीतों की धुन तैयार करते वक्त वह खास तरह की तैयारी करते होंगे, संगीत को गहरे से जीते होंगे। यही सब सोचकर संगीत की उनकी प्रक्रिया पर सवाल करता हूँ। यह भी कह देता हूँ कि उनकी संगीत तैयारी गजब की होती है। मेरी बात सुनकर वह जवाब देते हैं, ''जनाब, आपको मेरा जवाब जँचेगा नहीं। पर सच यही है। पूरी ईमानदारी के साथ बता रहा हूँ। संगीत की कोई भी धुन बनाने में मुझे कभी 5-10 मिनट से ज्यादा नहीं लगे परंतु निर्माता की माँग पर मैं सदा उन्हें 15-20 दिन बाद आने को कहता।'' कहते हुए वह जोर का ठहाका लगाते हैं। फिर खुद ही आगे कहने लगे थे, ''...इसलिए कि उन्हें यह बिलकुल नहीं लगे कि 5-10 मिनट में ही धुन बन जाती है। पता चल जाए तो फिर धुन बनाने के लिए माँगे पैसे वह शायद नहीं देते।'' यह कहकर फिर से वह एक जोर का ठहाका लगाते हैं।

मजे की बात यह कि नय्यर साहब ने किसी गीत की धुन बनाने के बाद उसे स्वयं कभी सुना नहीं। संगीत तैयार कर दिया। बस हो गया उनका काम। इसके बाद उसे क्या सुनना! इसीलिए वह कहने लगे, ''अपने संगीत के बारे में क्या कहूँ। मैं सुनता ही नहीं हूँ। अपना ही क्या मैंने तो कभी अपने दौर में भी किसी दूसरे के संगीत को भी नहीं सुना। इसकी वजह भी थी। एक डर मेरे जेहन में रहता कि कहीं मैं उनसे प्रभावित न हो जाऊँ। दुनिया मेरा संगीत सुनती है, पसंद करती है तो यह मालिक की मेहर है। मेहर बार-बार नहीं होती। वह दौर था... भगवान ने मुझे संगीत देने के लिए दिया। हर बार कमाल नहीं होता।''

वह जब यह कह रहे थे तो मुझे लगा यह नय्यर साहब ही हैं जिनकी धुनें उम्दा ही नहीं सबसे जुदा भी हैं। उनमें कहीं कोई दूसरे संगीत की समानता नहीं है। शायद यही वजह है कि उन्होंने दूसरों के संगीत को सुना ही नहीं। मालिक की मेहर तो खैर है ही परंतु स्वयं उनके सिद्‌धांत, उनका नज़रिया इसकी बड़ी

वजह है। यह भी नहीं है कि अपने आपको ही वह श्रेष्ठ मानते हैं। अपने दिए संगीत का उन्हें कोई गर्व भी नहीं है। इसीलिए बात हुई तो कहने लगे, ''मैं अपने आपको बहुत बेहतर नहीं मानता। मेरे से अच्छा संगीत बहुत से दूसरे संगीतकारों ने दिया है। हर व्यक्ति का वक्त होता है। उसके कार्य करने की उम्र होती है। कभी-कभी ईश्वर जो कमाल करता है, आप उसे समझ ही नहीं सकते। सी. रामचंद्र, शंकर-जयकिशन, सलिल चौधरी ने जो संगीत रचा वह भी मालिक का हमारे लिए उपहार ही है। अब तो मशीनें बेसुरा सुर निकालती है। मैंने भी कुछ अर्से पहले बेसुरे सुर निकाले। मालिक की मेहर नहीं है तो प्रयास क्यों करें। छोड़ दिया।''

सच! यह बात कौन कह सकता है? कितने ऐसे हैं जो अपने आपको बेसुरा बताएँ। असफलता में अपनो को दोष दें। असफलता के कारण बहुत गिनाए जा सकते हैं परंतु स्वयं अपने का मूल्यांकन जो करते हैं, वही तो महान होते हैं। अपना जो श्रेष्ठ है वह भी अपना नहीं बल्कि उस ईश्वर का जिससे लोगों का प्यार मिला। नय्यर साहब के जीवन का यही फलसफा है। बातें हुई तो लगा, उनके अतीत में भी झाँकू। किसी के अतीत को कुरेदना इतना आसान नहीं होता सो बातों के अंतिम पड़ाव में ही यह हिम्मत हो पाई। लगा, अतीत की याद दिलाउँगा तो हो सकता है वह कुछ नहीं बताए परंतु तब तक उनसे इतना घुल-मिल गया था कि मुझे लगा अब उनका अपार स्नेह मैं पा सकता हूँ। सो जीवन के प्रारंभिक दिनों के बारे में जब पूछा तो वह नाराज नहीं हुए बल्कि बताने लगे, 'मैंने संघर्ष के दौर में खूब पापड़ बेले हैं। 1948 से 1950-51 तक मैं मध्य प्रदेश में शिवपुरी में रहा, यहाँ मेरी बहन रहती थी। यहीं से फिर अमृतसर आया। दसमुख पंचोली वे पहले शख्स थे जिन्होंने मुझे 'आसमान' फिल्म में संगीत का अवसर दिया। उनसे जब मिला तो उन्होंने रीगल सिनेमा में बुलाया और कहा 600 रुपये महिना देंगे। मैंने कहा इससे तो मेरा काम नहीं चलेगा। उन्होंने कहा 700 दे देंगे। इससे ज्यादा नहीं। कुछ एडवांस दिया और कहा बॉम्बे पहुँच जाओ। मैंने पंचोली साहब के लिए 'कौन किसी के आँसू पोंछे, हर कोई अपना सोचे...' गीत का संगीत दिया। 'कनीज' फिल्म का बैक ग्राउंड म्यूजिक भी मैंने दिया। इसके बाद 'बाज' और 'छम-छमा छम' का संगीत भी मैंने दिया।...इन सब में फ्लॉप रहा मेरा संगीत।... मेरी स्थिति यह हो गई थी कि खाने को लाले पड़ गए। मैंने एक दिन के.के.कपूर से कहा कि बच्चे को दूध पिलाने के पैसे भी मेरे पास

नहीं है। कपूर साहब मुझे गुरूदत्त के पास ले गए। ...उनकी फिल्म 'आर-पार' का संगीत मैंने दिया। शमशाद बेगम का गाया और मेरा कंपोज किया गीत सुपर हिट हुआ। मालिक की मेहर रही और उसने जो राग मुझसे संगीत में निकलवाए कि जमाना सुनता चला गया...।''

बातें हुई तो होती ही रही। कॉलेज में जब वह पढ़ते थे तब की बातें भी हुई। इन बातों का ज़िक्र छिड़ा तो वह रोमांच से भर गए। कहने लगे, ''मेरा मन पढ़ाई में न जाने क्यों कभी लगा ही नहीं। मैट्रिक में 850 में से 302 अंक आए। विषय लिए थे—फ्रेंच, उर्दू और अंग्रेजी। कॉलेज में एडमिशन के लिए पैसे घर से ले लिए परंतु एपीयर हुआ ही नहीं। वालिद ने पूछा तो कहा रोल नंबर भूल गया। वालिद ने कहा कि पढ़ोगे नहीं तो क्या बाजा बजाओगे? मैंने उस समय तो कुछ नहीं कहा परंतु देखिए जनाब बाजा ही बजाया। और आप सबकी दुआ से ऐसा बजाया कि सबने सुना!''

यह नय्यर साहब का वह खुलापन है जिसमें वह अपने आपको पूरी तरह से खोल कर रख देते हैं। कहीं कुछ नहीं छुपाते। मैं गौर करता हूँ, उनके कमरे में होम्योपैथी की दवाएँ पड़ी है। मुझे होम्योपैथी की उन दवाओं की ओर देखते हुए वह खुद ही बताने लगे, ''इसकी भी अलग कहानी है। मुझे पहले कब्ज की शिकायत रहती थी। तब बहुत परेशान-सा रहता। बहुत से डॉक्टरों के पास गया परंतु इस साली कब्ज से मुक्ति नहीं मिली। एक दिन आशा बाई (आशा भोंसले) मुझे डॉ. फारूक के पास ले गई। उन्होंने मेरा इलाज किया।'' मैं पूछ बैठता हूँ कि कितनी पुरानी बात है यह, तो वह बताते हैं, ''होगी कोई 1972-73 की बात। डॉ. फारूक ने मुझे सात दिन के लिए होम्योपैथी की दवाई दी। कब्ज की मेरी शिकायत पूरी की पूरी समाप्त हो गई तो साहब मैं बहुत प्रभावित हुआ। मैंने डॉक्टर साहब से निवेदन किया कि वह मुझे भी चिकित्सा की यह विधा सीखा दें। उन्होंने चौंक कर मेरी ओर देखा और कहा, ''आपको! आपके पास समय है इसे सीखने का?'' मैंने कहा कि हाँ समय है तो वह माने नहीं। मैं भी जिद्दी कम थोड़े ही हूँ। पीछे ही पड़ गया उनके। आखिर वह मान गए। बस मैंने होम्योपैथी सीख ली। अरे साहब, अब तो यही काम आ रही है।''

वह जब यह कह रहे थे तो मैं उनके घर-परिवार के बारे में सोच रहा था। यह भी कि घर-परिवार होते हुए भी नय्यर साहब होटल में क्यों रहते हैं। उनको जब अपने परिवार के बारे में बताने के लिए कहा तो वह बातों का रूख मोड़ने

लगे। मुझे लगा कि वह इस पर बात नहीं करना चाहते। फिर न जाने क्या सोचकर कहा, ‘‘कौन कहता है कि परिवार के साथ नहीं रहता? मेरा परिवार मेरा संगीत सुनने वाले हैं। ‘रज्जू’ है ना। मेरी अम्मा है। यह नहीं होती तो...(भावुक हो जाते हैं) इतने वर्ष हो गए घर से निकले। रज्जू मेरा बहुत खयाल रखती है। मेरी माँ ने भी इतना खयाल नहीं रखा होगा जितना रज्जू रखती है।’’

यह कहते हुए वह बात पूरी नहीं कर सके। मैंने देखा उनकी आँखों से दो बूँदें लुढ़क आई थी जिन्हें उन्होंने त्वरित साफ कर लिया था। पता चला स्वाभिमान के कारण उन्होंने घर-बार छोड़ दिया। नय्यर साब को यह कतई बरदाश्त नहीं कि उन्हें कोई चुका हुए समझे। उनमें अभी भी वही जोश-खरोश है। इसीलिए वह भावुक हो कहने लगे, ‘‘जीवन को कौन समझ सका है! आप कबीर को पढ़ लें। जीवन को समझने में मदद मिलेगी। मेरे पास कबीर का ऐसा ग्रंथ है जो किसी और के पास नहीं मिलेगा। उनके दर्शन को समझ लें तो फिर कोई दिक्कत नहीं रहेगी। रिश्ते-नाते सब स्वार्थ के होते हैं। अपनी तो यह काया भी नहीं है, यह भी एक दिन छोड़कर दूसरा चोला पहन लेगी तो फिर अपनो की तो बात ही क्या कोई करे!’’

मैंने देखा यह कहते उनके भीतर का दर्द उमड़ कर बाहर आ रहा था। पर जीवन दर्शन की उनकी समझ में कहीं कोई फेर नहीं। अस्सी दशक पूरे करने के बाद भी उनके रहन-सहन और कहन में कहीं कोई बदलाव नहीं। सफेद लिबास और काली हैट। चेहरे पर ओज। बोलते हुए आत्मविश्वास कूट-कूट कर भरा हुआ। हैट उनकी पहचान में शुमार हो गई है, इसीलिए उनकी हैट और रहन-सहन की तारीफ करता हूँ। खासतौर से काली हैट की तो वह हँस पड़ते हैं। हैट के रहस्य से जैसे परदा उठाते हैं और हैट उतार देते हैं। कहते हैं, ‘‘देखो। अब समझ में आया कि हैट क्यों लगाता हूँ।’’ मैं भी उन्हें बगैर हैट का देखकर हँस पड़ता हूँ। सफाचट सर। पूरी तरह से गंजे हैं नय्यर साहब परंतु उन्हें उनके गंजेपन में कम ही ऐसे होंगे जिन्होंने देखा होगा। मैं भी नहीं देखता, यदि वह हैट नहीं उतारते। मुझे अपनी ओर घूरते देख खुद ही बताने लगे, ‘‘हैट का रहस्य समझ आ गया। इससे मैं अपने आपको जब आइने में देखता हूँ तो अच्छा लगता है। हाँ, काले रंग से मुझे बेहद प्यार है। इसीलिए सफ़ेद वस्त्रों में काले हैट को अपना लिया। पता नहीं कब ऐसा हुआ परंतु अब तो लगता है, यही मेरी पहचान हो गई है। अपनी बनी इस पहचान को अब मैं छोड़ना भी नहीं चाहता। बोलो तुम अपनी पहचान छोड़ना चाहोगे?’’

उनके प्रश्न का तो अब मैं क्या जवाब देता! हाँ, उन्हें देखता हूँ तो वह गुनगुनाते हुए मिलते हैं। गौर करता हूँ, वह गुनगुना रहे हैं, ''प्यार-प्यार तो सब कहते हैं, करता कोई नहीं है...झूठे हैं सब झूठे हैं ये दर्दे दिल के अफसाने।'' साँझ गहरी हो गई थी। बातें करते पता भी तो नहीं चला था कि तीन-चार घंटे तक उनसे लगातार संवाद होता रहा, मुझे लगा वह भी थक गए थे। सो जब विदा ले रहा था तो स्वयं ही कहने लगे, ''मेरी अब कोई ख्वाहिश नहीं है। मालिक की पूरी मेहर मेरे पर रही है। जो मैंने सोचा वही किया। अपनी शर्तों पर जिया हूँ, यही क्या कम है। मालिक की मेहर नहीं हो तो चिड़ियों के घोंसलों में मांस नहीं मिलता।... मैंने दुनिया में अपनी ओर से कुछ नहीं दिया।''

हे पाठको! मैं तो उनकी इस बात से इत्तेफाक नहीं रखता। अब आप ही बताइए, नय्यर साहब क्या सच कह रहे थे कि उन्होंने अपनी ओर से इस संसार को कुछ भी नहीं दिया?

प्यारेलाल

प्यारेलाल अपने समय के सुप्रसिद्ध संगीतकार रामप्रसाद के पुत्र हैं। संगीतकार बुलो.सी रानी के सहायक के रूप में वह संगीत की दुनिया में आए। लक्ष्मीकांत के साथ उनकी संगीतकार जोड़ी ने बेमिशाल गीत सुनने वालों को दिए। वह देश के श्रेष्ठतम वायलिन वादकों में से हैं। लक्ष्मीकांत ने प्यारेलाल को कभी वायलिन बजाते ही पहले-पहल देखा और बस तभी से उनके साथ मिलकर फिल्मों में संगीत देने का निर्णय कर लिया था। बाद में तो इस लक्ष्मीकांत-प्यारेलाल संगीतकार जोड़ी ने एक से बढ़कर एक गीत फिल्म जगत को दिए। मई 1998 में लक्ष्मीकांत के निधन के बाद प्यारेलाल अकेले पड़ गए। पर भारतीय फिल्म संगीत को इस संगीतकार जोड़ी ने जो नायाब संगीत का तोहफा दिया, उसे क्या कभी कोई भूला पाएगा!

कुछेक लोकप्रिय संगीतबद्ध गीत

- एक दो तीन चार पाँच छह...(तेज़ाब)
- लंबी जुदाई, चार दिनों की...(हीरो)
- डफली वाले, डफली बजा...(सरगम)
- सत्यम् शिवम् सुंदरम्...(सत्यम् शिवम् सुंदरम्)
- माई नेम इज एंथनी...(अमर अकबर एंथनी)
- हाय हाय ये मजबूरी...(रोटी, कपड़ा और मकान)
- हम तुम एक कमरे में बंद हों...(बॉबी)

हुई शाम उनका खयाल आ गया

संगीतकार लक्ष्मीकांत-प्यारेलाल की जोड़ी ने भारतीय फिल्म संगीत को बेहतरीन गीतों की शौगात दी है। शंकर-जयकिशन को गुरू मानने वाले इस संगीतकार जोड़ी के प्यारेलाल आज भी फिल्मों में सक्रिय हैं। प्यारेलाल जी से बात करते बेहद सुखद अनुभूति होती है। संवाद में वह इतने अंतरंग हो जाते हैं कि आपको सब कुछ बता देंगे। यह भी कि कब किसने उनके साथ गलत व्यवहार किया। यह भी कि कब उन्होंने कोई चालाकी की और यह भी कि उनके संगीत को कब किसने चुरा लिया।...हालांकि यह सब कहने के बाद औचक वह संभलते भी हैं और फिर धीरे से कहते हैं, "यह आप अपने तक ही रखना। सार्वजनिक कहने की बात नहीं है।"... तो उनके बहुत से कहे को सार्वजनिक नहीं करना पड़ रहा है। इसलिए कि उन्होंने पूरा विश्वास करके यह संवाद किया और किसी के विश्वास को चोट पहुँचाने से बड़ा पाप कोई हो नहीं सकता।

बहरहाल, प्यारेलालजी से संवाद होता है। एक खास बात उनके संवाद की यह भी है कि वह जब भी किसी प्रश्न का जवाब पूरा करते हैं, एक खास किस्म के तकिया कलाम का इस्तेमाल करते हैं। जवाब देने के साथ ही जैसे उन्हें विश्वास नहीं होता कि उनकी बात का पूरा अर्थ सुनने वाला समझा भी है अथवा नहीं। इसीलिए वह कहते हैं, 'आप समझे ना?' स्वाभाविक ही है आपको भी तब उनके इस 'समझे ना?' का जवाब हाँ देना होता है। यदि आप 'हाँ' नहीं कहेंगे तो फिर बात वहीं समाप्त नहीं हो जाएगी! ...तो मैं हर बार उनके 'समझे ना?' की पूरी तरह से कद्र करता हुआ उनसे घंटो बतियाता हूँ। बतियाते हुए वह बहुत सी राज़ की बातें भी बताते हैं। इन राज़ की बातों को कहीं भी सार्वजनिक नहीं करने की हिदायत भी बार-बार देते हैं।

'क्या है इसका कारण?' खुद उनके ही शब्दों में, "देखिए...अच्छा नहीं लगता। हम लोग अब सार्वजनिक जीवन जी रहे हैं। छोटी-छोटी बातें, छोटी-छोटी शिकायतें और गिले-शिकवे ही हम बाहर करते हैं तो खुद हम ही हलके नहीं लगेंगे।...और फिर सही बात भी यदि मैं आपको बताता हूँ तो वह लाग-लपेट के साथ दूर तलक जाएगी, पता नहीं कौन-सा मोड़ ले लेगी।....कोई ऐसी बात हमें नहीं करनी चाहिए जिससे किसी की इज्जत खराब होती हो....आपको तो इसलिए बता रहा हूँ कि यह संदर्भ आ गया था। आप समझे ना?"

हे पाठको! उनके इस कहे का जवाब तो आपको मालूम ही है।... तो उनसे संवाद हुआ तो बातचीत में उन्होंने अपने आपको पूरी तरह से खोलकर रख दिया। हाँ, संवाद प्रारंभ होने से पहले इस बात का भरोसा भी उन्होंने दिया कि फिल्म निर्माता चाहें तो आज भी वे मधुर संगीत उसी शिद्दत से दे सकते हैं। ऐसा संगीत जो आज के हिसाब का भी हो और जिसमें पुराने जमाने की मिठास भी हो। बातों का सिलसिला उनके इस कहे से ही प्रारंभ हुआ सो स्वाभाविक ही था कि उन्होंने फिल्मों में जो मधुर संगीत दिया और अब जो संगीत फिल्मों में दिया जा रहा है, उस पर ही उनसे पूछा जाता। पूछा गया तो वह बताने लगे, "फिल्म इंडस्ट्री का ट्रेंड अब बिलकुल बदल चुका है। पहले कहाँ इतनी सुविधा वाले तकनीकी उपकरण थे। आज फिल्म संगीत अत्यधिक समृद्ध हो चुका है। 'आप समझ गए ना?' सफलता का पैमाना बदल गया है। मुझे सुभाष घई ने अपनी फिल्म के लिए साईन किया है। मुक्ता आर्ट्स के लिए भी मैं संगीत दे रहा हूँ। कुछ समय पहले शाहरूख खान मेरे पास आए। अपनी फिल्म के लिए संगीत देने को कहा। विशाल-शेखर ने भी उनके लिए संगीत दिया है। उनकी फिल्म के लिए एक गाना मैंने कंपोज किया है। अब कोई मुझे विनम्रता से आकर कहे तो करना पड़ता है। मुझे फिल्म संगीत देते 38 साल से ज्यादा हो गए हैं। इतना काम किया है, इतना काम किया है परंतु संगीत की गुणवत्ता के साथ किसी प्रकार का समझौता हमने कभी नहीं किया। 'आप समझे ना?"

उनके इस 'समझे ना?' का जवाब हाँ में देते हुए मैं उनसे फिल्मों में दिए उनके सफलतम गीतों की याद दिलाता हूँ। वह उन गीतों के बारे में सुनकर जैसे अतीत में चले जाते हैं। कुछ गीतों को याद करके भावुक भी हो जाते हैं। संगीत के उनके सफल गीतों के बारे में चर्चा करते हुए ही औचक सवाल सफलता के राज़ पर हो जाता है। सुनकर वह गंभीर हो जाते हैं। कहते हैं, "फिल्मों में संगीत

हिट होने का कोई फार्मूला नहीं है। 'चलती का नाम गाड़ी' है। जो चल गया वह हिट हो गया और क्या? रहमान को संगीत की अच्छी तमीज है। उसका संगीत आम फिल्म संगीत जैसा नहीं है। बहुत मेहनत गाने के लिए करता है। जो मेहनत करता है, उसका संगीत चलता है। अच्छा कोई करता है तो किसी को जलन क्यों होती है? किसी के घर खुशी होती है। कोई हिट होता है तो पड़ोसी क्यों जले? शंकर-जयकिशन, खयाम, लक्ष्मीकांत-प्यारेलाल कभी जले नहीं। क्यों जलें? जलते वे हैं जिनको आता नहीं। संगीत ही जीवन का सच है। इसे स्वीकारना चाहिए।''

कहते हुए वह उन वाकयों को याद करने लगते हैं, तब जब उनके गीत हिट हुए तो उनसे प्रतिस्पद्र्धा के चलते दूसरे संगीतकारों (उन्होंने नाम बताने से स्पष्ट मना कर दिया) ने उनके साथ क्या-क्या दुर्व्यवहार किया। एक वाकये को तो याद करके वह गुस्से में भी आ गए। इसीलिए 'क्यों जले?' पर उन्होंने बहुत अधिक ज़ोर दिया। यह भी कि संगीत में ईर्ष्या भाव के कारण ही कई बार अच्छा होते-होते रह जाता है। उनसे संवाद होता है तो यह भी पता चलता है कि फिल्म जगत में जो कुछ दिखता है, वही सच नहीं होता।

बहरहाल, बातें होती है तो लक्ष्मीकांत-प्यारेलाल की संगीतकार जोड़ी द्वारा गीतों में प्रयुक्त एक साथ बहुत से साजों और यंत्रों के उपयोग का मुझे ध्यान आता है। अनायास संगीत में साज के महत्व पर इसी कारण उनसे बहुत से सवाल हो जाते हैं। वह सुनते हैं और धैर्य से फिर कहते हैं, ''साज के बिना संगीत कैसा? संगीत की आत्मा तो साज ही है। हम जब गाने बनाते थे तब साज सजते थे। साज सजते तो गीत भी सँवरता। आपको 'प्रेम' फिल्म के बारे में रोचक किस्सा सुनाता हूँ। इस फिल्म के अंतर्गत हमने 95 ऑडियो रिद्म पहली बार यूज किए थे। पूरे बॉम्बे में उस दिन कोई रिकॉर्डिंग नहीं हुई। हमने रिकॉर्डिंग के लिए महबूब स्टूडियो बुक किया था। यह बहुत बड़ा स्टूडियो है। इस स्टूडियो में बॉम्बे के लगभग सभी प्रमुख साजिंदों को हमने बुलाया था। उन्हें हमने बहुत पहले ही बुक कर लिया था। जो भी प्रमुख वादक थे जब वे सभी हमारे यहाँ आ गए तो आप समझ सकते हैं कि फिर दूसरे किसी संगीतकार की रिकॉर्डिंग उस दिन कैसे होती।...तो उस दिन हमारे अलावा कहीं पर भी संगीत रिकॉर्ड ही नहीं हुआ। आज भी हम जितने नए कंपोजर हैं, उनके साथ बैठते हैं। महिने में एक बार मिटिंग करते हैं। आप खुद ही देखिए। पहले के गाने आज भी चलते हैं। पहले वक्त

मिलता था—गाने तैयार करने के लिए। आज शॉर्टकट का रास्ता है। एक गाने को 6 माह से ज्यादा सुना नहीं जा सकता।''

वह जब यह कहते हैं तो साथ-साथ अपने संगीतबद्ध गीतों को गुनगुनाते भी हैं। गीतों के बोल पर बात होती है तो वह कहते हैं, ''किसी भी संगीतकार को शायरी की समझ होना बहुत जरूरी है। हमने शाहिर लुधियानवी, मजरूह सुल्तानपुरी से इस बारे में बहुत समझा। मजरूह सुल्तानपुरी के बारे में तो क्या कहूँ। गुरू जैसे रहे हैं वे मेरे। उनसे मैंने बहुत सीखा। पोएट्री क्या होती है, इसके बारे में उन्होंने मुझे बहुत समझाया। वे मुझे मुन्ना बोलते थे। एक दिन की बात है। हम लोग उन दिनों 'दोस्ती' का संगीत तैयार कर रहे थे। अपना लिखा गीत 'जाने वालों जरा, मुड़के देखो मुझे, एक इन्सान हूँ, मैं तुम्हारी तरह....' को सुनाते उन्होंने फिल्म सिचुएशन के साथ बोल के बारे में बताया। बोले—'मुन्ना, पोएट्री को समझ लो तो संगीत जीवंत हो जाएगा।' हमने उनकी बात मान ली और आप देखो 'दोस्ती' का संगीत कैसे उम्दा रूप में तैयार हो गया। उनका एक और गीत है—'हुई शाम उनका खयाल आ गया...' यह गीत उन्होंने पहले ही तैयार कर लिया था। एक दिन आए और बोले—'मुन्ना इस गीत की धुन बनाओ।' हमने इसकी धुन बनाई और यह गीत अत्यधिक हिट हुआ। इधर अच्छे गीतकार बेहतरीन शायरी दे रहे हैं। प्रसुन जोशी बहुत अच्छा लिख रहा है। हमारे जमाने में जो अच्छे गीतकार थे, वह तो थे ही बाद में जावेद अख़्तर बहुत समझदार गीतकार, लेखक निकले। उनकी समझ इतनी शानदार है कि वे संगीत को बखूबी ग्रहण करते हैं। उनका लिखा तेज़ाब फिल्म का 'एक दो तीन' गीत ही लीजिए। बिलकुल अलग तरह का गाना नहीं है ये?''

यह कहते हुए वह इस पूरे गीत में हुई गिनती पर हँस पड़ते हैं। कहते हैं, संगीत में यदि दम है तो गिनती को भी दाद मिल सकती है। यह कहते हुए वह गणित और कला के मेल के संयोग पर स्वयं ही हँस पड़ते हैं। यह निश्छल हँसी है। मुसकुराहट तो उनकी माशाअल्लाह प्यारी है ही। शक्ल अभी भी एक बच्चे सरीखी। वह बहुत सारी बातें, यादें साझा करते हैं। शंकर-जयकिशन की जोड़ी का कोई प्रसंग आता है तो वह तपाक से कहते हैं, ''शंकर-जयकिशन हमारे गुरू जैसे हैं। हम कभी शंकर-जयकिशन से ठीक से मिले नहीं परंतु उनके प्रति हमारी श्रद्धा आरंभ से ही रही है। 'बॉबी' फिल्म के लिए राज साहब ने तीन संगीतकारों को चिह्नित किया था। इनमें शंकर-जयकिशन, आर.डी. बर्मन,

कल्याणजी-आनंदजी तीन नाम तय किए थे। शंकर-जयकिशन ने जब देखा कि इस सूची में हमारा नाम नहीं है तो उन्होंने हमारे लिए इस फिल्म को छोड़ दिया। फिल्म हिट हुई तो उसे गीतों के लिए 'गोल्ड डिस्क' प्रदान की गई थी। शंकर-जयकिशन ने अपने हाथों हमें यह गोल्ड-डिस्क प्रदान की थी।''

गौर करता हूँ, यह कहते हुए वह भावुक हो जाते हैं। फिल्मों में फूहड़ता के वह पक्षधर नहीं हैं। इसीलिए जब गीतों में बेहूदापन का कोई प्रसंग आता है तो वह उससे अपना इतेफाक नहीं रखते हुए कहते हैं कि हिट गीत के लिए वल्गर कुछ डालना ठीक नहीं है। मेरा अंदर का पत्रकार जागता है, इसलिए उन्हें याद दिलाता हूँ कि उन्होंने भी तो 'जुमा चुमा दे दे...' जैसे गीत का संगीत दिया है। वह सुनकर कुछ देर तक चुप हो जाते हैं। औचक उन्हें कोई जवाब नहीं सूझता है। शायद इसके लिए वह तैयार नहीं थे परंतु फिर त्वरित ही अपने को संभालते हुए कहने लगते हैं, ''जुम्मा-चुम्मा दे दे', 'चोली के पीछे क्या है...' गीत हमने थोड़े ही लिखे थे। हमने तो धुन भर बनाई थी। इन बोलों की जगह 'रामा हो रामा...' 'कृष्णा हो कृष्णा' लिखा जाता तो भी हम धुन बनाकर देते ही। चरित्र को ध्यान मे रखकर गीतों के बोल लिखे जाते हैं, धुन को ध्यान में रखकर नहीं। आप इन गीतों की बात करते हैं। इस फिल्म में हमने 'ए माँ तुझे सलाम...' भी तो दिया था। उसे याद नहीं करते? अच्छा क्यों कोई याद नहीं करता। उसके बारे में क्यों नहीं पूछा जाता?''

कहते हुए वह थोड़ा नाराज हो जाते हैं। मुझे लगता है, ऐसा ही रहा तो हो सकता है उनसे संवाद का अंतिम छोर जल्द आ जाए। अभी तो उनसे बहुत सी बातें करनी है, यही सोचकर चालाकी के साथ उनकी हाँ में हाँ मिलाते हुए 'माँ तुझे सलाम' गीत की तारीफ के पुल बाँध देता हूँ। जैसी की अपेक्षा थी, तारीफ से वह प्रसन्न हो जाते हैं। नाराजगी सिमट जाती है, बातचीत का सिलसिला सहज आगे बढ़ने लगता है। फिल्म फेयर अवार्ड के बारे में चर्चा होती है तो वह कहने लगते हैं, ''फिल्म फेयर' अवार्ड के बारे में क्या चर्चा करें। अवार्ड तब खरीदा जाता था। पत्रिका में अवार्ड में गीतों के लिए कूपन छपते थे। निर्देशक, फिल्म के हीरो, संगीतकार आदि मिलकर कूपन खरीदते थे। सब मिलकर गीत के लिए वोट देते थे। 'संगम' के लिए राजकपूर ने 5 लाख कूपन खरीदे। मदनमोहन का संगीत मुझे भी अत्यधिक प्रिय हैं परंतु दस्तूर तब यही था। 'हाँ, दोस्ती के लिए हमें भी 'फिल्म फेयर' अवार्ड मिला था। संगम के लिए सभी

आशान्वित थे परंतु 'दोस्ती' का नाम जब फिल्म फेयर के लिए हुआ तो हमें भी आश्चर्य हुआ। हमारी कहाँ औकात थी कूपन खरीदने की। इसका अर्थ स्पष्ट है कि और भी कोई शक्ति होती है जो आपके किए कार्य को पहचानती है।'

'संगम' के संगीत के बेहतरीन पहलुओं पर प्यारेलालजी बहुत सी बातें बताते हैं। बातचीत उस दौर से बाद के दौर पर आ जाती है। याद आता है कि मनोज कुमार की 'जयहिंद द प्राईड' का संगीत भी लक्ष्मीकांत-प्यारेलालजी ने ही दिया था। उसके बारे में और अधिक जानना चाहता हूँ तो वह खास कोई रूचि नहीं लेते। कहने लगते हैं, ''उसका अनुभव बहुत बुरा रहा है। फिल्म भी खास कोई चली नहीं थी, बनी ही ऐसी थी। संगीत भी हमने इसका ठीक-ठाक ही दिया था सो क्या चलता। लक्ष्मीकांत जी उन दिनों बहुत बीमार चल रहे थे और मैं भी घर में गिर गया था। इस फिल्म के बाद हमने 'दीवाने-मस्ताने' की थी। मुझे 1995 से शनि की साढ़े साती लगी हुई थी सो बहुत अच्छा नहीं रहा है। 'आप समझे ना?''

सुनकर चौंकता हूँ...प्यारेलालजी ज्योतिष में विश्वास करते हैं! मुझे आश्चर्य में पड़ा देख वह अपने आप ही कहते हैं, ''ज्योतिष में मेरा पूरा विश्वास है। विश्वास कैसे नहीं करें। आपको पता नहीं है। भगवान शंकरजी को भी जब साढे साती लगी थी तो वे गाय के पेट में जाकर छुप गए थे। इसी से तो उनका बचाव हुआ था। जब शंकरजी को साढे साती लग जाती है और वे उपाय करते हैं तो हमारी और आपकी तो बिसात ही क्या है। आप समझे ना?''

ज्योतिष पर अपने विश्वास की वह और भी बातें साझा करते हैं परंतु इसमें मेरी कोई रूचि नहीं देखकर वह फिर स्वयं ही बातों का रूख मोड़ देते हैं। कहते हैं, ''लक्ष्मीकांत-प्यारेलाल की हमारी जोड़ी ने 533 फिल्मों में संगीत दिया है। लता और मो. रफी ने सर्वाधिक गीत हमारे संगीत में ही गाए हैं।'' वह यह कहते हैं तो याद आता है कि स्वर कोकिला लता ने कभी एक कैबरे गीत भी प्यारेलाल जी के संगीत में गाया था। लता जी ने उसके बाद कभी उस तरह के गीत नहीं गाए। बात होती है तो वह कहते हैं, 'लता जी ने हेलन पर फिल्माया कैबरे 'आ जाने जां...' हमारे लिए गाया। इतना हिट हुआ कि पूछो मत। यह पी.एल.राज जी का कमाल था कि लता जी से ऐसा गीत गवा लिया गया। आर.के.नायर का लिखा यह गीत आज भी सुना जाता है परंतु आप यह भी तो देखें कि यह ऐसा कैबरे है जिसमें अश्लीलता का अहसास नहीं होता। संगीत के लिए बहुत श्रम

करना पड़ता है। संगीतकार नदी के किनारे बैठा वह इन्सान होता है जो मछली पकड़ने के लिए जाल फेंकता है। कब मछली फँसेगी, उसे पता नहीं होता। कब अच्छी धुन आ जाती है, कोई पहले पता थोड़े ही लगता है। संगीत अच्छा हो जाता है तो यह किसी एक आदमी की सफलता नहीं है। टीम वर्क होता है यह। सबसे पहले गीतकार आता है। गाने के बोल अच्छे हों तो क्या बात हो। इसके बाद उसके संगीत की बात आती है। इसके बाद रिकॉर्डिंग अच्छे से हो जाए, आर्केष्ट्रा अच्छा हो तो संगीत बेहतर बन जाता है।''

इधर फिल्म संगीत में पहले से तैयार धुन पर गीत लिखे जाने और संगीत के लिए पहले की तरह स्टूडियो में एक साथ साजिंदों को बिठाकर बाकायदा रिहर्सल करने, गीत रिकॉर्ड करने की परंपरा के समाप्त होते जाने से संगीत पर पड़ने वाले फ़र्क पर भी उनसे संवाद होता है। उनसे प्रश्न यह भी होता है कि पहले से धुन जब तैयार हो जाती है तो फिर गीतकार की भावना, उसकी संवेदना या यूँ कहें कि उसकी स्वतंत्रता का हनन नहीं होता? वह यह सुनकर कुछ देर तक मौन रहते हैं फिर कहते हैं, ''धुन पर गाने तैयार होते हैं परंतु हमेशा ऐसा थोड़े ही ना होता है। हमारे बहुत से कंपोज किए गाने ऐसे हैं जिन्हें बोल पर तैयार किया गया था। यह इस बात पर निर्भर करता है कि आपकी और गीतकार की आपसी समझ कैसी है। पोएट्री की समझ हो तो कोई फ़र्क नहीं पड़ता कि पहले धुन तैयार हो या कि गाना पहले तैयार हो। आपने वो गीत सुना है ना? अरे! अभी ज्यादा वक्त थोड़े ही हुआ है (याद करने लगते हैं)...हाँ, 'राम लखन' का है वह। 'ओ..रामजी बड़ा दुख दीना....' आप खुद ही देखो कितना सुरीला तैयार हो गया था। हमने इसमें 18-20 सितार प्रयोग किए थे। आपको इसके जैसा कोई गीत नहीं मिलेगा। 'फ़र्ज' फिल्म में लोगों को हमारे संगीत में वायलिन का प्रयोग बहुत अच्छा लगा। क्यों नहीं लगेगा भई, मैं वायलिनिस्ट जो हूँ। शंकर-जयकिशन की फिल्मों में देखो। कितना मधुर वायलिन का प्रयोग आपको मिलेगा। वायलिन ही क्यों दूसरे साजों का भी कितना बेहतर समन्वय वो करते थे।''

वह जब यह कहते हैं तो मुझे याद आता है स्वयं प्यारेलालजी भी तो बहुत अच्छे वायलीन वादक हैं। वायलीन से जुड़ाव और उसको बरते जाने पर ही उनसे जिज्ञासा होती है। वह इस बारे में बताते हैं, ''मैंने अपने पिताजी से संगीत के बारे में बहुत सीखा। यही 8 साल की उम्र थी तभी वायलिन बजाना सीख लिया

था। पिताजी मेरे पहले गुरू थे तो 'एंथनी गुंसाल्विंस' मेरे दूसरे गुरू रहे हैं। उनसे वायलिन बजाने की बारीक तकनीक मैंने सीखी। 'शोर' फिल्म में हमने वायलिन का प्रयोग किया। इसमें हमारा सोलो वायलिन था। आप देखिए क्या बात बनी। 'एक प्यार का नगमा है...' को ही देखिए ना आप। वायलिन कितना मधुर लगता है। मैं वायलिन बजाता था तो लक्ष्मीकांत जी को भी बहुत अच्छा लगता था। उनकी भी विभिन्न साजों में अत्यधिक रूचि थी। मेरी नज़र में अच्छा संगीतकार वही होता है जिसे हर साज़ की जानकारी हो। ऐसे ही कोई म्यूजिक कंपोजर बन जाता है तो उसका कोई क्या करे। अरेंजर, सिम्फनी कंपोजर अलग चीज़ होती है। अरे भई संगीत की पूरी समझ जिसे हो। वाद्य यंत्रों की तकनीक के बारे में जानता हो और पोएट्री के बारे में भी कुछ समझ रखता हो तभी वह संगीतकार कहला सकता है। अब तो जो दौर बदला है, उसमें हर आदमी अपने को संगीतकार कहने लगा है। हम संगीत के लिए बहुत मेहनत करते थे। हमारे साथ बड़े-बड़े वादकों की मेहनत होती थी। अब आपको किसी बायोग्राफी में यह थोड़े ही मिलेगा कि प्यारेलाल ने वायलिन सीखा हुआ है। हमें इस बात का गर्व है कि शिव-हरी, रईस खान, सुंतान खान जैसे अच्छे-अच्छे संगीतकारों के साथ हमने काम किया है। जाकिर हुसैन साहब ने तो हमारी संगीतबद्ध फिल्म 'सत्यम् शिवम् सुन्दरम्' में तबला बजाया था।''

प्यारेलाल ज़िंदादिल इंसान हैं। उनसे बतियाते हुए पता ही नहीं चलता कि आप किसी बड़े संगीतकार से बात कर रहे हैं या फिर अपने किसी दोस्त से। हाँ, यह जरूर है कि उनकी बात पूरी होने के बाद जो सवाल होता है उसका जवाब हमें देना होता है। उनसे बातें होती है तो उनका छोर फिल्मों से बाहर तक भी चला जाता है। मुसकुराते हुए वह अपनी बात रखते हैं। उनके भोलेपन को इस दौरान हर स्तर पर महसूस किया जा सकता है। हाँ, अपनी उपलब्धियों को वह लक्ष्मीकांत जी को सम्मिलित करते हुए प्रस्तुत किए जाने पर अत्यधिक ज़ोर देते हैं। कहते हैं, 'लक्ष्मीकांत-प्यारेलाल का संगीत आज भी जीवंत लगता है तो यह हमारी नहीं करोड़ों भारतीय लोगों की हमारे प्रति शुभकामनाओं का परिणाम है। आज भी बहुत से फिल्म निर्माता हमारी उसी साख के कारण संगीत देने का आग्रह करने आते हैं। मैं तो इतना ही भरोसा दे सकता हूँ कि जब तक मैं ज़िंदा हूँ जनमानस की भावनाओं को ध्यान में रखते हुए संगीत देता रहूँगा। मेरे संगीत में पुराने संगीत की मिठास को आधुनिक टच में भी आप महसूस कर सकेंगे। मैं इसे मेरा नहीं लक्ष्मीकांत-प्यारेलाल का संगीत ही कहूँगा।''

बातचीत में उनके उस सपने का भी पता चलता है जिसके अंतर्गत वह अपने पिता की स्मृति में एक प्रशिक्षण संस्थान खोलना चाहते हैं। अपने इस सपने को पूरा करने के लिए उन्होंने अपने दौर के बहुत से लोगों से बात भी कर रखी है। इसीलिए कहते हैं, ''नौशाद, हृदय नाथ मंगेशकर मेरे पिता जी के शागिर्द रहे हैं। उनकी स्मृति में प्रशिक्षण संस्थान खोलने का मेरा सपना है। मेरे इस सपने के लिए अमिताभ बच्चन, लता जी भी विशेष रूचि ले रही हैं।'' आमीन! उनका यह सपना पूरा हो। उनसे विदा लेने का मन तो नहीं होता है परंतु समय की रफ़्तार पर गौर करता हूँ तो पाता हूँ कि अर्धरात्रि हो रही है। कहीं भी हो, अंततः नीड़ लौटने की चाह तो हर किसी को होती ही है ना!

ख़याम

ख़याम का असल नाम है मुहम्म्द ज़हूर हाशमी। आरंभ के दिनों में लाहौर और मुंबई में बतौर अभिनेता भी उन्होंने अपनी किस्मत आजमाने की कोशिश की। कुछ समय वह जी.ए. चिश्ती के संगीत सहायक भी रहे। और कुछेक फिल्मों में अन्य संगीतकारों के साथ शर्माजी के नाम से भी संगीत दिया। जालंधर के पास एक गाँव में जन्मे ख़याम के संगीत को सुनना अपने को गुनना है।

संगीतबद्ध कुछेक लोकप्रिय गीत

- कभी-कभी मेरे दिल में खयाल आता है...(कभी-कभी)
- शामे गम की कसम....(फुटपाथ)
- गापूजी गापूजी गम-गम....(त्रिशूल)
- बहारो मेरा जीवन भी सँवारो...(आखिरी ख़त)
- ये मुलाकात एक बहाना है...(ख़ानदान)
- इन आँखों की मस्ती के मैखाने हजारों हैं...(उमराव जान)
- फिर छिड़ी रात बात फूलों की...(बाज़ार)

पेड़ों पर शाम का बसेरा...

ख़याम का पूरा नाम है—मुहम्मद ज़हूर ख़याम हाशमी। वही ख़याम जिनका संगीत आज भी कानों में मानो मिश्री घोलता है। 18 फरवरी 1927 को जन्मे ख़याम कुछ समय तक आर्मी में भी रहे हैं। अपने जमाने के मशहूर जी.ए.चिस्ती, पं. अमरनाथ, हुसनराम भगतराम सरीखे संगीतकारों से उन्होंने संगीत की बारीकियों को सीखा। पहले पहल 'झूठी कसम' में चिश्ती साहब के साथ सहायक के रूप में उन्होंने संगीत दिया तो 'रोमियो जुलिएट' फिल्म के फैज अहमद फैज के लिखे 'दोनों जहाँ तेरी मोहब्बत में हारा...' गीत भी उन्होंने जोहराबाई के साथ गाया। 1948 में पंजाबी लोक संगीत पर आधारित फिल्म 'हीर-रांझा' में उन्होंने पहले-पहल संगीत दिया और इस फिल्म का गीत 'शहरों में शहर सुना...' खासा लोकप्रिय हुआ हालांकि 'फुटपाथ' को ही आम तौर पर उनकी पहली फिल्म माना जाता है जिसमें उनके संगीत में तलत महमूद ने अपना बेहतरीन गीत 'शामे गम की कसम...' गाया था। गौरतलब है कि इस फिल्म के बाद ही उनका संक्षिप्त ख़याम नाम प्रकाश में आया। इससे पहले वे शर्माजी नाम से संगीत दिया करते थे। उनकी पत्नी जगजीत कौर भी अपने जमाने की मशहूर गायिका रही हैं। ये वही जगजीत हैं जिन्होंने कभी अपने शौहर ख़याम की संगीतबद्ध 'शगून' फिल्म का बेतहाशा हिट गीत 'तुम अपना रंजो गम, अपनी परेशानी मुझे दे दो....' गाया था।

बहरहाल, 'फिर सुबह होगी', 'कभी-कभी', 'उमराव जान' 'शोला और सबनम', 'नूरी', 'बाज़ार', 'रजिया सुल्तान', 'त्रिशूल' जैसी 55 से अधिक फिल्मों के साथ ही उनके गैरफिल्मी गीत, गजल एवं भजन भी अत्यधिक लोकप्रिय रहे हैं। ख़याम ने कुछ साल पहले 'बनारस 1918-एक प्रेम कथा', ' 'मैं फिर आऊँगा

में भी संगीत दिया है। फिल्म 'यात्रा' में भी उन्होंने संगीत दिया था परंतु गौतम घोष ने उसे प्रदर्शन के वक्त हटा दिया। उनके साथ टीवी टेलेंट शो सारेगामापा में इस्माईल दरबार द्वारा किए दुर्व्यवहार की ख़बरें भी सुर्खियां बनी। ख़याम के संगीत का पूरा देश मुरीद है, स्वाभाविक ही था कि उसे लेकर देशभर में आक्रोश हुआ।

संवाद तो ख़याम से पहले भी हुआ था परंतु इस वाकये के बाद व्यग्रता कुछ इस कदर हुई कि टीवी टेलेंट शो को लेकर ही बातचीत प्रारंभ की। वह कहने लगे, "हम अपनी तहज़ीब नहीं छोड़ते। हुआ क्या है कि ये जो लोग हैं इस्माईल दरबार, विशाल शेखर, बप्पी लहरी आदि को जब गाईड करते हैं तो इमोशनल हो जाते हैं। वो ये समझते हैं कि जो उनकी समझ है, वही सही है। मैं ये खास तौर से साफ करना चाहता हूँ कि इधर जो नए लोग संगीत में आ रहे हैं उनमें टेलेंट है परंतु वे जल्द ही अपना आपा खो देते हैं। इस्माईल ने "सारेगामापा" में मेरे साथ गुस्ताखी की। उसने दिल से पछतावा किया और सब लोगों के सामने देश भर में माफी माँगी तो मैंने माफ कर दिया। दिल से कोई माफी माँगे तो उसे माफ कर देना चाहिए।"

टीवी टेलेंट शो में दरअसल ख़याम को महागुरू के रूप में बुलाया गया था। अब ख़याम उस दौर के, उस तहज़ीब के शख्स हैं जो गायन में ज़रा भी चुक बरदाश्त नहीं करते। कहें, उनके लिए अब भी संगीत इबादत है। उसमें किसी प्रकार का समझौता तब भी नहीं किया सो टेलेंट शो में भी कैसे करते! गाने वाले से गलती हुई और ख़याम साहब ने नंबर काट लिए। बस फिर क्या था, इस्माईल दरबार की टीम थी सो बक दिया उनके खिलाफ अनाप-शनाप। ख़याम को क्या फ़र्क पड़ता! अब अगर कोई आसमान में पत्थर उछालता है तो पड़ेगा तो वह उसके ही माथे, जिसने फेंका है। ख़याम पर पत्थर उछालना इस्माईल दरबार के लिए ऐसा ही रहा। संवाद हुआ तो ख़याम कहने लगे, "आज जितने कलाकार परफोर्म कर रहे हैं वे ऑलमोस्ट फर्स्ट रैंक में हैं। टेलेंट हमेशा ही परफोर्म करता है। कहीं सुर में ज़रा-सा भी फ़र्क है तो ख़याम नंबर काटेगा। लयकारी में थोड़ी भी छीजत है, लय में थोड़ी भी किंतु परंतु है तो उसके नंबर निश्चित ही कटेंगे। उच्चारण में कहीं कोई गड़बड़ है तो उसका भी नंबर कटेगा। भारतीय संगीत में "रूहदारी" है। आप समझे क्या? रूहदारी का क्या माने है? आवाज में आत्मा को शामिल कर दें तो उसे रूहदारी कहेंगे। जहाँ कमी है वहाँ नंबर कटेंगे लेकिन इसका अर्थ यह भी नहीं है कि वह फेल हो गया। अभी परीक्षाओं में कोई देशभर

में टॉप आता है तो इसका अर्थ यह थोड़े ही है कि दूसरे सभी फेल हो गए हैं। यह तो वरीयता की बात है। आप वरीयता में कहाँ ठहरते हैं, यह आप पर निर्भर करता है। आपकी मेहनत पर निर्भर करता है। टेलेंट शो से कलाकारों को एक्सपोजर मिलता है। पूरी दुनिया में टेलेंट सामने आता है। जजमेंट सही होना चाहिए ना? इस पर शोर कोई करता है तो मैं क्या कर सकता हूँ।''

ख़याम संगीत को ईश्वर की इबादत मानते हैं। इसीलिए उसमें 'रूहदारी' की बात करते हैं। वह जब बात करते हैं तो कोई प्रसंग आने पर कान पर हाथ रखते हैं। संगीत को प्रार्थना बताते हैं। ईश्वर से मिलन का मार्ग ही जताते वह उसमें किसी भी प्रकार की कोताही बरदाश्त नहीं करना चाहते। भारतीय संगीत के माधुर्य से भी वह मोहित है। शास्त्रीय संगीत के साथ लोक संगीत और मंदिर, मस्जिद, गुरूद्वारों में गाए जाने वाले गान, प्रार्थना को वह हमारे संगीत की अनुपम सौगात मानते हैं। इसलिए भारतीय संगीत में अपनाने की बार-बार चर्चा करते हैं। मैं सोचता हूँ, स्वयं उनका संगीत भी तो अद्‍भुत है! जब उनके संगीत व गीतों की सराहना करते बात आगे बढाना चाहता हूँ तो वह अपनी सराहना से बचते उन बातों का रूख मोड़ देते हैं। मैं गौर करता हूँ, अपनी प्रशंसा से ख़याम बचना चाहते हैं। इसलिए कहते हैं, ''पूरा भारतीय संगीत ही अपनेपन से भरा पड़ा है। मैं तो बल्कि कहूँगा कि यह भारतीय संगीत ही है जो ईश्वर से मनुष्य का मिलन कराता है। हमारे यहाँ 33 करोड़ देवी-देवता हैं। बड़े-बड़े गुरू हुए हैं। बड़े-बड़े औलिया हैं। सुबह-शाम आरती करते हैं तो उसमें संगीत के स्वर हैं। अजान में स्वर है। गुरूद्वारे में जाते हैं तो स्वर है। गिरजाघर में भी गायन ही होता है। मैं तो बल्कि कहूँगा कि हमारा पूरा भारत संगीतमय है। सच्चे सुर लगे हैं तो ईश्वर से स्वतः ही मिलान हो जाता है। यह संगीत ही तो है जो हमारे दिलो-दिमाग को सुकून से भर देता है। मैं इसमें कामयाब रहा हूँ तो यह अल्लाह का कर्म, ईश्वर की कृपा है।''

ख़याम भारतीय संगीत की वह महान हस्ती है जो संगीत को ही अपना सब कुछ मानते हैं, हर वक्त जैसे संगीत को ही जीते हैं। उनसे संवाद के दौरान यह बात गहरे से अनुभूत की जा सकती है कि वह हरेक बात को संगीत से जोड़ते उसमें रच-बसने को आतुर हो जाते हैं। मसलन किसी बात की चर्चा होती है तो वह उस गीत को बाकायदा गाते हुए उसमें निहित राग, ताल को भी बारीकी से व्याख्यायित करते हैं। ऐसा करते हुए मुँह सिकोड़कर वह तबले की थाप ध्वनित करते हैं तो शास्त्रीय संगीत की राग-रागनियां और बीट की सुक्ष्मता भी रोचक ढंग

प्यारेलाल

प्रदीप

ख़्याम

संगीतकार रवि

गुलजार

मन्ना डे

लता मंगेशकर

ओ.पी. नय्यर

से बताते हैं। माने गीत-संगीत उनके रग-रग में बसा है। संगीत में स्वतंत्रता के वह प्रबल पक्षधर हैं। 'कोई भी संगीत बुरा नहीं है, बशर्ते उसे गंभीरता से बरता जाए' कहते हुए भारतीय संगीत की बारीकियां और तमाम विशेषताओं को भी वह रूचि से बयां करते हैं।

हाँ, इधर संगीत को लेकर जो हलकापन उभर रहा है, उससे ख़याम भी दुःखी हैं। 'हलकापन' उन्हीं के शब्द हैं। स्पष्ट करते हुए वह कहते हैं, ''संगीत ईश्वर की देन है। उसे सहेजे रखते, उसमें बढत की जाए न कि जैसे चाहे, जिसे उठाकर संगीत बना दिया जाए।'' उनका इशारा बेतूकी शायरी और अजीबोगरीब उस शोर-शराबे से है जिसमें संगीत कान में माधुर्य का प्रवाह करने की बजाय कड़वेपन का आभास कराता है। सच कहें तो कानफोड़ू संगीत से वह खफ़ा हैं। इसीलिए कहते हैं, ''मैं किसी भी संगीत के तरीकों को बुरा नहीं मानता। यह जरूर कहूँगा कि आज का संगीत चलंत है। मध्य लय में भी गाया जाता है। कहरवा चार मात्रा की बीट है। आप समझते हैं—एक, दो, तीन, चार चलंत है। हाँ इन दिनों तेज़ संगीत का जो दौर है उसे मैं चलताऊ भी कहूँगा। संगीत आत्मा से निकला होना चाहिए। वह ऐसा हो जो हमारे हृदय को छुए। मैं इस बात के लिए आशावादी हूँ कि संगीत में पवित्रता का दौर फिर से लौटेगा। आप खुद ही देखिए, सुफियाना कलाम फिर से नहीं आ रहा है? यह इसी बात का संकेत है कि संगीत की पवित्रता भविष्य में रहेगी।''

संगीत की पवित्रता की बात कहते ख़याम अपने कानों पर हाथ रखते हैं। मानो ईश्वर के प्रति नतमस्तक होते अपने तुच्छ होने को जताते हैं। वह संगीत को ईश्वर ही तो मानते हैं! नफ़ासत से वह अपनी बात रखते हैं। उर्दू लफ़्जों का सधा हुआ उपयोग उनके कहन में इस कदर है कि मन करता है, उनके कहे को सुनते रहें। संजो कर रख लें। इसलिए भी कि शायरी की गहरी समझ उन्हें है। साहित्य के उनके सरोकार भी कम नहीं हैं। संगीत के साथ लफ़्जों को बरतने का उनका अंदाज तो उनके कर्णप्रिय संगीत से सहज ही पता चलता है। उसे हम अनुभूत कर सकते हैं।

बहरहाल, ख़याम पुराने संगीत, शास्त्रीय संगीत की बातें करते हैं तो लगता है उनमें स्वयं उन्हें रस की अनुभूति होती है परंतु इस सबके साथ आधुनिक साजों के प्रयोग के भी वह प्रबल पक्षधर हैं। स्वयं अपने गीतों में इलेक्ट्रोनिक साजों का प्रयोग उन्होंने बेहद खूबसूरत अंदाज में किया है। बातें होती है तभी पता चलता है कि वह बेहतरीन संगीतकार के साथ कैमरे की भी गजब की समझ रखते हैं।

छायाकारी का शौक उन्हें जुनून की हद तक है। संगीत में और तमाम दूसरी कलाओं में संप्रेषण के लिए नवीनतम माध्यमों के प्रयोग पर भी वह ज़ोर देते हैं। खासकर संगीत में यंत्रों के उपयोग की बात चली तो उन्होंने कहा, "मैं मशीन के खिलाफ नहीं हूँ बशर्ते कि उससे शोर नहीं हो। मुझे भी आधुनिक इलेक्ट्रोनिक साज बहुत पसंद हैं लेकिन मैंने इलेक्ट्रोनिक यंत्रों का प्रयोग सदा अपने हिसाब से माधुर्य के रूप में किया है। मैंने जो प्रयोग किया वह कामयाब है। अब आप ही देखिए हिमेश रेशमिया के पिताजी विपिन ने मेरे लिए इलेक्ट्रोनिक उपकरण बड़ी खूबसूरती से बजाए हैं।"

वह जब यह कहते हैं तो मेरे जेहन में कैमरे के आविष्कार के समय पेरिस के चित्रकार, प्राध्यापक पॉल देलारोश का कहा वह कथन गुंजने लगा जिसमें उन्होंने कहा था, "आज से चित्रकला मर गई है।" दरअसल कैमरे का आविष्कार हुआ तो चित्रकारों में हड़कंप मच गया था परंतु संयोग देखिए न तो चित्रकला मरी और न कैमरे का विकास रूका। चित्रकला और फोटोग्राफी दोनों ही कलाएँ एक-दूसरे की पूरक होती एक-दूसरे के प्रभाव से निरंतर समृद्ध जरूर हुई। संगीत में भी तो यही है। आधुनिक साज और संगीत से परंपरागत संगीत समृद्ध ही तो हुआ है। ख़याम यही तो कहना चाहते हैं, इसी पर तो ज़ोर देते हैं परंतु शुद्धता और पवित्रता से समझौते के वह पक्षधर नहीं हैं। इसीलिए संगीत में रिमिक्स को वह अच्छा नहीं मानते। बात हुई तो कहने लगे, "रिमिक्स बाहर की चीज़ है। बाहर से अच्छी चीज़ आए। बुराई नहीं। संगीत रिमिक्स बुराई है। इसमें फीमेल की बॉडी मूमेंट ही मुख्य हैं। संगीत में बॉडी मूमेंट वल्गर लगती है, ऐसी वल्गरता जिसमें नंगेपन के सिवा कुछ नहीं है। यह हमारे बच्चों के लिए, नौजवानों के लिए अच्छी बात नहीं है। मैं तो कहूँगा कि जिस तरह से रिमिक्स फिल्माया जाता है उससे पूरी भारतीय नारी जाति का अपमान होता है। मुजरेवाली को समाज में अच्छा नहीं समझा जाता परंतु उसमें भी ग्रेस नज़र आता है। रिमिक्स से समाज में गंदेपन के सिवा क्या पैदा हो रहा है?"

ख़याम ने जो संगीत दिया वह सदा ही बेहतरीन रहा है। उसे सुनते मन जैसे उसी में बसता है। शायद इसका बड़ा कारण यह भी है कि वह बेहद चूजी हैं। सोच-विचारकर ही किसी फिल्म के संगीत के लिए सदा वह तैयार होते रहे हैं। स्वाभाविक ही है कि इस प्रक्रिया में बहुत सी फिल्में अपने आप ही छूट जाती है। दरअसल वह बेहद मूडी है। बात करते हैं तो भी इस बात का अहसास बार-बार होता है। जिस बात को वह पसंद नहीं करते, उस पर बात ही नहीं करना

चाहते। चाहे कितनी ही बार आप उन्हें समझाना चाहें, कितनी ही बार उस बात पर ज़ोर दें वह उसे अपने तई खारिज ही कर देंगे। फिल्मों में भी जो पसंद आया, बस वही किया। बेतरतीब की बजाए सुघड़ तरीके से काम करने में वह विश्वास करते हैं। अपने स्वाभिमान के साथ भी वह किसी भी प्रकार का समझौता बरदाश्त नहीं करते। बात करता हूँ तो इसका अहसास भी होता है कि फिल्मों के लिए अपनी ओर से संगीत देने की पहल शायद उन्होंने कभी की ही नहीं। इसीलिए लंबे अर्से तक फिल्म जगत में होते हुए भी उनके खाते में बहुत कम फिल्मों का संगीत देना ही दर्ज़ है। इस पर संवाद होता है तो स्वयं ही कहते हैं, 'मैंने बहुत कम फिल्मों में संगीत दिया है, यही होगी कोई 55 फिल्में जिनमें मेरा संगीत है। इसका कारण यही है कि जो मेरे मिजाज में जँचा उसी के लिए मैंने संगीत दिया। मैं चूजी और मूडी हूँ। जब कभी कोई विषय पसंद आया तभी उस पर काम किया है। ऐसा नहीं है कि कोई भी आ जाए और मैंने हाँ कर दी है। ख़याम के पास तो असली हीरे-जवाहरात हैं। असली जवाहरात सस्ते नहीं होते। ''आई डोंट बिलिव क्वांटिटी'' (मैं मात्रा में विश्वास नहीं करता।) संगीत निर्देशन में मुझे पूरे 60 वर्ष हो गए हैं। कभी गुणवत्ता के साथ समझौता नहीं किया। चाहे ''शर्मा जी'' के नाम से मैंने संगीत दिया या फिर ख़याम के नाम से—इसमें हमेशा सजग रहा हूँ। पॉएट्री अच्छी हो तो संगीत विस्तार पाता है। मैंने महान शायरों, कवियों से अपने संगीत के लिए आग्रह करके लिखवाया। 600 से ज्यादा मेरी कंपोजीशंस है लेकिन जो किया अपनी मर्जी और अपने अंदाज से किया। ईश्वर की मर्जी और अल्लाह का कर्म सदा मेरे साथ रहा है। संगीत के अपने करियर में मैं कभी काम माँगने के लिए नहीं गया। हमने मेहनत की कमाई की है। फिल्म प्रोड्यूसर ही सदा काम के लिए हमारे यहाँ आए। हम कभी नहीं गए। यह ईश्वर का करम ही तो है।''

मुझे याद आता है, जगजीत कौर ख़याम की धर्मपत्नी है। वही गायिका जगजीत कौर जिसने कभी बेहद मशहूर गीत 'तुम अपना रंजो गम...' गाया था। अचरज की बात यह है कि शौहर के संगीतकार होने के बावजूद जगजीत को फिल्मों में गाने के बहुत अधिक अवसर नहीं मिले। स्वयं ख़याम की फिल्मों में भी कहाँ जगजीत को गाने का अवसर मिला! ऐसा भी नहीं है कि उनकी आवाज में दम नहीं है परंतु यह ख़याम की खुद्दारी ही कहें कि बगैर किसी के आग्रह के उन्होंने स्वयं अपने संगीत में ही जगजीत को गाने के लिए अपनी ओर से पेश नहीं किया। इस बारे में जब ज़िक्र छिड़ा तो वह भावुक हो कहने लगे, ''मेरी

सफलता में मेरी पत्नी जगजीत का बहुत बड़ा योगदान रहा है। वो कहते हैं ना अद्र्धांगिनी। अगर मैं कहूँ कि मेरा योगदान संगीत में मात्र 50 प्रतिशत ही है तो गलत नहीं होगा। 50 प्रतिशत योगदान तो पत्नी का ही है। मैं 80 वर्ष से अधिक का हो गया हूँ परंतु आज भी संगीत में उसी प्रतिबद्धता से सक्रिय हूँ तो उसका कारण यही है कि मेरे साथ मेरी पत्नी जगजीत रही है। मेरे लिए उन्होनें गीत गाए यह बड़ी बात है। 'शगुन' में उसने मेरे लिए गाया था। उसका गाया गीत आप आज भी सुनो तो आपको सुकून मिलेगा। 'तुम अपना रंजो गम, अपनी परेशानी मुझे दे दो....' (गुनगुनाते हुए कहने लगते हैं)...सच में संगीत की मेरी साधना का अधिकांश हिस्सा उसी का है। वैसे मैं यह बात साफ कर देना चाहता हूँ कि हम दोनों में सेल्फ रेसपेक्ट बहुत अधिक है। कोई निर्माता मेरे पास आए और अपनी फिल्म में संगीत देने के लिए आग्रह करे और हम कहें कि मेरी पत्नी गाएगी तो छोटा नहीं होना पड़ेगा? हाँ, कभी किसी ने आग्रह किया कि वह गाए तभी उन्होनें गाया है। उन्होनें अपनी पूरी कला और गायन को मेरे संगीत के लिए समर्पित कर दिया। मेरे लिए तो यही सबसे बड़ी बात है।''

बातें चली तो चलती रही। लिखने बैठूँगा तो कई पन्ने भी कम पड़ जाएँगे। यह तभी का संवाद है जब 'यात्रा' फिल्म में गौतम घोष ने पहले तो उनका संगीत लिया था और बाद में न जाने क्यों उसे हटा दिया था। याद पड़ता है, तब वह जोधपुर आए थे। बात हुई तो कहने लगे, ''फिल्म 'यात्रा' में मेरा संगीत नहीं है, यह गौतम घोष की बदनसीबी है। उसे संगीत देने का शौक है। उसने बंगाली फिल्मों में जरूर संगीत दिया है परंतु हिंदी फिल्म जगत में उसका कहीं कोई स्थान नहीं है। मुझसे इस फिल्म में संगीत देने के लिए गुजारिश की गई थी और मैंने गौतम घोष को मेरे संगीत में इस फिल्म में एक गीत रिकॉर्ड करने की अनुमति दी थी। मैंने भी इस फिल्म को इसलिए साईन किया था कि मुझे इसकी स्क्रिप्ट में दम लगा था क्योंकि उसमें मुख्य चरित्र एक गायक-नर्तक का था। रेखा ने भी मेरे संगीत के लिए बहुत अधिक रूचि ली थी। अब मेरा संगीत निकाल दिया, अपना रख लिया। यह उसका बैड लक है। मैं आईटम नहीं देता, संगीत देता हूँ। मेरा संगीत 'यात्रा' में रखा जाता तो निश्चित रूप से फिल्म कामयाब होती। मैंने इस फिल्म के संगीत को ओपन ही नहीं किया है?''

मैं महसूस करता हूँ कि यह कहते हुए ही वह इस प्रसंग में और बात नहीं करना चाहते। इसीलिए अपनी उम्र के बारे में बात करते हुए कहते हैं, ''80 वर्ष का हो गया हूँ। आपसे बात कर रहा हूँ। ईश्वर का, अल्लाह का, वाहेगुरू का रहम

रहा तो अभी 5-7 बरस और काम करूँगा। कृष्णकांत पांड्या के निर्देशन में बनी 'मैं फिर आउँगा' पिक्चर का संगीत हाल ही में मैंने दिया है। अभी इसके दो गाने रिकॉर्ड किए हैं। नए सैटअप के साथ जब यह फिल्म आएगी, मैं समझता हूँ यह पसंद की जाएगी। इससे पहले अनिता सिंघवी का एक एलबम बनाया है। आपके राजस्थान की ही हैं वो, जोधपुर की। कांग्रेस प्रवक्ता अभिषेक मनु सिंघवी की पत्नी। गजल गाने का उन्हें जुनून है। खुली आवाज है। एक-दो माह में ही उनका यह एलबम रिलीज होगा। इसके अलावा लेख टंडन के निर्देशन में त्रियंतर वाजपेयी द्वारा बनाए जा रहे 'बिखरी आस निखरी प्रीत' दूरदर्शन धारावाहिक के लिए भी संगीत दे रहा हूँ।' कहते हुए वह उत्साह से भर जाते हैं। लगता है, संगीत का उन्हें जुनून है। कार्य करने का भी।

फिल्म संगीत पर और भी बातें होती है। इधर नए आ रहे गायकों, गीतकारों पर भी चर्चा होती है। कहते हैं, "गायन मिट्टी से जुड़ा होना चाहिए। नए जो गायक आ रहे हैं वे अधिकतर मुकेश-रफी की कॉपी करते हैं। कॉपी करना बुरी बात नहीं है, चूँकि हर कोई संगीत में अपने बड़ों के पद्-चिह्नों पर चलना चाहता है परंतु जब गीत का चयन किया जाए तो इस बात पर विशेष ध्यान देना चाहिए कि उसमें उसकी मैलोडी बरकरार रहे। नए गायक अच्छा गाएँ, रियाज पर ध्यान दें और हाँ बड़ों के अनुभव से सीख लें तो निश्चित ही भविष्य में वे अच्छा कुछ कर पाएँगे।"

ख़याम भारतीयता से लबरेज व्यक्तित्व हैं। देशभक्ति का उनका जज्बा भी उन्हें औरों से जुदा करता है। भारतीय लोगों, यहाँ की संस्कृति से उन्हें बेहद प्यार है। यहाँ तक कि अगर कोई और जन्म हो तो भी वह भारत में ही पैदा होना चाहते हैं। इसीलिए कहते हैं, "मेरा फिर से जन्म हुआ तो मेरी प्रार्थना है कि मैं इसी भारत में जन्म लूँ और भारतीय संगीत की खिदमत करूँ। यहाँ जो संगीत की पवित्रता है उसे उसी तरह देता रहूँ। पूरी दुनिया में भारतीय संगीत का परचम लहराता रहे, यही मेरी सदा ख्वाहिश रहेगी।"

इस पूरे संवाद में मुझे बार-बार यह लगा कि ख़याम साहब से बात करना तहजीब से रू-ब-रू होना है। उर्दू का शाब्दिक सौंदर्य ख़याम साहब की बातों में हर ओर, हर छोर दिखाई देता है। वह बोलते हैं तो नफ़ासत में उनका कोई शानी नहीं दिखाई देता। हाँ, इधर सुनने में उन्हें थोड़ी परेशानी होती है सो उन्हें कोई प्रश्न पूछते हैं तो थोड़ा ज़ोर से बोलना पड़ता है। वह समझकर शिद्दत से हर

प्रश्न का जवाब देते हैं। उर्दू शायरी का उनके पास जैसे ख़जाना है। हर सवाल के जवाब में वह इसका इस्तेमाल करते हैं और इससे भी बड़ी बात शायरी का उनका वह अंदाज है, जिसमें आप-हम बह जाते हैं। शायरी की उम्दा समझ से ही उनके गीत भावों की गहराई में ले जाते मन को अजीब सा सुकून देते हैं। उनसे बातचीत समाप्त करने का तो मन नहीं था परंतु लगा, वह थक गए हैं तो उनसे न चाहते हुए भी अनुमति लेता हूँ। उनके सौम्य स्वभाव, तहजीब और नफ़ासत को याद करते ही जेहन में औचक कभी उनका ही कंपोज किया 'शगुन' फिल्म का गीत कौंधता है, 'पर्वतों के पेड़ों पर शाम का बसेरा है, सुरमई उज़ाला है चंपई अंधेरा है... ।'

प्रदीप

गीतकार, गायक प्रदीप का पूरा नाम था रामचंद्र नारायणजी द्विवेदी। दादा साहेब फाल्के पुरस्कार प्राप्त प्रदीप फिल्म जगत के ऐसे गीतकार, गायक कहे जा सकते हैं जिन्होंने संगीत में हिंदी शब्दों की अद्भुत लय से सदा ही सुनने वालों का नाता कराया। यह वही प्रदीप हैं जिन्होंने भारत-चीन युद्ध में शहीद हुए सैनिकों की श्रद्धांजलि में कभी 'ए मेरे वतन के लोगों...' जैसा मार्मिक गीत लिखा था। इस गीत का देश के प्रथम प्रधानमंत्री पंडित जवाहरलाल नेहरू की उपस्थिति में 26 जनवरी 1963 को दिल्ली के रामलीला मैदान से सीधा प्रसारण किया गया था। 'पिंजरे के पंछी रे...', 'कोई लाख करे चतुराई...' जैसे भावना प्रधान गीतों को स्वयं उन्होंने अपनी आवाज दी। कवि प्रदीप से मशहूर यह विरल गायक, गीतकार 11 दिसंबर 1998 को हम सबसे सदा के लिए जुदा हो गया।

कुछेक लोकप्रिय गीत

- चल चल रे नौजवान....(बंधन)
- आओ बच्चों तुम्हें दिखाएँ झाँकी हिंदुस्तान की... (जागृति)
- दूर हटो ऐ दुनिया वालों हिंदुस्तान हमारा है...(किस्मत)
- देख तेरे संसार की हालत क्या हो गई भगवान...(नास्तिक)
- दूसरों का दुखड़ा दूर करने वाले...(दशहरा)
- इन्सान का इन्सान से हो भाईचारा...(पैगाम)
- मैं तो आरती उतारूँ...(जय संतोषी माँ)

हम लाए हैं तूफान से कश्ती निकाल के

रामचंद्र दूविवेदी उर्फ प्रदीप हिंदी फिल्मों में संभवतः पहले ऐसे गीतकार रहे हैं जिन्होंने साहित्यिक गीतों के ज़रिए फिल्मी गीतों में हिंदी का एक प्रकार से चमत्कार किया। भावनाओं से ओत-प्रोत उनके गीत समय की बारीक पड़ताल ही नहीं करते बल्कि उनमें संवेदना की गहराई भी है। देशभक्ति के उनके लिखे गीतों ने आज़ादी की लड़ाई में जोश भरा तो चीन युद्ध के दौरान सीमा पर शहीद हुए जवानों की शहादत की याद का उनका लिखा 'ए मेरे वतन के लोगों...' गीत तो आज भी आँखों में आँसू भर देता है। उन्हें बच्चों और जानवरों से बेहद लगाव था। मुंबई में उनके निवास स्थान 'पंचामृत' में उनसे वर्ष 1992 में पहली बार भेंट का अवसर मिला था। तभी उनकी पत्नी भद्रा और बेटियां सरगम एवं मितुल से भी पहली बार भेंट हुई थी। इसके बाद जब उन्हें 1998 में दादा साहब फाल्के अवार्ड प्रदान किया गया था, उसके कुछ ही दिन बाद लंबी मुलाकात का अवसर मिला था।

याद पड़ता है, पहली बार गीतकार पं. भरत व्यास के भाई और हिंदी फिल्मों के चरित्र अभिनेता बी.एम. व्यास ने ही उनके घर का पता मुझे बताया था। 'पंचामृत' में जब पहुँचा तो उनकी बेटी मितुल ने दूवार खोला। तब कॉलेज की पढ़ाई करके निकला ही था।...मैंने प्रदीप जी से मिलने की मंशा बताई।...कुछ समय गेट पर ही इंतजार करना पड़ा। अंदर से प्रदीप जी ने कहलवाया, "क्यों मिलना चाहते हैं?"

मैंने कहा, "मैं नवभारत टाइम्स में लेखन करता हूँ, उनसे एक इंटरव्यू करना चाहता हूँ।...प्रदीप जी ने अंदर से बगैर मिले ही साफ कहलवा भेजा कि उनकी इंटरव्यू देने में कोई रूचि नहीं है।...अब क्या हो सकता था। कुछ देर पहले खुला उनका गेट मेरे लिए फिर से बंद हो गया था।...लगा, प्रदीप जी से बगैर

मिले ही वापस बीकानेर लौटना होगा परंतु फिर मन ने कहा, यूँ वे कैसे मिलने से इंकार कर सकते हैं सो फिर से उनके बंगले की बैल बजा दी। इस बार मन में जोश और साहस था। गेट खुला। झुंझलाया स्वर, ''आपको जब कह दिया कि वे नहीं मिल सकते तो...''

बात को बीच में ही काटकर मैंने कहा, ''मुझे उनके साथ फोटो नहीं खिंचवाना है। उनसे बात करनी है। इंटरव्यू वो नहीं देना चाहें तो कोई बात नहीं।'' या तो मेरे स्वर की यह दृढ़ता थी या फिर प्रदीप जी को लगा कि यह बला ऐसे टलने वाली नहीं है...सो उन्होंने मुझे अंदर बुलवा लिया। मैं उनके पास पहुँचा। उन्होंने मुझे ऊपर से नीचे तक गौर से देखा। बोले, ''...तो आप लेखक हैं।''

मुझे लगा, यही वक्त है उनसे खुलकर बातचीत का। मैंने उनके बारे में पढ़ी हुई बहुत सारी बातें उन्हें बताई। वे सुनते रहे। सुनते-सुनते ही भावुक हो उठे और कविता की कुछ पंक्तियों से प्रारंभ हुई बातचीत परवान चढ़ने लगी। कुछ देर बाद धीरे से मैंने संकोच करते हुए कहा ''आप अनुमति दें तो आपके कहे को संजो भी लूँ।...''वे सुनकर मुसकराए। बोले, ''मुझे बहुत परेशानी होती है। कुछ तो ऐसे भी आते हैं जो बस मेरे साथ फोटो भर खिंचवाते हैं और जाकर पता नहीं क्या-क्या मेरे बारे में लिख देते हैं। जिनको समझ नहीं है, उनसे बात करते मैं कतराता हूँ। मुझे अपना प्रचार नहीं करना। अरे, भई मिले कोई तो भावना से मिले। ये क्या कि दूसरों को दिखावे के लिए ही मेरा उपयोग करे...। तुमसे बात करते अच्छा लग रहा है। पूछ लो, जो भी पूछना है।''

...तो यह प्रदीप जी से भेंट की भूमिका थी।...इसके बाद तो उन पर मैंने एक बड़ा-सा आलेख लिखा था। उन्हें भिजवाया तो बेहद सुखद प्रतिक्रिया भी उनकी मिली। आज़ादी की लड़ाई में उनके गीतों का भी अहम् भूमिका रही है। याद पड़ता है, उनसे बातचीत का सिलसिला आज़ादी के पहले के हालात और बाद की स्थिति पर ही प्रा्रंभ हुआ, कहने लगे ''आज देश के लिए कोई नहीं सोचता। हम देश के लिए नहीं सोचेंगे तो फिर हमें हक भी नहीं है कि हम यहाँ सर उठाकर जीएँ। देश ने हमें स्वाभिमान दिया है। हम देश के लिए कुछ भी कर सकें तो यह हमारे लिए सौभाग्य की बात है। बचपन में छायावादी कवियों को पढ़ता था। मुझे इस बात का भरोसा था कि मैं एक दिन शिक्षक बनूँगा। शिक्षक बनकर देशभक्ति की भावनाओं का ज्वार देश के नौजवानों में भरने का मेरा सपना था। शिक्षक बनने के लिए ही मैंने शिक्षक प्रशिक्षण भी लिया परंतु मेरा भाग्य मुझे

फिल्म जगत में ले आया। यहाँ भी मैंने शिक्षक के रूप में समाज को कुछ देने का ही सदा प्रयास किया।''

यह कहते हुए वह बेहद भावुक हो जाते हैं। मैं गौर करता हूँ, उनकी आँखों से नन्हीं-सी दो बूँदें भी निकल आती हैं। कोई इन्हें देखे, उससे पहले ही वह उन्हें पोंछ लेते हैं। दुबला-पतला उनका बदन परंतु कड़क मिजाज। अपनी भावुकता को वह कमज़ोरी नहीं मानते, इसीलिए कहने में उनकी कड़कता निरंतर बरकरार रहती है। अपने आप तो वह कुछ बताने को जैसे तैयार ही नहीं हैं, इसीलिए इधर-उधर का कुछ संवाद होता है और फिर जब उन्हें लिखे के उनके अतीत में किसी प्रसंग से ले जाने में सफल हो जाता हूँ तो वह पुराने दिनों में लौट जाते हैं, यह कहते हुए, ''फिल्मों में गीत लेखन की शुरूआत तो 1939 में ही हो गई, जब मैंने 'कंगन' फिल्म के लिए पहली बार चार गाने लिखे। इससे पहले कवि सम्मेलनों में मैं हरिवंश राय बच्चन जी के साथ मंच पर कविताएँ खूब सस्वर गाता था। 'कंगन' में मेरे लिखे चार गीत थे और इनमें से तीन को गाया भी मैंने ही था। इसके बाद 'बंधन' (1940) फिल्म के लिए मैंने देशभक्ति का जज्बा लिए 'चल-चल रे नौजवान...' गीत लिखा। देश को प्रेरणा दे, ऐसे गाने लिखूँ—यह सोचकर ही मैंने देशभक्ति के गीत फिल्मों मे लिखे।''

वह जब यह कहते हैं तो मुझे औचक याद आता है कि कभी प्रदीप का लिखा गीत 'चल-चल रे नौजवान' बेहद लोकप्रिय हुआ था। इस गीत में जोश और उमंग का जज्बा था और देश की आज़ादी के लिए संघर्ष भी तब चरम पर था। गीत इस कदर लोकप्रिय हुआ कि हर नौजवान उसे गुनगुनाने लगा। परिणति वही होनी थी जो हो सकती थी। माने ब्रिटिश हुकूमत ने उसे बैन कर दिया। इस गीत के पीछे की कहानी भी कम रोचक नहीं है। प्रदीप से जब संवाद हुआ तो बताने लगे, ''चल-चल रे नौजवान...' गीत की पंक्तियां बॉम्बे टॉकिज के लॉन में एक पेड़ की छाया तले मैंने लिखी। देश की आज़ादी के लिए चल रहे संघर्ष को लेकर मेरे मन में भी अजीब सी छटपटाहट थी। मैं चाहता था कि कलम के ज़रिए मैं भी तो कुछ करूँ देश के लिए। ऐसे ही देश के नौजवानों को आज़ादी के लिए जगाने, उनमें जोश भरने के लिए मेरे दिमाग में कुछ पंक्तियाँ आई। मैंने तत्काल उन्हें कागज पर लिख लिया।''

प्रदीप ने गीत को लिख दिया और मजे की बात यह रही कि उसे जब अशोक कुमार को सुनाया तो वे उछल ही पड़े। उन्हें इस कदर यह पसंद आया कि हारमोनियम लेकर वह बैठ गए। 'चल-चल रे नौजवान....' पंक्तियां की धुन

तो उन्होंने तत्काल बना दी। इसके बाद अंतरों के साथ पूरे गीत की धुन एस. मुखर्जी की बहन और अशोक कुमार की बहन सती देवी ने बनाई। फिल्म जब प्रदर्शित हुई तो नौजवानों में जैसे उबाल आ गया। गली-कूचे में धूम मच गया इस गीत की। ब्रिटिश हुकूमत को लगा कि ऐसे तो लोग आज़ादी के लिए टूट पड़ रहे हैं। बस फिर क्या था हुकूमत ने उसे सैंसर कर दिया। आज़ादी के परवानों को तब क्या फ़र्क पड़ता था! सो सैंसर के बाद भी यह गीत देशभर में खूब बजा। इस गीत को देशभक्ति का बीज मंत्र मानते हुए नौजवानों ने अपनाया। महादेव भाई देसाई ने तो बाकायदा प्रदीप के लिखे इस गीत की उपमा उपनिषद् के मंत्रों से की।

बहरहाल, राष्ट्रगीत लिखने के लिए प्रेरणा प्रदीप को आज़ादी के आंदोलन से ही मिली। बकौल प्रदीप, राष्ट्रभक्ति से ओत-प्रोत गीत लिखने से उन्हें बेहद आत्मसंतुष्टि मिलती थी। हालांकि देशभक्ति के गीतों को लिखने से तब उन्हें परेशानियां भी खूब उठानी पड़ी थी। इस सबंध में ही औचक वह बताने लगे थे, ''किस्मत' फिल्म में जब मैंने 'आज हिमालय की चोटी से, दुश्मन को ललकारा है, दूर हटो ए दुनिया वालों, हिंदुस्तान हमारा है....' गीत लिखा तो देश में वातावरण बहुत गर्म था। फिल्म जब प्रदर्शित हुई तो ब्रिटिश सरकार में हलचल मच गई। सीआईडी मेरे पीछे लग गई।'' प्रदीप को कुछ समय के लिए भूमिगत होना पड़ा। फिल्म को तो तब बंद करना ही पड़ा। प्रदीप कहने लगे, ''ब्रिटिश हुकूमत ने मुझे भी इतना परेशान किया कि देश छोड़कर चले जाने की नौबत तक आ गई थी। वे भी दिन थे...।''

....और वह दिन भी आया जब देश को आज़ादी मिली। गुलामी की जंजीरों से मुक्ति का नाद हर ओर था परंतु बँटवारे का दर्द भी कम नहीं था। भावुक प्रदीप के लिए यह किसी सदमे से कम नहीं था। लेखक क्या कर सकता है, हालात की बेबसी को लिख ही तो सकता है। सो प्रदीप को पहुँचे मानसिक धक्के ने उनसे लिखवाया। मार्मिक गीत लिखवाया। फिल्म थी 'नास्तिक'। बँटवारे के बाद देश के बदले हालात पर मज़बूर होकर उन्हें लिखना पड़ा था, 'देख तेरे संसार की हालत क्या हो गई भगवान, कितना बदल गया इन्सान।...' गीत में बँटवारे का घनीभूत दर्द जैसे बिखरा पड़ा था। प्रदीप ने खुद इसे अपनी आवाज दी। आज भी सुनते हैं तो बँटवारे के दर्द का मर्म समझ आने लगता है।

आज़ादी देश के लिए कुरबानी देने वाले तमाम देशभक्तों की ही तरह प्रदीप का भी सपना था। सो जब आज़ादी का सूर्य उदित हुआ तो उनका लेखक मन

भी कम प्रसन्न नहीं था। आज़ादी के जज्बे के साथ उसे संभाले रखने की चिंता भी उनके मन में कहीं थी, इसीलिए उनके भीतर के लेखक ने उनसे लिखवाया, 'दे दी हमें आज़ादी बिना खडग बिना ढ़ाल, साबरमती के संत तुने कर दिया कमाल...'। संवाद हुआ तो कहने भी लगे, ''आज़ादी की खुली साँस आज हम उन नौजवानों की बदौलत ही ले रहे हैं जिन्होंने देश के लिए अपने आपकी बलि दे दी....और महात्मा गाँधी तो महापुरूष थे, यह हम सभी को मानना ही पड़ेगा। ऐसे महापुरूष सदियों में जन्म लेते हैं। मुझे आज़ादी के लिए उनके लड़ने का मार्ग इतना अच्छा लगा कि मैं सदा के लिए उनका भक्त हो गया। उनके लिए अपनी भावनाओं को ही तो बाद में मैंने 'दे दी हमें आज़ादी...' गीत में लिखा था। 'जागृति' फिल्म में भी मैंने आज़ादी को संभालकर रखे जाने का संदेश देते लिखा 'हम लाए हैं तूफान से कश्ती....' गीत लिखा।''

देशभक्ति का प्रदीप का जज्बा उनके गीतों में गहरे से झलकता है। बचपन का सुना उनका गाया हुआ गीत 'आओ बच्चो तुम्हें दिखाएँ...' आज भी सुनते हैं तो लगता है हिंदुस्तान की सैर कर रहे हैं। भारत को जान रहे हैं। कश्मीर से कन्याकुमारी तक फैले हमारे देश की भावनाओं से साक्षात् कर रहे हैं।

लिखना आसान नहीं होता। बाकायदा इसके लिए हालात और परिवेश को जीना पड़ता है। मुझे लगता है, प्रदीप अपने लिखे में जीवनानुभूतियों को गहरे से जीते थे। शायद इसीलिए उन्होंने कहा भी, ''मुझे सृजन का बुखार आता है। जब तक कुछ लिख नहीं लेता, यह बुखार उतरता ही नहीं है, इसीलिए मुझे लिखना पड़ता है। पहले से बनी धुनों पर लिखना मैं उचित नहीं मानता। लिखो तो दिल से लिखो। दिल से लिखा ही लोगों के दिलों में उतरता है। गीतों में अंतरों पर मैं बहुत ध्यान देता हूँ। इस पर गंभीरता दिया जाना जरूरी भी है। जब कभी लिखता हूँ तो पहले अपने अंदर के प्रदीप को बाहर निकालता हूँ और उसे अपने सामने बिठाता हूँ। कहता हूँ–''देख तू मुझे सुन, पंसद हो तो बोलना नहीं तो साफ कह देना कि ठीक नहीं है।''

वह जब यह कह रहे थे, मेरा मन ढेरों उनके उन गीतों पर जा रहा था जिसमें देश और आज़ादी का जज्बा कूट-कूट कर भरा था। देश की आज़ादी के लिए जो लोग शहीद हुए, जिन्होंने अपना सर्वस्व न्योछावर कर दिया, उनके प्रति सम्मान का भाव उनके लिखे में बार-बार झलकता है। कभी पंडित नेहरू उनके लिखे को सुनकर रो पड़े थे। लता उनके लिखे में इस कदर खो गई थी कि उनकी आवाज में भी शब्दों के भीतर का दर्द जैसे गहरे से उमड़ आया था। आप समझ

गए होंगे, वह कौन-सा गीत था। जी हाँ, यह प्रदीप का ही गीत है, 'ए मेरे वतन के लोगों...।' इस गीत को कोई भी सुनता है तो भावुक हुए बिना कहाँ रहता है! मेरे साथ भी यही हुआ। इस गीत के लिखे जाने के बारे में पढ़ा पहले भी था परंतु न जाने क्यों मैं चाहता था कि प्रदीप जी स्वयं इसके बारे में मुझे बताएँ। शायद इसलिए भी कि इस गीत को लेकर एक नहीं बहुत सी किंवदंतियां अपने आप जुड़ती चली गई थी। प्रदीप जी को गीत के पार्श्व में लाने के लिए जो कुछ करना था, किया परंतु संतोष इस बात का रहा कि वह बोले और खुलकर बताया, ''देश पर जब चीन ने अटैक किया तो मेरा मन भी दहल उठा था। तब देश की सीमाओं पर तैनात वीरों की बहादुरी के कारनामे अख़बारों में पढ़ने को मिलते थे। होशियार सिंह, सैतानसिंह जैसे वीरों के बारे में जब पढ़ा तो उनके बहादुरी के कारनामे दिल में बैठ गए। ध्यान से रोज अख़बार पढ़ते तो उनके प्रति भावना मन में रहती। मुझे याद है माहीम के फुटपाथ पर चलते हुए तब मैं कहीं जा रहा था। सीमा पर तैनात जवानों की शहादत से मन भरा हुआ था। शहीदों की कुर्बानी को श्रद्धांजलि के भाव से अचानक मेरे मन में कुछ विचार आए। सिगरेट पीते हुए मैंने सोचा कि जो पंक्तियां दिमाग में अभी आ रही है, वे क्यों नहीं अभी लिख दूँ। अब मेरे पास और तो कुछ उस समय था नहीं, इसलिए सिगरेट की डिब्बी के अंदर के कागज पर ही उन्हें लिख लिया। जी हाँ, वे ही पंक्तियां हैं—''जो शहीद हुए हैं, उनकी ज़रा याद करो कुर्बानी...।' घर पहुँचते-पहुँचते मैंने गीत के बारे में पूरा सोच लिया था। मैंने घर आते ही सी.रामचंद्रजी को फोन किया। उनके साथ मिलकर इस गीत को तैयार किया। पहले इसे आशा भोंसले गाने वाली थी परंतु फिर इसे लता ने गाया। गाने का मुखड़ा भी 'ए मेरे वतन के लोगों...' कर इसे तैयार किया गया। आपको एक रोचक बात बताऊँ कि ''ए मेरे वतन के लोगों....' की रिकॉर्डिंग के लिए किसी ने कोई पैसा नहीं लिया। एचएमवी ने इसका रिकॉर्ड बनाया और इसकी सारी कमाई शहीद परिवारों को दी गई।''

गुलजार

सर्वश्रेष्ठ गीत का ऑस्कर पुरस्कार प्राप्त गुलजार का पूरा नाम है संपूर्ण सिंह कालरा। 18 अगस्त 1936 को जन्मे गुलजार फिल्मी गीत लेखन के साथ ही पटकथा लेखक, फिल्म निर्देशक भी हैं। फिल्म संगीत में हिंदी, उर्दू और पंजाबी के खूबसूरत लफ़्जों की उनकी शायरी सुनते हैं तो दिल में घर करती है। बच्चों के लिए भी उन्होंने कहानियां और गीत लिखे हैं। 'जंगल-जंगल पता चला है, चड्डी पहन के फूल खिला है...' उन्हीं ने लिखा। बच्चे आज भी उसे कहाँ भूले हैं! यह वही गुलजार हैं, जिन्होंने कभी 'हमने देखी है इन आँखों में प्यार की महकती...' जैसा बेहतरीन गीत लिखा था 'दिल ढूँढता है, फिर वही फुरसत के रात-दिन...' जैसी उम्दा शायरी भी उन्हीं की जुबानी है।

कुछेक लोकप्रिय गीत

- हमको मन की शक्ति देना, मन विजय करे...(गुड्डी)
- मैंने तेरे लिए ही सात रंग के सपने चुने...(आनंद)
- डाकिया डाक लाया...(पलकों की छाँव में)
- बीती ना बिताई रैना...(परिचय)
- चप्पा-चप्पा चरखा चले...(माचिस)
- जिया जले जां चले...(दिल से)
- तुम पुकार लो, तुम्हारा इंतज़ार है...(खामोशी)

दिल ढूँढता है...

साठ के दशक में बनी बिमल रॉय की फिल्म 'बंदिनी' के एस.डी.बर्मन के संगीतबद्ध किए एक गीत का मुखड़ा है—'मोरा गोरा अंग लई ले, मोहे श्याम रंग दई दे...।' इसमें बंदिनी की नायिका कल्याणी (नूतन) की मनः स्थिति को शब्दों में इस खूबसूरती से पिरोया गया है कि लिखने वाले की संवेदनशीलता और गहराई पर सहसा ही ध्यान चला जाता है। जानते हैं, इस गीत के गीतकार कौन हैं? जी हाँ, गुलजार। फिल्मों में गीत लेखन से ही नहीं बल्कि पटकथा, संवाद, निर्देशन आदि से भी निरंतर जुड़े गुलजार दरअसल भारतीय रजत पट के ऐसे व्यक्ति हैं जिन्होंने फिल्मों में अपनी बहुआयामी प्रतिभा से सदा ही आकृष्ट किया है। बड़ों के लिए ही नहीं बल्कि बच्चों के लिए भी उन्होंने निरंतर बेहतरीन लेखन किया है, इसी से बच्चों के भी वे उतने ही प्रिय हैं जितने कि बड़ों के। किपलिंग की 'जंगल बुक' पर बनी एनिमेशन फिल्म के हिंदी रूपांतरण के शीर्षक गीत 'जंगल-जंगल पता चला है, चड्डी पहन के फूल खिला है...' को आज भी बच्चे भूले नहीं हैं।

बहरहाल, फिल्मों में गुलजार का प्रवेश 1963 में बिमल रॉय की बनाई फिल्म 'बंदिनी' के 'मोरा गोरा अंग लई ले, मोहे श्याम रंग दई दे' गीत से ही हुआ। इसके बाद उन्होंने हेमंत कुमार और ऋषिकेश मुखर्जी की फिल्मों के लिए भी लेखन किया। बतौर निर्देशन वर्ष 1971 में 'मेरे अपने' फिल्म से लेकर 'हु-तु-तु', 'मजहब' फिल्म के निर्देशन तक गुलजार का फिल्मी सफर कामयाबी भरा रहा है। इसकी खास वजह है, उनके अंदर एक संवेदनशील लेखक का होना।

याद पड़ता है तब इस नाचीज़ को केंद्रीय साहित्य अकादमी द्वारा लेखक फैलोशिप प्रदान की गई थी और अकादमी के सौजन्य से ही तब महाराष्ट्र के लेखकों से मिलने का सुयोग बना था। मुंबई में साहित्य अकादमी के क्षेत्रीय

निदेशक भ्रातंब्रेकरजी से भेंट हुई तो उन्होंने बहुत से लेखकों के नाम सुझाए। गुलजार से भी तभी पहली भेंट हुई थी। बाद में तो बहुतेरी बार उनसे भेंट हुई, संवाद भी होता रहा जयपुर में आयोजित लिटरेरी फेस्टिवल में तो दूरदर्शन, जयपुर के लिए बाकायदा उनका इंटरव्यू भी रिकॉर्ड किया। भेंट के और भी बहाने होते ही रहे परंतु पहली मुलाकात का जो असर था वह आज भी जेहन में बसा है। याद पड़ता है, मुंबई में बांद्रा स्थित उनके निवास स्थान 'बोस्कियाना' में मुलाकात का अवसर मिला तो सबसे पहले मैंने यही पूछा—'आप फिल्मों में पटकथा, संवाद लेखन, गीत लेखन और निर्देशन एक साथ करते हैं तो क्या इसमें कभी कोई दिक्कत नहीं आती। कैसे इन सबमें आप तारतम्य बैठा पाते हैं?' गुलजार इस प्रश्न को सुनकर थोड़ी देर चुप रहते हैं, फिर कहने लगते हैं—"जब एक ही व्यक्ति ये सारे कार्य करता है तो वह स्वयं चरित्रों की मनः स्थिति को जी सकता है। ऐसे में केवल भावनाओं को चित्रित करने के सहयोगी के रूप में ही तो उसे काम करना होता है, और आप देखिए इसमें मुझे तो अधिक अच्छा लगता है। पात्रों की मनः स्थिति को जीने के साथ ही उनकी संवेदना का स्पर्श, शायद इसी से मैं दर्शकों को फिल्म देखने के दौरान और गीत लेखन में श्रोताओं को सुनने के दौरान करा पाता हूँ।"

गुलजार अपनी बात समाप्त करते हैं और उधर फिर मेरे मुँह से निकल जाता है "....अच्छा यह तो ठीक है। इन सबके बीच भी आप बच्चों के लिए भी कुछ न कुछ लिखते रहते हैं या फिर निर्देशन जैसा कोई काम करते रहते हैं, इसके लिए फिर वक्त कहाँ से मिलता है?" प्रश्न सुनकर गुलजार थोड़ा मुसकराते हैं, अगले ही पल कहते हैं—"आप खुद ही देखिए न, बच्चों के लिए तो मैं फिर भी वक्त निकाल ही लेता हूँ।" थोड़ी देर चुप्पी छायी रहती है। इस चुप्पी को भी गुलजार ही तोड़ते हैं, यह कहते हुए—"बच्चों के लिए लिखना मुझे अच्छा लगता है। बल्कि मैं तो यह कहूँगा कि बच्चों के लिए हर लिखने वाले को लिखना ही चाहिए। दरअसल बच्चों से मेरी जमती भी है क्योंकि उनसे मैं सदैव अपने को जुड़ा पाता हूँ।" आगे फिर वे कहते हैं—"बच्चे सर्वाधिक संवेदनशील होते हैं और उनमें जो मासूमियत और भोलापन होता है, वह और कहीं नहीं मिलता। कभी-कभी तो लगता है मैं आज भी बच्चा ही हूँ। उनसे बोलना, उनसे बतियाना मुझे आज भी अत्यंत प्रिय है।"

गुलजार जब यह कह रहे होते हैं तो मैं गौर करता हूँ, उनके भीतर अभी भी एक मासूम बच्चा है। इस मासूम बच्चे के संवाद, बच्चे की संवेदनशीलता

उनकी शायरी में भी बखूबी देखी जा सकती है। बच्चों के लिए गुलजार ने 'पोटली बाबा की' टीवी सीरियल लिखने के साथ-साथ पांच खंडों में 'बोस्की का पंचतंत्र' किताब भी लिखी। किपलिंग की 'जंगल बुक' पर बनी एनीमेशन फिल्म के दूरदर्शन के लिए हिंदी रूपांतरण में गुलजार की ही प्रमुख भूमिका रही थी। बच्चों के लिए कविताओं के साथ ही इधर कुछ और बनाने के लिए भी वे निरंतर प्रयासरत हैं। इस संबंध में उनका कहना भी है–'बच्चों के लिए लिखने और कुछ करने में मुझे जो शकुन मिलता है उसे शब्दों में मैं बयान नहीं कर सकता।'

शब्दों की जब बात चली तो मेरे जेहन में अचानक कौंधता है कि गुलजार के लिखे संवाद हो या फिर गीत, उनमें उर्दू के शब्दों की भरमार होती है। हिंदी गीतों में उर्दू शब्दों के प्रयोग की कोई खास वजह? पूछने पर गुलजार कहते हैं, "मेरी मातृभाषा पंजाबी और उर्दू रही है। लेखन में मैंने उर्दू को ही चुना। मैं इसे उर्दू क्यों कहूँ, यूँ भी कह सकता हूँ मेरी लिखने की भाषा उर्दू-मायल हिंदुस्तानी है। जिस भाषा का प्रयोग मैं बोलने में करता हूँ, उसी में तो लिखूँगा। बोलने में भी उर्दू शब्दों का प्रयोग बार-बार होता है और यह बोलना जब लेखन में आता है तो उसकी लिखाई तो हिंदी में ही होती है ना? हम जो लिख रहे हैं वो ज्यादा से ज्यादा लोग पढ़ सकें और समझ सकें तो फिर ऐसे लिखने में बुराई ही क्या है?"

दरअसल गुलजार के गीतों में उर्दू शब्दों की भरमार भले ही हो परंतु यह भरमार इस खूबसूरती के अंदाज में होती है कि पढने वाला या सुनने वाला बस सुनता ही रह जाता है, पढ़ता ही रह जाता है। उनके गीत लेखन में या यूँ कहूँ शायरी में मानवीय संवेदनाओं का स्पंदन इस बारीकी से हुआ है कि वह किसी के भी मन को छू लेता है। गीतों में संवाद भी कुछ अधिक ही होते हैं, इसकी कोई वजह? जब गुलजार से यह पूछता हूँ तो वे हलका मुसकराते हैं। फिर कहते हैं–"अपनी-अपनी शैली है।"

जवाब सुनकर थोड़ा आश्चर्य व्यक्त करता हूँ। कहने लगता हूँ, "तो क्या पृथक शैली के लिए ही आपके गीतों में संवाद की प्रमुखता है...?" बात पूरी होने से पहले ही गुलजार बीच में ही कहने लगते हैं–"आप पूरी बात समझे नहीं। मैं गीतों में संवाद जान-बूझकर नहीं डालता। वे तो अपने आप ही आ जाते हैं। फिर हम आम ज़िंदगी में बातें ही तो करते हैं। ये बातें अगर गीत में, शायरी में वैसे ही आ जाए तो इसमें क्या बुरा है? अब मैं अगर ऐसा करता हूँ और इसे गुलजार की शैली आप कहते हैं तो मुझे एतराज भी नहीं है।"

"अच्छा आपने इतने खूबसूरत गीत फिल्मों में लिखे हैं, कहानियाँ लिखी हैं, बच्चों के लिए लिखा है। इन सबके लिए प्रेरणा कहाँ से मिलती है?" प्रश्न करने पर गुलजार थोड़ा गंभीर हो जाते हैं। फिर सहज होकर तपाक से कहते हैं—"प्रेरणा और कहीं से नहीं मिलती। वह तो आस-पास से ही मिलती है। मैं यूँ भी कह सकता हूँ कि मैं उन फलकों पर चलता हूँ जो मेरे जाने हुए हैं और नए फलकों की तलाश में रहता हूँ। वैसे एक रचनाकार के भीतर दिल का जो अहसास है वह उसके आस-पास होने वाली घटनाओं से ही प्रभावित होता है। अलग-अलग घटनाएँ, माहौल, लम्हे, भावनाएँ...यही सब तो वो चीज़ें हैं जो रचनात्मकता को जन्म देती है।"

"आपकी शायरी या गीतों में 'चाँद', 'सूरज' और 'रात' जैसे शब्दों का प्रयोग बहुतायत से है। क्या इनके बिना शायरी नहीं की जा सकती या ये गीत लेखन की शर्त ही है?" प्रश्न करने पर गुलजार कहते हैं—"ऐसा नहीं है। आप देखिए मैंने इनके अलावा भी बहुत से शब्दों का विशिष्ट रूप में प्रयोग किया है। हाँ, चाँद, सूरज और रात मेरे गीतों में बार-बार आते हैं परंतु आप देखिए मैंने इनकी उपमाएँ कितनी बदली भी हैं। ये शब्द क्यों आते हैं? इसका जवाब तो मैं नहीं दे सकता परंतु ये सब अनुभूति की बातें हैं। मुझे इनकी अनुभूति बार-बार होती है—अलग-अलग रूपों में तो मैं इनकी अभिव्यक्ति भी उन्हीं रूपों में, उपमाओं में करता हूँ।"

"फिल्मों में गीत लिखने के लिए तो पहले से सिचुएशन और धुन तय होती है। ऐसे में आपके लेखन की स्वतंत्रता का हनन नहीं होता?" प्रश्न सुनकर गुलजार गंभीर हो जाते हैं। थोड़ी देर मौन रहते हैं, फिर कहते हैं—"देखिए इसमें लेखकीय स्वतंत्रता का हनन जैसी तो कोई बात ही नहीं है। यह तो दरअसल एक प्रकार का रियाज है। शास्त्रीय संगीत में जब किसी राग को गाया जाता है तो क्या वह पहले से तय नहीं होती। उसके लिए भी तो साधना करनी पड़ती है। दरअसल फिल्मों में लिखने के लिए भी साधना ही करनी पड़ती है। वहाँ लिखने के लिए कुछ नियम और बंदिशें हैं। यही नियम और बंदिशें क्या शास्त्रीय रागों में नहीं होती? जब वहाँ आप उस राग में ही अपने आपको प्रस्तुत करके अपना मौलिक स्वरूप दिखाते हैं तो फिर फिल्मी गीत लेखन में लेखकीय स्वतंत्रता का हनन कैसे होता है? मैं तो इसे लेखकीय स्वतंत्रता का हनन नहीं मानता। फिर निर्देशन में काम करने से तो काम निखरता ही है न।"

फिल्म निर्माण से निरंतर जुड़े गुलजार से जब पूछता हूँ कि फिल्मों का समाज में मनोरंजन के अलावा भी क्या कोई योगदान हो सकता है? तो वे तपाक से कहते हैं, "समाज के प्रति दायित्व बोध के बिना अगर फिल्में बनती हैं तो उनकी कोई सार्थकता भी नहीं है, और यह बात जब हम करते हैं तो मनोरंजन ही फिल्म का एक मात्र ध्येय नहीं हो सकता। अगर हम किसी को इस बात के लिए विवश कर सकें कि वह सच्चाई को तलाश करने के लिए प्रयत्नशील हो तो यह अपने आप में एक अच्छाई हो सकती है। किसी भी प्रकार के मूल्यों की तलाश अगर हम फिल्मों में कर पाते हैं तो यह अच्छी बात हो सकती है। मेरी इस बात से ही आप समझ सकते हैं कि बगैर दायित्व बोध के फिल्म निर्माण का समाज के लिए तो क्या स्वयं निर्माता के लिए भी कोई महत्व नहीं होना चाहिए।"

गुलजार के संबंध में बात करें तो उनका यह कथन उन पर पूरी तरह से सही है। उन्होंने अपनी जितनी भी फिल्में बनाई हैं या फिर लिखे हैं, उनमें वे एक संवेदनशील लेखक के रूप में दर्शक के समक्ष बार-बार आते हैं। उनकी यह संवेदनशीलता ज़िंदगी के हर कोने से जुड़ी हुई है। इन्सानी रिश्तों की पड़ताल उनकी फिल्मों में कहीं गहरे तक दिखाई देती है। अपनी फिल्मों के बारे में शायद इसीलिए वे कहते हैं–"इन्सानी रिश्तों का पड़ताल मेरी फिल्मों का केंद्रीय विषय रहा है। मनुष्य से मुझे बेइंतहा प्यार है। जीवन के निकटतर जाने की मेरी इच्छा ही मेरी कृतियों का कारण है। जीवन के कितना करीब मैं जा सका हूँ, यह तो अब आप ही तय करेंगे ना?"

लता मंगेशकर

स्वर कोकिला लता मंगेशकर की सुरीली आवाज का आज भी कोई जोड़ नहीं है। हिंदी के साथ-साथ लगभग सभी क्षेत्रीय भाषाओं में उन्होंने फिल्मी और गैर-फिल्मी गायन किया है। उनका कंठ माधुर्य सुनने वालों को सम्मोहित करता है। सुनेंगे तो संगीत की उनकी स्वर लहरियाँ में ही खोने का मन करेगा। यह उनकी आवाज का जादू ही कहें कि कभी टाइम पत्रिका ने उनके गायन को विरल बताते उन्हें भारतीय पार्श्वगायन की एकछत्र साम्राज्ञी की संज्ञा भी दी। क्रिकेट के साथ फोटोग्राफी में भी उनकी गहरी रूचि है।

कुछेक लोकप्रिय गीत

- हाय रे वो दिन क्यूँ ना आए...(अनुराधा)
- आजा रे परदेसी...(मधुमती)
- काँटो से खींच के ये आँचल...(गाइड)
- अल्ला तेरो नाम...(हम दोनों)
- आएगा आनेवाला...(महल)
- ओ सजना, बरखा बहार आई...(परख)
- हवा में उड़ता जाए मेरा लाल दुपट्टा...(बरसात)

सिर्फ एहसास है ये रूह से महसूस करो

लता जब गाती है तभी स्वरों का माधुर्य कानों में रस नहीं घोलता बल्कि वह जब सहज किसी से बात कर रही होती है तब भी अवर्णनीय मिठास का अनुभव होता है। यूँ कहें वहाँ अनुभूति की आनंदानुभूति होती है। सच! यह किसी ईश्वरीय वरदान से कम नहीं है।...तो फिर यह मानने में भी किसी प्रकार का संकोच नहीं होना चाहिए कि लता के साथ काम करने वाले, उनसे बतियाने वाले सौभाग्यशाली हैं। इसलिए भी कि वे लता युग के हैं।

मुझे लगता है, बरस दर बरस लता के स्वर माधुर्य में बढ़त हुई है। बढ़त माने विस्तार। विश्वास नहीं हो तो सुन लीजिए उनके इधर रिकॉर्ड किए गीत। सुनेंगे तो मन करेगा कि स्वरों के भीतर की निरवता में ही बस जाएँ। अलौकिक शांति जो वहाँ है! स्वरों में शांति की अनुभूति कहीं है तो वह लता में है। यह अद्‌भुत संयोग ही है कि वहाँ वाद्‌यों की झंकार है परंतु इस झंकार की बजाय मन यही करता है कि स्वरों के माधुर्य में ही बसें। लता के गान में ही नहीं बल्कि सहज बतियाने में भी स्वरों के सौंदर्य, उसके ओज को अनुभूत किया जा सकता है। बात करते हुए कहीं से यह नहीं लगता कि उम्र का उनके गले पर कोई असर हुआ है। ...सुनी सुनाई नहीं बल्कि अनुभूत है यह।

याद पड़ता है, औचक जयपुर से मुंबई जाने का प्रयोजन हुआ तो मन में खयाल आया कितना अच्छा हो, लता से संवाद का कोई बहाना भी बन जाए। लिखा तो उन पर पहले भी था परंतु क्यों नहीं मिल-बैठ संवाद भी हो जाए। सो पेडर रोड स्थित प्रभुकुंज, लता के निवास पर टेलिफोन मिलाया। उधर से चोगा किसी महिला ने उठाया। परिचय देते हुए जब मैंने स्वर कोकिला से संवाद करने की इच्छा जताई। प्रतिप्रश्न हुआ कि आप क्यों और किसलिए संवाद करना चाहते हैं? मैंने सहज बता दिया कि मुंबई आ रहा हूँ सो लता के गायन पर कुछ लिखने,

उनसे यदि बात-चीत हो जाती है तो उसे संजोना चाहूँगा। मूल प्रयोजन था लता से मुलाकात। इसके लिए सीधे-सीधे वक्त माँगा तो उधर से कुछ समय इंतज़ार के लिए कहा गया। फोन होल्ड था सो प्रभुकुंज के वातावरण की ध्वनियों को सुना जा सकता था। स्वर कोकिला को मेरे बारे में बताते हुए बात करने के आग्रह को रखा जा रहा था। स्पष्ट यह सुनने में आ रहा था। थोड़े अंतराल के बाद जो स्वर कानों में सुनाई पड़ा वह चमत्कृत करने वाला था। जी हाँ, लता स्वयं फोन पर थी। सहसा विश्वास ही नहीं हुआ, मैं लता से बात कर रहा था। स्वरों में ऐसी निर्मलता या कहूँ पावनता का अहसास पहले कभी नहीं हुआ था। कुछ-कुछ मराठीपन के माधुर्य में स्वर कोकिला के विनम्र स्वर से साक्षात् हो रहा था। गान में जिस आवाज को दिल में बसाया हुआ था वह आवाज आज सहज सुनने में आ रही थी। सहज मुझसे बतिया रही थी। संगीत में सजी बारीक आवाज में प्रश्न हुआ, ''आप मेरा इंटरव्यू करना चाहते हैं?''

जवाब में कुछ सूझा ही नहीं। कुछ पल मौन में ही बीत गए। फिर अपने आपको संभालते हुए मैंने जवाब की बजाए प्रश्न किया, ''आप लता जी बोल रही हैं?''

''हाँ! लता ही बोल रही हूँ। क्या विशेष पूछना चाहेंगे आप मुझसे?''

स्वर माधुर्य और उसमें निहित विनम्रता ऐसी कि मन वारी-वारी जाए। मैं कहन की उनकी मधुरता में ही जैसे खो गया था। अपने लेखन कर्म के बारे में संक्षिप्त जानकारी देते हुए जब उनसे मिलने का अपना मंतव्य बताता हूँ। लता धैर्य से सुनती है, मेरी बात पूरी होने के बाद भी वह कुछ नहीं कहती। थोड़े अंतराल पश्चात कहती हैं, 'अच्छा आप कब आना चाहेंगे?''

मैं भीतर के अपने उत्साह को रोक नहीं पाता और तपाक से कह देता हूँ कि कल ही फ्लाईट से पहुँच जाता हूँ।...उधर से मेरी इस अधीरता को महसूस कर लता चौंक कर कहती हैं, ''नहीं। नहीं। इन दिनों तो बिलकुल संभव नहीं होगा। आपसे कैसे भेंट हो सकती है!''

मैं अनुभूत करता हूँ, यह 'ना' का स्वर नहीं है। भाव भले वही है परंतु इसमें जो शिष्टता है, बात को कहने का जो आग्रह है वह चकित करता है। माने लता भेंट करना चाहती है परंतु चाहकर भी भेंट कर नहीं सकती। और स्वर ऐसा जैसे कोई नन्हीं-सी बालिका बोल रही हो। बिलकुल निश्छल। कहीं कोई बनावटीपन नहीं। सीधे सट अपनी बात बगैर किसी लाग-लपेट के वह रख देती हैं परंतु उनके

स्वरों का जादू ऐसा है कि आप सब समझते हुए भी उसके आगे कुछ कहने के लिए कोई जगह आपके पास नहीं रहती।

उत्साह से उछला मेरा मन जैसे धड़ाम से जमीन पर आ गिरता है। मायूस-सा हो अनुनय करता हूँ कि कल नहीं परंतु अगले पाँच-छह दिन में किसी एक दिन के लिए कुछ समय के लिए बस वक्त मिल जाए।...लता जी बात पूरी सुनती हैं परंतु स्वर में ना कहने की वही दृढ़ता है। संकोच में मैं कुछ बोल नहीं पाता। सोचता हूँ अब फोन कट जाएगा परंतु वहाँ से फोन का चोगा अभी भी स्वर कोकिला पकड़े हुए हैं। कहती हैं—"आप समझ नहीं पा रहे। संभव नहीं होगा। मैं स्वयं चाहती हूँ कि आपसे भेंट हो परंतु इन दिनों गणपति पूजा में रहती हूँ। किसी से मिलना-जुलना नहीं हो पाता...।"

मैं स्वरों के जादू में इस कदर सम्मोहित हूँ कि कुछ कह नहीं पा रहा हूँ। फोन पकड़े कुछ क्षण ऐसे ही बीत जाते हैं तो फिर उधर से कोकिल कंठ बोलता है—"अच्छा...चलेगा ना। आप गणपति पूजा के बाद कभी आएँ, मुझे भी आपसे संवाद कर अच्छा ही लगेगा।..."

कोकिल कंठों के सामने भला दूसरे स्वर ऐसे ही फूट सकते हैं। नहीं ना! ... जैसे-तैसे गणपति पूजा के बाद किसी दिन फिर से फोन करने का कहते हुए भारी मन से आधा अधूरा 'थैंक्यू' ही बोल पाता हूँ। इसके बाद भी जब तक फोन खुद नहीं रखता उधर से फोन कटता नहीं है।

आप सोच रहे होंगे कि ऐसा क्या था इस दूरभाष संवाद में जो मुझे लिखना पड़ा! इसकी बड़ी वजह यह है कि लता के सहज स्वरों के साथ मैंने उनके गान के स्वरों को मिलाया। मुझे लगा, लता जो भी गाती है वह केवल मनोरंजन के लिए नहीं गाती बल्कि उसे गहरे से जीती है। या यूँ कहूँ कि स्वरों की आराधना है संपूर्ण उनका गान। और यह आराधना भला व्यक्तिगत जीवन में जैसे हैं, वैसे ही अपने को पेश किए बगैर कैसे हो सकती है! जैसे अपनी बात कहने के उनके अंदाज में कहीं कोई बनावट नहीं है, वैसे ही उनके गान में भी कहीं कोई बनावट नहीं है। सहज गान। वाद्य यंत्र न भी हो तो लता संप्रेषित होती हैं। मधुरता से। इसलिए कि वहाँ स्वरों का संगीत है। कोयल जब बोलती है तो वहाँ क्या संगीत होता है! नहीं ना। वैसे ही लता के बोल में भी संगीत है। मन करता है उन बोलों को सुना जाए। एक बार नहीं बार-बार। कहीं पढ़ा हुआ याद आता है कि लता आज भी जब स्टूडियो में रिकॉर्डिंग कराने के लिए जाती है तो अपने पैर में पहनी चप्पल बाहर छोड़कर अंदर प्रवेश करती है। यह वही कर सकता है जिसकी ईश्वर

में श्रद्धा हो। जो अपने गान को ईश्वर को समर्पित करते हुए गाए। लता यही करती है। लता के गायन की भी तो यही विशेषता है कि एक बार सुनें तो आवाज दिल में गहराई तक ऐसे उतर जाती है कि कभी उसे चाह कर भी कोई बिसरा नहीं सकता।

बहरहाल, यह हम सुनने वालों का सौभाग्य ही कहें कि हम लता युग में जी रहे हैं। लता ने सुरों की जो गंगा बहाई है, उसमें स्नान करने का हमें पुण्य जो मिला है! मुझे लगता है, लता को सुनना अपने आपको गुनना है। यह लता के गान की ही विशेषता है कि गीत के भावों को पूर्णतः आत्मसात करते अंतर्दृष्टि संवेदन के जरिए मानो वह हर राग को जीवंत करती है। संगीतकार जिस राग पर गीत का सृजन करते हैं, वह राग पीछे छूटते कब लता राग बन जाती है, पता ही नहीं चलता। मंद और कोमल रीति से गाते लता ने जो भी गीत गाए हैं, उसमें सदा संतोषदायी पूर्णता प्रदान की है। यही कारण है कि उन्हें सुनते हुए कभी मन नहीं भरता।

लता ने फिल्मी गायन में भी पारंपरिक भारतीय रागों के सांगीतिक संकेतों को किसी भी स्तर पर बिगड़ने नहीं दिया है, यही कारण है कि स्वरों के जो विभिन्न स्तर वह प्रयोग करती हैं उसमें माधुर्य का अहसास हर पल होता है। कभी कुमार गंधर्व ने लता को सुनते हुए कहा था, जिस प्रकार मनुष्यता हो तो वह मनुष्य है, वैसे ही 'गानपन' हो तो वह संगीत है। और लता का कोई भी गाना लीजिए, तो उसमें शत-प्रतिशत यह 'गानपन' मौजूद मिलेगा।

गायन में लता का श्वास नियंत्रण भी असाधारण है। ताल और लय में बगैर व्यवधान के साँस लेने और साँस छोड़ने की यह लता की सांगीतिक विशिष्टता ही है जिसमें हर गीत असाधारण कलात्मकता के साथ सम पर पहुँचता है। फिल्म संगीत में पारंपरिक भारतीय संगीत की जैसी पवित्रता लता के स्वरों में मिलती है, वैसी अन्यत्र दुर्लभ है। विश्वास न हो तो राग विहाग में सजा 'तेरे सुर और मेरे गीत...', को ही लीजिए। गीत सुनते हुए जो आनंदानुभूति होती है,उसे क्या बंया किया जा सकता है!

यह लता ही है जिसने गायन में शास्त्रीय संगीत की जटिल से जटिल राग को भी वह सहजता प्रदान की है कि संगीत में रूचि न रखने वाला भी एक बार लता को गाते सुन ले तो संगीतप्रेमी बन जाए। संगीत को एक प्रकार से संस्कारित करने का महत्ती कार्य दरअसल लता ने किया है।

●●●

राजस्थान पत्रिका समूह के दैनिक 'डेली न्यूज' के संपादकीय पृष्ठ पर स्वर कोकिला लता मंगेशकर के जीवन के आठ दशकों के गान पर विशेष आलेख लिखे जाने के लिए दूरभाष पर संपादक मित्र ज्ञानेश उपाध्याय आग्रह करते हैं। दूसरे दिन लता के जन्मदिवस पर पाठकों को उसे पढ़ाना है, इसलिए आलेख त्वरित ही लिख कर देना है। सोचता हूँ, क्या लिखूँ। वह सब कुछ तो लिख नहीं सकता, जो लिखा जा चुका है।...संपादकीय पेज के लिए आग्रह है सो कुछ ऐसा ही लिखा जाए जिसमें नयापन हो। कुछ अलग दीठ हो। बहुत विचारता हूँ परंतु कुछ भी नहीं सूझता। मन करता है, फोन मिलाकर ज्ञानेश जी को ना ही कह देता हूँ। परंतु ज्ञानेश जी क्या मानेंगे! भीतर की उथल-पुथल में ही औचक जैसे अंदर का बल्ब जलता है।... क्यों नहीं उनसे कुछ दिन पहले दूरभाष पर मुलाकात के लिए मेरे आग्रह और लता की सुरीली आवाज के नहीं मिल पाने के संवाद को ही केंद्र में रखते उनके गान पर नया कुछ लिखा जाए। लिखने बैठता हूँ तो सच में वह दूरभाष संवाद आलेख तैयार हो जाता है। जैसा कुछ बना वही प्रकाशन के लिए भेज देता हूँ। आश्चर्य होता है, प्रतिक्रियाएँ अच्छी आती है। यह जानते हुए भी कि लता के पास उनके प्रशंसकों के, उन पर लिखने वालों के ढ़ेरों पत्र आते हैं और वह कौन-सा सबको देखती ही होगी, न जाने क्या सोचकर दूरभाष संवाद का उल्लेख करते हुए स्वर कोकिला को पत्र लिखता हूँ और साथ में संवाद आलेख की समाचार पत्र की प्रति भी भेज देता हूँ।

आश्चर्य! एक सप्ताह के भीतर ही लता का पत्र आ जाता है। स्वयं उनकी हैंडराईटिंग। औपचारिक धन्यवाद नहीं बल्कि आलेख पढ़ने के बाद स्वयं की ओर से भी उसमें बहुत कुछ लिखा है। यह भी कि जो शब्दावली प्रयोग में ली गई है, उनमें कुछ अलग है और यह भी कि इस तरह से उनके बारे में सोचे जाने और फिर लिखे जाने को लेकर वह बेहद रोमांचित है। विनम्र भाव से शब्दों से कृतज्ञता ज्ञापन तो खैर पत्र में था ही परंतु इससे भी बड़ी बात यह कि उसमें स्वयं लता का वह आग्रह भी छुपा था जिसमें वह स्वयं मिलकर बतियाना चाहती थी। बाकायदा इस संबंध में लता के निजी सचिव श्री राठौड़ का मोबाईल भी पत्र में लिखा है। मैं लता का पत्र पढ़कर उन्हें फोन मिलाता हूँ तो वह कहते हैं, ''आपके लिखे को लता दीदी ने बहुत पसंद किया है। स्वयं दीदी ने बैठकर फिर आपको पत्र लिखा।'' मैं उन्हें धन्यवाद देने के साथ ही लता से संवाद कराने के लिए कहता हूँ तो कहते हैं, आप बता दें कब आना चाहेंगे। कुछ सोचकर कहता हूँ,

फोन पर ही बात करा दें। समय दूसरे दिन सांय का तय होता है। वह लता जी से बात करके तय समय को पक्का कर देते हैं। फोन पर संवाद इसलिए करने को कहता हूँ कि न जाने कब मुंबई का कार्यक्रम बनेगा! बनेगा तो फिर क्या यह जरूरी होगा कि उस समय लता जी से भेंट हो ही जाएगी। वैसे भी जब कभी मुंबई का कार्यक्रम बना, भागदौड़ में ही बना और तमाम दूसरे सोचे हुए कार्य उस समय में कहाँ पूरे हो पाए हैं! यही सोचकर फोन पर संवाद तय करवा लेता हूँ। दूसरे दिन फोन पर संवाद हो भी जाता है। लता से बात का उत्साह इस कदर है कि बगैर किसी भूमिका के ही मैं उनसे बहुत सारे सवाल कर बैठता हूँ। वह धैर्य से सुनती हैं परंतु मेरे पूछे सवालों से पहले जो उनके बारे में संपादकीय पृष्ठ पर लिखा था, उसके बारे में कृतज्ञता जताती हैं। मैं उनकी कृतज्ञता से शर्म से जैसे गड़ा जा रहा होता हूँ। न जाने क्या सोचकर अपनी प्रशंसा के जवाब में उलटे मेरे मुँह से निकल जाता है, "संगीत में आपका सदा ही एकछत्र राज रहा है। आपकी मौजूदगी में क्या कोई मानेगा कि यह लता का समय नहीं है?"

लता जी मेरे प्रश्न को सुनकर गंभीर हो जाती है। मैं महसूस करता हूँ कि समय का यह सवाल मुझे उनसे नहीं पूछना चाहिए। यह तो वही बात हुई ना कि आप किसी से कहें कि अब कब तक आपका ही राग अलापते रहेंगे। जबकि मेरा मंतव्य यह नहीं था, असल में मेरे मन में तो उनके गान के प्रति अगाध श्रद्धा भाव थे और उस भाव में ही लता के समय के महत्व में अपने को भी भूल जाने जैसा कुछ था। परंतु बात तो निकल चुकी थी। अच्छा यह रहा कि लता जी ने उसका कोई वैसा अर्थ नहीं लिया और कहने लगी, "समय आपके साथ ही चलता है, बशर्ते कि आप समय के महत्व को समझें। यह बात सही है, समय ने सदा मेरा साथ दिया है, शायद इसलिए कि मैं समय से होड़ करती रही। मैं कभी किसी के पास काम माँगने नहीं गई परंतु जो काम मुझे दिया गया, उसे पूरी तरह से मैंने किया है। गानों में स्तरहीन, अश्लील गानों को मैंने अपने से दूर रखा। आपको जीवन जीना है तो कुछ उसूल तो बनाने ही होंगें। हो सकता है, इससे आपको कुछ परेशानी उठानी पड़े परंतु लंबे समय बाद आपको अपने स्थापित मूल्यों का असर दिखता जरूर है।"

लता जब यह कहती है तो महान गायिका के उस भीतर की संवेदना से भी सहज साक्षात् होता है जिसमें जीवन दर्शन की उनकी सोच है। ऐसा सोच जिसके तहत समय और अपने किए कार्य के प्रति स्वयं के विश्वास की महक

छुपी होती है। लता का गाया आखिर इसीलिए तो हर आम और खास को भाता है कि उसमें अपने आपको लता ने उड़ेला हुआ है। कितने दौर आए, कितने चले गए परंतु लता के गान का असर कभी कम नहीं हुआ। यह ईश्वर की नेमत भी तो है। यही सोचकर ईश्वर के प्रति उनके विश्वास को लेकर संवाद हो जाता है। वह कहती हैं, ''ईश्वर हर उस शख्स की मदद करता है जिसका थोड़ा भी उसमें विश्वास है। मैं तो बल्कि कहती हूँ कि विश्वास बड़ी चीज़ है। आप विश्वास रखें, ईश्वर आपकी हर मोड़ पर मदद करेगा। मैं नहीं मानती कि मैं आज बुलंदियों की ऊँचाई पर हूँ।...यह शोहरत है। और वह भी उस ईश्वर की ही दी हुई है। उसमें आपका खुद का क्या है? मुझे ईश्वर पर भरोसा रहा है। आज भी करती हूँ। वही मुझे शक्ति देता है, अपने निर्णयों पर कायम रहने की। उसने ही मुझे अपने आप पर विश्वास रखने की हिम्मत दी है। बाकी जो आप बुलंदियों की बात कह रहे हैं, वह तो सब सुनने वालों की मेहरबानियाँ हैं। वे मुझे सुनते हैं, इतना प्यार करते हैं...इसमें मेरा क्या है?''

वह जब यह कहती है तो औचक ध्यान इस बात पर भी जाता है कि लता जितना अच्छा गाती है, उतने ही अच्छे शब्दों का इस्तेमाल भी बातचीत में करती है। उनकी शब्द संपदा चकित भी करती है। किसी एक शब्द को बार-बार इस्तेमाल करने की बजाए वह उसी से संबद्ध दूसरे शब्दों का उपयोग करती है। माने शब्दों के गहरे संस्कार लता के पास है। बातचीत के भिन्न प्रसंगों में वह महादेवी की भी याद करती है, जयशंकर प्रसाद की भी और दूसरे साहित्यकारों की भी। सुनकर अचरज होता है कि साहित्य से भी उनका इतना गहरा नाता है। उन्हें सुनते हुए साहित्य की शब्दावली सुनता हूँ। मन में उनके प्रति जो भाव साहित्य को लेकर बने हुए हैं, सोचता हूँ—वे सही ही थे। बात वहीं आ जाती है कि आप किसी पर विश्वास रखें, श्रद्धा रखें तो आपको वह वैसा ही मिलता है। लता से संवाद में इस बात को गहरे से अनुभूत करता हूँ। आखिर किसी के बारे में आपकी धारणा यूँ ही तो नहीं बनती है ना! साहित्य की उनकी समझ और साहित्यकारों के बारे में जब बातें होती है तो साहित्य के लता के लगाव पर भी संवाद हो जाता है। लता कहती है, ''साहित्य आपको बहुत कुछ सीखाता है। पढ़ने का मुझे आरंभ से ही शौक रहा है। खाली वक्त में पढ़ना और महादेवी, शरतचंद्र, जयशंकर प्रसाद को मैं अब भी पढ़ती रहती हूँ। पढ़ने से आपको जीवन दर्शन को समझने में मदद मिलती है। मैं समझती हूँ, अपने लिए सभी को थोड़ा वक्त निकालना

ही चाहिए। घुमने का भी मुझे बहुत शौक है। यात्राएँ मुझे इसलिए भी पसंद है कि वहाँ मुझे अपने लिए वक्त मिलता है। मैं फोटोग्राफी करती हूँ। क्रिकेट देखती हूँ। जो भी व्यक्ति अपने स्तर पर अच्छा करता है, उसे पसंद करती हूँ।''

लता जब यह कहती है तो याद आता है, यह वही लता मंगेशकर है जिन्हें सचिन का क्रिकेट इतना पसंद है कि वह मैच देखकर खुद उन्हें फोन करके बधाई देती है। उनकी इस विशेषता से मुग्ध होते हुए ही शायद औचक पूछ लेता हूँ, ''अगले जन्म में भी क्या लता मंगेशकर ही बनना चाहेंगी?''

लता सुनकर कुछ देर जैसे सोचती है। फोन पर इसीलिए अंतराल होता है। थोड़ी देर की चुप्पी के बाद उधर से कोकिल कंठ कहता है, ''मुझे लगता है, मैंने संगीत का भरपूर जीवन जिया है।...ईश्वर मुझे फिर से लता मंगेशकर बनाए, मैं यह नहीं चाहती। मुझे भी मोक्ष चाहिए। मुक्ति चाहिए। ईश्वर ने जो जन्म दिया, उसे मैंने जिया है अब आगे भी वही जन्म क्यों लेना चाहूँगी।''

माने लता मंगेशकर अपने तई अपने जिए से संतुष्ट हैं। जो संतुष्ट होता है, वही तो यह कह सकता है। मोक्ष पाने का अर्थ आखिर यही तो है कि हम मुक्त हो जाएँ, अनंत इच्छाओं से। मोक्ष माने मुक्ति। तमाम उन चीज़ों से जो भौतिक है। सरल नहीं है मोक्ष पाने की आकांक्षा। सोचता हूँ, लता भी तो असाधारण है। असाधारण लोग ही यह बात कह सकते हैं। इसीलिए तो जब लता की इस विशेषता से मुग्ध होकर उनके गान की श्रेष्ठता और स्वयं उनके इस व्यक्तित्व की श्रेष्ठता की बात करता हूँ तो वह कहने लगती है, ''मैं नहीं मानती कि श्रेष्ठ मैं ही हूँ। मुझसे भी अच्छा गाने वाले और भी हैं परंतु हाँ, ईश्वर मेरे पर कुछ अधिक ही मेहरबान रहा है। मुझे आज जो स्थान मिला है, वह ईश्वर की देन है।...प्रतिभा तो बहुतों में होती है परंतु चंद ही ऐसे होते हैं जिन पर ईश्वर की कृपा होती है। मैं उन चंद लोगों में अपने आपको मानती हूँ।''

वह जब यह कहती है तो ईश्वर में उनकी अगाध आस्था को अपने आप ही हम अनुभूत कर लेते हैं। उनके इस कहने की सरलता, अंतर्निहित विनम्रता को अनुभूत करते हुए मैं कुछ नहीं बोल पाता हूँ। बस केवल सुनता रहता हूँ। कब की वह अपनी बात समाप्त कर देती है। चोगे में अंतराल की खामोशी है। इस खामोशी में जब कोई स्वर नहीं होता तो स्वयं लता ही इसे तोड़ती है और कहने लगती है, ''गायन की कोई उम्र नहीं होती। यह अनुशासन है। शास्त्रीय गायन की हमारी जो परंपरा है, उसमें अनुशासन है। यदि आपको सुर साधने हैं

तो शास्त्रीय संगीत की समझ होनी ही चाहिए। संगीत सागर है। समुद्र की तरह अनंत है। इसका कोई पार नहीं है। आप जो जानते हैं, वह बहुत कम है परंतु जो नहीं जानते, उसकी कोई सीमा नहीं है। मैंने इतना गा लिया, तो इसका मतलब यह नहीं है कि मैं अब सीखना बंद कर दूँ। आज भी मैं सीखती हूँ। रियाज करती हूँ। प्रतिदिन।...रियाज हमें निखारता है। संगीत में यह अनुशासन जरूरी है।''

और लता तो अनुशासन का पर्याय है। उनके जीवन में भी अनुशासन सदा रहा है तो गान में भी वह अनुशासन को सदा मानती रही है। याद आता है कभी अमीर खां ने उनकी आवाज में आए भारीपन को लेकर कह दिया था कि कुछ महिने तक कुछ नहीं गाएँ। लता ने उनकी बात को माना। वह लता के गान का परवान चढ़ा दौर था फिर भी गले के लिए लता ने अमीर खां साहब की बात को माना और कुछ महिनों तक गायन नहीं ही किया। मौन रहीं। सुरों को ईश्वर की इबादत मानते वह गान में किसी प्रकार के समझौतों से भी दूर ही रही। जो अच्छा लगा, वही किया। जो नहीं जँचा उसे नहीं ही किया। यह उनका जीवन अनुशासन ही है कि उम्र का उन पर कोई असर नहीं दिखाई देता। आखिर किसी गायक की उम्र का अंदाज उसके गान से ही तो लगता है ना, लता की आवाज आज भी युवा है। सुनते हुए उम्र का अहसास नहीं होता। इसीलिए उनसे उनके गान और गान पर उम्र के असर नहीं होने की बात कहते हुए अभी और भी गाने के बारे में पूछता हूँ तो वह कहती है, ''गायन मेरे लिए पूजा है। ईश्वर की आराधना है। जब तक ज़िंदा हूँ, गाते रहना चाहती हूँ। ईश्वर की पूजा करते रहना चाहती हूँ। और क्या....?''

मैं अनुभव करता हूँ कि बातें करते-करते स्वर कोकिला थक गई हैं। आखिर फोन पर किसी से और कितनी देर बातें की जा सकती है। आमने-सामने होते हैं तो फिर भी आस-पास का परिवेश, आपके भाव और तमाम दूसरी चीज़ें साथ होती है। माहौल की खामोशी भी परंतु बगैर देखे केवल चोगे पर बातचीत का छोर आखिर उब भी तो पैदा करता ही है। इसे समझते हुए ही मैं उनको फोन पर समय देने के लिए धन्यवाद देता हूँ। वह भी संवाद के लिए आभार जताती हैं। कहने की उनकी मिठास को अनुभूत करता मैं फोन का चोगा रख देता हूँ परंतु आवाज का उनका माधुर्य कानों में जैसे अभी भी रस घोल रहा है। सोचता हूँ, लता की

आवाज ईश्वर की आराधना ही तो है। साधना है। संगीत की साधना। नमन लता। नमन!

●●●

रेडियो पर गीत बज रहा है, 'रहें ना रहें हम, महका करेंगे...' सुनते हुए जैसे उसे ही गुन रहा हूँ। सोचता हूँ, गायन में शब्दोच्चारण की ऐसी सुस्पष्टता और कहाँ है! क्लिष्ट हिंदी शब्दों का भी शुद्ध उच्चारण लता के गायन की बड़ी विशेषता है। सुनेंगे तो कहीं कोई शब्द तिरोहित होता नहीं लगेगा। उस शब्द के भीतर का ओज स्वरों से और अधिक निखर कर आपके सामने आएगा। माने शब्द लता के गान में शृंगार करते हैं। गीत की पंक्तियाँ जेहन में बसती है, 'रहें ना रहें हम, महका करेंगे, बनके कली, बन के सदा वादे वफा में...', यही गीत क्यों और भी दूसरे हजारों गीत हैं, 'दिल का खिलौना हाय टूट गया...' इन तमाम गीतों में लता के स्वरों की शीतल बयार मन को इस कदर भाती है कि जी करता है सब कुछ भुलकर संगीत में डूब-डूब से जाएँ। सचिन देव बर्मन ने अपनी शास्त्रीय आधारित रचनाओं में मेलोडी और माधुर्य की जो संरचना की उसमें लता की वे बड़ी भूमिका मानते थे। सचिन दा के संगीतबद्ध राग बहार के 'पवन दिवानी न माने उड़ावे मोरा घुँघटा...' गीत को ही लें। इसमें जो ताज़गी है, उसे महसूस भर किया जा सकता है। यही वह ताज़गी थी जिसके कारण सचिन दा ने कभी कहा था—'अगर लोता गाएगा तो आई एम सेफ।' कहने का सीधा सा अर्थ यह कि लता की आवाज में वे अपने संगीत की सफलता के प्रति पूर्ण निश्चित हो सकते थे।

मुझे लगता है, लता को सुनते हैं तो आवाज के उतार-चढ़ाव की दुरूहता समाप्त होती सी लगती है। जटिल से जटिल उतार-चढाव का इस सरलता से वह निर्वहन करती है कि बड़े-बड़े संगीतज्ञ अनुमान नहीं लगा पाते कि कैसे यह संभव हो पाता है। दरअसल लता के गान की तान में प्रत्येक स्वर को अलग से लय के प्रभाव में समाहित होते देखा जा सकता है। शुद्ध कल्याण पर रचित लता के गाए 'रसिक बलमा...' में राग को जिस सहजता से लता ने प्रस्तुत किया है उससे स्पष्ट पता चलता है कि हर राग पर वह समग्र अधिकार रखती हैं। यह कहा जाए तो कोई अतिशयोक्ति नहीं होगी कि गायन में स्वरात्मक बदलावों और लयात्मक क्रिया कौशल के ज़रिए शास्त्रीय संगीत की रागों को लोकप्रिय बनाने का श्रेय भी केवल और केवल लता को ही है। दरबारी के तीन ताल पर रचित हंसराज बहल

के संगीत निर्देशन में गाए लता के 'हाय जिया रोए, पिया नहीं आए..' गीत को ही लीजिए या फिर 'हौले-हौले जिया डोले...' गीत को लें–इनमें स्वरों का लाक्षणिक लोच और थोड़े अंतराल की चुप्पी के बाद पुनः संगीत की बयार और भावों के उद्वेग का जो वातावरण बनता है वह वर्णातीत है।

ऐसे ही राग जयजयवंती पर आधारित 'मन मोहना बड़े झूठे...' में लता की तानें क्या देखती ही नहीं बनती? लता इस बात को बखूबी जानती है कि अच्छी तान गीत के पाठ की पृष्ठभूमि में ही उभरती है, इसलिए गीत की तानों में विविधता का अनन्य भाव और जिस प्रकार की निरंतरता वह देती है वह अकसर अच्छे-अच्छे शास्त्रीय गायकों के स्वरों में भी नहीं मिलती।

"सच्ची साधना, ईश्वर में आस्था और अपने में विश्वास यदि हो तो कोई आगे आने से वंचित नहीं रह सकता। मुझे लता मंगेशकर बनना था, मैं बनी।" स्वर कोकिला जब यह कहती है तो इसमें कहीं कोई अतिशयोक्ति नज़र नहीं आती। स्वयं उनके जीवन की किताब के पन्नों को टटोलें तो उसका सार यही नज़र आएगा। बहरहाल महत्वपूर्ण यह नहीं है कि लता ने भारतीय रजतपट को अपने स्वरों से निरंतर सँवारा है बल्कि महत्वपूर्ण यह है कि चित्रपट संगीत के ज़रिए भारत के महान संगीत को एक प्रकार से इस महान गायिका ने अर्थत्व दिया है। गीत के भावों का स्पंदन कराती लता सिर्फ गाती ही नहीं है बल्कि संगीत को मानो चित्रित करती है। ऐसे में यह कहा जाए कि संगीत को लोकोन्मुखी बनाने का श्रेय लता को ही है, तो भला कैसे कोई इससे इन्कार कर सकता है!

मन्ना डे

दादा साहेब फाल्के पुरस्कार प्राप्त प्रबोधचंद्र डे को आप-हम मन्ना डे के नाम से जानते हैं। कोलकाता में जन्मे मन्ना डे आरंभ में सुप्रसिद्ध संगीतकार और अपने चाचा के.सी.डे के और बाद में एस.डी.बर्मन के संगीत सहायक भी रहे। भारतीय फिल्म जगत के वह ऐसे गायक हैं, जिनकी गायन रेंज का कोई सानी नहीं है। हिंदी के अलावा बांग्ला और मराठी में गाए उनके गीत भी चाव से सुने जाते हैं। हरिवंश राय बच्चन की 'मधुशाला' को भी उन्होंने अपनी आवाज दी।

कुछेक गाए प्रसिद्ध गीत

- आजा सनम मधुर चाँदनी में हम-तुम...(चोरी-चोरी)
- ये रात भीगी-भीगी....(श्री 420)
- प्यार हुआ इकरार हुआ...(श्री 420)
- कस्मे वादे प्यार वफा सब वादे हैं... (उपकार)
- ए मेरे प्यारे वतन....(काबूलीवाला)
- तू प्यार का सागर है...(सीमा)
- ए भाई ज़रा देख के चलो... (मेरा नाम जोकर)

सुर जो सजे

भारतीय फिल्म संगीत में मन्ना डे यानी प्रबोधचंद्र डे का नाम उन चुनिंदा गायकों में से है जिन्होंने हर रेंज के गीतों को अपने गायन से इस खूबसूरती से सँवारा है कि वे गीत हमेशा के लिए अमर हो गए हैं। दरअसल वे एक मात्र ऐसे गायक कलाकार कहे जा सकते हैं जिनमें आवाज का विरूपण करने की अद्भुत क्षमता रही है। यही वह कारण है कि अनिल विश्वास ने कभी उनके बारे में कहा था कि मन्ना डे वह सभी कुछ गा सकते हैं जो औरों ने गाया, लेकिन क्या लोग वह गा सकते हैं जो मन्ना दा ने गाया?

सच भी यही है। मन्ना डे ने चालीस के दशक से प्रारंभ अपनी सुर यात्रा में सिनेमा को ऐसे अविस्मरणीय गीत दिए हैं जो आज भी उतने ही लोकप्रिय हैं जितने कभी अपने जमाने में हुए थे। हर सिचुएशन, हर रेंज में उन्होंने अपने स्वरों को इस बारीकी से सँवारा कि उनके सुर सदैव सजे ही रहे हैं। उनके गायन की विविधता और क्षमता संदेह से परे हैं। रवींद्र संगीत, बाउल संगीत और खयाल गायकी से गायन का सफर जब मन्ना दा ने प्रारंभ किया तब उनके पिता इस बात के लिए कतई सहमत नहीं थे कि वे गायक बनें। वे चाहते थे कि प्रबोध बैरिस्टर बने मगर तब के प्रबोध और आज के मन्ना दा में संगीत सीखने का जुनून कुछ इस कदर था कि पिता की नाराज़गी के बावजूद उनका लगाव संगीत से कभी कम नहीं हुआ। मन्ना दा कहते हैं–"हमारे घर का वातावरण आरंभ से ही संगीत में ही रचा-बसा था। संयुक्त परिवार था हमारा। सब साथ रहते थे। घर में सुबह और सांय चाचा के.सी.डे और उनके शागिर्दों की संगीत महफिलें हुआ करती थीं। इस माहौल से बहुत कुछ मैंने सीखा। इसी से फिर गायकी में रूचि बढ़ती चली गई। संगीत सीखने का जब मैंने निर्णय लिया तो पिता जी अत्यधिक नाराज़ हुए। वे नहीं चाहते थे कि मैं गायक बनूँ। वे चाहते थे कि बैरिस्टर बनकर

उनका नाम रोशन करूँ। आपको सुनकर अचरज होगा कि मेरे गायन नहीं छोड़ने की जिद के कारण आरंभ में दो साल तक तो पिता जी ने मुझसे बात ही नहीं की परंतु चाचा का पूरा सहयोग मुझे गायन की अपनी रूचि में मिला। मैंने बहुत कुछ उनसे ही सीखा। प्रारंभ के संगीत के मेरे गुरू तो वे ही रहे हैं, हालांकि बाद में अमन अली खां, अब्दुल रहमान खां से बहुत सीखा।...सीख तो अब भी रहा हूँ।...''

मन्ना दा भले ही यह कहें कि वे सीख रहे हैं परंतु उनसे बहुतों ने फिल्मों में शास्त्रीय गायन की बारीकियों को ग्रहण किया है। के.सी. डे से मन्ना दा ने तब ठप्पा, ठुमरी, भजन और कव्वाली गाने की जो सीख ली वह उनके फिल्मी गायन में इतनी कारगर रही कि हर सिचुएशन, हर रेंज को उन्होंने अपने गायन से जिया। और खास बात यह भी कि स्वर में मौलिकता को सदा उन्होंने बरकरार रखा। यही कारण रहा कि गायन में उनकी निजता की जो शैली बाद के वर्षों में विकसित हुई, उसे कोई दूसरा छू नहीं सका। दरअसल खुद उन्होंने गायन की चलताऊ परंपरा नहीं अपनाकर कुछ दुरूह राह को अपनाया, इसका खामियाजा इस रूप में भले ही उन्हें मिला कि आरंभ में उनके गायन को धीर-गंभीर-शास्त्रीय मानते संगीतकारों ने उनसे कुछ किनारा किया परंतु जैसे-जैसे गायन की उनकी रेंज लोगों तक पहुँची, वे लोकप्रियता के ग्राफ में निरंतर आगे बढ़ते चले गए। दूसरे गायक कलाकारों की नकल के अनेकानेक उदाहरण मिल सकते हैं परंतु मन्ना दा की आवाज की नकल आसान नहीं है, या यूँ कहें कि उनकी नकल का साहस करने की हिम्मत ही दूसरे गायकों को नहीं होती। शास्त्रीय ही नहीं रोमांटिक, तेज़ संगीत के गीत, कव्वाली, देशभक्ति, दर्शन, प्यार-रोमांस सभी तरह के गीत को गाए हैं मन्ना दा ने। सब के सब इतने सुरीले और समय के साथ कदम से कदम मिलाते कि उनकी गायकी को नमन करने को मन होता है।

बहरहाल, अपने दौर के सुरीले संगीत से श्रोताओं को रूबरू कराने मन्ना डे जयपुर आए थे। आयोजकों ने उन्हें जयपुर पैलेस होटल में ठहराया था। वहाँ पहुँचने पर जब उनके कमरे में मैंने अपने आगमन की सूचना दी तो स्वाभाविक ही था कि उन्होंने पहचाना नहीं सो मिलने से यह कहते हुए साफ इन्कार कर दिया कि इंटरव्यू देने में उनकी कोई रूचि नहीं है। दुबारा उनके कमरे में मेरे द्वारा इंटरकॉम जब गया तो वे कुछ झुंझलाए, बोले—''हम जब बोल दिया कि बात नहीं करनी तो फिर क्यों पीछे पड़े हैं।''

मैंने उन्हें अपना परिचय अर्सा पहले लिए उनके एक इंटरव्यू के संदर्भ में दिया तो कुछ पिघले। कमरे में बुलाया और जब मुझे देखा और कुछ पुरानी बातें सुनी तो ज़ोर से ठहाका लगाया, बोले—"अरे! तुम हो। पहले क्यों नहीं बोला?"

मैं क्या जवाब देता। यह कैसे कहता कि "दादा, बोला तो था, आपने सुना ही नहीं।" खैर...। फिल्मी गीतों पर उनकी राय से ही तब बातचीत का सिलसिला प्रारंभ हुआ था। इस दौरान उनके साथ आए सहयोगी ने चाय मँगवा ली थी। चाय की चुस्कियों के बीच ही अनौपचारिक फिल्मों में गायन और इससे इतर कितनी ही बातें उनसे हुई। याद पड़ता है, मैंने बातों की शुरूआत ही इस सवाल से की—"आप जिस जमाने में फिल्मों में सुर सजाते थे और आज फिल्मों में जो गीत आ रहे हैं, क्या विशेष फ़र्क महसूस करते हैं?"

प्रश्न सुनकर अपने अंदर के आवेग को मानो मन्ना दा छुपाना चाहते हैं। फिर भी चेहरे पर आवेश साफ दिखाई देने लगता है, अपने आपको संयमित करते हुए वे कहने लगते हैं—"निराशाजनक है फिल्म संगीत का मौजूदा दौर। अब हर कोई शार्ट-कट का रास्ता अपनाना चाहता है। मुझे यह शार्ट-कट की संस्कृति बिलकुल पसंद नहीं है जिसमें एक ही दिन में गाना बनता है, रिकॉर्ड होता है और रिलीज भी हो जाता है। गीत लेखन पर कहीं ध्यान ही नहीं दिया जाता। और तो और धुनें इस प्रकार से कंपोज की जाती है कि लगता नहीं उनका कोई आधार भी है। आज हर गीत एक-दूसरे गीत से मिलता-जुलता है। लेकिन यह दौर ज्यादा चलेगा नहीं...।"

कहते-कहते मानो कुछ और कहने से वे अपने आपको रोक लेते हैं। कुछ देर सन्नाटा छाया रहता है। धीरे से खुद ही खामोशी को तोड़ते हैं—"सीखना लंबी प्रकिया है। पहले सुरों को साधना पड़ता है, फिर गाना होता है। तब कहीं जाकर अच्छा गीत बनता है।" इधर मन्ना डे अपनी बात पूरी करते हैं, उधर मैं फिल्मों में गाए उनके बेहतरीन गीतों का उदाहरण देते पूछ बैठता हूँ—"आपने फिल्मों में भजन, गज़ल, खयाल और प्यार भरे रूमानी गीतों को बखूबी स्वर दिया है। बावजूद इसके आपको फिल्मांकन के हिसाब से कम महत्व के गीत ही गाने को अधिकतर दिए गए। कोई खास वजह?"

प्रश्न सुनकर मन्ना डे के चेहरे पर झुंझलाहट के भाव आ जाते हैं। अपने भावों को छुपाने की असफल कोशिश करते हुए वे कहने लगते हैं—"क्या फ़र्क पड़ता है इससे।" अचानक ही फिर संभलकर उलटा प्रश्न करने लगते हैं—"कम

महत्व के गीत क्यों? मेरे गाए गीतों का फिल्मांकन सही नहीं हुआ, यह बात सच है परंतु इससे क्या गीत कम महत्व के कहे जाएँगे। आप उन्हें कम महत्व के गीत कहते हैं तो आज भी वे उतने ही चाव के साथ कैसे सुने जाते हैं? फिर यह तो सुनने वालों पर निर्भर है कि वे गीत को किस रूप में लेते हैं।'' उनकी इस बात को सुनकर अंदर ही अंदर अपने आपको कोसता भी हूँ कि मैंने अनजाने में ही उनके दिल को किसी कोने से ठेस पहुँचाई है।

मन्ना दा के साथ यह ट्रेजिडी ही रही है कि उन्हें सदैव वे गीत दिए जाते रहे हैं जो या तो किसी गायक कलाकार की रेंज से बाहर होता या फिर जो फिल्म में नायक की बजाए अतिरिक्त नायक या फिर फिल्म की थीम सांग होता। 1940 में मन्ना दा के चाचा मशहूर संगीतकार के.सी.डे ने जब कोलकाता का न्यू थिएटर छोड़ा, तब सीधे वे मुंबई आ गए थे। यहाँ आकर मन्ना दा ने पहले-पहल एच.पी. दास यानी हरिप्रसन्न दास के सहायक के रूप में काम करना प्रारंभ किया। मन्ना डे से गवानेवाले पहले संगीतकारों में एच.पी.दास का नाम भी आता है। दास ने मन्ना डे और रफी को फणि मजूमदार निर्देशित इंसाफ (1946) में गवाया। इसमें रफी का गाया 'रूखी-सूखी मैं खा लूँगी...' तो कोई खास नहीं था परंतु मन्ना डे के गाए 'नयनों के बादल बरस रहे...' तथा राजकुमारी के साथ गाए 'ओ री मोरे बालमवा तुम बिन कल न पड़े...' गीत को विशेष नोटिस लिया गया।

मन्ना डे को फिल्मों में गायन का मौका भी दरअसल संयोग से ही मिला। हुआ दरअसल यह कि 'रामराज्य'(1943) के निर्माता विजय भट्ट इस फिल्म के कुछ गीत मन्ना डे के चाचा के.सी.डे से गवाना चाहते थे। के.सी.डे तब केवल अपने ऊपर फिल्माए गीत ही गाया करते थे सो उन्होंने गायन से साफ इन्कार कर दिया। विजय भट्ट ने जब ज्यादा ही अनुनय-विनय की तो प्लेबैक के लिए के.सी.डे ने अपने भतीजे मन्ना डे का नाम उन्हें सुझाया। संकट यह था कि जिस किरदार के लिए वे के.सी.डे की आवाज लेना चाहते थे वह बुजुर्ग था और मन्ना डे की उम्र तब मात्र 22 वर्ष की थी। थोड़ी सी रिहर्सल और हिचकिचाहट के बाद जैसे-तैसे मन्ना डे की आवाज में 'रामराज्य' के लिए वाल्मीकि पर फिल्माया गीत रिकॉर्ड कर लिया गया। गीत जब संगीतकार शंकर राव व्यास ने सुना तो सुनते ही रह गए। फिर तो वे मन्ना की आवाज के कुछ ऐसे दिवाने हुए कि उन्हीं से इस फिल्म में और गीत भी गवाए। मन्ना डे ने 'अजब लेख विधि का पढ़ा न जाए...', 'त्यागमयी तू गई...' 'चल तू दूर नगरिया...' गीत गा तो दिए परंतु यहीं

से मन्ना डे के गायन पर बुजुर्गियत की जो छाप लगी उसे धोने में वर्षों लग गए। दरअसल यहीं से उनके साथ एक ट्रेजिडी भी जुड़ गई। फिल्मों में गायन की अपनी सुर यात्रा के पहले एक दशक में उन्हें या तो उपदेश से भरे बोलों के गीत दिए जाते या फिर कठिन धुनों पर आधारित गीत। और तो और जो गीत उन्हें गाने को दिए जाते वे लोकप्रिय सिचुएशनों में उपयोग नहीं किए जाते थे बल्कि अकसर चरित्रों के नैतिक संकट को सुलझाने के लिए किए जाते थे। बावजूद इसके उनके गाए उस दौर के गीतों को भी विशेष पहचान मिली।

यह वह दौर था जब मन्ना डे संगीतकार सचिन देव बर्मन, के.सी.डे और खेमचंद प्रकाश के सहायक के रूप में काम किया करते थे। उनके चाचा के.सी. डे की उस समय में गायन में बड़ी धाक थी। सचिन देव बर्मन के संगीत निर्देशन में बनी फिल्म 'मशाल' में के.सी.डे साहब से एक गाना गवाया जाना था। वे गाने के लिए उपलब्ध नहीं थे सो मन्ना डे को मौका मिल गया। एस.डी.बर्मन ने उनसे गाने को कहा। मन्ना डे ने अपने विशिष्ट अंदाज में जब गीत गाया तो सचिन दा को भी विश्वास नहीं हुआ। गीत के बोल थे –'ऊपर गगन विशाल, नीचे गहरा पाताल... ।'

मन्ना डे कहते हैं–"यह गीत सुपरहिट तो हुआ परंतु गाने से पहले मुझे अत्यधिक तनाव था। मेरे लिए वास्तव में यह गीत,गीत नहीं एक चुनौती था। इसी गीत से मुझे भरोसा था कि मैं गायन में टिक पाऊँगा।" कहते-कहते मन्ना डे जैसे इस गीत में खो जाते हैं और खुद इसे गुनगुनाने भी लगते हैं। मन्ना डे दरअसल इससे पहले संगीत निर्देशन के अंतर्गत बतौर सहायक फिल्मों में काम किया करते थे परंतु इस गीत के बाद तो वे पूरी तरह से फिल्मों में पार्श्वगायन से जुड़ गए। हालांकि उस समय में भी अधिकतर वे ही गीत गाने को उन्हें दिए जाते जो फिल्मांकन की दृष्टि से अधिक महत्वपूर्ण नहीं होते। इसे यूँ भी कहा जा सकता है कि उन्हें वे गीत अधिक दिए जाते जिनसे 'टाईप्ड' होने का खतरा रहता था।

मन्ना डे अतीत की बातों से बचना, उस पर कुछ कहने से बचना चाहते हैं। वैसे यादों की उनकी किताब के पन्ने खोलें तो फिर बंद शायद कर ही नहीं सकें। आरंभ में फिल्मों में गाए अपने गीतों के फिल्मांकन की बात उनके दिमाग में अब भी मानो घुम रही है सो बातों ही बातों में फिर से न जाने क्यों अचानक उनके मुँह से निकल भी जाता है–"मेरे गाए गीतों का फिल्मांकन जब मैं देखता

तो दुःख तो होता ही था। एक बार तो ऐसा भी हुआ कि इन सबसे आहत हो मैंने मुंबई छोड़ने तक का मन बना लिया। मेरी पत्नी सुलोचना बड़ी वजह रही है जिसके कारण मैं मुंबई में जमा रहा और बाद के वर्षों में तो मुझे गायन के लिए सम्मान भी खूब दिया गया।''

ऐसा कहते हुए मन्ना दा फिर से अतीत के पन्ने उलटने लगते हैं। वे बताने लगते हैं—''बात है पं. भीमसेन जोशी के साथ मेरे गाए शास्त्रीय संगीत पर आधारित 'केतकी गुलाब जूही.....' गीत की। संगीतकार शंकर-जयकिशन ने पं. भीमसेन जोशी के साथ इस गीत को गाने को जब कहा तो मुझे एकबारगी तो अत्यधिक खुशी हुई थी। अगले ही पल यह खुशी तब काफूर हो गई जब उन्होंने कहा कि इस गीत में तुम्हें पं. भीमसेन जोशी को हराना है। मैं स्तब्ध रह गया यह सुनकर।

शंकर को मैंने कहा—'कैसे होगा यह?'

उन्होंने दो टूक कहा—'करना होगा।'

मैंने इस पर विचार कर दूसरे दिन जवाब देने को कहा। पत्नी सुलोचना से बात की। बहुत सोच-विचारकर यह तय किया गया कि इसके लिए जमकर रियाज करूँगा।''

'गायन में पं. भीमसेन जोशी को हराने की बात सोचकर ही घबराहट बढ़ रही थी।...खैर। पत्नी सुलोचना के साथ मैं 10 दिन के लिए पुना चला गया। वहाँ जमकर मैंने रियाज किया।

लौटकर यह गीत पं. भीमसेन जोशी के साथ गाया और गायन की धुन में यह पता ही नहीं चला कि कब मैंने पं. भीमसेन जोशी को हरा दिया।...स्वयं पं. जोशी इस हार पर बहुत खुश थे। उन्होंने तुरंत कहा—''शास्त्रीय गीत को फिल्मी गीत में भी वैसे ही हद तक गाए हो।....मुझे तभी पहली बार लगा था कि मैं थोड़ा-बहुत गा सकता हूँ।''

मन्ना डे जब यह कहते हैं तो उनके कही बात के अंतिम शब्दों—''पहली बार लगा, मैं थोड़ा-बहुत गा सकता हूँ'' पर विचारते उनकी विनम्रता पर मन उनके प्रति श्रद्धा से भर उठता है। गायन के उनके दौर की बातों, लोगों के बारे में कुरेदने के प्रयास से ही बातों का सिलसिला आगे बढ़ाते प्रश्न करता हूँ—''मन्ना दा, कहीं पढ़ा था कि 'चोरी-चोरी' फिल्म के आपके लता के साथ गाए दो युगल

गीत 'ये रात भीगी-भीगी...' और 'आजा सनम मधुर चाँदनी...' पहले मुकेश गाने वाले थे?..."

बात पूरी होने से पहले ही मन्ना डे रोमांचित होकर कहने लगते हैं– "...बात 1956 की है। एवीएम के बैनर तले 'चोरी-चोरी' का निर्माण किया गया था। इस फिल्म के निर्माता शेट्टी साहब शंकर-जयकिशन के संगीत में ये गीत मुकेश से गवाना चाहते थे। मुकेश तब फिल्म निर्माण के लिए कुछ व्यस्त थे। अप्रत्याशित रूप से तब राजकपूर व संगीतकार शंकर-जयकिशन ने इन गीतों के लिए मेरा नाम सुझाया। उन्होंने कहा कि ये मन्ना की आवाज में अधिक जँचेंगे। शेट्टी साहब इस बात के लिए राजी नहीं हो रहे थे। आखिर राजकपूर के बहुत समझाने पर वे माने। मैंने जब ये गीत गाए तो इस कदर हिट हुए कि बाद में तो शेट्टी सा. भी मुझसे माफी माँगने आए।...तो मैं यह मानता हूँ कि मुंबई में मेरे टिकने का एक कारण राजकपूर भी थे। वे नहीं होते तो मुझ पर लगा पौराणिक फिल्मों के गायक का लेबल नहीं हटता।" मन्ना डे की बात पूरी होने पर थोड़ी देर चुप्पी छाई रहती है।

इस चुप्पी को तोड़ते भी वे ही हैं, कहते हैं–"राजकपूर का जवाब नहीं था। अब वैसे न तो लोग हैं न वैसा माहौल ही है।"

मन्ना डे की बात सुनकर मुझे याद आता है–राजकपूर ने अपने एक साक्षात्कार में कभी कहा था–"लोग कहते हैं कि केवल मुकेश मुझे प्रिय हैं। यह आधा सच है। मुझे मन्ना डे भी उतने ही प्रिय हैं जितने शंकर-जयकिशन, हसरत जयपुरी, शैलेंद्र या लता मंगेशकर...गायन पर उनका अधिकार और उनके रेंज का मैं दिवाना हूँ। दरअसल वे ऐसे लोगों में से हैं जिनकी आभा से मैं चमकता हूँ।"

राजकपूर अभिनीत जितनी भी फिल्मों में मन्ना डे ने गाया। वे सभी फिल्में गीतों के कारण खासी सराही जाती रही है। सच यह भी है कि भले ही मन्ना डे को वे गीत दिए जाते जिन्हें गाने से रफी, मुकेश, हेमंत कुमार इन्कार कर देते परंतु उन्होंने जो भी ऐसा गीत गाया उसमें अपने गले का जादू इस खूबसूरती से बिखेरा कि लोग उनके गाने के दिवाने हो जाते। उनके गायन की यह खास बात ही कही जाएगी कि उन्हें जिस सिचुएशन का भी गीत दिया गया, उन्होंने उसमें अपने गायन की वो बारीकियाँ दिखाई कि गीत सदैव हिट ही होता। लोक संगीत पर आधारित नौशाद का संगीत दिया 'मदर इंडिया' का गीत 'चुनरिया कटती जाए रे, उमरिया घटती जाए रे...' गीत हो या संवाद शैली का शंकर-जयकिशन का

संगीतबद्ध किया 'मेरा नाम जोकर' का गीत 'ए भाई जरा देख के चलो...' या आवाज में शोखी लिए 'उज़ाला' फिल्म का 'झूमता मौसम मस्त महीना, चाँद-सी गोरी एक हसीना...' या 'श्री 420' का 'प्यार हुआ इकरार हुआ..' जैसा गीत या फिर 'पड़ोसन' का 'इक चतुर नार कर के सिंगार...' और 'पगला कहीं का' फिल्म का 'मेरी भैंस को डंडा क्यों मारा...' जैसा सदाबहार हास्य गीत–मन्ना डे ने हर गीत के साथ पूरी तरह से न्याय किया।

मन्ना डे ने हर रेंज में जो भी गाया, उसे जिया और पूर्ण संतुष्टि के साथ अपने गायन कर्म और धर्म को निभाया। गायकी की उनकी समझ इतनी गजब की है कि बात करें तो वक्त का पता ही नहीं चले। हर गीत की कमी और उसकी खूबी को उनसे बखूबी समझा जा सकता है। उन्हें 'मेरा नाम जोकर' फिल्म के जिस गीत पर अवार्ड मिला वह है–'ए भाई जरा देख के चलो, आगे ही नहीं पीछे भी... ।' मन्ना डे इस गीत को अवार्ड मिले जाने पर तब बेहद दुःखी हुए थे। मन्ना डे दरअसल इसे गीत मानते ही नहीं। हँसकर कहते हैं–'अरे भई, यह गीत था कहाँ। सीधा-सादा, कोई सुर, लय तो इसमें है ही नहीं।''

''...तो फिर आप कौन-सा वह गीत मानते हैं जो अवार्ड का हकदार है?'' प्रश्न करने पर वे तुरंत कहते हैं–'पूछो न कैसे मैंने रेन बिताई...,' 'लागा चुनरी में दाग...' जैसे बहुत से गीत हैं।'' मन्ना डे जब यह कहते हैं तो उनके गीतों का कारवां यादों में झलकने लगता है। वैसे सच यह भी है कि जो भी उन्होंने गाया उन्हें जितनी बार सुनें, सुनने से मन भरता नहीं है। यही उनकी आवाज की खूबी है। यही उनका वह गानपन है, जिसे यूँ ही बिसराया नहीं जा सकता और हाँ इसके लिए कोई भी अवार्ड छोटा ही पड़ेगा।

गायन की उनकी विविधता और सुरीलेपन को लेकर कभी संगीतकार अनिल विश्वास ने सही ही कहा–''उनकी आवाज में एक बहते हुए झरने जैसा लय और बहाव है।'' बहता हुआ झरना अपने साथ तमाम प्रकार की अतिरिक्त चीज़ों को बहा ले जाता है। मन्ना डे के साथ भी तो ऐसा ही रहा है। उन्हें जो भी गाने को दिया गया, उन्होंने उसे महत्वपूर्ण नहीं होते हुए भी अपने गायन की कला से महत्वपूर्ण और लोकप्रिय बना दिया। ऐसे में अपने गाने को वे सीधा-सादा, बगैर सुर-लय का भले ही कहें परंतु उसकी बारीकी, उसके महत्व से कैसे कोई इन्कार कर सकता है!

मन्ना डे के सदाबहार गाए गीतों को याद करते उनसे अनायास ही पूछ लेता हूँ–''संगीत के प्रति आपके योगदान को किस रूप में लें–शास्त्रीय बंदिशों

पर आधारित गीतों को शास्त्रीयता के भारीपन की उब से बचाकर लोकप्रिय करने वाले के रूप में या कठिन शब्दावली वाले गीतों को भी जन रूचि का करने वाले गायक के रूप में या फिर उपदेशात्मक गीतों को भी लोंगो की रूचि के अनुकूल बनाने वाले के रूप में?''

प्रश्न सुनकर मन्ना डे कहते हैं—''संगीत के क्षेत्र में मेरा योगदान संगीत के प्रति मेरी लगनशीलता ही है। मैं तब तक गाना शुरू नहीं करता जब तक कि मैं उसे महसूस नहीं कर लेता। अगर मैं एक भजन गा रहा हूँ तो उसके पहले ईश्वर से मेरा तादात्म्य जरूरी है।''

सुनकर औचक ही उनके गाए भजनों पर ध्यान चला जाता है। फिल्म 'सीमा' का गाया उनका गीत 'तू प्यार का सागर है, तेरी एक बूँद के प्यासे हम...' जेहन में कौंधता है। गीत में लोच के बजाए उतार-चढाव का सादगीपूर्ण उपयोग इस खूबसूरती से किया गया है कि सुनकर मन विचित्र-सी पावनता से भर जाता है। लगता है उन्होंने इसे गाते समय पूरी तरह से अपने आपको ईश्वर में तल्लीन कर लिया था, उनकी तल्लीनता से ही पावनता की जो फूहार से फिर श्रोता नहाए, बल्कि यूँ कहें कि आज भी नहा रहे हैं। सच है, मन्ना डे किसी गीत को अपने अंदर जब तक महसूस नहीं कर लेते तब तक वे उसे गाते नहीं, यही वह कारण है कि उनके गाए गीतों ने पार्श्व गायन में अपनी एक अलग और विशिष्ट पहचान बनाई।

बीते दौर के सुरीले संगीत सफर से मन्ना डे को निकालकर पुनः मौजूदा दौर में लाने का प्रयास करते हुए कहता हूँ—''इधर जो रिमिक्स का दौर चल रहा है। आप कुछ कहेंगे, इस पर...?''

मन्ना डे के चेहरे पर प्रश्न सुनकर अजीब-सी परेशानी के भाव पैदा होते हैं। कुछ आवेश भी साफ झलकने लगता है। अपने आपको संयमित करते कहते हैं—''मैं रिमिक्स को बिलकुल पसंद नहीं करता। वैसे भी किसी भी चीज़ की नकल अच्छी बात नहीं है। मैं तो यह कहूँगा कि रिमिक्स किसी पुराने गाने की हत्या से कम नहीं है।''

हालांकि मन्ना डे की रिमिक्स के बारे में राय को उनके इस उत्तर से जान चुका था फिर भी न जाने क्यों मुँह से निकल ही जाता है—''आपके गीतों की कोई रिमिक्स करे तो, कैसा लगेगा...?'' प्रश्न सुनकर मन्ना डे तपाक से कहते हैं—''मैं तो खुद ही हजार मौत मर जाऊँगा।''

सुनकर सहज प्रश्न होता है–"अच्छा, मन्ना दा फिल्मों में गायन के लिए किस प्रकार की तैयारी को आप जरूरी मानते हैं?"

"सीखना लंबी प्रक्रिया है। पहले सुरों को साधना पड़ता है, फिर गाना होता है। तब कहीं जाकर अच्छा गीत बन पाता है। मुझे आज भी याद है। मेरे चाचा के.सी. डे तब तक मुझसे गवाते रहते थे जब तक कि थोड़ी भी त्रुटि शेष रह जाती। घंटो रियाज करने के बाद जब गले से स्वर निकलते तब कहीं वे संतुष्ट होते।" मन्ना डे कहते हैं।

"...तो रियाज को आप गायन के लिए जरूरी मानते हैं..."

"बिलकुल। बगैर रियाज के आप अपनी अलग पहचान नहीं बना पाएँगे। फिर आप जब रियाज करते हैं तो आपको गायन की बारीकी का भी पता लगता है। रियाज के बाद आप किसी चीज़ को गाएँगे तो निश्चित ही गले से जो स्वर निकलेंगे वे सधे हुए होंगे।"

"मन्ना दा, क्या अभी भी आपका मन फिल्मों में कभी गाने का होता है?"

मन्ना डे इस पर ज़ोर का ठहाका लगाते हैं। कहते हैं–"मेरी उम्र अगर 10-15 वर्ष कम हो जाए तो मैं और भी गीत गाता।"

मन्ना डे के कहने का अर्थ भले ही यह हो कि उम्र कुछ कम होती तो वे और भी गाते परंतु सच यह है कि वे आज भी गा रहे हैं। हर दौर में उनकी गायकी लोगों के दिलों में बरकरार है। शम्मी कपूर पर 'उज़ाला' फिल्म में फिल्माया मस्ती भरा वह गीत क्या आप भूल सकते हैं–'झूमता मौसम मस्त महीना ....।' मन्ना डे के मस्ती के मूड के गाए ऐसे गीतों की लंबी फेहरिश्त है। उनके गायन की यही तो खूबी है कि जो वे गाते उसे आत्मसात कर लेते, यही कारण है कि उनके गाए हर मूड को लोगों द्वारा सराहा गया है।

आज के इस दौर में, उम्र के इस पड़ाव पर भी मन्ना डे प्रतिदिन रियाज करते हैं। हिंदुस्तानी शास्त्रीय संगीत को वे पवित्र मानते हैं और साधना की तरह उसका अभ्यास करते हैं। पश्चिमी संगीत की राग-रागनियों को भी वे पसंद करते हैं। इधर के संगीतकारों में ए.आर.रहमान और अनु मलिक की धुनों की वे खुलकर तारीफ भी करते हैं। वे कहते हैं–"राग कोई भी बुरी नहीं होती। असल बात सुरों को साधने की है। वैसे इधर नए गायक अच्छे सुर लिए हैं परंतु उनसे कोई अच्छे संगीत में गवाए भी। गाने के सुंदर बोल भी तो हो।"

'सुर न सजे क्या गाऊँ मैं, सुर के बिना जीवन सूना...' गीत जब मन्ना डे ने गाया था तब क्या किसी ने यह सोचा था कि उनके सुर इतने सजेंगे, इतने

सजेंगे कि उनके बगैर फिल्मी गीतों की चर्चा ही नहीं की जा सकेगी। बहरहाल, सच यही है कि उनकी आवाज का जादू फिजाओं में आज भी गायन के प्रति उनकी दिवानगी को ही बंया करता है। प्रबोधचंद्र डे फिल्मी दुनिया के अकेले ऐसे गायक हैं जिनकी आवाज में खुद की निजता है। इस निजता को हर काल, परिस्थिति में सदा उन्होंने बरकरार रखा है—सुनने वाले को आनंदानुभूति का अहसास कराते। कहें, मन्ना डे ने जो गाया, उसमें—सुर जो सजे, सजते ही रहे।

सरगम

ओ सजना बरखा बहार आई...

घन-घन गरजते और बरसते बादलों से तन-मन भीग जाता है। सच में बारिश होती ही ऐसी है कि मन मयूर नाचने लगता है। अंदर तक हर्षित होते मन से फूटते हैं कविता के बोल। चहुँ ओर हरितिमा फैलाती धरित्रि। टप-टप बरसता पानी।...आप ही बताइए, संगीत का जादू फिर क्या सर चढ़कर नहीं बोलेगा? ...जी हाँ, बारिश का यही तो आनंद है। इसे सुनकर ही नहीं, देखते हुए भी संगीत के स्वर झंकृत होने लगते हैं। रिमझिम वर्षा की फुहार तन और मन दोनों को ही भिगो देती है। बारिश की फुहारों में स्वरों के माधुर्य का अपना सुकून है तो मस्ती और उमंग की अभिव्यक्ति भी जोश जगाती है।

आसमान में छाए काले-घने बादलों की अठखेलियों से भला किसका मन विभोर नहीं होता! याद पड़ता है, वह वर्षा का मौसम था। स्व. मनोहरश्याम जोशी के सान्निध्य में इन पंक्तियों का लेखक तब दिल्ली में था। औचक बारीश की गिरती बूँदों में नहाने के लिए वे कनॉट प्लेस से इंडिया गेट की ओर खिंच ले गए थे। बादलों से झरते पानी और टप-टप गिरती बूँदों की राग को सुनते तब उन्होंने कहा था–"बारिश को देखें नहीं उसे सुनें। टप-टप गिरती बूँदों की राग में मिलेगा जीवन का संगीत।" सच में बारिश मन की तरंगें जगाती है।

बहरहाल, असल जीवन में ही नहीं, फिल्मी गीतों में भी बरखा की फुहार सदा ही लुभाती रही है। संगीतकार सलिल चौधरी को बरखा से बेहद लगाव था। यही कारण रहा कि उन्होंने बरखा गीतों की कंपोजिशंस इतनी शानदार की कि उनके गीतों को सुनते मन में वर्षा हिलोरें लेने लगती है। याद करें बरखा के भरपुर आनंद का अहसास कराता उनका बेहद मधुर गीत–'ओ सजना बरखा बहार आई, रस की फुहार लाई...'। बंद कमरे में बरखा की कहीं कोई आस न होने पर भी इस गीत को सुनते बरखा जैसे आँखों के सामने साकार हो उठती है। लता के

सुमधुर स्वर में इस गीत को 'परख' फिल्म के लिए रिकॉर्ड करते हुए सलिल दा पूरी तरह से इसमें डूब से गए थे। जयराम आचार्य के सितार के बारीक टुकड़ों को धुन में पिरोते सलिल दा ने इस गीत में आरोह-अवरोह में गजब का संतुलन करते संगीत की जिस निजता को जिया, वह फिल्मी गीतों में कम ही देखने को मिलती है।

'ओ सजना बरखा बहार आई....' गीत के साउंट ट्रेक में बूँदों की झड़ी और ठंडक को महसूस किया जा सकता है। इसकी खास वजह यह भी है कि इस गीत के संगीत की प्रेरणा उन्हें सच में बरखा की बूँदों से ही मिली थी। हुआ दरअसल यह कि बारिश के मौसम में एक दिन जब वह खुद कार चला रहे थे तो कार की बोनट पर गिरती बूँदों को देखकर उन्हें लगा कि इन बूँदों के गिरने के संगीत में जादू है।...यही जादू सलिल दा को कार चलाते हुए वींड स्क्रिन पर पड़ती वर्षा की बौछारों में भी मिला। बारिश की बौछार को जब उन्होंने वाईपर से हटाने की कार्यवाही प्रारंभ की तो वाईपर की आवाज ने भी उन्हें जैसे प्रेरणा दी। बस, यहीं से 'ओ सजना बरखा बहार आई...' गीत के संगीत का सृजन हो गया। सलिल चौधरी ने बरखा के जादू वाले इस गीत के संगीत को कंपोज कर जब विमल रॉय को सुनाया तो उन्हें संगीत खास कुछ जँचा नहीं। शास्त्रीय संगीत की जटिलता बताते उन्होंने सलिल दा को राय दी कि संगीत में जो जादू होना चाहिए वह है नहीं परंतु सलिल चौधरी पूरी तरह से आशान्वित थे कि उनके मन को सुकून देने वाला बरखा संगीत श्रोताओं को निश्चित ही भाएगा। आखिर उनकी जिद के चलते उनका संगीतबद्ध यह गीत 1960 में आई 'परख' फिल्म में शामिल किया गया। लता की आवाज में गीत जब श्रोताओं ने सुना तो वे जैसे इसके दिवाने से हो गए। वर्ष 1967 में लता ने जब अपनी सिल्वर जुबली मनाई तो उनसे पूछा गया कि उनकी पसंद के टॉप टेन गीत कौन-से हैं? जवाब में लता ने 'ओ सजना बरखा बहार आई...' का ही नाम सबसे पहले लिया।

बरखा बहार के इस गीत को आज भी सुनते हैं तो बादलों से झिर-झिर गिरते पानी की बूँदें मन को जैसे झंकृत करती है। यही तो है संगीत का जादू। बकौल मनोहरश्याम जोशी इस बार की बारिश को देखें नहीं उसे सुनें। सुनेंगे तो सलिल दा के संगीत में उसे आप गुनगुनाएँगे भी।

तबले की थाप

कबीरचौरा में आधी रात को पैदा हुए पंडित किशन महाराज के देहावसान के बाद उनके तबले के धिरकिट, तिरकिट और चाँटी व स्याही के तकतक का वादन जैसे रूदन कर रहा है। महाराज के तबले की थाप में जैसे जादू था। खाँटी बनारसी मस्ती में तबले की उनकी लड़ंत-भिड़ंत ऐसी थी कि कोई उसका मुकाबला नहीं कर सकता था। तबले पर उनकी उंगलियाँ जब थिरकती तो जो समां बंधता, उसे बयां तो किया ही नहीं जा सकता, बस अनुभूत किया जा सकता है।

बहरहाल, पंडित किशन महाराज की तबले की थाप का जादू भारतीय फिल्म संगीत को भी मिला। शास्त्रीय संगीत में रचे-बसे महाराज फिल्मी गीतों के लिए तबले की थाप के लिए राज़ी तो कभी नहीं थे परंतु प्रख्यात सरोद वादक अली अकबर खां ने उन्हें फिल्मी गीत के लिए थाप देने हेतु राज़ी कर ही लिया। अवसर था उनके संगीत निर्देशन में बनी फिल्म 'आंधियाँ' का। वर्ष 1952 में आई 'आंधियाँ' में अली अकबर खां ने खुद सरोद का जादू तो जगाया ही है परंतु साथ ही सरोद में पंडित किशन महाराज के तबले की थाप भी जैसे गीतों को नई ऊँचाईयाँ देती है। फिल्म में लता की आवाज में एक गीत रिकॉर्ड किया जाना था। सारी तैयारियाँ हो चुकी थी। महाराज को तबले की संगत के लिए याद किया गया। महाराज ने हाँ तो भर दी थी परंतु मन तब थाप देने का बिलकुल भी नहीं था। अली अकबर खां ने आखिर महाराज को समझाया। बोले–"बनारसी ठसक फिल्मों में भी दिखनी चाहिए?"

फिर क्या था? महाराज को भी बात जँच गई। फिल्म वाले भी बनारस की तबले की ठसक को क्यों नहीं जानें। महाराज की उंगलियाँ तबले पर थिरकने लगी। तबले की हल्की थिरकन के बीच स्वयं अली अकबर खां के सरोद वादन का जादू 'आंधियाँ' में ऐसा जगा कि गीतों को सुनते मन नहीं भरता। याद करें

लता की सुमधुर आवाज में गाया गीत–'है कहीं पर शादमानी और कहीं नाशादियां...।' तबले की हलकी थिरकन मन को तरंगायित करती जैसे तरंग में बहने को मजबूर करती है। इसी फिल्म में हेमंत और आशा के सुरों से सजा 'वो चाँद नहीं है दिल है किसी दिवाने का...' में भी तबले का रस कानों को अजीब सा सुकून देता है। एच.एम.वी. ने वर्षों बाद हेमंत कुमार के रेयर जेम्स कैसेट्स में भी इसे विशेष रूप से शामिल किया।

इससे पहले किशन महाराज ने नवकेतन की 'नीचा नगर' फिल्म में भी पं. रविशंकर के संगीत में तबले की थाप का जादू जगाया है। वर्ष 1946 में आई 'नीचा नगर' को फ्रांस के फिल्म समारोह की 11 प्रविष्टियों में स्थान हासिल करने का गौरव हासिल हुआ था। विशेष रूप से इस फिल्म में पं. रविशंकर के संगीत को भी सराहा गया था। बनारस के पंडित रविशंकर ने हिंदी फिल्मों में इसी फिल्म का संगीत देकर प्रवेश किया था तो पंडित किशन महाराज को भी फिल्मों में उन्होंने तबला वादन के रूप में इस फिल्म से प्रवेश दिला दिया। फिल्म के 'कब तक घिरी रात रहेगी..', 'एक निराली ज्योत बुझी है...' और 'उठो कि हमें वक्त की गर्दिश ने...' गीत फिल्म संगीत की आम परिपाटी से अलग ऐसे हैं जो संगीत को नई ऊर्जा प्रदान करते हैं। सामाजिक चेतना के इन गीतों में पंडित किशन महाराज के तबले पर उंगलियों की थिरकन मन को भी थिरकाती है। 'बड़ी माँ' फिल्म के गीतों में भी पंडित किशन महाराज के तबले की थाप अपने आप ही गीतों में रस घोलती है। पंडित किशन महाराज नहीं रहे परंतु उनकी उंगलियों की थिरकन से रसगुंजित धुनों में संगीत प्रेमियों में सदा वे बसे रहेंगें। तन से न सही मन से उनका साथ क्या कभी जाएगा? कबीरचौरा में कृष्ण जन्माष्टमी के दिन ठीक आधी रात के बाद पैदा हुए पं. किशन महाराज ने शरीर छोड़ने से पहले संकटमोचन संगीत समारोह का आनंद लिया था। अपने 85 वर्षों के जीवन में देश के जाने-माने संगीतकारों उस्ताद फैयाज खां, पंडित ओंकारनाथ ठाकुर, उस्ताद बड़े गुलाम अली खां, पं. रविशंकर, पं. भीमसेन जोशी, उस्ताद अली अकबर खां के साथ संगत और जुगलबंदी में उन्होंने जैसे तबले का नया इतिहास ही रचा था। शास्त्रीय के साथ फिल्म संगीत में भी उनके तबले का रसगुंजन संगीत प्रेमियों की अनमोल धरोहर है। इसे संजोकर रखें। सुनें और गुनें।

धीरे से आजा री अँखियन में...

हिंदी फिल्म संगीत में लोरियों का अपना महत्व रहा है। 'राम करे ऐसा हो जाए, मेरी निंदिया तोहे मिल जाए...', 'लल्ला-लल्ला लोरी दूध की कटोरी.....', 'आ जा री आ निंदिया तू आ...' जैसी लोरियाँ सुनते मन करता है तुरंत कब नींद की आगोश में चले जाएँ। ये लोरियाँ ऐसी हैं, जिन्हें सुनते मन नहीं भरता। नींद के आगोश में ले जाती इन लोरियों की मद्धम-मद्धम स्वर लहरियों में जैसे जादू है। यही जादू नींद में सपनों की दुनिया की कभी सैर कराता है।

बहरहाल, वर्ष 1951 में आई एक फिल्म अपनी एक लोरी के कारण ही खासा चर्चित रही थी। फिल्म थी–'अलबेला'। आप समझ गए होंगे कि इसकी वह कौन-सी लोरी है, जिसे आज भी सुनने का बार-बार मन करता है। जी हाँ, वह लोरी है–'धीरे से आजा री अँखियन में, निंदिया...'। राग पीलू और खेमटा 9 मात्रा ताल पर सृजित फिल्म संगीत के इतिहास की सर्वाधिक सुनी जाने वाली इस कोमल गीत लोरी की यही खासीयत है कि इसमें संगीत की स्वर लहरियाँ कानों में जैसे रस घोलती माथे को हलके सहलाती थपकी देती है। कहते हैं, संगीत औषधि का काम करता है। किसी को नींद न आ रही हो तो इस लोरी की औषधी चख कर देखें, फर्क त्वरित महसूस होगा।

'अलबेला' फिल्म की लोरी 'धीरे से आजा री अँखियन में....' का संगीत दिया था सी.रामचंद्र ने। लोरी में लता के स्वरों की कोमलता ऐसी है जिसे महसूस भर किया जा सकता है तो लोरी लिखी भी राजेंद्र कृष्ण ने ऐसी है कि किसी शब्द पर दूसरा कोई शब्द वैसा अर्थ दे ही नहीं सकता। खास बात यह भी है कि इस लोरी को सी.रामचंद्र ने राजेंद्र कृष्ण से न लिख पाने की मजबूरी जता देने के बाद 'लिखना ही होगा' की अपनी जिद से लिखवाया।

हुआ दरअसल यह कि 'अलबेला' की इस लोरी के फिल्मांकन का सैट तैयार हो गया था और गीतकार राजेंद्र कृष्ण चाहते हुए भी कुछ लिख नहीं पा रहे थे। सी. रामचंद्र ने उन्हें पहले ही बता दिया था कि लोरी ऐसी हो जो पहले न तो कभी लिखी गई हो और न ही उसके बारे में सोचा गया हो।

लेखक को लिखने के लिए पहले से ऐसी अपेक्षा दे दी जाए तो स्वाभाविक ही है कि लिखने से पहले का उसका तनाव चरम पर पहुँच जाता है। यही कारण था कि चाह कर भी राजेंद्र कृष्ण लिखने पर ध्यान केंद्रित नहीं कर पा रहे थे। हारकर उन्होंने न लिख पाने की मजबूरी से सी. रामचंद्र को अवगत करा दिया। सी. रामचंद्र भी कहाँ मानने वाले थे। उन्होंने फोन करके राजेंद्र कृष्ण को किसी बहाने से अपने घर बुला लिया। खुद घर से पहले ही बाहर निकल गए और पत्नी को भी कह दिया कि जैसे ही राजेंद्र घर आए तुम उन्हें बैठाकर बाहर से घर का ताला लगाकर अपनी बहन के यहाँ चले जाना और जब तक मैं फोन न करूँ वहाँ से आना मत।

ऐसा ही हुआ। राजेंद्र कृष्ण आए और सी.रामचंद्र की पत्नी उन्हें घर में बंद कर चली गई। राजेंद्र भी समझ गए कि यह सी.रामचंद्र की ही कारस्तानी है। मरते क्या न करते। उन्होंने ध्यान केंद्रित किया और सिचुएशन को सोचते-सोचते ही 'धीरे से आजा री अँखियन में....' जैसी अमर, अविस्मरणीय बल्कि यूँ कहें कि कालजयी लोरी सृजित कर दी।

सी. रामचंद्र ने जब लोरी के बोल सुने तो सुनते ही रह गए। उन्होंने इस पर धुन का जादू लता की खूबसूरत आवाज से कुछ इस तरह से जगाया कि लोरी जैसे नींद का संवाद करती है। हिंदी फिल्म संगीत की यह ऐसी लोरी है, जिसे बेहतरीन संगीत की खूबियों के कारण कभी बिसराया नहीं जा सकता।

दरअसल सी. रामचंद्र उर्फ रामचंद्र चितलकर और बहुतों के अन्ना साहब के संगीत की यही विशेषता है कि उनकी धुनों ने जीवंतता का नया इतिहास रचा। आर्केष्ट्रा में विविधता का प्रयोग करते उन्होंने गिटार, क्लैरनैट, सैक्साफोन, हार्मोनिका, कौंगो, ट्रंपेट जैसे विदेशी वाद्यों के साथ पारंपरिक हिंदुस्तानी साज सारंगी, तबले, हारमोनियम, सितार, बाँसुरी आदि की ऐसी संगत बिठायी कि हिंदी फिल्मों में दिए उनके गीत सदा ही कालजयी हुए। उनके संगीतबद्ध गीतों की मधुरता ऐसी है कि मन करता है, उन्हें सुनते ही रहें। बहुत सी फिल्मों में उनका संगीत चितलकर नाम से ही है। ऐसे में यह भ्रम भी बराबर बना रहता है कि सी.रामचंद्र और चितलकर दो अलग-अलग संगीतकार हैं। बहरहाल, गीतों में संगीत की जीवंतता लिए उनके गीतों की रवानी में ही है जीवन का आनंद।

अपनी किस्मत ही कुछ...

भारतीय सिनेमा का एक कड़वा सच यह भी है कि यहाँ बहुतेरी बार प्रतिभा के बावजूद व्यक्ति को वह स्थान नहीं मिलता, जिसका कि वह हकदार होता है। फिल्म संगीत में तो ऐसा बहुत बार हुआ है जब किसी कंपोजीशन में बेहद संतुलन की समझ होने और किसी फिल्म के संगीतबद्ध गीत हिट होने के बावजूद संगीतकार को वह मुकाम नहीं मिला, जो मिलना चाहिए था। ऐसे ही संगीतकारों में से एक नाम है—दानसिंह।

बेहद प्रतिभाशाली संगीतकार दानसिंह ने मुंबई में खेमचंद प्रकाश के शिष्य के रूप में प्रवेश किया था और बतौर संगीत निर्देशक 1969 में आई 'तूफान' उनकी वह पहली फिल्म थी जिसके मुकेश और आशा के गाया 'हमने तो प्यार किया...' गीत खासा चर्चित भी रहा। इस गीत में उनके संगीत की मेलोडी को इतना पंसद किया गया कि तब सर्वत्र फिल्म जगत में उनका और बस उनका ही नाम था। कुछ समय बाद जब एस. सुखदेव निर्देशित और शशि कपूर, शर्मिला टैगोर अभिनीत 'माई लव' फिल्म आई तो उसमें उनके संगीतबद्ध गीतों की देशभर में धुम मच गई।

याद करें मुकेश के सुरों से सजा गीत—"वो तेरे प्यार का गम, इक बहाना था सनम, अपनी किस्मत ही कुछ ऐसी थी कि दिल टूट गया....'। दानसिंह ने इस गीत में गिटार के कोड्स कुछ इस संज़िदगी से डाले कि गीत में मन के भीतर का दर्द जैसे संगीत के सुरों से जगता है। मुकेश ने गाया भी इस गीत को इस शिद्दत से कि गीत सुनकर आज भी मन संगीत की दर्द लहरियों में डूबते-डूबते तिरने लगता है। ऐसे ही 'माई लव' का उनका संगीतबद्ध 'ज़िक्र होता है जब कयामत का तेरे जलवों...' गीत को सुनते उसकी स्वर लहरियां मन में जैसे हिलोरें

लेने लगती हैं। रूमानी गीतों का जब भी ज़िक्र होता है, 'ज़िक्र होता है जब कयामत का...' गीत की याद आ ही जाती है।

बहरहाल, दानसिंह के संगीत में दम होने के बावजूद फिल्म जगत ने उन्हें गम ही दिया। संगीत निर्देशन की गजब की प्रतिभा के बावजूद यह उनकी उपेक्षा ही कही जाएगी कि 1977 में 'माई लव' फिल्म के उनके हिट गीतों का जब जश्न मनाने का जलशा हुआ तो उसमें दानसिंह को बुलाया तक नहीं गया। ये वही दानसिंह हैं जिन्होंने ऑल इंडिया रेडियो, दिल्ली में एक बार विख्यात छायावादी कवि सुमित्रानंदन पंत की कविता को अपने स्वरों से जब गाया तो पंत उनसे मिलने रेडियो स्टेशन पहुँच गए थे और अपनी कार से ही उन्हें घर तक छोड़ा। तब दानसिंह अपनी बनाई धुनों पर खुद ही गाते थे। गायकी और कपोंजीशंस का यह उनका ऐसा दौर था जब महफिलें दानसिंह से ही सजती थी। मजे की बात यह कि बाद में महफिलों में उनके संगीतबद्ध गाए गीतों को धड़ल्ले से संगीतकारों ने अपने नाम से फिल्मों में इस्तेमाल किया। दरअसल दानसिंह फिल्म जगत की तिकड़मों और षड्यंत्रों को पूरी तरह से समझ ही नहीं सके कि उन्हें वहाँ से चलता कर दिया गया।

अर्से बाद जगमोहन मुंदड़ा ने राजस्थान की भंवरीबाई पर जब 1999 में 'बवंडर' फिल्म बनाई तो उसके संगीत के लिए दानसिंह को याद किया। फिल्म में दानसिंह ने राजस्थान के परिवेश से जुड़ा संगीत दिया भी बेहद कशीश से परंतु हाय री किस्मत यह ऑफ बीट फिल्म बहुत से स्थानों पर प्रदर्शित ही नहीं हो सकी। यह बात अलग है कि दानसिंह के संगीतबद्ध इस फिल्म के रीता गांगुली के गाए 'केसरिया...' और महालक्ष्मी अय्यर और साथियों के गाए 'अब तो जगना होगा बहनों को...' गीत आज भी सुने जाते हैं। इनमें राजस्थान की मिट्टी की सौंधी महक में यहाँ के लोकवाद्यों मोरचंग, रावण हत्था का प्रयोग ऐसा है जिसे सुनने का मन करता है परंतु फिल्म जब बहुत से स्थानों पर प्रकाश में ही नहीं आई तो स्वाभाविक ही है कि उसके गीत भी खास ध्यान में नहीं आते।

फिल्म जगत में षड्यंत्र और धुनों की चोरी का सिलसिला तब भी चरम पर था और आज भी है। दानसिंह के संगीतबद्ध 'माई लव' के गीत तो उनके बेहतरीन संगीत की आज भी गवाही देते हैं परंतु बहुत से ऐसे भी संगीतकार होंगे, जिनके कार्य किसी और के नाम पर दाद ले रहे होंगे। ताजा उदाहरण 'क्रेजी-4' का ही है। जयपुर में बनीपार्क में अपनी डॉक्टर पत्नी उमा के साथ जीवन की

साँझ को जी रहे दानसिंह इस प्रकरण पर अपने उन बहुत से संगीतबद्ध गीतों को याद कर रहे होंगे, जिन्हें दूसरों ने फिल्मों में अपने नाम से धड़ल्ले से इस्तेमाल किया और चर्चित हुए होंगे परंतु उनके पास इस बात का कहाँ सबूत है कि वे यह कह भी सकें कि फलां गीत मेरा है। फिल्म जगत का यही सत्य है।

थाने काजळियो बणा लूँ...

फिल्मी गीतों में लोक संगीत का प्रयोग कोई नई बात नहीं है। लोकप्रिय फिल्मी गीतों में लोक राग ही नहीं लोक गीतों के कुछ बोल भी हूबहू इस्तेमाल किए जाते रहे हैं। किसी खास स्थान, संस्कृति का अहसास वहाँ प्रचलित लोक वाद्यों के जरिए ही तो फिल्मों में करवाया जाता है। दरसअल फिल्म संगीत लोकरंजन के लिए ही है। हाँ, ऐसा कम ही हुआ है जब किसी फिल्म में पूरा का पूरा गीत ही लोकभाषा में रचा और संगीतबद्ध किया गया हो। संभवतः संप्रेषण की समस्या के कारण ही इस प्रकार का खतरा फिल्मों में कम ही लिया जाता रहा है।

बहरहाल, बहुत सी फिल्मों में ऐसा हुआ भी है कि पूरा का पूरा लोकगीत उसी भाषा में इस्तेमाल किया गया है परंतु वे अधिक लोकप्रिय नहीं हो पाए। वजह रही है भाषा की समस्या। जरूरी नहीं है कि वह हिंदी में भी इतना ही संप्रेषित हुआ है जितना कि उस भाषा में जिसमें उसे रचा गया है परंतु राजस्थानी भाषा में रचा गया एक गीत ऐसा भी है जिसे अपार लोकप्रियता हिंदी भाषी क्षेत्रों में ही नहीं मिली बल्कि अहिंदी भाषी क्षेत्रों में भी उसे अत्यधिक सुना गया, बल्कि यूँ कहें कि आज भी वर्षों बाद सुना जाता है। जी हाँ, संगीतकार एस.एन. त्रिपाठी के संगीत से सजा ऐसा ही बेहद लोकप्रिय गीत है–''थाने काजळियो बणा लूँ, म्हारै नैणा में सजा लूँ, राज पलकों में बंद कर राखूंला...'।

राजस्थान की मिट्टी के जाए जन्मे हिंदुस्तान के ख्यातनाम गीतकार पं. भरत व्यास के लिखे इस गीत को स्वर दिया था–लता मंगेशकर और मुकेश ने। लोक संस्कृति की मिठास लिए यह पूरा का पूरा गीत राजस्थानी भाषा में लिखा गया था। मजे की बात यह कि लता और मुकेश ने गीतों के बोलों को इस खूबसूरती से स्वर दिया कि पता ही नहीं चलता कि इन्हें गाने वालों को राजस्थानी नहीं आती। वर्ष 1960 में आई ऐतिहासिक फिल्म 'वीर दुर्गादास' के इस गीत

के बोल ठेठ आंचलिक हैं। गीत जब रिकॉर्ड किया गया था तब शायद ही किसी को इस बात का अनुमान था कि यह लोकप्रियता की पायदान पर सबसे ऊपर पहुँच जाएगा परंतु श्रोताओं को यह इतना भाया कि आज भी उसी शिद्दत से इसे सुना जाता है।

'थाने काजळियो बणा लूँ...' की लोकप्रियता को देखकर ही शायद वर्ष 1961 में 'प्यार की प्यास' फिल्म में एक गीत रखा गया था–'किसका देश...'। इसे अलग-अलग 10 भाषाओं में गाया गया था। खास बात यह थी कि इसमें मराठी, मारवाड़ी, गुजराती, कश्मीरी और पंजाबी के जो अंतरे थे, उन्हें लता ने आवाज दी थी तो हिंदी में गीत का आरंभ मन्ना डे और रानू मुखर्जी ने किया। बंगला में गीत का अंश गीता दत्त ने और तमिल में इस गीत के अंशों को एम. एल. वसंतकुमारी ने गाया था। अनेकता में एकता और भाषाओं की भिन्नता के बावजूद संस्कृति की समवेत सुरभि लिए यह गीत हालांकि तब विभिन्न प्रांतों में खासा बजा भी परंतु पं. भरत व्यास के लिखे राजस्थानी गीत 'थाने काजळियो...' की तरह सदाबहार नहीं बन सका। 'जूली' फिल्म का 'माई हार्ट इज...' गीत पूरा का पूरा अंग्रेजी का है परंतु यह भी कुछेक श्रोताओं की पंसद तक सिमट कर रह गया।

राजस्थानी बोली की मिठास यूँ फिल्म जगत को आरंभ से ही लुभाती रही है। यहाँ के लोकसंगीत से प्रेरित बहुत से गीतों ने तो लोकप्रियता के नए प्रतिमान गढ़े हैं। विश्वास नहीं हो तो लता के ही गाए 'यारा सिली-सिली, ढ़ोला सिली-सिली' या फिर 'निंबूड़ा-निंबूड़ा...' जैसे गीतों को ही ले लें। राजस्थान की मिट्टी की सौंधी महक तो इनमें है ही, गीतों में बोल ऐसे हैं जो इधर समाप्तप्राय हो रही वैश्विक अपणायत (आत्मीयता) से व्यक्ति को सराबोर कर देती है। अपनत्व और भीतर के प्यार के भावों से भरे पं. भरत व्यास के लिखे 'वीर दुर्गादास' फिल्म के उल्लेखित गीत के संवाद की बानगी देखें–'...गोरी पलकां में नींद कंया आवैली?... म्हारी पलकां पालणियों झुलावैली...' अर्थात् पलकों में नींद कैसे आएगी? मेरी पलकें पालनें में झुलाएगी। ऐसा जब होगा तो नींद फिर कैसे नहीं आएगी। यही तो है राजस्थान की अपणायत। है कहीं और गीतों में भावों की ऐसी मिठास?

मेरा दर्द न जाने कोई...

हिंदी फिल्मी गीतों में शास्त्रीय संगीत सदा ही रस घोलता रहा है। शास्त्रीय संगीत की राग-रागिनियों से सजा फिल्मी गीतों का कारवां ऐसा है जिसमें आज भी डूब-डूब जाने का मन करता है। आज के कानफोड़ू संगीत में भी यदि माधुर्य का ज़रा भी अहसास है तो समझ लीजिए उसकी वजह शास्त्रीय संगीत की कोई राग का उसमें प्रयोग ही है। पं. शिवकुमार शर्मा और हरिप्रसाद चौरसिया की जोड़ी 'शिव-हरि', रघुनाथ सेठ, गुलाम मुहम्मद, सुधीर फड़के, पं. रविशंकर ने फिल्मों में वादन तो किया ही, संगीतकार की भूमिका में भी ये खासे जमे।

याद करें वर्ष 1979 में भक्त कवयित्री मीरा के व्यक्तित्व एवं कृतित्व को लेकर गुलजार ने एक फिल्म बनाई थी–'मीरा'। मीरा की रचनाओं को फिल्म में गाने के लिए गुलजार ने लता से हाँ भरवा ली परंतु लता की व्यस्तताएँ और कुछ दूसरी समस्याएँ ऐसी थी कि चाह कर भी वे इसमें गाने का समय न निकाल सकी। गुलजार चाहते थे कि फिल्म का संगीत ऐसा हो जो मीरा की रचनाओं के साथ पूरी तरह से न्याय करे। सो उन्होंने सुप्रसिदध् सितार वादक पंडित रविशंकर से फिल्म में संगीत देने का आग्रह किया। पंडित जी को भला इससे क्या एतराज हो सकता था। समस्या बस यही थी कि लता के स्वर माधुर्य का विकल्प क्या रखा जाए। उन्होंने बहुत सोचकर अंततः इसके लिए वाणी जयराम को ही सर्वथा उपयुक्त समझते गीतों की रिकॉर्डिंग प्रारंभ की। मीरा की भक्ति रचनाओं में शास्त्रीय संगीत के साथ ही राजस्थान की मिट्टी की सौंधी महक लिए 'जो तुम तोड़ो पिया...' 'बाला मैं बैरागन..', 'मैं साँवरे के रंग...' आदि की रिकॉर्डिंग में पंडित जी खुद भाव विभोर थे। दूसरे भजनों के साथ 'मीरा' के बेहद लोकप्रिय भजन, 'ए री मैं तो प्रेम दीवानी, मेरा दर्द न जाने कोई...' की तो बात ही कुछ अलग रही। वाणी जयराम ने मीराबाई की कृष्ण प्रेम की भावनाओं को जैसे इसमें आत्मसात करते जिया है।

भजन की पंक्तियाँ 'मेरा दर्द न जाने कोई...' के भावों में दिल का दर्द जैसे उमड़-घुमड़ कर बरस पड़ा है। पंडित रविशंकर ने वाणी जयराम से इसके लिए विशेष मेहनत करवाई। इसकी रिकॉर्डिंग तब तक पूरी नहीं की गई जब तक 'मेरा दर्द न जाने कोई' को पंडित जी ने 9 बार अलग-अलग प्रभावों में रिकॉर्ड नहीं करवा लिया। पूरे गीत में इन पंक्तियों में विशेष रूप से 'इको' का जो प्रभाव लाया गया, वही इस भजन में चार चाँद लगाता है। इस बार जब इस भजन को सुनें तो थोड़ा गौर करें। पंडित रविशंकर के संगीत का जादू स्वतः ही समझ में आने लगेगा। गुजरी तोड़ी पर सृजित 'ए री मैं तो प्रेम दिवानी...' में राजस्थानी लोक संगीत का हलका प्रभाव भी भक्ति रस में इस प्रकार से घोला गया है कि गीत समाप्त होने के बाद भी इसकी पंक्तियाँ रोम-रोम में जैसे बस सी जाती है। यही है इस भजन का न भुला देने वाला जादू।

पं. रविशंकर के सितार की शान ही अलग नहीं है बल्कि संगीत संयोजन की उनकी समझ भी गजब की है। इसी से हर इंटरल्यूड में वाद्यों का वे अद्भुत संयोजन कराते रहे हैं। और नहीं तो ऋषिदा की फिल्म 'अनुराधा' में लता से गवाया 'हाये रे वो दिन क्यूँ न आए...' गीत को ही सुन लें। स्वरों का उतार-चढ़ाव और गीत की पंक्तियाँ 'सूनी मेरी वीणा, संगीत बिना...' के बाद के पोज में आए प्रभाव पर ज़रा ध्यान दें। किस बारीकी से गीत को संगीत में उन्होंने ढ़ाला है। सच में बोलों में निहित वेदना को संगीत में जैसे जिया गया है। गीतों में निहित भावों का उद्गार जैसा रविशंकर कराते हैं, वैसा बहुत कम संगीतकार ही करा पाते हैं। शास्त्रीय संगीत की रागों का ही वे पुनराविष्कार नहीं करते बल्कि पाश्चात्य संगीत के साथ शास्त्रीय संगीत का सांगोपांग मेल कराते फ्यूजन को बहुप्रचारित करने का श्रेय भी पं. रविशंकर को ही जाता है।

चेतन आनंद निर्मित 'नीचा नगर' (1946) से फिल्मों में सगीत देने की शुरूआत करते उन्होंने सत्यजीत रे की 'पाथार पांचाली' में सितार का जादू जगाया तो इकबाल के देशभक्ति तराने 'सारे जहाँ से अच्छा हिंदोस्तां हमारा...' की स्वरलिपि पंडित जी की ही है।

मुसाफिर हूँ यारों...

गुलजार ने फिल्मी गीतों में कविता को जैसे जिया है। संवादनुमा होते हुए भी उनके गीत होठों के मीत बन जाते हैं। अमूर्त से मूर्त होते उनके गीतों के रूपकों का संसार ऐसा है, जिसे महसूस भर किया जा सकता है। गीतों के उनके छोटे-छोटे बिंब अणु में विराट का बोध अनायास ही कराते हैं। कविता को गीतों में रूपांतरित करते वे कभी धूप को हाथों में मलते हैं तो हवा को रेशम बताते मुँहजोर भी जताते हैं। ऐसे ही सपने में मिलती कुड़ी को गुलजार बंद पुड़िया-सी अँखियों में खिला देते हैं। उनके लफ़्जों की रवानगी में संगीत की धुनें गजब ढ़ाती है। जी हाँ, ये वही गुलजार हैं जिन्होंने कभी सचिन देव बर्मन के संगीत में अपना पहला गीत 'मोरा गोरा अंग लई ले, मोहे श्याम रंग दई दे...' लिखा था।

गुलजार के गीतों की दास्तां छेड़ें तो सुबह से शाम का पता ही नहीं चले। उनके गीतों के ख़ज़ाने का ही अनमोल मोती है, प्यारा-सा गीत—'मुसाफिर हूँ यारों न घर है न ठिकाना...'। राहुल देव बर्मन के संगीतबद्ध किए 'परिचय' फिल्म के इस गीत को किशोर कुमार ने गाया भी बेहद संज़िदगी से था। यह जानकर बहुतों को हैरत हो सकती है कि 'परिचय' के इस गीत से ही आर.डी. बर्मन और गुलजार का गाढ़ा परिचय हुआ था।

हुआ दरअसल यह कि गुलजार ने उन दिनों अंग्रेज़ी फिल्म 'द साउंड ऑफ म्यूजिक' से प्रेरित होकर 'परिचय' फिल्म का निर्माण प्रारंभ किया था। फिल्म में संगीत के लिए बहुत सोच-विचारकर उन्होंने राहुल यानी पंचम को चुना। इसलिए कि वे इसमें संगीत में नया कुछ करना चाहते थे और पंचम ही इसके लिए सर्वथा योग्य उन्हें लगे। फिल्म के गीतों की पोटली पंचम को देते उन्होंने कहा कि गीतों का संगीत लीक से कुछ हटकर हो तो बात बने। पंचम तनाव में। क्या कुछ ऐसा करे कि संगीत में बात बन जाए। गुलजार उन दिनों मुंबई में एक होटल में रहते

थे, यहीं रहते उन्होंने गीत लिखा था—'मुसाफिर हूँ यारों, न घर है ना ठिकाना, मुझे चलते जाना है...'। सच में गुलजार इस गीत के बाद ऐसे चले कि मुकाम ही उनकी मंजिल होती चली गई।

बहरहाल, इस गीत को कंपोज करने की धुन में एक दिन पंचम सो न सके। रात के एक बज गए तो उन्हें औचक एक धुन सूझ गई। फिर क्या था। घड़ी को कौन देखता? चल दिए गुलजार से मिलने होटल। कोई डेढ़ बजे उन्होंने गुलजार को नींद से जगाया और धुन सुनाने के लिए गाड़ी में बिठाकर चल दिए। गुलजार को तो चाहिए ही यही था। गाड़ी में ही आर.डी. ने गुलजार के धुन को गुनगुनाते सुनाया। दोनों रातभर गाड़ी में ही जुहू से ब्रांद्रा की सुनसान सड़कों पर डेस बोर्ड पर हाथों से बीट देते हुए कैसेट पर गीत को एक-दूसरे को सुनाते, सुधारते घूमते-घुमाते रहे। तब तक जब तक कि धुन को पूरी तरह से अंतिम रूप न दे दिया। मुसाफिर की मानिंद घुमते ही उन्होंने इस गीत को तैयार किया और फिर जो सुबह हुई उसका कहना ही क्या? रातभर जागने के बावजूद मूड पूरी तरह से खिला हुआ।

गुलजार आज भी उस रात की सुबह को याद कर मुसकरा उठते हैं। कहते हैं—'हम सब मुसाफिर ही तो हैं। बस चलते जाना है।' सच भी यही है राहुल देव बर्मन के साथ 'परिचय' (1972) फिल्म के इस पहले गीत की कंपोजिंग के बाद तो 'सारे के सारे गम को लेकर गाते चले...' जैसे गीत इस अंदाज में तैयार हुए कि उन्हें आज भी भुलाया नहीं जा सकता। 'मुसाफिर हूँ यारों...' को सर्वश्रेष्ठ गीतों में यूँ ही नहीं गिना जाता। इसमें पंचम के सात सुरों के जादू की महक है तो गुलजार के शब्दों की संवेदना भी मन के तारों को झंकृत करती है। किशोर की गायकी का फ़न तो कमाल का है ही।

कोई जब तुम्हारा हृदय तोड़ दे...

कहते हैं, प्यार की कोई परिभाषा नहीं होती। प्यार तो प्यार है। क्या कहें, कितना कहें, जितना कहें, उतना ही कम। असल जीवन से फिल्मों का प्यार कुछ अलग होता है। रोमानी, शरारती और सबसे बड़ी बात इज़हाराना। असल में आपको किसी से प्यार है तो उसे निगाहों से ही व्यक्त किया जाता है, उसे गली, मोहल्ले, बाग-बगीचों या सुंदर दृश्यावलियों में गाते हुए व्यक्त नहीं किया जाता परंतु फिल्मों में प्यार को यदि गाया नहीं जाए तो वह प्यार भी क्या! जी हाँ, फिल्म संगीत का बड़ा आधार प्यार की अभिव्यक्ति वाले गीत ही हैं। ऐसा बहुतेरी बार हुआ है जब फिल्म की कहानी और अभिनय से इतर प्यार भरे गीतों ने फिल्म को हिट किया है। ऐसा जब हुआ है तो इस बात से भला कैसे इन्कार किया जा सकता है कि गीत का प्यार लोगों का प्यार होता है।

बहरहाल, फिल्मी गीतों में प्यार को सर्वथा नया मुहावरा दिया गीतकार इंदीवर ने। इंदीवर के प्यार की अभिव्यक्ति में दर्शन की गहराइयों को महसूस किया जा सकता है। उनके प्यार की अभिव्यक्ति में जीवनानुभूतियाँ इस खूबसूरती से आयी हैं कि दुःख की परिणति भविष्य का सुख बन जाता है। निराशा की देहरी लांघते आशाओं के दीप जलाते उनके बहुतेरे गीत आज भी इसीलिए सदाबहार हैं कि उनमें जीवन दर्शन के फलसफे हैं। 'जीवन से भरी तेरी आँखें, मजबूर करे जीने के लिए...' (सफर), 'नफरत करने वालों के सीने में प्यार भर दूँ...', 'पल भर के लिए कोई हमें प्यार कर ले...' (जॉनी मेरा नाम), 'चंदन सा बदन, चंचल चितवन...', 'फूल तुम्हें भेजा है खत में...' (सरस्वतीचंद्र), 'ओह रे ताल मिले नदी के जल में, नदी मिले सागर में...' (अनोखी रात), 'बंधन है, प्यार का बंधन है...' (करण-अर्जुन) जैसे अनेकानेक गीतों को सुनें तो इन्हें गुनगुनाने से जी न भरे।

इंदीवर ने सदा ही सदाबहार लिखा। उनके अनेकानेक गीतों में ही एक प्यारा सा बेहद लोकप्रिय गीत है–'कोई जब तुम्हारा हृदय तोड़ दे...'। असफल प्यार की आश की इससे खूबसूरत अभिव्यक्ति क्या कोई हो सकती है! 'पूरब और पश्चिम' फिल्म के लिए मुकेश के गाए इस गीत का संगीत दिया था–कल्याणजी-आनंदजी ने। पश्चिमी सभ्यता की चकाचौंध में गुम होती हीरोईन के भारत (भारत कुमार यानी मनोज कुमार) से दूर होते जाने की सिचुएशन पर लिखे इस गीत को लिखा तो इंदीवर ने खूबसूरत था ही, इसकी धुन बनाने में भी कल्याणजी-आनंदजी ने बेहद मेहनत की।

गीत को रिकॉर्ड करते समय इस बात पर विशेष ध्यान दिया गया कि इसमें अंतर्निहित भावनाओं को संगीत पूरी तरह से जताए। यही कारण था कि मुकेश गीत का मुखड़ा गाते और उसमें कोई छोटी-सी भी कमी रहती तो कल्याणजी टोक देते। मुखड़ा सँवर गया तो अंतरों को भी अलग-अलग स्वर अंदाज में बार-बार रिकॉर्ड कर देखा गया। गीत की अंतिम रिकॉर्डिंग से पहले जब 52 रिटेक हो चुके, तब कहीं जाकर गीत संपूर्ण माना गया। फिल्म में गीत जब आया तो सभी जानते हैं यह कितना हिट हुआ। तब गली-गली में इसी गीत के बोल गूँजने लगे। तब क्यों आज भी गूँजते हैं। गीत है ही ऐसा।

बहरहाल, श्यामलाल बाबू राय उर्फ इंदीवर ने जो लिखा उसे वैसे जिया। वर्ष 1946 में प्रदर्शित 'डबल क्रॉस' फिल्म से फिल्मों में गीत लिखने की शुरूआत करते इंदीवर ने 300 के करीब फिल्मों में गीत लिखे। वर्ष 1951 में प्रदर्शित 'मल्हार' फिल्म के गीत 'बड़े अरमानों से रखा है बलम तेरी कसम...' के बाद इंदीवर ने पीछे मुड़कर नहीं देखा। ये वही इंदीवर हैं जिन्होंने कभी 'उपकार' फिल्म के लिए लिखा था–'कस्मे वादे प्यार वफा सब बातें हैं, बातों का क्या...।'

बातें बहुत हैं। बातों का क्या? सच यही है कि इंदीवर नहीं हैं परंतु उनके लिखे गीत फ़िज़ा में आज भी प्यार का रस घोल रहे हैं। वे नहीं होकर भी जगत में सदा रहेंगे। संगीतकार रोशन की पहली फिल्म 'मल्हार' से लेकर आखिरी संगीतबद्ध फिल्म 'अनोखी रात' में इंदीवर का संगीत था तो उनके पुत्र राजेश रोशन के लिए भी उन्होंने अंतिम दिनों तक गीत लिखे। 'करण-अर्जुन' में लिखा उनका प्यारा-सा गीत है–'बंधन है, प्यार का बंधन है...।' गौर करें। राजेश रोशन ने इसे अपने पिता के संगीतबद्ध 'बहुत दिया देने वाले ने तुझको, आँचल ही समाए तो क्या कीजै...' के मुखड़े के बाद की धुन में हूबहू पिरोया है। इंदीवर के गीतों का प्यार का बंधन ऐसा ही है। परंपरा में आधुनिकता का सांगोपांग मेल।

ये इश्क इश्क है, इश्क इश्क...

कभी फिल्म संगीत का शानदार दौर कव्वालियाँ का भी रहा है। यह वह दौर था जब महफिलें भी कव्वालियों से सजती थी। प्यार, तकरार और नोक-झोंक की कव्वालियों का जादू तब फिल्मों में खूब चलता था। ऐसे ही दौर में आई फिल्म 'बरसात की रात' की कव्वालियाँ को श्रोता अभी भी भुले नहीं होंगे। पूरी फिल्म कव्वालियों से भरी पड़ी है। मन्ना डे, आशा भोंसले, सुधा, बातिश और साथियों ने इसमें 'ना तो कारवाँ की तलाश है...' कव्वाली गाई तो आशा, सुधा, शंकर शम्भू और साथियों ने 'निगाहें नाज़ के मारों का...' कव्वाली गाकर धूम मचाई। ऐसे ही आशा, सुधा, बलबीर, बंदे हशन और साथियों की गाई—'जी चाहता है चूम लूँ...' कव्वाली भी खासी सुनी गई।

बहरहाल, 'बरसात की रात' की आज भी सर्वाधिक सुनी जाने वाली कव्वाली है—'ये इश्क इश्क है, इश्क इश्क...'। आज भी इसे सुनें तो बहुत देर तक गुनने का ही मन करता है। दरअसल यह कव्वाली है ही ऐसी। कव्वाली का माधुर्य कुछ ऐसा है कि श्रोता इसमें बह-बह जाए। इस बार सुनें तो गौर करें इसका तरन्नुम, बहाव और आरोह-अवरोह का उतार-चढ़ाव। रोशन ने इस कव्वाली का संगीत देते जैसे पूरी तरह से इसे जिया।

कहते हैं, रोशन 'ये इश्क इश्क है, इश्क इश्क...' कव्वाली के संगीत में जो प्रभाव लाना चाहते थे बहुत प्रयासों के बाद भी जब वह नहीं आया तो वे आरंभ में कुछ निराश भी हुए परंतु उन्होंने हार नहीं मानी और पूरे 29 घंटे उन्होंने इसकी रिकॉर्डिंग में लगाए। कव्वाली का रोचक पहलू यह भी है कि पहले इसका संगीत ख़याम देने वाले थे। भारतभूषण के भाई चंद्र उनके पास उस्ताद फतह अली खां की कव्वाली का कैसेट लेकर आए और कहा कि मुझे 'बरसात की रात' की कव्वाली में यही धुन चाहिए। धुन के इस्तेमाल के लिए बाकायदा उन्होंने उस्ताद जी से अनुमति भी ले ली थी।

ख़याम ने समझाया कि इससे मौलिकता का हनन होगा परंतु चंद्र अड़ गए तो ख़याम भी अड़ गए। बात बनी नहीं। चंद्र ने 'बरसात की रात' के संगीत का जिम्मा रोशन को दे दिया। रोशन भी फतह अली खां की कव्वाली की नकल से बचना चाहते थे सो पहले तो उन्होंने भी आना-कानी की परंतु बाद में उन्होंने ज़ोर देने पर उस्ताद फतह अली खां की मूल कव्वाली धुन से प्रेरणा ले मौलिक धुन का रास्ता ढूँढ निकाला। उन्होंने इस कव्वाली पर बेहद मेहनत की।

यह सही है कि 'ये इश्क इश्क है, इश्क इश्क...' कव्वाली की धुन उस्ताद फतह अली खां की गाई कव्वाली पर आधारित है परंतु इसका विस्तार जिस खूबी से रोशन ने किया है, वैसा शायद कोई दूसरा कर ही नहीं सकता था। एक प्रकार से उन्होंने मूल धुन का पुनराविष्कार करते उसे रोशन की धुन ही बनाया। मो. रफी, मन्ना डे, बातिश, सुधा और साथियों ने गाया भी इसे पूरे मन से। सुर कुछ ऐसे सजे कि कव्वाली घर-घर गाई जाने लगी।

अभी बहुत समय नहीं हुआ, उस्ताद फतह अली खां के पुत्र नुसरत अली खां ने एक इंटरव्यू में इस बात को स्वीकार किया कि 'ये इश्क इश्क है, इश्क इश्क...' भले ही उनके पिता की धुन से प्रेरणा ले रोशन ने तैयार की परंतु इसमें खुद रोशन की मौलिकता ने ही इसे बेहद हिट बनाया।

बहरहाल, 'बरसात की एक रात' का संगीत बेहद हिट हुआ। खासतौर से फिल्म की कव्वालियां गली-गली में गाई जाने लगी। शाहिर लुधियानवी के लिखे गीतों और कव्वालियों के शायराना लफ़्ज़ों के भावों को रोशन ने जैसे अपने संगीत से जीवंत कर दिया। इसके बाद से ही रोशन-शायर की जोड़ी ने फिल्मों में जमते ऐसे गीतों की शौगात दी, जिन्हें आज भी याद कर मन सुखद अहसास के हिलोरें लेने लगता है। याद करें इसी 'बरसात की रात' का गीत, 'ज़िंदगी भर नहीं भूलूँगी वो बरसात की रात...'। 'बरसात की रात' ही क्यों, ज़िंदगी भर गीत-संगीत के ऐसे दौर को भी क्या कोई भूल सकता है!

खई के पान बनारस वाला...

फिल्मों में यह 'रीमेक' का दौर है। नयापन और मौलिकता शब्द फिल्म डिक्शनरी में अब ढूँढे नहीं मिलते। हाँ, पुरानी फिल्मों की कहानियों को नए तेवर में प्रस्तुत करने में और कुछ भले ही मौलिक नहीं हो परंतु देह दर्शन का नया अंदाज जरूर कुछ सोचने को विवश करता है। नारी ही नहीं पुरूष नायक भी इसमें कमतर नहीं है। गाने सुनते जिस कल्पनालोक में मन विचरण करने लगता है, उसका अहसास भले ही सुखद हो परंतु इन गानों को पर्दे पर देखें तो नंगेपन में ये भाव तिरोहित होते देर नहीं लगती। गोया मनोरंजन का नया अर्थ शरीर का अंग प्रदर्शन है।

बहरहाल, फिल्मों के 'रीमेक' के साथ उनके गानों के रिमिक्स भी धड़ाधड़ बाज़ार में अपना साम्राज्य फैलाते जा रहे हैं। उनकी उम्र के बारे में भले ही अभी कुछ नहीं कहा जा सके परंतु युवा-पीढ़ी उनके कानफोड़ू संगीत में जरूर कुछ पल के लिए डूब सी गई है।

अभी बहुत समय नहीं हुआ। शाहरूख अभिनीत 'डॉन' की 'रीमेक' जब आई तो उसके गानों के रिमिक्स भी कुछ समय के लिए खूब चले। निर्माता नरीमन ईरानी की अमिताभ बच्चन अभिनीत असली फिल्म 'डॉन' 1978 में आई थी। यह अंग्रेजी क्लासिक फिल्म 'हाउस ऑफ सिक्रेट्स' का 'रीमेक' थी परंतु पुनर्लेखन और निर्देशन में मौलिकता और सृजनात्मकता इस कदर थी कि इस फिल्म के गीत-संगीत और फिल्मांकन सभी सुपर-डुपर हिट रहे। 'शोले', 'सीता और गीता' के बाद सलीम-जावेद की जोड़ी ने जब 'डॉन' को लिखा तो उसके गीत-संगीत पहलू पर भी वे बेहद गंभीर थे। अनजान के लिखे यूँ तो फिल्म के सभी गीत अपनी विशिष्टता लिए हैं परंतु अमिताभ पर फिल्माया गीत 'खई के पान बनारस वाला...' की बात ही कुछ अलग है। आज भी पान खाते हुए इस गीत की याद होंठों पर मुसकान ले आती है।

पहले यह गीत फिल्म में था नहीं। पूरी फिल्म बन गई और बाद में इस गीत को डाला गया। 'डॉन' फिल्म को आप गौर से देखें। असली 'डॉन' के हमशक्ल की तलाश मुंबई में इस गीत को गाते छोरे से पूरी होती है। गंगा किनारे वाला छोरा गंगा के किनारे गीत नहीं गाकर मुंबई में यह गीत गाता मिले, इस सिचुएशन पर विचार करें तो थोड़ा अटपटा लगेगा परंतु फिल्मों में यह कोई अचरज की बात नहीं। पाँच मंजिल से छलांग के बाद भी हीरो को खरोंच तक नहीं आती तो फिर यह तो सामान्य बात है। बहरहाल, 'छोरा गंगा किनारे वाला...' गीत का फिल्म में प्रवेश रोचक ढंग से हुआ।

हुआ दरअसल यह कि जब 'डॉन' की पहली कॉपी बनकर तैयार हुई तो सलीम-जावेद की जोड़ी ने तय यह किया कि इस फिल्म को मनोजकुमार को दिखाकर उनकी राय पहले ही ले ली जाए कि और इसमें क्या कुछ किया जा सकता है। सो मनोजकुमार को बुलाया गया और उन्हें फिल्म दिखाई गई। मनोजकुमार को फिल्म बेहद पसंद आई परंतु उन्हें लगा कि इंटरवल के बाद फिल्म बहुत तेज़ी से भाग रही है। इसमें ब्रेक के लिए कुछ किया जाना चाहिए।

सलीम-जावेद को भी मनोजकुमार की बात में दम लगा कि फिल्म तेज़ी से भाग रही है। बहुत सोचने के बाद तय यह किया कि एक गीत डाला जाए। तब जावेद अख़्तर फिल्मों में गीत नहीं लिखते थे सो अनजान को सिचुएशन बताते गीत लिखने के लिए कहा गया। गीत उन्होंने लिखा और जब फिल्म में डाला गया तो फिल्म में जैसे जान आ गई। फिल्म जब प्रदर्शित हुई तो 'खई के पान बनारस वाला...' गीत इतना हिट हुआ कि लोग इस एक गीत के लिए ही फिल्म को देखने आते और हॉल सीटियों से गूँज उठता।

बहुत पहले जावेद अख़्तर से हुई मुलाकात में फिल्मों के उनके लेखन पर घंटों बातचीत हुई थी, तभी इस वाकये के बारे में भी पता चला। वे इस गीत का पूरा श्रेय मनोजकुमार को देते हैं। कहते हैं—''मनोजकुमार के सुझाव पर ही फिल्म में ब्रेक देने के लिए 'खई के पान बनारस वाला...' गीत रखा गया और आप खुद ही देखें यह कितना हिट हुआ।'' जावेद जब यह कहते हैं तो 'डॉन' की 'रीमेक' के गीतों पर भी ध्यान अनायास ही चला जाता है। आप ही बताएँ है वह बात नई 'डॉन' के रिमिक्स गीतों में! गीत वही, बोल वही है परंतु, ज़रा सोचें कितनी उम्र होगी रिमिक्स के ऐसे गीतों की।

मन कली मुसकाई...

फिल्मी गीतों में धुनों के माधुर्य के साथ उनके बोल भी सुनने वालों पर गहरा प्रभाव डालते हैं। एक वह दौर था जब गीत लेखन में बोल को बेहद महत्व दिया जाता था। आज के कानफोड़ू संगीत में भी जब कभी धुन और बोल के माधुर्य का समन्वय मिलता है तो सुखद लगता है। बहरहाल, यह वह दौर है जब गीतों में चाहे जैसे बोल डाल दें, वे सेंसर नहीं होते। सेंसर की कैंची किसी स्तर पर चलने की पहल हो भी जाए तो लोकगीतों के बोल की दुहाई देकर उससे बचा जा सकता है। ऐसा भी कुछ समय पहले तक था। अब तो गीतों के लिए किसी स्तर पर आपत्ति ही नहीं होती तो सेंसर के समक्ष पक्ष रखने का तो सवाल ही नहीं पैदा होता। 'भीगे होंठ तेरे, ...मेरे संग कोई रात गुजार...' या फिर 'चोली के पीछे क्या है..' गीत इस बात के गवाह हैं कि अब मापदंड बदल गए हैं। समय का सच यही है कि लोगों ने भी इन गीतों को सहज स्वीकार कर लिया है। सेंसर की कैंची चलने का तो फिर सवाल ही कहाँ पैदा होता है।

बहरहाल, दौर वह भी था जब गीत के बोल में कोई थोड़ा भी हलका या उसके अर्थ से कुछ अलग अर्थ निकलने की थोड़ी सी भी आशंका दिखाई देती तो तत्काल सेंसर की कैंची चल जाती। गीतकार भी इस बात को समझते थे इसलिए अव्वल तो गीत लिखने में भी सावधानी होती, यदि किसी स्तर पर कोई आशंका होती तो भी तत्काल गीत में संशोधन कर दिया जाता। ऐसा ही वाकया है राजकपूर की फिल्म—'जिस देश में गंगा बहती है' का। इस फिल्म में हसरत जयपुरी ने एक गीत लिखा था—'...ओ मैंने प्यार किया, हाय-हाय क्या जुल्म किया...'।

इस गीत में एक पंक्ति थी—'बंद कली मुसकाई।' आज सोचते हैं तो इसमें कोई आपत्ति नज़र नहीं आती परंतु तब सेंसर ने इस पर आपत्ति कर दी।

राजकपूर ने हसरत जयपुरी को बुलावाया और मुसकराते हुए कहा—"सेंसर ने आपके गीत में आए 'बंद कली मुसकाई' शब्दों पर आपत्ति की है।"

हसरत ने कहा आपत्ति जैसी कोई बात तो नहीं है, फिर भी देख लेते हैं। उन्होंने अपने ही गीत को फिर से पढ़ा। राजकपूर ने भी आपत्ति को बेवजह बताते कह दिया कि सेंसर के सामने पक्ष रखेंगे परंतु हसरत ने कहा—"सेंसर ने आपत्ति की है, तो वजह ठीक ही होगी। फिल्मों से ही तो समाज को संदेश जाता है, क्यों बोल के कारण गलत संदेश जाए।" ऐसा कहते बगैर किसी विरोध के उन्होंने अपने गीत के बोल में परिवर्तन कर दिया। परिवर्तन भी इतना छोटा और तरीके से किया कि लगा ही नहीं कि सेंसर की आपत्ति के बाद कुछ हुआ है। उन्होंने अपने गीत की पंक्तियाँ 'बंद कली मुसकाई' को बदल कर 'बंद' की जगह 'मन' कर दिया। पंक्तियाँ हुई—'मन कली मुसकाई'। सेंसर ने बगैर विवाद के इसे पारित कर दिया।

हसरत जयपुरी के बरसों पहले दिए साक्षात्कार के इस प्रसंग में आज जब विचारते हैं तो ढ़ेरों ऐसे गीत अनायास ही दिमाग में उमड़ आएँगे जिनको तो पूरी तरह से ही हटा दिया जाना चाहिए परंतु यह ऐसा दौर है जब संचार माध्यमों ने सामाजिक वातावरण में हलचल पैदा करते उसे पूरी तरह से बदल कर रख दिया है। अब गीतों के बोल चाहे जैसे हों, वे खलते नहीं हैं। 'सरकाय लो खटिया...', 'लोटन कबूतर...', 'भींगे होंठ तेरे...' जैसे गीत के बोल सहज स्वीकार्य हैं। इसलिए भी कि उनके बोल समझ में आते हैं परंतु समय के सच के आगे नंगेपन के यूँ उजागर होने पर खास कोई फ़र्क नहीं पड़ता। ऐसा है तभी तो संगीतकार भी अब धुनों पर खुद ही गीत लिखते समय की संवेदना से अपने को जोड़ रहे हैं। बहरहाल सेंसर का सच भी यही है।

गीत गाता चल...

'राजश्री प्रोडक्शन' की वर्ष 1975 में एक फिल्म आई थी–''गीत गाता चल''। इस फिल्म के गीत भावप्रवणता के कारण लोगों के दिलों मे आज भी बसे हुए हैं। रवींद्र जैन ने अपने संगीत से गीत के बोलों में जैसे जान डाल दी थी। ज़रा याद करें इस फिल्म के 'गीत गाता चल ओ साथी गुनगुनाता चल...' शीर्षक गीत को। खमाज थाट पर आधारित इस गीत में जिस बुलंदी से गायक जसपाल सिंह ने स्वर दिए, वैसे बहुधा कम ही देखने को मिलते हैं। गीत के आलाप 'ओ बंधु रे...' को भी स्वर कुछ इस खूबसूरती से दिया गया है कि गीत के भावों का मर्म जैसे सीधे दिल में उतर जाता है। इस गीत की यही वह विशेषता है जो इसे दूसरे फिल्मी गीतों से सर्वथा अलग करती है। जसपाल सिंह के पार्श्वगायन को पंख इसी फिल्म से मिले। राजश्री की इस फिल्म में भी जसपाल सिंह को गायन का अवसर बड़े संघर्ष के बाद मिला था। इसकी दास्तां भी कम मार्मिक नहीं है।

पेशे से वकील जसपाल सिंह ने फिल्मों में पार्श्वगायन के लिए बाकायदा मशहूर वायलिन वादक महेंद्रजीत सिंह से संगीत का विधिवत् प्रशिक्षण लेकर फिल्मों में किस्मत आजमाने के लिए अपने को तैयार किया परंतु अत्यधिक प्रयासों के बावजूद उन्हें किसी फिल्म में गाने का मौका नहीं मिला। आखिरकार पार्श्वगायन का अवसर देने के लिए ही बाकायदा उनके बहनोई ने 'बंदिश' फिल्म का निर्माण किया।

उषा खन्ना के संगीत निर्देशन में इस फिल्म के लिए जसपाल ने 'देखो लोगों कैसा जमाना...' गीत गाया परंतु हाय री किस्मत, फिल्म बिलकुल ही नहीं चली। उषा खन्ना ने इसके बाद जसपाल सिंह को 'अंजान है कोई' में महेंद्र कपूर के साथ एक गीत गाने का मौका दिया परंतु यह फिल्म भी पिट गई। ऐसा ही 'आन-बान' में भी हुआ जब मन्ना डे, रफी और सुरेश रघुवंशी के साथ जसपाल

को गाने का अवसर मिला परंतु यह फिल्म भी जब प्रदर्शित हुई तो उसमें उनका गाया गीत ही निकाल दिया गया था। आर.डी. बर्मन ने 'बालिका वधु' के गीत 'कितने अच्छे लगते हैं...' गाने के लिए उन्हें बुलाया और गीत की रिहर्सल भी उनसे करवायी परंतु गीत रिकॉर्ड किया गया अमित कुमार की आवाज में।

हताशा के इसी दौर में एक दिन जसपाल सिंह की मुलाकात रवींद्र जैन से हुई जो खुद उन दिनों संगीत के अपने कॅरियर के लिए संघर्षरत थे। 'राजश्री प्रोडक्शन' की तब 'गीत गाता चल' फिल्म निर्माणाधीन थी और इसमें ताराचंद बड़जात्या, राजकुमार बड़जात्या को एक नए गायक की तलाश थी सो रवींद्र जैन ने जसपाल सिंह को बड़जात्या बंधुओं से मिलवा दिया। यहाँ भी जसपाल सिंह के साथ पहले की तरह ही हुआ।

कई दिनों तक सभी गीतों की रिकॉर्डिंग में भाग लेने के बाद भी जब जसपाल सिंह को पता चला कि फिल्म के पहले दो गीत रफी एवं आशा के स्वरों में रिकॉर्ड हो चुके हैं तो अंदर से वे टूट से गए। उन्हें लगा कि अब पार्श्वगायन में उनकी दाल नहीं गलनी है सो अपने मूल निवास अमृतसर जाने का पूरी तरह से निर्णय कर वे रवींद्र जैन से अंतिम विदा लेने पहुँचे तो राजकुमार बड़जात्या ने कहा कि फिल्म में दो गीत उनकी आवाज में ही होंगे।

निराशा और अविश्वास में ही जसपाल सिंह ने 'गीत गाता चल' के 'धरती मेरी माता...' और 'मोहे छोटा मिला भरतार...' गीत रिकॉर्ड करवाए। जसपाल सिंह की आवाज सुनकर ताराचंद एवं राजकुमार बड़जात्या इतने खुश हुए कि त्वरित शीर्षक गीत 'गीत गाता चल ओ साथी गुनगुनाता चल...' भी उनसे ही गवा लिया। गीत में जोश की बुलंदी तो सहज आनी ही थी सो जसपाल के स्वर कुछ ऐसे सधे कि फिल्म की रामायण की चौपाईयां 'मंगल भवन अमंगल हारी' भी फिर उनके स्वर में ही रिकॉर्ड की गई।

निराशा के अंधेरे में जसपाल सिंह के पार्श्वगायन कॅरियर को 'गीत गाता चल, ओ साथी गुनगुनाता चल...' ने जो रोशनी दी उसमें तो फिर वे ऐसे नहाए कि तब के व्यस्ततम गायक कलाकारों में उनकी गिनती होने लगी।

गायन के अपने 15 वर्ष के कॅरियर में जसपाल सिंह ने 200 फिल्मों में कोई हजार से अधिक गीत गाए। रवींद्र जैन के संगीत में ही 1990 में 'षड्यंत्र' फिल्म के लिए भी उन्होंने आवाज दी परंतु इसके बाद गायक कलाकारों की भीड़ में फिर से गुमनामी में खोते चले गए। 'गीत गाता चल' में स्वर का जैसा माधुर्य

जसपाल सिंह ने बिखेरा उसमें गीत के बोलों के भावों को जैसे जिया गया था। यही कारण है कि उनके गाए गीत की याद से ही मन झंकृत हो उठता है। संघर्ष की उनकी गाथा के बाद की गुनगुनाहट को भी इसी से महसूस किया जा सकता है।

मुझे कुछ कहना है...

संगीतकार जोड़ी लक्ष्मीकांत-प्यारेलाल के बारे में कहा जाता है कि वे दो शरीर एक आत्मा थे। इसकी खास वजह भी है। दोनों में परस्पर समझ इतनी गजब की थी कि वे बगैर कहे ही एक-दूसरे की बात समझ लिया करते थे। आँखों ही आँखों में बातों के इशारों से कई बार ऐसा भी हुआ कि उनके संगीतबद्‌ध गीतों का मुखड़ा तैयार हो जाता।

यूँ तो उनकी संगीतबद्‌ध 'बॉबी' फिल्म के सारे ही गीत हिट हैं परंतु एक गीत ऐसा भी है जो संवादनुमा है और इतना लोकप्रिय हुआ कि आज भी उसे गुनगुनाने को जी करता है। जी, हाँ आप समझ गए होंगे, उस गीत का मुखड़ा है—'मुझे कुछ कहना है, मुझे भी कुछ कहना है...पहले तुम, पहले तुम..।' कम रोचक नहीं है इस गीत के मुखड़े की कहानी।

हुआ दरअसल यह कि 'बॉबी' फिल्म के संगीत के लिए राजकपूर ने लक्ष्मीकांत-प्यारेलाल को चुना था। फिल्म के गानों की सिचुएशन राजकपूर ने लक्ष्मी-प्यारे को समझा दी थी। और दूसरे गीतों के साथ 'पहले तुम' गीत की धुन तैयार करते लक्ष्मी-प्यारे को सुझ नहीं रहा था कि कैसे शुरू करें। इसी उलझन में एक दिन लक्ष्मी-प्यारे ने तय किया कि अपने-अपने स्तर पर दोनों ही गीत के आरंभ का संगीत तैयार कर प्रस्तुत करें। दूसरे दिन संगीत की चर्चा के दौरान राजकपूर मौजूद थे सो दोनों ने इशारों ही इशारों में आँखो से एक-दूसरे को कुछ कहना प्रारंभ किया। लक्ष्मीकांत ने प्यारे लाल को आँखों से कुछ कहा तो प्यारेलाल ने भी जवाब में कुछ कहा राजकपूर कुछ समझे नहीं। उन्होंने पूछ लिया—'आपस में ये क्या हो रहा है? कुछ हमें भी बताओ भई...।'

लक्ष्मीकांत ने मुसकुराते हुए कहा—'मैं तो प्यारेलाल से कह रहा था कि पहले तुम...'

प्यारेलाल ने बात बीच में काटते हुए त्वरित कहा–'मैं कह रहा था–'पहले तुम... ।'

राजकपूर लय में बोले–'मुझे भी कुछ कहना है।'

इतने में प्यारेलाल चौंक कर बोले–'अरे! गीत का मुखड़ा तो तैयार हो गया।'

दरअसल प्यारेलाल संगीत के साथ-साथ गीतों का मुखड़ा भी अनेकों बार तैयार कर लेते थे। सो उन्होंने 'मुझे कुछ कहना है, मुझे भी कुछ कहना है, पहले तुम, पहले तुम...' मुखड़े की पंक्तियों के साथ गीत की आरंभिक धुन चंद मिनटों में ही तैयार कर राजकपूर को सुना दी।

प्यारेलाल से इन पंक्तियों के लेखक की कुछ समय पूर्व मुंबई में अर्से बाद फिर से मुलाकात हुई तो उन्होंने गीत के मुखड़े का यह किस्सा बताते हुए कहा–'राजकपूर इसे सुनकर इतने खुश हुए कि पूछो मत।'

'बॉबी' के संगीत के लिए एच.एम.वी. ने पहली बार गोल्डन शील्ड रिलीज किया। इससे पहले केवल 'पाकीजा' और 'हरे रामा हरे कृष्णा' के लिए ही शील्ड रिलीज की गई थी परंतु वह रजत शील्ड थी।

बहरहाल, संगीतकार लक्ष्मीकांत-प्यारेलाल की जोड़ी ने भारतीय फिल्म संगीत को बेहतरीन गीतों की शौगात दी है। शंकर-जयकिशन को गुरू मानने वाली इस संगीतकार जोड़ी के प्यारेलाल बताते हैं–"शंकर-जयकिशन का हम बहुत सम्मान करते थे। 'बॉबी' के लिए जब राज साहब ने हमें कहा तो पहले तो हम संकोच में पड़ गए परंतु फिर मुकेश ने समझाया कि हम नहीं करेंगे तो कोई और करेगा। हमने संगीत के लिए हाँ कह दी और आप देखिए एच.एम.वी. की गोल्डन शील्ड स्वयं शंकर-जयकिशन ने खुद हमें प्रदान की। हमारे लिए वह क्षण बेहद गौरवमय था।"

ये दिल है मोहब्बत का प्यासा...

रावल ब्रदर्स द्वारा वर्ष 1966 में निर्मित फिल्म 'दिल ने फिर याद किया' के गीतों की यह विशेषता ही है कि उनमें मस्ती, प्यार, दर्द और कशिश भरी रूमानियत को संगीत में इस खूबसूरती से पिरोया गया है कि सारे ही गीत सदाबहार हिट हुए हैं। संगीतकार के रूप में सोनिक-ओमी की स्वतंत्र रूप से यह पहली ही फिल्म ऐसी थी जिससे रातों-रात वे संगीत जगत में छा गए। शास्त्रीय संगीत की रागों के प्यार और मस्ती के भावों में सर्वथा नए प्रयोग करते सोनिक-ओमी ने पहली ही फिल्म से अपार लोकप्रियता हासिल की। इसका अंदाज इसी से लगाया जा सकता है कि फिल्म का जब प्रीमियर हुआ तो समाचारपत्रों में तब सोनिक-ओमी को फिल्म के असली हीरो बताते हुए समीक्षाएँ लिखी गई।

बहरहाल, 'दिल ने फिर याद किया' को इसलिए भी याद किया जाना चाहिए कि इसमें धर्मेंद्र के लबों पर रफी और मुकेश दोनों ने ही स्वर दिए। दर्शकों-श्रोताओं ने धर्मेंद्र पर पहले रफी की और बाद में मुकेश की रिकॉर्ड की गई आवाज पर इसलिए कोई एतराज नहीं जताया कि दोनों में भावाभिनय के साथ तर्ज को इस अंदाज में सृजित किया गया कि पर्दे पर धर्मेंद्र आवाज के लिहाज से बदले-बदले लगे ही नहीं।

'दिल ने फिर याद किया' में 'कलियों ने घूँघट खोले, हर फूल पे भँवरा डोले...', 'लो चेहरा सुर्ख शराब हुआ...' जैसे मस्ती के सर्वथा नए अंदाज के गीत धर्मेंद्र के लिए रफी ने गाए थे। मुकेश ने फिल्म में रहमान अभिनीत गीत गाया था परंतु धर्मेंद्र की इच्छा थी कि उनके लिए भी मुकेश फिल्म में एक गीत गाए। यह बात अटपटी तो थी परंतु धर्मेंद्र की बात रखने के लिए ही सोनिक-ओमी ने विशेष रूप से मुकेश के लिए एक खास तर्ज तैयार की। खास तौर से धर्मेंद्र के हाव-भावों को ध्यान में रखते हुए कुछ इस प्रकार से तर्ज तैयार की गई कि देखने

वालों को धर्मेंद्र पर पहले रफी के स्वरों और बाद में मुकेश के स्वरों को सुनकर किसी प्रकार की हैरत नहीं हो। रूमानियत की कशिश भरे जिस गीत की धुन तैयार की गई वह था–'ये दिल है मोहब्बत का प्यासा, इस दिल का तड़पना क्या कहिए...।' राग आसावरी थाट पर आधारित इस गीत का संगीत दरअसल कुछ इस बेहतरीन ढंग से तैयार किया कि आज भी यह मुकेश के सर्वश्रेष्ठ रूमानी गीतों में शुमार किया जाता है।

सोनिक-ओमी को अपनी फिल्म 'दिल ने फिर याद किया' का संगीत देने का निर्णय रावल ब्रदर्स ने तभी कर लिया था जब उन्होंने रोशन के साथ ओमी को काम करते देखा था। पहली ही फिल्म में चाचा-भतीजा सोनिक-ओमी ने ऐसा कमाल किया कि फिल्म के 9 के 9 गीत सुपर-डुपर हिट हुए। संगीतकार जोड़ी सोनिक-ओमी के बारे में यह जानकर बहुतों को हैरत हो सकती है कि दोनों ने ही फिल्मों में प्रवेश बतौर गायक के तौर पर किया था परंतु बन गए बाद में वे संगीतकार।

ओमप्रकाश सोनिक के चाचा मनोहरलाल सोनिक ने आरंभ में एच.एम.वी. से संबद्ध रहकर कुछेक फिल्मों में गायन भी किया और स्वतंत्र रूप से 1952 में निर्मित 'ईश्वर भक्ति' और 'ममता' जैसी फिल्मों में संगीत भी दिया और बाद में सफलता नहीं मिलने पर लंबे अर्से तक संगीतकार मदनमोहन के सहायक रहे। हार्मोनियम बजाने में तो उनका कोई मुकाबला ही नहीं था।

ज़रा याद करें 'झुमका गिरा रे, बरेली के बाज़ार में...' गीत को। इसमें हारमोनियम का पीस उन्हीं का था। ऐसे ही बहुत से गीतों में विशेष तौर से उन्हें हारमोनियम बजाने के लिए ही बुलाया जाता था। उनके साथ कुदरत की कहर यह थी कि बचपन से ही उनकी आँखें छिन गई थीं, मन की आँखों का ही कमाल था कि फिल्मों में उन्होंने गजब ढ़ाया। संगीतकार और संगीतकार सहायक के बाद भतीजे ओमी के साथ उनका दूसरा दौर 'दिल ने फिर याद किया' फिल्म से हुआ जो 1993 में उनके निधन तक बदस्तूर अंत तक जारी रहा।

अर्सा पहले ओमी से मुंबई में हुई मुलाकात आज भी जेहन में बसी हुई है। याद पड़ता है तब ओमी ने संगीत जगत से ढ़ेरों यादें सुनाई थी। ओमी भी मूलतः गायक थे और दिल्ली रेडियो में गाया करते थे। रोशन के साथ सहायक के रूप मे जुड़ने से पहले दत्ताराम के संगीत निर्देशन में ओमी ने कोरस के रूप में स्वर दिया था। बाद में रोशन की संगीतबद्ध फिल्म 'बाबर' में भी कोरस के रूप में

ओमी ने आवाज दी। यहीं से संगीत सहायक के रूप में उनका रोशन के साथ सफर प्रारंभ हुआ।

ओमी बताते हैं–"रोशन साहब के सहायक पहले मारिया हुआ करते थे और मैं तब कोरस में गाया करता था। एक दिन मारिया जब नहीं आया तो रोशन ने मुझे कहा कि तुम सहायक का काम करोगे? मैंने गाना सुनकर जब उसके कोड संगीतकारों को बताए तो रोशन बेहद खुश हुए और वहीं से बस मैं कोरस से संगीतकार सहायक बन गया। रावल ब्रदर्स के तीन भाई थे–जी.एल., सी.एल. और बी.एल. रावल। जी.एल. रावल गीतकार थे और धुन पर नहीं लिखते थे। 'दिल ने फिर याद किया' का काम जब हमें मिला तो उनके लिखे गीतों पर रात-रात भर जागकर हमने काम किया। एक-एक गाने की 8-8, 10-10 धुनें हमने बनाई। ऐसे में कैसे यह संभव था कि इस फिल्म के गीत हिट नहीं होते।"

ये मेरा दीवानापन है...

मुकेश को दर्द भरे गीतों का सम्राट ऐसे ही नहीं कहा जाता। वे दर्द भरे गीतों को अपनी भावप्रवणता से कुछ ऐसे जीते थे कि उसमें रचना की संवेदनाएँ पूरी तरह से उभरकर सामने आती थी। गायन की इसी विशेषता ने उन्हें हासिए पर जाने के बाद फिर से पुनः फिल्मों में स्थापित करने में मदद की थी।

सैगल से प्रेरणा ले फिल्मों में गायन की ओर प्रवृत्त हुए मुकेश के मन में उनकी ही तरह हीरो बनने के भी ख्वाब छुपे हुए थे। यही कारण था कि आर्थिक रूप से स्थितियाँ जैसे ही कुछ बेहतर हुई, मुकेश ने हीरो बनने के अपने ख्वाब को पूरा करने के लिए 'निर्दोष' और 'माशूका' जैसी फिल्मों में अभिनय करने के लिए अपने आपको व्यस्त कर लिया। और तो और खुद ही 'मल्हार' फिल्म का निर्माण भी प्रारंभ कर दिया। इस दौरान फिल्मों में असफल रहे सो तो वे रहे ही, फिल्मों में गायन के अवसर भी वे गँवा बैठे।

मुकेश का यह वह दौर था जब वे गायन के लिए हासिए पर धकेल दिए गए। ऐसे दौर में उनकी मदद की उनके मित्र शंकर ने। संगीतकार जोड़ी शंकर-जयकिशन के शंकर ने 'यहूदी' फिल्म में उनकी आवाज का कोई एक दशक बाद एक प्रकार से उनके फिल्मों में पुनरागमन के लिए ही उपयोग किया। गीत के बोल थे—'ये मेरा दीवानापन है...'। दर्द भरे स्वरों में इस गीत के लिए मुकेश को अवसर देने के लिए शंकर को पापड़ भी कम नहीं बेलने पड़े।

हुआ दरअसल यह कि 'यहूदी' के हीरो दिलीप कुमार नहीं चाहते थे कि 'ये मेरा दीवानापन है...' गीत को मुकेश गाए। वे इसे तलत महमूद से गवाना चाहते थे। शंकर-जयकिशन ने मुकेश से गीत गवाने के लिए दिलीप कुमार से अत्यधिक आग्रह किया फिर भी वे टस से मस नहीं हुए। अंततः निर्णय यह हुआ कि एक बार तलत महमूद की डमी आवाज के रूप में मुकेश को सुन लिया जाए।

शंकर ने दिलीप कुमार को सुनाने के लिए मुकेश से पाँच घंटे तक लगातार 'ये मेरा दीवानापन है...' की रिहर्सल करवाई। सुबह से दोपहर तक मुकेश ने कोई 10-15 बार जब इस गीत को गाया तो उनके सुर कुछ इस तरह सधे कि दिलीप कुमार भी गीत सुनकर अपनी सुध-बुध खो बैठे। उन्होंने मुकेश की सुरिली भावप्रवणता को स्वीकारते उनसे इसे दो बार सुना। शंकर इतने में ही कहाँ मानने वाले थे सो बोले—''युसूफ भाई, आप कहें तो अब इसे तलत की आवाज में रिकॉर्ड कर लें।''

''कैसी बातें करते हो? मुझे यही आवाज चाहिए।'' दिलीप कुमार ने कहा। इस प्रकार 'यहूदी' से मुकेश की फिल्मों में गायन में एक प्रकार से शंकर ने वापसी करवाई। यह ऐसी वापसी थी जिससे मुकेश पुनः शिखर पर कुछ ऐसे चढ़े कि अंत तक श्रोता उनके मधुर स्वरों की गंगा से नहाते रहे।

बहरहाल, शैलेंद्र के लिखे 'ये मेरा दीवानापन...' गीत की रचना की भी कहानी कम रोचक नहीं है। 'ये मेरा दीवानापन है' शब्द दरअसल शंकर के हैं। हुआ यह कि शंकर को इस गीत की धुन एक दिन पलंग पर लेटे-लेटे ही कौंधी थी। जैसे ही धुन का पूरा खयाल उनके विचारों में उभरा, उन्होंने त्वरित इसे याद रखने के लिए 'ये मेरा दीवानापन' शब्द देते हुए अपने पास संजो लिया। धुन सुनाते हुए उन्होंने जब कहा कि इस धुन का नाम 'ये मेरा दीवानापन' रखा है तो इन्हीं शब्दों का इस्तेमाल करते हुए इस पर पूरा गीत ही शैलेंद्र ने रच दिया।

मन डोले मेरा तन डोले...

किसी फिल्म की पटकथा में खास बात नहीं भी हो परंतु संगीत यदि उम्दा हो तो फिल्म को हिट होने से कोई नहीं रोक सकता। ऐसे में यह कहना अतिशयोक्तिपूर्ण नहीं होगा कि किसी भी फिल्म में उसके संगीत की अहम् भूमिका होती है। वर्ष 1954 में आई फिल्म 'नागिन' को इसका शानदार उदाहरण कहा जा सकता है। हेमंत कुमार के संगीत निर्देशन में लता के सुरीले स्वरों में सजा इस फिल्म का खूबसूरत गीत 'मन डोले मेरा तन डोले...' से तो आज भी झंकृत होते मन से तन डोल उठता है।

बहरहाल, बहुतों को यह जानकर हैरत हो सकती है कि यह फिल्म जब प्रदर्शित हुई तब खास कुछ चली नहीं थी। पूरे एक सप्ताह तक जब सिनेमा हॉल खाली रहे तो निर्माता शशधर मुखर्जी को औचक एक तरकीब सूझी। उन्होंने फिल्म के संगीत के ज़रिए दर्शकों को सिनेमा हॉल बुलाया। इसके लिए बाकायदा उन्होंने एच.एम.वी. को 'नागिन' के एक हजार रेकॉर्ड मँगा कर उन्हें मुफ़्त बजाने के लिए देश के चुनिंदा शहरों के बड़े-बड़े होटलों में भिजवा दिया। सप्ताह भर के अंदर-अंदर फिल्म के संगीत का जादू कुछ इस कदर लोगों में छाया कि सिनेमा हॉल भरने लगे और फिल्म की पटकथा में दम न होते हुए भी अपने संगीत के कारण कुछ सप्ताह में ही सर्वाधिक हिट फिल्मों में यह शुमार हो गई।

'नागिन' की सफलता का श्रेय लता के गाए 'मन डोले मेरा तन डोले ...' गीत को ही है। इस गीत में बहुत कुछ खास है। यही वह गीत है जिसमें पहले पहल इलेक्ट्रोनिक वाद्य संगीत का उपयोग किया गया था। इससे पहले हारमोनियम, तबला, सितार जैसे पारंपरिक वाद्य यंत्रों का ही उपयोग संगीत के लिए किया जाता था। नागिन को रिझाती बीन के लिए बजाया क्लेवॉयलिन आज भी सुनते हैं तो मन और तन दोनों ही डोलने लगते हैं। हेमंत के संगीत निर्देशन

में उनके सहायक और बाद के मशहूर संगीतकार रवि ने 'नागिन' में बीन के लिए कल्याणजी से स्वयं हारमोनियम बजाते क्लेवॉयलिन बजवाया। ये वही कल्याणजी हैं जिन्होंने बाद में कल्याणजी-आनंदजी की संगीतकार जोड़ी के रूप में भारतीय रजतपट में बेहतरीन गीतों के नायाब तोहफे दिए। कल्याणजी उस समय हेमंत कुमार के आर्केस्ट्रा में थे।

विशुद्ध भारतीय मेलोडी का 'तन डोले मेरा मन डोले...' गीत में हेमंत कुमार के सहायक रवि ने क्ले वॉयलिन का ही शानदार प्रयोग नहीं किया बल्कि दिलरूबा, सारंगी और तबले की गत की संगत भी सांगोपांग ढंग से कुछ इस अंदाज में कराई कि फिल्म तो हिट हुई सो हुई ही वे खुद हेमंत दा को भी श्रेष्ठ संगीतकार के फिल्मफेअर अवार्ड से सम्मानित किया गया। लता की गायकी की तान और आलापों को भी इस फिल्म के गीतों में गहराई से महसूस किया जा सकता है। 'मेरा दिल ये पुकारे आजा...', 'जादूगर सैंया, छोड़ो मोरी बँया...', 'मेरा बदली में छुप गया चाँद रे..' गीतों में क्लेवॉयलिन के जादू के साथ लता के गान की तान में प्रत्येक स्वर को अलग से लय के प्रभाव में समाहित होते देखा जा सकता है।

'नागिन' में हेमंत दा के बेहतरीन संगीत की ही वजह रही कि वे संगीतकारों में शीर्ष पर जा बैठे। बाँसुरी, मैंडोलिन और क्लेवॉयलिन का भरपूर उपयोग उन्होंने संगीत में किया। ये वही हेमंत हैं जिन्होंने 'तेरे द्वार खड़ा एक जोगी...', 'है अपना दिल तो आवारा... ,' 'तुम पुकार लो, तुम्हारा इंतज़ार है...' जैसे कभी न भुलाने वाले गीतों को स्वर भी दिया है। बंगाल में तो कहते हैं उनके जैसा बड़ा गायक आज तक हुआ ही नहीं है।

कितने भी तू कर ले सितम...

सचिन देव बर्मन के पुत्र आर.डी. बर्मन ने संगीत में प्रयोगधर्मिता को अपनाते अपनी हर धुन को कुछ खास अंदाज दिया। यही कारण रहा कि उनकी धुनों को बाद में पंचम शैली से भी पहचाना गया। फिल्म संगीत में आधुनिकता का पर्याय कही जाने वाली उनकी धुनों में भले ही कितना ही शोर हो परंतु उस शोर में भी रागात्मकता का कहीं गहरा अहसास महसूस किया जा सकता है।

दरअसल गीतों के बोल को समझते वे उनके भावों को मानो धुन में जीवंत कर दिया करते थे। पारंपरिक एवं आधुनिक वाद्य यंत्रों के मेल से सर्वथा नए अहसास का सृजन तो खैर उनकी खूबी थी ही, प्रयोगधर्मिता में बहुतेरी बार उन्होंने संगीत में सुरों के आरोह-अवरोह के चौंकाने वाले आलाप, हल्ला-गुल्ला और कुछ ऐसे वाद्यों का प्रयोग भी किया जिनका आम तौर पर संगीत में प्रयोग होता नहीं है।

बचपन से ही धुन बनाने के प्रति उनमें उत्सुकता कुछ इस कदर थी कि यूँ ही दैनिक कार्यों में कुछ खास का वे सृजन कर दिया करते थे। बहुतों को यह जानकर हैरत हो सकती है कि सचिन दा की बहुत सी धुनों में बालक राहुल का पूरा-पूरा योगदान था। 'आँखों में क्या है, रूपहला बादल....', 'अरे यार मेरी तुम भी हो गजब....' जैसे गीतों की धुन आर.डी. ने ही तैयार की थी, भले ही नाम इस धुन पर उनके पिता सचिन देव बर्मन का गया था। धुन बनाने की धुन उनकी कुछ ऐसी थी कि चलते-फिरते, बतियाते और हाँ खाना बनाने के अपने शौक के दौरान ही उन्होंने बहुतेरी बेहतरीन धुनों का सृजन किया।

ऐसे ही एक धुन उन्होंने रसोई में खाना बनाते हुए तैयार की थी। खाना बनाने में दरअसल उनकी बेहद रूचि थी। एक शाम अपने दोस्त गीतकार, लेखक गुलशन बावरा के घर उनकी पत्नी अंजू के साथ नए व्यंजन बनाते आर.डी. ने

नए वाद्य यंत्र के साथ नई धुन बनाई। रसोई में व्यंजन बनाते उन्होंने अचानक चम्मच बजाना प्रारंभ कर दिया। गुलशन बावरा की पत्नी अंजू ने उन्हें यूँ देखा तो बोली—"दादा क्या कर रहे हो? आपकी डिश का क्या हुआ?" पंचम ने मुसकुराते हुए कहा—"देख नहीं रही हो, मैं क्या कर रहा हूँ। ध्यान से देखो और सुनो—यह चम्मच तरंग है।"

गुलशन बावरा बताते हैं कि उस शाम चम्मच को दूसरे बर्तनों से टकराकर ध्वनि निकालते आर.डी. इस कदर मुग्ध हुए कि जो व्यंजन बना रहे थे उसे पूरी तरह से भुल गए और चम्मच से निकलने वाली तरंगों में जैसे खो से गए। इन तरंगों से ही उन्होंने पूरी एक धुन तैयार कर दी। आप समझ गए होंगे कि कौन-सी है वह धुन। जी हाँ, चम्मच तरंग की वह धुन है—"कितने भी तू कर ले सितम, हँस-हँस के सहेंगे हम....' गीत की। 'सनम तेरी कसम' फिल्म की उनकी संगीतबद्ध यह धुन तब इतनी हिट हुई कि इसी पर उन्हें पहला फिल्म फेअर अवार्ड प्राप्त हुआ।

बहरहाल, आर.डी. बर्मन को संगीतकार बनने की तमन्ना बचपऩ से ही रही। उनकी संगीत में बेतहाशा रूचि को देखते हुए ही सचिन दा ने पहले ब्रजेश विश्वास से उन्हें तबला सिखवाया तो अली अकबर खां से सरोद की शिक्षा भी दिलवाई। हारमोनियम तो खैर वे शानदार बजाते ही थे। माउथ ऑर्गन बजाने में भी उन्हें महारत हासिल थी। 'है अपना दिल तो आवारा, न जाने किस पे आएगा....' गीत को भला कोई भूल सकता है! इस गीत में माउथ ऑर्गन का पंचम का जादू आज भी सिर चढ़कर बोलता है। राहुल देव बर्मन उनका पूरा नाम है परंतु पंचम दा से ही उन्हें अधिक जाना जाता है। पंचम नाम के पीछे की कहानी भी कम रोचक नहीं है। बचपन में अपने घर में पिता सचिन दा के गीतों की रिहर्सल होते वे देखते तो उनसे भी कई बार कहा जाता कि सुर लगाओ। ऐसे ही सुर लगाने में वे अकसर 'प' पर अटक जाते थे। मजाक-मजाक में उनका नाम इस 'प' के कारण ही पंचम हो गया। संगीत में लय, ताल का जो जादू पंचम ने जगाया वह आज भी बरकरार है। पंचम नहीं हैं परंतु उनकी संगीत की तरंगें आज भी मानो कानों में रस घोलती है।

आजा सनम मधुर चाँदनी में हम...

एवीएम बैनर के तले वर्ष 1956 में एक फिल्म आई थी—'चोरी-चोरी'। इसके निर्माता दक्षिण भारत के शेट्टी साहब थे। राजकपूर की फिल्मों में मुकेश ही तब गाना गाया करते थे। जिस समय 'चोरी-चोरी' के गीत रिकॉर्ड किए जाने थे, उस समय मुकेश अपनी फिल्म निर्माण में इस कदर व्यस्त थे कि चाहते हुए भी राजकपूर के लिए अपनी आवाज रिकॉर्ड न करा सके।

राजकपूर के लिए मुकेश की जगह किसी दूसरे की आवाज लेने पर 'चोरी-चोरी' के निर्माता शेट्टी साहब किसी भी कीमत पर राज़ी नहीं हो रहे थे। बहुत से दूसरे गायक कलाकारों के बीच तब राजकपूर ने मन्ना डे का नाम सुझाया। प्यार की मधुर सिचुएशन पर गाए जाने वाले दो गीतों 'आ जा सनम मधुर चाँदनी में हम....' और 'ये रात भीगी-भीगी, ये मस्त नज़ारे हैं....' के लिए राजकपूर से मन्ना डे का नाम सुनकर तो शेट्टी साहब एक प्रकार से भड़क ही उठे। बोले—"अरे! धार्मिक फिल्म का सोंग थोड़े ही ना है जो मन्ना दा उसे गा लेंगे। उनकी आवाज में भारीपन है, रोमांस के गीत हैं ये।...राज साहब आप कैसी बात करते हैं?"

राजकपूर मन्ना डे की गायन रेंज को समझते थे सो अंत तक इस बात पर अड़े रहे कि मन्ना डे ही इन गीतों के साथ न्याय कर सकते हैं। कई दिनों की जदो-जहद के बाद अंततः अनमने भाव से ही शेट्टी साहब इस बात पर सहमत हुए कि मन्ना डे इन्हें गा सकते हैं। 'चोरी-चोरी' जब प्रदर्शित हुई तो सर्वाधिक चर्चा प्यार भरे इन गीतों की ही हुई। मन्ना डे ने जिस शोखी के साथ इन्हें गाया था, उसे सुनकर सभी दंग थे। चहुँ ओर तब चर्चा 'ये रात भीगी-भीगी...' और 'आ जा सनम मधुर चाँदनी...' गीतों की ही थी। शंकर-जयकिशन के संगीतबद्ध इन गीतों की महक आज भी वैसी ही है जैसी फिल्म प्रदर्शन के समय थी। फिल्म

निर्माता शेट्टी साहब ने भी मन्ना डे की आवाज का जादू महसूस करते तब उनसे माफी माँगी।

बहरहाल, राजकपूर यदि जिद न करते तो मन्ना डे को ये गीत गाने का कभी मौका न मिलता। मुकेश की फिल्म निर्माण की व्यस्तता और राजकपूर द्वारा अपने लिए उनकी आवाज लेने की जिद से आगे भी मन्ना डे को ऐसे अवसर निरंतर मिलते रहे। अभी बहुत समय नहीं हुआ मन्ना डे लाइव कंसर्ट के लिए जयपुर आए थे तब उनके गायन कॅरियर पर उनसे देर तक ढेरों बातें हुई थी। 'चोरी-चोरी' फिल्म का यह वाकया तभी उन्होंने खुद सुनाया था। कहने लगे—"राजकपूर नहीं होते तो ये मधुर गीत कभी भी मेरे नाम न होते।"

भले ही राजकपूर इसके लिए कारण बने परंतु सच यह भी है कि शंकर-जयकिशन ही ऐसे पहले संगीतकार थे जिन्हें मन्ना डे को किसी फिल्म के हीरो के लिए गवाया। नरगिस-राज के रोमांस की सर्वथा नई तसवीर में मन्ना डे की आवाज में ही उन्होंने 'श्री 420' फिल्म का 'प्यार हुआ इकरार हुआ...' गीत रिकॉर्ड किया था।

मन्ना डे ने प्राण, महमूद, बलराज साहनी आदि के लिए तो इससे पहले खूब गीत गाए थे परंतु इन सभी को हीरो का दर्ज़ा प्राप्त नहीं था। बाद के दिनों में राजेश खन्ना के लिए 'आनंद' फिल्म में उन्होंने 'ज़िंदगी कैसी है पहेली हाए...' गीत गाकर तो अपना सिक्का जमवा लिया था। ये वही मन्ना डे हैं जिन्होंने कभी धर्मेंद्र के लिए आर.डी. बर्मन के संगीत में 'सीता और गीता' फिल्म में 'अभी तो हाथ में जाम है...' और शम्मी कपूर के लिए 'छम-छम बाजे रे पायलिया...' जैसे गीत गाए थे। दरअसल उनकी आवाज की रेंज इतनी शानदार है कि हर सिचुएशन पर वह फिट बैठती है। यह बात अलग है कि उन्हें आज भी शास्त्रीय संगीत पर आधारित गीतों के गायक के रूप में ही अधिक जाना जाता है।

...और देवेन वर्मा ने गाया

देवेन वर्मा को हास्य कलाकार के रूप में सभी जानते हैं परंतु उनका एक और रूप भी है जो शायद कम ही लोगों को पता है। जी हाँ, उन्होंने कुछ फिल्मों में गायन भी किया है। बहुतों को यह जानकर हैरत हो सकती है कि ये वही देवेन वर्मा हैं जिन्होंने कभी–'छुपा-छुपी' फिल्म का शीर्षक गीत 'लाईट में बराबर तो कुछ भी नहीं, रात को जो दूध है दिन में दही...' को स्वर दिया था। यही नहीं शादी-ब्याह पर आज भी बैंड बाजों पर 'मेरे यार की शादी' फिल्म का जो गीत बजता है 'आज मेरे यार की शादी है...' उसमें भी देवेन वर्मा ने मो. रफी के साथ कभी डुएट गाया था।

यह जानकर बहुतों को हैरत हो सकती है कि देवेन वर्मा ने इन गीतों में अपनी जो आवाज दी, उसके लिए कतई वे तैयार नहीं थे परंतु संयोग ही कुछ ऐसा हुआ कि उन्हें गाना पड़ा। और जब गाना पड़ा तो उसके साथ न्याय भी उन्होंने किया ही।

असल जीवन में भी अभिनेता और कुछ फिल्मों के गायक देवेन को संगीत से लगाव तो रहा है परंतु खुद गाना उन्हें कभी भाया नहीं। यही कारण रहा कि कुछेक फिल्मों में गायन के बाद उन्होंने इससे मुँह मोड़ लिया।

दरअसल यश चौपड़ा को देवेन की गायन की खूबी के बारे में अच्छी तरह से पता था। उन्होंने जब 'दूसरा आदमी' फिल्म बनाई तो गायक देवेन वर्मा ही उनके जेहन में थे। देवेन को बुलाया और एक गीत गाने के लिए उन्हें कहा गया। देवेन पहले तो राज़ी नहीं हुए परंतु ज्यादा ज़ोर देने पर उन्होंने आंचलिक पुट लिए इस फिल्म का 'माथै पे लगाई के बिंदिया, अँखिया उड़ाई के निंदिया...' गाया तो सभी ने उनके गायन को बेहद सराहा।

'जोश' फिल्म में अमजद खान के साथ भी ऐसे ही देवेन ने 'खाट में खटमल...' गीत मे भी उन्होंने सुर से सुर मिलाया। संगीतकार जब उनके गायन

को सराहने लगे और उन्हें गायन के मौके देने के लिए आगे आने लगे तो वजाए खुश होने के देवेन को इस बात की चिंता हो गई कि इससे कहीं उनके अभिनय कॅरियर पर बुरा प्रभाव न पड़ जाए। सो उन्होंने बड़ी विनम्रता से गायन के लिए आने वाले ऑफर ठुकरा दिए।

देवेन वर्षों से पूना में ही निवास कर रहे हैं। कोई 8-9 वर्ष पहले साहित्य अकादेमी की लेखक यात्रा के तहत जब पूना में उनके निवास स्थान पर ही उनसे भेंट हुई थी तब उनके गायन पक्ष पर ही मैंने बातों का सिलसिला प्रारंभ किया था परंतु न जाने क्यों इस पर वे अधिक बात भी नहीं करना चाहते थे। अधिक कुरेदने पर इतना ही बताया कि शूटिंग के दौरान रात्रि में सह कलाकारों के साथ ऐसे ही गाना-बजाना होता था। शौकिया रूप में जब गाना होता तो साथी कलाकार उसकी चर्चा करते। ऐसे ही डलहौजी में 'एक महल हो सपनों का' की शूटिंग में निर्माता ने जब गाते सुना तो फिल्म में गाने के लिए भी ऑफर कर दिया। बस यहीं से गायन के लिए भी मौके मिलने प्रारंभ हो गए। यह बात अलग है कि इन मौकों के लिए वजाए खुश होने के वे उदास ही अधिक हुए, यह सोचकर कि इससे कहीं हास्य अभिनेता के उनके कॅरियर पर बुरा प्रभाव नहीं पड़ जाए।

गायन से इस कदर उदासीनता की खास वजह, पूछने पर देवेन बताते हैं—"..गाने तो ऐसे ही गा दिए। कॅरियर के रूप में गायन के बारे में मैंने कभी सोचा ही नहीं। इसकी ठोस वजह भी थी। मेरे मन में आरंभ से ही यह था कि सिंगिंग में इतने पैसे नहीं मिलते जितने अभिनय में मिलते हैं।...संगीत से मुझे लगाव अत्यधिक है। आज भी खाली वक्त में संगीत सुनने, पुस्तकें पढ़ने में ही बिताता हूँ।"

देवेन वर्मा हिंदी फिल्मों के ऐसे हास्य कलाकार रहे हैं जिन्होंने हास्य के लिए कभी लटकों, झटकों का सहारा नहीं लिया। एक प्रकार से इंटैलीजेंट कॉमेडी उन्होंने की। ऐसी कि वह देखने वाले को अपने आस-पास के परिवेश का हिस्सा सा लगे। हास्य के लिए मुँह बिगाड़ने, उलटा-पुलटा कुछ करने की आवश्यकता उन्हें कभी नहीं रही। 'गोलमाल' इसकी शानदार मिसाल है। फिल्मों में हास्य अभिनय, गायन के साथ ही उन्होंने फिल्में बनाई और निर्देशित भी की। 1978 में अमिताभ को लेकर कभी देवेन वर्मा ने 'बेशर्म' बनाई थी तो 'यकिन' का निर्माण भी उन्होंने किया था। गायन में उनकी आवाज रेंज लिए थी परंतु इस रेंज का उपयोग खुद उन्होंने ही नहीं होने दिया, नहीं तो गायक देवेन वर्मा से भी श्रोता महरूम नहीं होते।

छू लेने दो नाजुक होठों को...

गीतकार साहिर लुधियानवी के लिखे गीत 'छू लेने दो नाजुक होठों को, कुछ और नहीं...' की शायरी इतनी खूबसूरत है कि सुनने वाला पूरी तरह से इसमें डूब-डूब सा जाता है। संगीतकार रवि ने इस गीत की धुन जब बनाई तो वे खुद बोलों से इस कदर भाव-विभोर हो उठे कि उन्होंने बार-बार इसके हर अंतरे पर दाद दी थी।

'काजल' फिल्म का यह गीत मूल रूप से पूरे चार अंतरों का था परंतु गीत रिकॉर्डिंग की रिहर्सल जब हो रही थी तो फिल्म के निर्माता गीत के लंबेपन को लेकर इस कदर सशंकित हुए कि साहिर के सामने ही उन्होंने बोल दिया कि इतने लंबे गीत को कौन सुनेगा?

निर्माता की बात संगीतकार रवि को भी बुरी लगी परंतु तब वे बोले नहीं। साहिर को बात ऐसी लगी कि उन्होंने दो अंतरे ही उसके रिकॉर्ड के लिए दिए।

गीत की जब अंतिम रिकॉर्डिंग हो रही थी तब 'काजल' फिल्म के वितरक, निर्माता, निर्देशक, हीरो राजकुमार और भी बहुत से लोग बैठे हुए थे। सभी गीत सुनकर इस कदर मुग्ध हुए जा रहे थे कि गीत के हर एक बोल पर 'वाह, वाह' के समवेत स्वर सुनाई पड़ रहे थे। एक प्रकार से सभी गाने में लीन से हो गए थे। गीत जब समाप्त हुआ तो लगभग सभी का एक मत था कि गीत बहुत ही छोटा है, इसे कुछ और बड़ा करना चाहिए।

संगीतकार रवि ने इस पर फिल्म निर्माता की ओर देखा तो वे भी अपने आपको शर्मिंदा महसूस कर रहे थे। कहने लगे–"संगीतकार-गीतकार की समझ ही बड़ी होती है। भई, दो और अंतरे इसमें जोड़ दीजिए ना। आप साहिर जी को बुलाइए तो । मैं उनसे क्षमा माँगते हुए आग्रह कर लेता हूँ।"

रवि इस बात को सुनकर इतने अधिक खुश हुए कि तत्काल उन्होंने साहिर लुधियानवी को फोन घुमाया परंतु साहिर फोन पर मिले नहीं। इधर-उधर उन्हें हर जगह तलाश किया गया, ढेरों जगह और फोन मिलाए गए परंतु साहिर उस दिन मिले ही नहीं। बेहद निराश और हताश होकर रवि को इस गीत को दो अंतरों में ही रिकॉर्ड करना पड़ा।

सभी जानते हैं कि आज भी यह गीत जब सुनते हैं तो साहिर की शायरी और रवि के संगीत की मिठास कानों में मानो रस घोलने लगती है। साहिर लुधियानवी ने इस गीत की शायरी को एक प्रकार से जिया था तो रवि ने भी शायरी के हिसाब से बहुत सी धुनों को आजमाने के बाद अंततः इस गीत की धुन को अंतिम रूप दिया था। राग मालकौस पर आधारित इस गीत की यह खासीयत ही है कि इसे सुनते हुए श्रोता पूरी तरह से इसी में डूब से जाते हैं, जैसे ही श्रवण का आनंद चरम पर पहुँचता है, झटके से गीत समाप्त हो जाता है। ऐसे में आज भी इसे सुनते हुए गीत समाप्ति पर मन में स्वतः ही भाव यही आते हैं—"काश इसके कुछ और बोल भी होते!"

आएगा आने वाला....

कमाल अमरोही की लिखी फिल्म 'महल' की कहानी की ही अजीब दास्तां नहीं है बल्कि इसमें सब कुछ अजीब और अचरज पैदा करने वाला था। इसी फिल्म से लता मंगेशकर को पार्श्व गायन में स्टार का स्टेटस मिला। फिल्म के संगीतकार थे—राजस्थान के जन्मे जाए खेमचंद प्रकाश। 'महल' भारत की पहली सस्पेंश फिल्म थी। वर्ष 1949 में जब यह प्रदर्शित हुई तो लता का गाया इस फिल्म का गीत 'आएगा आने वाला...' इतना हिट हुआ कि रातों-रात वह स्टारडम की श्रेणी में आ गई। आश्चर्यजनक बात यह है कि इस गीत की धीमी लय को लेकर पहले संगीतकार खेमचंद प्रकाश इतने निराश थे कि वे चाहते थे कि इस गीत को फिल्म से निकाल ही दें परंतु जब फिल्म पर्दे पर आई तो सर्वाधिक चर्चा इस गीत की ही थी।

'आएगा आने वाला...' गीत की रिकॉर्डिंग को लता मंगेशकर आज भी भूल नहीं पाई है। खेमचंद प्रकाश ने कथानक के अनुरूप लता की रूहानी आवाज रिकॉर्ड करने के साथ ही संगीत में वॉयलिन के लहराते नोट्स और वाद्यों का संयोजन कुछ इस खूबसूरती से किया कि गीत का संगीत ही फिल्म के सस्पेंश को बंया कर देता है। कहते हैं इस गीत की रिहर्सल और कंपोजीशन में पूरे पाँच दिन लगे। गीत के आरंभ में 'आएगा आने वाला...' की आवाज दूर से आती महसूस होती है। सच भी यही है। बाकायदा इसके लिए विशेष प्रयास किए गए थे। लता के अनुसार, इस गीत की आरंभ की पंक्तियों 'आएगा...आएगा... आएगा...' में दूर से पास आती आवाज का प्रभाव देने के लिए रिकॉर्डिंग रूम में विशेष तैयारी की गई थी। कुछ इस तरह से कि लता को पहले माईक से काफी दूर खड़ा कर दिया गया और कहा गया कि वहीं से गायन प्रारंभ करें फिर धीरे-धीरे वह माईक के पास आए। लता ने इसके लिए विशेष तैयारी की और इसी का असर रहा कि गीत जब रिकॉर्ड हुआ तो उसमें ऐसा ही अहसास हुआ।

यह जानकर बहुतों को हैरत हो सकती है कि 'आएगा आने वाला...' की आरंभ की दो पंक्तियाँ कमाल अमरोही की लिखी हुई हैं। इन्हीं पंक्तियों में 'खामोश है जमाना...' का प्रभाव भी इतना गजब का है कि यह गीत अपनी पूर्ण जीवंतता के साथ श्रोताओं पर असर छोड़ता है। बाकी का गीत नक्शब का लिखा हुआ है। मजे की बात यह है कि आरंभ की कमाल की लिखी पंक्तियों को पहले खेमचंद प्रकाश हटाना चाहते थे। उनके बार-बार ज़ोर दिए जाने पर आखिर खेमचंद प्रकाश को इन्हें रखना पड़ा।...खेमचंद प्रकाश ने गाना रिकॉर्ड तो कर लिया परंतु वे इस बात को लेकर आशंकित थे कि ऐसी धीमी लय में गीत चलेगा भी अथवा नहीं परंतु इसी गीत से बाद में वे इतने अधिक पहचाने गए कि यह उनकी कालजयी कंपोजीशन मानी जाती है।

बहरहाल, ये वही खेमचंद प्रकाश थे जिन्होंने किशोर कुमार से उनकी ज़िंदगी का पहला गीत सैगल की आवाज में 'जिद्दी' फिल्म में गवाया था। राजस्थान के चूरू जिले के सुजानगढ़ में जन्मे खेमचंद प्रकाश फिल्म जगत में आने से पहले जयपुर राजदरबार के गायक भी थे तो नेपाल के भी राजदरबार के वे गायक रहे थे। शास्त्रीय और राजस्थानी लोक संगीत का मिश्रण करते उन्होंने फिल्म जगत को बेहतरीन धुनें दी तो 'स्ट्रीट सिंगर' फिल्म के हास्य गीत 'लो खा लो मैडम खाना...' को खेमचंद प्रकाश पर ही फिल्माया गया था। संगीत प्रधान फिल्म 'तानसेन' में सैगल से दीपक राग आधारित गीत 'जगमग जगमग दिया जलाओ...' खेमचंद प्रकाश ने गवाया था। संगीत के जरिए गीत का पूरा वातावरण निर्मित करने में तो दरअसल उन्हें महारत हासिल थी। खिलौना (1942), मुमताज महल (1944), जिद्दी (1948), शहंशाह बाबर (1944), मुलाकात (1947), सिंदूर (1947) जैसी फिल्मों में उनके दिए संगीत को भला क्या कोई भुला सकता है! कम से कम वाद्य यंत्रों का प्रयोग करते हुए वे फिल्म जगत के ऐसे संगीतकार कहे जा सकते हैं जिन्होंने संगीत के माध्यम से परिवेश को जीवित करते सदा दृश्य भाव दिए। उनके कर्णप्रिय संगीत का सफर हालाँकि थोड़ा ही था परंतु वह इतना सुहाना रहा है कि हर कोई उस सफर की आनंदानुभूति करना चाहता है।

आँसू भरी है...

मुकेश की दर्द भरी आवाज की कशिश का गीत 'आँसू भरी है ये जीवन की राहें, कोई उनसे कह दे हमें भूल जाएँ...' सुनकर राजकपूर कभी इतने भावुक हो गए थे कि रातभर उन्होंने इस गीत को बार-बार सुना था। इसका कालजयी संगीत दिया था दत्ताराम ने। दर्द भरी दास्तां यह रही कि इस गीत को अमर करने वाले दत्ताराम को सच में किसी ने कभी याद ही नहीं किया। मानो उनके सृजित गीत की पंक्तियाँ '...कोई उनसे कह दे हमें भूल जाएँ...' को बड़ी बेदर्दी से हमने स्वीकार कर लिया। दत्ताराम को कभी राजकपूर ने रूपकला पिक्चर्स की 'परवरिस' फिल्म दिलाई थी। इसी फिल्म में उन्होंने यह गीत दिया जो अपार लोकप्रिय हुआ। वह भी तब जब इसकी रिकॉर्डिंग बड़ी मुश्किल से वे कर पाए थे और अपने इस सृजन की सफलता में उन्हें संदेह था।

हुआ यूँ कि 'परवरिस' फिल्म के लिए 'आँसू भरी है ये जीवन की राहें...' की रिकॉर्डिंग के समय मुंबई में साजिंदों की हड़ताल थी। दत्ताराम मुश्किल में थे कि बगैर साजिंदों के कैसे गीत रिकॉर्ड करेंगे परंतु मजबूरी यह भी थी कि गीत रिकॉर्ड उसी दिन करना था। आखिर दत्ताराम ने मात्र तबले की झपताल और जुहूर अहमद की बजाई सारंगी के साथ ही गीत को रिकॉर्ड कर लिया। राग यमन पर आधारित इस गीत के गायन में मुकेश भी कुछ इस तरह से डूबे कि उन्हें होश ही नहीं रहा कि कब रिकॉर्डिंग पूरी हो गई। गीत जब सुना गया तो राजकपूर अभिभूत हो गए। उन्होंने बार-बार इसे सुना और भावुकता में पूरी रात इस गीत को सुनने में ही गुजार दी।

डफ बजाने में माहिर दत्ताराम ने 'नगिना' में शंकर-जयकिशन के सहायक के रूप में अपने कॅरियर की शुरूआत की थी। मुकेश के गाए 'मेरा नाम राजू घराना अनाम...' गीत में उनका बजाया डफ क्या कभी कोई भूल सकता है! स्वतंत्र

संगीतकार के रूप में पहले-पहल उन्होंने राजकपूर की 'अब दिल्ली दूर नहीं' में संगीत दिया था। फिल्म तो पिट गई थी परंतु दत्ताराम के संगीतबद्ध सभी गीत अपार लोकप्रिय हुए थे। रफी का गाया 'छुन-छुन करती आई चिड़िया...' तो बच्चों का आज भी सर्वाधिक पसंदीदा गीत है।

मन्ना डे उनके आरंभ से ही प्रिय गायक रहे। उनकी आवाज का जादू 'मस्ती भरा है समां, हम तुम हैं दोनों जवां...', में उन्होंने दिखाया तो लता-डेजी ईरानी की आवाज में 'कैदी नं. 911' के गीत 'मीठी-मीठी बातों से बचना ज़रा...' में तो उन्होंने यह साबित कर दिया कि रिद्म की उनकी समझ अद्भुत थी। वर्ष 1961 में प्रदर्शित 'फर्स्ट लव','डार्क स्ट्रीट', 1962 में आई 'नीली आँखें', 1963 में प्रदर्शित 'जब से तुम्हें देखा है', 1965 में प्रदर्शित 'टार्जन कम्स टू डेहली', 1969 में आई 'बालक' आदि फिल्मों में उनके संगीत को अत्यधिक सराहा गया।

उन्होंने मगधी, भोजपुरी फिल्मों में भी संगीत दिया था। लोक और शास्त्रीय संगीत के मेल से उन्होंने हिंदी सिनेमा में बेहतरीन गीत दिए परंतु बाद के वर्षों में गुमनामी के अंधेरे में कुछ ऐसे खोए कि लोगों ने उन्हें भुला दिया। इसी वजह से मुंबई छोड़कर वे गोआ जा बसे थे। उनका निधन हुआ तब भी उनके बारे में कहीं कोई समाचार नहीं छपा। बहरहाल, 'आँसू भरी है ये जीवन की राहें, कोई उनसे कह दे हमें भूल जाएँ...' कालजयी गीत की रचना करते वक्त शायद उन्हें इस बात का अहसास नहीं था कि कभी सच में दुनिया उन्हें यूँ ही भुला देगी।

वो सुबह कभी तो आएगी...

फिल्मी गीतकारों को सम्मान का दर्ज़ा दिलाने की कामयाब लड़ाई लड़ने वाले मशहूर शायर और गीतकार साहिर लुधियानवी की सुप्रसिद्ध लेखिका अमृता प्रीतम मुरीद रही है। साहिर की गजलों और नज्मों से प्यार करते अमृता प्रीतम कब साहिर से प्यार करने लगी, स्वयं उन्हें भी नहीं पता चला। अमृता के पिता को साहिर-अमृता के रिश्ते पर एतराज था क्योंकि साहिर मुस्लिम थे और अमृता सिख। अमृता प्रीतम साहिर को कभी भुला नहीं पाई शायद यही वजह थी कि जब उनका अपना बेटा होने वाला था तो वह उसमें साहिर का अक्श देखा करती थी। बकौल अमृता साहिर को उसने अपने बेटे के रूप में पाया।

साहिर लुधियानवी के लिखे गीतों ने साठ के दशक में फिल्म जगत में इतनी धूम मचाई कि वे स्वर साम्राज्ञी लता मंगेशकर से भी अधिक पारिश्रमिक लेने लगे थे। उनके लिखे गीतों के जादू का अंदाज इसी से लगाया जा सकता है कि तब बहुत सी फिल्में उनकी शायरी के कारण ही हिट हुई मानी जाती थी। 'प्यासा' में उनके लिखे गीतों को इतनी शोहरत मिली कि संगीतकार एस. डी. बर्मन को भी यह लगने लगा कि श्रोताओं द्वारा साहिर के लिखे गीतों की अधिक प्रशंसा हो रही थी जबकि उनकी धुनों को खास कोई तवज्जो नहीं दी जा रही थी। यही कारण था कि 'प्यासा' के बाद गीतकार-संगीतकार की यह जोड़ी हमेशा के लिए अलग हो गई।

बहरहाल, साहिर के लिखे गीतों की चर्चा करें तो वक्त का शायद पता ही नहीं चले। उनका लिखा एक कालजयी गीत है—'वह सुबह कभी तो आएगी....।' वर्ष 1958 में प्रदर्शित 'फिर सुबह होगी' फिल्म के इस गीत का संगीत पहले राजकपूर के पसंदीदा संगीतकार शंकर-जयकिशन देने वाले थे परंतु साहिर अड़ गए कि इस गीत के मिजाज़ का संगीत तो केवल ख़याम ही दे सकते हैं।

राजकपूर ने उन्हें बहुत समझाया कि शंकर-जयकिशन गीत के साथ पूरा न्याय कर संगीत देंगे परंतु साहिर इस बात से खुश नहीं थे। अंततः राजकपूर को साहिर की बात माननी पड़ी और इस गीत का कभी न भुला देने वाला संगीत दिया—ख़याम ने। साहिर की जिद का ही परिणाम था कि 'वह सुबह कभी तो आएगी...' गीत कालजयी गीतों की श्रेणी में शुमार हुआ। इसके बाद साहिर-ख़याम की जोड़ी ने 'कभी-कभी' के गीत-संगीत का नायाब तोहफा श्रोताओं को दिया। इस फिल्म के 'कभी-कभी मेरे दिल में खयाल आता है....' के लिए साहिर को सर्वश्रेष्ठ गीतकार के लिए फिल्म फेअर अवार्ड से नवाजा गया।

ये वही शायर लुधियानवी थे जिन्होंने गीतकारों को फिल्म जगत में सम्मान का दर्ज़ा देने की लड़ाई ही नहीं लड़ी बल्कि संगीत कंपनियों की ओर से गीतकारों के लिए रॉयल्टी की व्यवस्था भी उन्होंने करवाई। साहिर से पहले जो गीतकार थे उनका नाम रेडियो से प्रसारित गानों में क्रेडिट के रूप में नहीं जाता था जिसका उन्होंने अत्यधिक विरोध किया और उसके बाद गायक और संगीतकार के साथ-साथ गीतकार का नाम भी रेडियो द्वारा प्रसारित गानों में दिया जाने लगा। अब्दुल हई ने फिल्म जगत में साहिर लुधियानवी के नाम से जो शायरी कर गीत लिखे उन्हें क्या कभी कोई भुला पाएगा!

जागी बदन में ज्वाला...

लक्ष्मीकांत-प्यारेलाल के संगीत में परंपरा और आधुनिकता का मेल इस खूबसूरती से है कि वह हर आम और खास को भाता है। शास्त्रीय और लोक संगीत को अपनी धुनों का हिस्सा बनाते उन्होंने एक से बढ़कर एक गीत फिल्म जगत को दिए हैं। ऐसा ही एक मधुर गीत है–'जागी बदन में ज्वाला, सैंया तूने क्या कर डाला.... ।'

लता मंगेशकर के गाए 'इज्जत' फिल्म के इस गीत की यह खास बात ही है कि इसमें शास्त्रीय और लोक संगीत का अद्भुत मिश्रण है। खास बात यह भी है कि इस फिल्म पर तब की मशहूर अभिनेत्री और राजनीति की आज की चर्चित नेत्री जयललिता ने नृत्य किया था। धर्मेंद्र के डबल रोल वाली यह ऐसी फिल्म रही है जिसके संगीत ने तब यत्र-तत्र-सर्वत्र धूम मचाई थी।

बहरहाल, साहिर लुधियानवी के लिखे इस गीत के संगीत को ईजाद करने की कहानी भी कम रोचक नहीं है। बात 1975 की है। लक्ष्मीकांत-प्यारेलाल लेबनान की राजधानी 'बैरूठ' गए थे। वहाँ उन्होंने फैरूज के बारे में सुना। फैरूज को बैरूठ की लता मंगेशकर के रूप में जाना जाता है।...तो लक्ष्मी-प्यारे की भी हसरत थी कि वे फैरूज को सुनें। संयोग की बात कि एक दिन फैरूज के पति ने इस संगीतकार जोड़ी को अपने यहाँ बुलाया। उन्हें फैरूज के स्वरों के जादू ने इस कदर प्रभावित किया कि उन्होंने उसके गाए गीतों को बार-बार सुना। उन्होंने तभी तय कर लिया था कि इस फोक का उपयोग वे अपने संगीत में करेंगे।

फैरूज के गाए 'परसियन-लेबनिज फोक' को लक्ष्मी-प्यारे बैरूठ से हिंदुस्तान ले आए। यहाँ आते ही उन्होंने इस लोक संगीत पर एक विशेष धुन तैयार की और उसे गीतकार साहिर लुधियानवी को सुनाया। साहिर ने सुना तो उन्हें भी परसियन लोक संगीत इतना भाया कि उन्होंने धुन सुनते-सुनते एक बैठक में ही गीत का मुखड़ा लिख दिया।

प्यारेलाल से कुछ अर्सा पहले संगीत पर ढेरों बातें हुई। इन बातों में यादों की किताब खोलते इस गीत का ज़िक्र जब हुआ तो वे भाव-विभोर हो उठे। कहने लगे–"फैरूज की सुरीली आवाज मानो आज भी कानों में रस घोलती है। अहा! क्या गाती है वह।...यहाँ की फैरूज लता ने भी हमारे संगीत पर अपने स्वरों का माधुर्य इस खूबसूरती से उड़ेला है कि मैं इसे शब्दों में बयां नहीं कर सकता।" कहते हुए प्यारेलाल गुनगुनाने लगते हैं–'डनडन, डनडनडनडन, ओ जागी बदन में ज्वाला सैंया तूने क्या कर डाला....।'

प्यारेलाल कहते हैं–"हमारी और लक्ष्मीकांत जी की दोस्ती की गहराई को आप इसी से समझ सकते हैं कि हम इशारों-इशारों में ही एक-दूसरे को समझ लेते थे। संगीत तैयार करने की बात हो या फिर और किसी भी प्रकार की बात हम आँखों ही आँखों में संवाद करते एक-दूसरे की भावनाओं को जान लेते थे।" उनसे जब ढेरों बातें हुई और एक-दो बार मैंने जब उनके संगीत की चर्चा में 'आपने' शब्द का प्रयोग किया तो तुरंत इस पर टोकते उन्होंने कहा 'आपने' नहीं कृपया हमने कहिए। हमारा संगीत है जो आप सुनते हैं। सच ही है उनके संगीत का यह 'हमारापन' ही आप-हम और सबके दिलों में रचा-बसा है।

नूतन ने गाया 'ऐ मेरे हमसफर...'

नूतन भारतीय रजतपट की ऐसी अभिनेत्री रही है जिसने पर्दे पर लंबी और सशक्त पारी ही नहीं खेली बल्कि भावपूर्ण अभिनय की मिशाल भी कायम की है। शोभना समर्थ की बड़ी बेटी नूतन के बारे में यह तो बहुतों को जानकारी है कि वह अच्छी कवयित्री, गजलकार भी थी परंतु यह जानकर कईयों को हैरत हो सकती है कि नूतन जितना अच्छा अभिनय करती थी उतना ही अच्छा गाती भी थी। यह बात अलग है कि गायन की अपनी प्रतिभा को नूतन ने स्वयं ही परवान नहीं चढ़ने दिया। यदि ऐसा होता तो आज नूतन बेहतरीन अभिनेत्री के साथ ही उम्दा गायिका के रूप में भी हम सब द्वारा याद की जाती।

बहरहाल, गायिका नूतन की पहचान पहले-पहल करने वाले संगीतकार थे—स्नेहल भाटकर। ये वही स्नेहल भाटकर हैं जिन्होंने कभी 'हमारी याद आएगी' फिल्म का कानों में रस घोलने वाला 'कभी तन्हाईयों में यूँ, हमारी याद आएगी....' सुरीला गीत फिल्म जगत को दिया था।...नूतन से उन्होंने वर्ष 1960 में आई 'छबिली' फिल्म के लिए गाना गवाया। नूतन की गायन प्रतिभा की पहचान भी उन्होंने औचक ही की।

हुआ दरअसल यह कि नूतन गजलें तो लिखती ही थी, साथ ही उन्हें गुनगुनाती भी रहती थी। सभी के सामने नहीं बल्कि अपने में या फिर एकांत में। ऐसे ही एक दिन शूटिंग के दौरान संगीतकार स्नेहल भाटकर ने नूतन को गुनगुनाते हुए सुना। उन्हें सहसा विश्वास नहीं हुआ कि भावनाओं को जीते शानदार अभिनय करने वाली यह अभिनेत्री इतना अच्छा गा भी लेती है।...तो 'छबिली' का संगीत तैयार करते एक दिन उन्होंने नूतन को बुलाया और कहा—"मेरे लिए अपनी आवाज दोगी?"

नूतन समझी नहीं सो बोली–"क्या मतलब?"

"सीधी-सी बात है। मैं चाहता हूँ कि तुम मेरे लिए गाओ।"

मुसकराते हुए तब स्नेहल भाटकर ने कहा था। नूतन को विश्वास नहीं था कि वह संगीत के साथ गा सकती है सो पहली बार में तो उसने इन्कार ही कर दिया। स्नेहल भाटकर जो ठान लेते थे, करते ही थे सो उन्होंने अपना जिद पकड़े रखा। आखिर नूतन को उनके लिए गाना पड़ा।

एस. रतन के लिखे, स्नेहल भाटकर के मधुर संगीत से सजे और अभिनेत्री नूतन के गाए इस गीत के बोल हैं–'ऐ मेरे हमसफर, ये दिल है बड़ा...।' गीत को सुनकर कोई भी क्या यह सोच सकता है कि यह किसी पेशेवर गायिका का गाया नहीं है! संवेदनशील, सहज और निहायत शालीन नूतन के स्वर माधुर्य के बारे में इस जानकारी के साथ ही आपको यह भी बता दें कि यह वही नूतन है जो अभिनय की राह में आने से पहले अखिल भारतीय सौंदर्य प्रतियोगिता में प्रथम आ चुकी थी। हिंदी सिनेमा में अपनी पहली ही फिल्म 'हमारी बेटी' से नूतन ने सफलता की लंबी और सशक्त पारी के झंडे गाड़ दिए थे।

संगीतकार स्नेहल भाटकर के संगीत की यह विशेषता रही है कि उन्होंने बेहद कम वाद्य यंत्रों का प्रयोग करते हुए बेहतरीन गीत फिल्म संसार को दिए हैं। शास्त्रीय संगीत में निष्णात भाटकर ने कम ही फिल्मों का संगीत दिया है परंतु उनकी संगीतबद्ध रचनाएँ संगीत प्रेमियों के लिए आज भी अनमोल धरोहर है।

रमइया वस्तावइया, मैंने दिल तुझको दिया...

शंकर-जयकिशन की संगीतबद्ध 'श्री 420' के सारे ही गीत अपनी मधुरता के कारण याद किए जाते हैं, परंतु इस फिल्म का एक गीत ऐसा भी है जिसके मुखड़े के आरंभिक बोल हिंदी के न होकर तेलगू के हैं। तेलगू न समझने वाले बहुतों को शायद इन बोलों का अर्थ मालूम ही नहीं है फिर भी इस गीत को आज भी सर्वाधिक सुना और पंसद किया जाता है। जी हाँ, वह गीत है—'रमइया वस्तावइया, रमइया वस्तावइया, मैंने दिल तुझको दिया... ।'

हिंदी फिल्मों में एक से एक खूबसूरत गीत लिखने वाले मशहूर गीतकार शैलेंद्र के लिखे इस गीत की यह खास बात ही है कि इसमें भावों का सहज चित्रण सीधे-सरल रूप में है। कभी न भुला देने वाले संगीत से सजे इस गीत के संगीत को तैयार करने के साथ ही इसके मुखड़े के आरंभिक बोल दरअसल शंकर के हैं। जयकिशन के आग्रह पर इन पंक्तियों पर गीत की रचना शैलेंद्र ने की थी।

'संगीत श्रेष्ठता का मापदंड उसकी लोकप्रियता और माधुर्य ही होना चाहिए' कहने वाली इस संगीतकार जोड़ी ने 'श्री 420' फिल्म के लिए इस गीत 'रमइया वस्तावइया...' का संगीत चुहलबाजी और मजाक के मूड में खंडाला में तैयार किया था। हुआ दरअसल यह कि एक दिन खंडाला में राजकपूर, शैलेंद्र, हसरत जयपुरी, शंकर-जयकिशन आदि बैठे हुए 'श्री 420' फिल्म के गीतों और संगीत पर चर्चा कर रहे थे। हँसी-मजाक का दौर भी साथ-साथ ही चल रहा था कि तेलगू में औचक शंकर ने जयकिशन को संबोधित करते हुए कुछ लयात्मक ढंग से कहा—'रमइया वस्तावइया' अर्थात् 'रमइया तुम आते हो क्या?'

जयकिशन ने इस पर ध्यान नहीं दिया तो फिर से शंकर ने तेलगू में यही शब्द दोहराए। इस बार जयकिशन शब्द सुनकर शंकर के पास जा पहुँचे और

बोले—'क्या कह रहे हैं?' शंकर क्या कहते। उन्हें तो बस यूँ ही कहना था सो कहा—कुछ नहीं।

जयकिशन ने राजकपूर की ओर देखते हुए कहा क्यों नहीं इन बोलों पर ही एक गीत फिल्म में रखा जाए। राजकपूर ने हसरत से और हसरत ने शैलेंद्र की ओर मुखातिब होते हुए मानो इशारों ही इशारों में पूछा—'क्या खयाल है?'

जयकिशन को 'रमइया वस्तावइया' शब्द इतने जँचे कि वे शैलेंद्र की वहीं पर मनुहार करने लगे कि इन दो बोल को लेकर गीत अवश्य लिखा जाए। जयकिशन की मनुहार और चेहरे की मासूमियत कुछ इस कदर थी कि शैलेंद्र के मुँह से आगे के बोल फूट पड़े—'मैंने दिल तुझको दिया, मैंने दिल तुझको दिया।' बस इसी से फिर यह सदाबहार गीत तैयार हो गया।

दो जिस्म मगर एक जान बनकर भारतीय फिल्मों में लगातार 20-25 वर्ष तक अपने संगीत का जादू बिखेरते रहे शंकर-जयकिशन की यह विशेषता ही रही है कि उनकी संगीतबद्ध लगभग हर फिल्म हिट रही है। राजकपूर की पहली फिल्म 'आग' (1948) के संगीतकार राम गांगुली थे परंतु इस फिल्म के मधुर संगीत में बड़ी भूमिका उनके सहायक हैदराबाद से आए पहलवान शंकर तथा बलसार से आए गुजू भाई जयकिशन की भी रही है। इन्हीं दोनों ने बाद में स्वतंत्र रूप से अपनी संगीतकार जोड़ी बना ली। इस जोड़ी की प्रतिभा को देखते हुए ही राजकपूर ने स्वतंत्र रूप से इन्हें अपनी अगली फिल्म 'बरसात' का संगीत तैयार करने का जिम्मा दे दिया था। सभी जानते हैं कि बरसात के शंकर-जयकिशन के संगीतबद्ध गीत कितने हिट रहे हैं। शंकर-जयकिशन से पहले फिल्मों में हुस्नलाल-भगतराम जैसे लोग मिलकर काम कर रहे थे, बाद में तो बहुत सी ऐसी संगीतकार जोड़ियाँ बनी। वर्ष 1971 में जयकिशन के असामयिक निधन से फिल्म जगत की अद्‌भुत शंकर-जयकिशन जोड़ी का जादू बिखर गया परंतु उनके संगीतबद्ध गीतों का जादू आज भी लोगों के सर चढ़कर बोल रहा है।

एक लड़की को देखा तो ऐसा लगा...

'1942-ए लव स्टोरी' म्यूजिकल हिट फिल्मों की श्रेणी में आती है। वजह है इसमें दिया आर.डी. बर्मन का कभी न भुलाने वाला संगीत। इसी फिल्म का हिट गीत—'एक लड़की को देखा तो....' इस कदर खूबसूरत है कि मन करता है इसे गुनगुनाते ही रहें। मशहूर शायर जावेद अख़्तर ने पंचम की बनाई धुन पर अपने एक-एक शब्द को बहुत सोच-समझकर रखा है। इस गीत के संगीत की कहानी भी कम रोचक नहीं है।

आर.डी. बर्मन उन दिनों अपने संगीत को लेकर कुछ असुरक्षित-सा महसूस कर रहे थे। फिल्म निर्देशकों की माँग पूरा करने में अपनी मौलिकता को बचा नहीं पाने के आंतरिक संकट से जूझते ही उन्होंने '1942-ए लव स्टोरी' का संगीत तैयार किया।

यह विधु विनोद चौपड़ा की सहजता और संगीतकार की मौलिकता में विश्वास रखने का ही परिणाम था कि उन्होंने जैसा आर.डी. बर्मन ने संगीत तैयार किया उसे वैसा ही रहने दिया, बल्कि उनकी आशंका को भी दरकिनार करते किसी प्रकार का परिवर्तन नहीं किया। विधु विनोद चौपड़ा 'एक लड़की को देखा ...' के संगीत की तैयारी को याद करते कहते हैं—"पंचम दा ने बड़ी मेहनत कर इसका संगीत तैयार किया था परंतु वे इसे लेकर कुछ आशंकित से थे। इसीलिए संगीत तैयार होने के बाद रात्रि करीब 12 बजे उन्होंने मुझे बुलाया और कहा कि संगीत तो मैंने बना दिया है परंतु नए दौर में यह चलेगा, इसमें संदेह है।"

चौपड़ा ने पूछ लिया—"दादा संदेह किस बात का?"

पंचम परेशानी से स्वर में बोल उठते हैं—"मैंने तो ठीक ही किया है परंतु एक लड़की को देखा तो ऐसा लगा..." धुन के बाद बहुत खाली है। मैंने तो बस

मात्र टींग-टोंग, टींग-टोंग, टींग-टोंग ही दिया है।... आजकल ऐसा चलता नहीं है। तुम चाहो तो इसमें कुछ वॉयलिन का पीस दे दूँ।''

विधु विनोद को पंचम दा की बनाई धुन इतनी पसंद आई कि उन्होंने इसमें किसी प्रकार के परिवर्तन को स्वीकार ही नहीं किया। हालाँकि आर.डी. धुन सुनाते अपने संगीत से कुछ कन्फ्यूज्ड थे और चाहते थे कि गीत के आरंभिक बोल के बाद गैप को भरा जाए परंतु विधु विनोद ने ऐसा नहीं करते हुए यह कह कर उन्हें शांत किया कि दादा मैं इसमें फिल्म के दौरान गाड़ी का संगीत प्रभाव डालूँगा।

'1942-ए लव स्टोरी' का संगीत जब बाज़ार में आया तो 'एक लड़की को देखा तो ऐसा लगा...' के बाद के घंटीनुमा गैप को ही सबसे अधिक पंसद किया गया। विधु विनोद चौपड़ा कहते हैं—''आर.डी. सचमुच महान संगीतकार थे। मेरे लिए तो इसलिए भी उनका महत्व है कि उन्होंने मुझे समझा।''

राहुल देव बर्मन ने अपने पिता सचिन देव बर्मन की विरासत को सहेजा ही नहीं बल्कि उसे निरंतर आगे भी बढ़ाया। भारतीय फिल्म उद्योग को संगीत, नई धुनों के जरिए नया रास्ता दिखाते आर.डी. यानी पंचम ने प्रयोगधर्मिता अपनाते नित नए नवाचार भी किए। बहरहाल, साठ के दशक से शुरू हुई 250 से अधिक फिल्मों में संगीत की पंचम की यात्रा के अंतिम पड़ाव में भी उनकी धुनों का जादू सर चढ़कर बोल रहा था। 'एक लड़की को देखा तो ऐसा लगा....' सुनकर ऐसा ही तो लगता है!

प्यार किया तो डरना क्या...

शास्त्रीय और लोक का शानदार मिलाप करते फिल्म, फिल्म संगीत को बुलंदियों पर पहुँचाने वाले संगीतकार नौशाद की यादगार फिल्म है—'मुगल-ऐ-आजम।' के. आसिफ की इस फिल्म का एक गीत वर्षों बाद आज भी सुनते हैं तो मन किसी अनजाने जहां में चला जाता है। आपने ठीक पहचाना। वह गीत है—'प्यार किया तो डरना क्या।'

शकील बदायुँनी के लिखे इस गीत का मुखड़ा ही नहीं बल्कि एक-एक शब्द और अंतरे में फिल्म की पूरी कहानी बंया होती है। नौशाद की संगीत के साथ-साथ शायरी में भी इस कदर रूचि थी कि अपने दिए संगीत के गीतों को वे पूरी तरह से जिया करते थे। 'मुगल-ऐ-आजम' के 'प्यार किया तो डरना क्या...' का मुखड़ा शकील बदायुँनी ने पहले कुछ इस तरह से बनाया था—'प्रेम किया था चोरी नहीं की...।'

गीत की धुन पर मुखड़ा फिट तो बैठ रहा था परंतु इसके बोल नौशाद को कुछ जँचे नहीं। उन्होंने मुखड़ा बदलने के लिए बदायुँनी को कहा। बदायुँनी ने थोड़ा चेंज किया और मुखड़ा बना—'प्यार किया तो डरना क्या..।' इस मुखड़े को सुनकर नौशाद के साथ के. आसिफ भी झूम उठे। बात यहीं समाप्त नहीं हुई। अभी गीत के लिए और भी गुंजाइश शायद बाकी थी।

गीत का मुखड़ा तो ठीक बैठ गया परंतु दिक्कत एक और आ रही थी। के. आसिफ अकबर की भावनाओं को गीत में पूरी तरह से लाने के लिए कुछ खास करना चाहते थे। शकील बदायुँनी से कहा गया कि अकबर के लिए गीत में फिकरा कसा जाए परंतु यह उनकी शान और इज्जत को कम करने वाला न हो।

शकील साहब उलझन में थे कि कैसे इसे संभव करें। आखिर नौशाद के साथ मिलकर उन्होंने काफी सोच-विचार करके आगे के जो बोल बनाए वे कुछ इस तरह से थे–'...आज कहेंगे दिल का फसाना, जान भी चाहे ले ले जमाना। पर्दा नहीं जब कोई खुदा से बंदों से पर्दा करना क्या...'

के. आसिफ ने जैसे ही ये पंक्तियाँ सुनी, अपने आपको रोक नहीं पाए और उन्होंने शकील बदायुँनी को गले लगा लिया। नौशाद के संगीत ने चार चाँद लगाते इन पंक्तियों में सम्मोहन का मानो जादू डाल दिया। बगैर विश्राम रातभर गीत के लिए हुई मेहनत रंग लाई और गीत इस कदर हिट हुआ कि बहुत से लोगों ने तो इस गीत के लिए ही 'मुगल-ऐ-आजम' फिल्म को देखा।

शायरी की नौशाद की समझ इस कदर थी कि गीतकार के साथ वे खुद घंटों बैठकर बोल पर मेहनत किया करते थे। यही कारण है कि उनके संगीतबद्ध गीतों में बोल इस कदर प्रवाहमय है कि वे संगीत की मानो रग समझते हैं। उनके दिए संगीत में कई वाद्य यंत्रों का मेल तो होता ही है साथ ही लोक संगीत, हिंदुस्तानी शास्त्रीय और पश्चिमी संगीत का फ्यूजन भी लुभाता है। संगीत में प्रयोगधर्मिता के प्रबल पक्षधर रहे नौशाद से बहुत पहले मुंबई में मुलाकात हुई थी तब फिल्म संगीत की बहुत सी बातें, यादें सुनी थी। इन यादों में ही खोले थे उन्होंने अपने संगीतबद्ध किए बहुत से गानों के राज़। बहरहाल, रतन फिल्म का 'अँखिया मिला के जिया भरमा के....' गीत हो या फिर 'राम और श्याम' फिल्म का 'आज की रात मेरे दिल की सलामी लेले...' गीत या फिर 'मधुबन में राधिका नाची रे...' जैसा शास्त्रीय संगीत आधारित उम्दा गीत–सभी में नौशाद के फ़न को सहज ही महसूस किया जा सकता है।

प्यार की दुनिया में ये पहला कदम...

मुकेश ने फिल्मों में गायन ही नहीं किया है बल्कि फिल्मों का निर्माण भी किया है। यह बात अलग है कि फिल्म निर्माता के रूप में वे अधिक चले नहीं। 'डार्लिंग फिल्म्स' के बैनर तले उनकी बनाई पहली फिल्म 'मल्हार' के लिए गीतकार इंदीवर ने पहली बार गीत लिखे। फिल्म का संगीत दिया मशहूर संगीतकार रोशन ने। फिल्म तो चली नहीं परंतु उसका गीत-संगीत आज भी भुलाए नहीं भूलता है।

'मल्हार' का इंदीवर का लिखा एक गीत है—'बड़े अरमानों से रखा है बलम तेरी कसम, प्यार की दुनिया में ये पहला कदम...।' मुकेश और लता के युगल स्वरों में गाया यह गीत इतना सुरीला है कि मन करता है सुनते ही रहें। इस गीत की जब रिकॉर्डिंग चल रही थी तब राजकपूर भी स्टूडियो में मौजूद थे।

प्यार की सुमधुर रागिनी में सहज स्वरों में गीत की रिकॉर्डिंग चल ही रही थी कि अचानक राजकपूर ने दखल देते हुए कहा—''रूकिए, भई! रूकिए!...'

औचक इस तरह से रिकॉर्डिंग को बीच में रूकवाने पर सभी स्तब्ध से थे। स्टूडियो में सन्नाटा-सा पसर गया। सन्नाटे को तोड़ते हुए थोड़ी देर में संगीतकार रोशन ने कहा—'सब ठीक ही तो चल रहा है!'

'ठीक कहाँ चल रहा है?' सवाल करते से राजकपूर बोलते हैं। कोई कुछ समझ पाता इससे पहले ही वे फिर कहते हैं—''जी...प्यार की दुनिया में पहला कदम है। कुछ तो खास होना चाहिए।''

''आप ही बता दीजिए फिर वह कुछ खास?'' ...रोशन मुसकराते हुए राजकपूर के इशारे को मानो समझने का प्रयास करते कहते हैं।

''इतना मधुर गीत। इतना मधुर संगीत। इतने मधुर स्वर....थोड़ी सी कमी है।...अरे जब इतने अरमानों से प्यार की दुनिया में पहला कदम रखा है तो कुछ खुशी में अलग हो।...और कुछ नहीं तो गीत के इस प्यारे से मुखड़े के बाद बाँसुरी

की तान ही दे दो।'' गीत के माधुर्य में उमंग भरे राजकपूर चहकते हुए से अपनी सहज राय दे देते हैं।

उनकी इस राय के अनूठे अंदाज में एक साथ पूरा संगीत स्टूडियो ठहाकों से गूँज सा उठता है। इस गूँज के साथ ही 'बड़े अरमानों से रखा है बलम तेरी कसम, प्यार की दुनिया में ये पहला कदम...' मुखड़े के बाद रोशन बाँसुरी का एक छोटा सा पीस दे देते हैं। पहले यह पीस नहीं था। बाँसुरी का संगीत देने के बाद यह गीत और भी सुरीला हो उठा।

अर्सा पहले इंदीवर ने यादों की किताब के पन्ने उलटते हुए यह बात बताई थी।...राजकपूर की फिल्मों में संगीत के माधुर्य के रहस्य को इससे सहज़ ही समझा जा सकता है।

रंग बरसे भीगे...

होली है रंगों को त्योहार। हर ओर, हर छोर उमंग। मस्ती। रंगों की बरसात। एक-दूसरे को भिगोने, भिगने का यह ऐसा त्योहार है जिसमें तन और मन दोनों में ही आनंद का उल्लास होता है।...और जब रंग बरसेंगे तो स्वाभाविक ही है, फीजां में प्यार के रंग घुलेंगे ही। देवर-भाभी ही नहीं प्रेमी-प्रेमिका की होली भी खास किस्म का संदेश देती है। गोरी पर रंग बरसे तो चुनरिया तो भिगेगी ही।

सच! फागुन की मस्त बहार में चारों ओर उल्लास, उमंग का वातावरण बनता है। होली के अनगिनत गीत हैं। ऐसे जिन्हें सुनकर मन करता है, सुनते ही रहें। फागुन नहीं होने पर भी फागुन का अहसास कराते।...यहाँ होली की चर्चा की खास वजह है, एक मशहूर गीत। जी हाँ, आप ठीक समझे...वही 'रंग बरसे भीगे चुनर वाली...' गीत। बिग बी से मशहूर अमिताभ बच्चन पर फिल्माए और स्वयं उनके गाए इस गीत को भला कोई भूल सकता है! होली पर तो बिलकुल भी नहीं। खास बात यह भी है कि इसे लिखा भी अमिताभ के पिता और देश के ख्यातनाम कवि हरिवंशराय बच्चन ने। गीत का संगीत दिया था सुप्रसिद्ध संतूर वादक शिवकुमार शर्मा और मशहूर बाँसुरी वादक हरिप्रसाद चौरसिया की जोड़ी यानी शिव-हरि ने।

'सिलसिला' फिल्म के इस गीत के संगीत तैयार करने में अमिताभ बच्चन ने भी महत्वपूर्ण भूमिका निभाई थी। कहते हैं उस समय इस गीत को फिल्म में सम्मिलित करने के संबंध में भी खासा विचार-विमर्श हुआ था। फिल्म की सिचुएशन और अमिताभ की गायकी के सर्वथा नए अंदाज को देखते हुए बतौर प्रयोग ही इसे अंततः सम्मिलित किया गया था। फिल्म में बाकी के सभी गीत जावेद अख़्तर ने लिखे थे, यही एक गीत था जिसे हरिवंशराय बच्चन ने लिखा था।

इस गीत की चर्चा तब गली-गली में हुई थी। अमिताभ ने इस फिल्म में जावेद अख़्तर का लिखा 'नीला आसमान...' गीत भी गाया था। पिता के लिखे पुत्र के गाए 'रंग बरसे...' में 'गोरी के यार' जैसे शब्द का इस्तेमाल पर तब सख्त एतराज जताया गया। अभिनेता के मुँह से इस प्रकार के गीत की उम्मीद दर्शकों, श्रोताओं को शायद स्वप्न में भी नहीं थी, यही कारण था कि उम्दा किस्म की 'फिल्म' होते हुए भी 'सिलसिला' सफलतम फिल्मों की श्रेणी में शुमार नहीं हो सकी।

...भारतीय रजतपट में ऐसी बहुत सी फिल्में हैं जो केवल और केवल अपने गीतों के कारण हिट रही है तो इसमें एक उदाहरण 'सिलसिला' का यह भी है कि जो अपने गीत के कारण सफल नहीं हो सकी।

बहरहाल, बरसते रंगों में भीगते इस गीत से फिल्म भले ही इतनी चली नहीं परंतु होली पर आज भी यह गीत कानों में रस घोलता-सा प्रतीत होता है। अमिताभ बच्चन की गायकी की बात चलती है तो आज भी यह गीत अनायास ही होठों पर आ जाता है। इधर अमिताभ ने 'बागबान' में अपनी आवाज देने के बाद आदेश श्रीवास्तव के संगीतबद्ध किए 'बाबुल' फिल्म के लिए भी एक गीत को अपना स्वर दिया है।

कहते हैं मुझको हवा-हवाई...

उर्दू का एक मुहावरा है—'भाई! कहाँ हवा-हवाई घूम रहे हो।' यू.पी. में यह आज भी खासा प्रचलन में है।... इसी मुहावरे को जेहन में रखते जावेद अख़्तर ने कभी मिस्टर इंडिया की हीरोइन श्रीदेवी का चरित्र गढ़ा था तो फिल्म का सर्वाधिक हिट गीत भी उनसे इसी मुहावरे की प्रेरणा ने लिखवाया था।

सही पहचाना आपने। 'कहते हैं मुझको हवा-हवाई...' ही वह खूबसूरत गीत है। रोचक पहलू यह भी है कि जावेद अख़्तर आज भी इस गीत के बारे में सोचकर हँस पड़ते हैं। कहते हैं—'बेमानी लफ़्जों का इस्तेमाल करते लिखे इस गीत का खयाल जेहन में आते ही हँसी आ जाती है।'

हुआ दरअसल यह कि मि. इंडिया फिल्म की स्क्रिप्ट लिखते समय अचानक जावेद को ख्याल आया कि क्यों नहीं हवाना की कैबरे डांसर श्रीदेवी से फिल्म में उसके नाम पर ही गीत गवाया जाए। यू.पी. का मुहावरा श्रीदेवी के चरित्र पर पूरी तरह से फिट बैठ रहा था। अब समस्या यह थी कि गीत की शुरूआत कैसे की जाए।

जावेद के जेहन में औचक किशोर कुमार के गाए 'ईना मीना डीका...' गीत का खयाल आ जाता है। बस फिर क्या था। गाना शुरू करने के इस दिलचस्प अंदाज का ही इस्तेमाल मि. इंडिया के 'कहते हैं मुझको हवा-हवाई..' के लिए भी कर लिया गया। लक्ष्मीकांत-प्यारेलाल के संगीतबद्ध किए इस दिलचस्प गीत से श्रीदेवी को मीडिया ने तब मिस हवा-हवाई से ही संबोधित करना शुरू कर दिया था।

मोरा गोरा अंग लई ले...

'मोरा गोरा अंग लई ले, मोहे श्याम रंग दई दे।' बिमलरॉय के निर्देशन में 1963 में बनी फिल्म 'बंदिनी' के इस गीत का संगीत दिया था सुप्रसिद्ध संगीतकार एस. डी.बर्मन ने। मानव मन की संवेदना के गहरे भावों को शब्दों में पिरोया था गुलजार ने। यह जानकर बहुतों को अचरज होगा कि गुलजार के फिल्मी सफरनामे का यह पहला गीत है। अपने पहले ही गीत में भावों की इस खूबसूरत अभिव्यक्ति देने के पीछे की कहानी भी कम रोचक नहीं है।

गुलजार से मुंबई के बांद्रा स्थित उनके निवास 'बोस्कियाना' पर कभी फिल्मों और फिल्मों से इतर बहुत सी बातों पर महत्वपूर्ण संवाद हुआ था। तभी 'बंदिनी' के इस गीत को रचने की कहानी भी पता चली थी।

अतीत के गलियारों में पहुँचते गुलजार ने तब बताया था—''मोरा गोरा अंग लई ले...' गीत की धुन और सिचुएशन पहले से ही तय हो चुकी थी। बिमल दा (बिमल रॉय) और सचिन दा (सचिन देव बर्मन) ने गीत लेखन के लिए मुझे बुलाया। सिचुएशन समझाई। सिचुएशन कुछ इस तरह से थी कि फिल्म की नायिका कल्याणी (नूतन) मन ही मन विकास (अशोक कुमार) को चाहती है। वह ऐसे परिवार से है जहाँ अपने पिता से प्रतिदिन वैष्णव भजन सुनती रही है।''

''बिमल दा समझाते हैं—'कल्याणी घर से बाहर निकल नहीं सकती। रात का समय है। बाहर जाते हुए डरती भी है। डर यह है कि चाँदनी रात में कोई देख नहीं ले।...लुक-छिपकर नायिका घर की देहरी पार कर लेती है परंतु डर के मारे बार-बार मुड़कर आँगन की तरफ देखती है।...वह सकुचाती है, डरती है परंतु प्यार का इज़हार करने से अपने आपको रोक भी नहीं पा रही है।...' सिचुएशन के हिसाब से प्यार का गीत हम कल्याणी से नहीं गवाएँगे।..., गीत फिर भी हमको देना है। क्या समझे...समझ गए ना आप?''

गुलजार धर्मसंकट में कि संस्कारों में बंधी कल्याणी से कैसा गीत गवाए? गीत गा नहीं सकती फिर भी गीत देना है!...अभी संकट चल ही रहा है कि सचिन दा बुलाकर धुन सुनाने लगते हैं—'ललल ला ललल लला ला।' पंचम (आर.डी.बर्मन) धुन में थोड़ा संशोधन करते सुनाने लगते है—'ददद दा ददा ददा दा।...' सचिन दा धुन को मानो अंतिम रूप देते हुए सुनाते हैं—'ललल ला ददा लला ला।'

गुलजार का मन करता है, अपनी ओर से आगे जोड़ दे—'...त्ता ता त्तता त्ता ता।' पर बोलते कुछ भी नहीं।

इधर हारमोनियम पर धुन निकल रही है और उधर गुलजार कल्याणी की मनःस्थिति को जीने लगते हैं। मन में भाव आने लगते हैं—'गुम-सुम कल्याणी सोच रही है कि काश यह चाँद की रोशनी नहीं होती। मैं ही इतनी गोरी नहीं होती कि चाँदनी में छलक-छलक जाती। साँवली होती तो रात में पिया के पास पहुँच जाती। कोई देख तो नहीं सकता।....कल्पना के इन भावों के साथ ही बोल औचक ही फूट पड़ते हैं—

'मोरा गोरा अंग लई ले, मोहे श्याम रंग दई दे, छुप जाऊँगी रात ही में, मोहे पी का संग दे दे।...' निर्धारित सिचुएशन और तय धुन के बीच भी यथार्थ चरित्र की ऐसी खूबसूरत अभिव्यक्ति गुलजार के लिखे गीतों में ही देखी जा सकती है।...

कभी-कभी मेरे दिल में...

आपको यह जानकर कम अचरज नहीं होगा कि 'कभी-कभी मेरे दिल में खयाल आता है...' गीत पहले गीतादत्त एवं सुधा मल्होत्रा के स्वरों में रिकॉर्ड किया गया था! जी, हाँ तब यह गीत यश चौपड़ा की 'कभी-कभी' फिल्म के लिए रिकॉर्ड नहीं होकर किसी और फिल्म के लिए रिकॉर्ड किया गया था।

गीत की धुन तो बाद में भी वही रही जो आज है परंतु फिल्म के साथ ही गाने वाले बाद में बदल दिए गए। हुआ यूँ कि 'कभी-कभी मेरे दिल में खयाल आता है...' गीत को चेतन आनंद ने अपनी एक फिल्म के लिए रिकॉर्ड करवाया था। दुर्भाग्य से वह फिल्म पूरी बन नहीं सकी। ख़याम के मधुर संगीत में तैयार 'कभी-कभी मेरे दिल में...' गीत ऐसे ही रिकॉर्ड होकर श्रोताओं की बाट जोहता रहा।

यश चौपड़ा ने जब 'कभी-कभी' फिल्म बनाई तो चेतन आनंद से आग्रह करके यह गीत अपनी फिल्म के लिए ले लिया। गीत की धुन और बोल तो वही रहे परंतु गाने वाले बदल दिए गए।

'उड़न खटोला' फिल्म में भी सुधा मल्होत्रा के साथ ऐसा ही हुआ। उसके भी सारे गाने पहले सुधा के स्वर में पिरोये गए थे परंतु बाद में इनमें लता का स्वर ले लिया गया।

अनिल बिश्वास के संगीत निर्देशन में 'आरजू' फिल्म के 'तुम मुझे भूल भी जाओ, तो ये हक़ है तुमको...' गीत से अपने कॅरियर का प्रारंभ करने वाली सुधा मल्होत्रा ने जब यह गीत गाया था तब वह मात्र 11 वर्ष की थी। यह गीत अत्यधिक लोकप्रिय हुआ। गीत में सुधा मल्होत्रा की दर्द भरी लरज और कुशल गायकी का ठहराव साथ ही स्वर की शोखी का अंदाज इस कदर प्रभावित करता है कि इतने वर्षों के बाद आज भी यह सुनने के बाद मन करता है बस इसे सुनते ही रहें। सुधा मल्होत्रा ने बाद में 'दिले नादान', 'मिर्ज़ा ग़ालिब', 'गौहर', 'बरसात की रात', 'प्रेम रोग', 'मासूम' जैसी फिल्मों में भी अपने स्वरों का जादू बिखेरा।

दिल जलता है तो जलने दे...

फिल्म 'पहली नज़र' का एक गीत है—'दिल जलता है तो जलने दे, आँसू न बहा फरियाद न कर...।'

गीत को सुनकर बहुत से लोगों का यही मत बनता है कि कुंदलाल सैगल ने यह गीत गाया होगा। हूबहू उनकी ही आवाज और अंदाज में इस गीत को गाया था दरअसल मुकेश ने। बेइंतहा दर्द के भीगे स्वरों में इस गीत को इस खूबसूरती से मुकेश ने गाया कि उन्हें बाद में तो दर्द के गीतों का सम्राट ही कहा जाने लगा।

बहरहाल। मुकेश के गाए इस गीत के पीछे के दर्द की भी अपनी कहानी है। हुआ यूँ कि मुकेश ने तब फिल्मों में गायन प्रारंभ ही किया था। 'पहली नज़र' फिल्म में तब के सर्वाधिक लोकप्रिय नायक मोतीलाल ने निर्माता के समक्ष यह शर्त रख दी कि उनकी फिल्म में मुकेश ही गीत गाएँगे। हालाँकि निर्माता नए गायक के साथ यह जोखिम लेना नहीं चाहते थे परंतु मोतीलाल जैसे बड़े अभिनेता को टाला भी तो नहीं जा सकता था।

संगीतकार अनिल बिश्वास के साथ मुकेश ने गाने का रियाज प्रारंभ किया। मुकेश ने रिकॉर्डिंग के लिए मंगलवार का दिन अनिल बिश्वास से तय करवाया। इसका भी कारण यह था कि मुकेश हनुमान जी पर गहरी आस्था रखते थे। मंगलवार को उनका व्रत भी रहता था। उस दिन यार-दोस्तों के साथ वे ऐसे रमे कि समय का ध्यान ही नहीं रहा, खासे इंतजार के बाद आखिर अनिल बिश्वास ने मुकेश को अपने एक सहायक के ज़रिए ढूँढवा लिया।

अनिल बिश्वास की आँखों में सोले बरस रहे थे। मुकेश सहमे से उनके सामने खड़े थे—समय पर नहीं पहुँच पाने का अपराध बोध लिए। अनिल बिश्वास ने मुकेश को ज़ोरदार डाँट पिलाई। भावुक मुकेश एकदम से रो पड़े। अनिल बिश्वास ने भी रोने से उन्हें रोका नहीं। थोड़ी देर रोकर, बगैर एक शब्द कहे मुँह-

हाथ धोकर वे अनिल बिश्वास के समक्ष रिकॉर्डिंग हेतु उपस्थित हो गए। दिल के तमाम दर्द को गीत में घोलते हुए उन्होंने गाया–'दिल जलता है तो जलने दे, आँसू न बहा...।'

कहना अतिशयोक्तिपूर्ण न होगा कि बाद में तो उनके गाए गीतों के इसी स्वर माधुर्य ने उन्हें अमर कर दिया।

देखा एक ख्वाब तो ये सिलसिले हुए...

देश में क्लासिकल संगीत के अत्यधिक मशहूर संतूर वादक शिवकुमार शर्मा और बाँसुरीवादक हरिप्रसाद चौरसिया ने भारतीय सिनेमा के बेहतरीन गीतों का संगीत निर्देशन भी किया है। बहुतों को यह जानकर अचरज हो सकता है कि 'शिव-हरि' से मशहूर संगीतकारों की इस जोड़ी का पहला ही दिया गीत भारतीय रजतपट के बेहतरीन गीतों में से गिना जाता है। गीत के बोल हैं–'देखा एक ख्वाब तो ये सिलसिले हुए...।'

जी हाँ, पं. शिवकुमार शर्मा और हरिप्रसाद चौरसिया दोनों के कॅरियर का पहला गाना यही था। 'सिलसिला' फिल्म के इस गाने के बारे में रोचक तथ्य यह भी है कि इसी गाने से गीतकार जावेद अख़्तर ने फिल्मों में गीतकार की हैसियत से अपने कॅरियर की शुरूआत की थी।

'देखा एक ख्वाब तो ये सिलसिले हुए...' गीत की धुन शिवकुमार शर्मा और हरिप्रसाद चौरसिया ने पहले ही तैयार कर दी थी। जावेद अख़्तर को जब इस धुन पर गीत लिखने को कहा गया तो वे थोड़ी परेशानी में थे। जावेद कहते हैं–''उस वक्त मुझे ज्यादा तजुर्बा तो था नहीं। बात यह थी कि तर्ज़ के आखिर में थोड़ा घुमाव था लेकिन मैंने जो लफ़्ज लिखे थे उनमें ये घुमाव नहीं था।

तर्ज़ के हिसाब से गाने के बोल बैठ नहीं रहे थे। मुझे लगा कि शब्दों में कुछ हेरा-फेरी करनी चाहिए। इसी सोच से मैंने कुछ यूँ लिखा–'दिल ने तेरा नाम गुनगुनाया है...।' इन पर धुन फिट भी बैठ रही थी।

शिव-हरि को इन बोलों की बजाए मेरे पहले वाले लिखे बोल अधिक अच्छे लगे। फिर क्या था, उन्होंने बोल के हिसाब से तर्ज़ को ही बदल दिया। तर्ज़ का यह बदला हुआ रूप इस कदर खूबसूरत था कि जब इसमें गीत रिकॉर्ड हुआ तो हम सभी उछल से पड़े। आप सभी जानते हैं कि यह गीत कितना मशहूर हुआ।''

जावेद अख़्तर की शायरी से हम सभी वाकिफ हैं। फिल्मों में उनके लिखे गीतों में लफ़्जों का इस्तेमाल इस सलीके से होता है कि उनके स्थान पर अन्य कोई शब्द चाहते हुए भी रखा नहीं जा सकता। बकौल जावेद अख़्तर तर्ज़ पर गाने लिखना अपने आप में एक फ़न है।...जावेद इस फ़न में कितने माहिर हैं, यह किसी से छुपा हुआ नहीं है। जावेद के इस फ़न पर फिर इसी स्तंभ में आपसे कभी होगी बात, किसी रोचक वाकये के साथ।...

ऐ भाई ज़रा देख के चलो...

जीवनानुभवों को शायरी या गीतों में पिरोते बहुतेरी बार रचनाकार जिस शब्दावली का प्रयोग करता है, वह ऐसी होती है कि उसे संगीत में ढ़ाला जाना बेहद मुश्किल हो जाता है। फिल्मी गीतों के अंतर्गत तो ऐसा बहुतेरी बार हुआ है जब गीतकार के लिखे शब्दों को संगीत में ढ़ालने के लिए बेहद मशक्कत करनी पड़ी है परंतु जब भी यह मशक्कत पूरी हुई है, वह गीत श्रेष्ठता की कसौटी पर खरा ही उतरा है। वर्षों तक मन में बसाए अपने एक सपने को पूरा करते राजकपूर ने 'मेरा नाम जोकर' फिल्म बनाई थी। फिल्म भले ही सफल नहीं हो सकी परंतु इसके गीतों ने तब धूम मचा दी थी।

शंकर-जयकिशन के संगीत में सजे यूँ तो फिल्म के सारे ही गीत एक से बढ़कर एक हैं परंतु एक गीत ऐसा भी है जिसके लिए मन्ना डे को पार्श्वगायन के लिए प्रथम फिल्म फेअर अवार्ड से नवाजा गया था। मजे की बात है कि यह वह गीत था जिसे गाने के लिए पहले मन्ना डे भी संशय में थे।

संगीतकार शंकर-जयकिशन भी गीत के संगीत को तैयार नहीं कर पाए थे परंतु गीत जब कंपोज हुआ तो इतना शानदार बना कि बेहद चर्चित ही नहीं रहा बल्कि मन्ना डे को फिल्म फेअर अवार्ड दिला गया। जी हाँ, वह गीत है—''ऐ भाई ज़रा देख के चलो...'। सीधे-सपाट बोलों में जीवन दर्शन लिए इस गीत को बेहद मन से लिखा था सुप्रसिद्ध कवि, गीतकार गोपालदास नीरज ने। राजकपूर ने जब 1970 में 'मेरा नाम जोकर' बनाई तो उनकी हार्दिक इच्छा यह थी कि गोपालदास नीरज का पहले से लिखा यह गीत भी उसमें हो। संगीतकार शंकर-जयकिशन को नीरज ने जब गीत सुनाया तो वे पशोपेश में पड़ गए, बोले—''यह भी कोई गीत है। इसकी धुन भला कैसे बनेगी।''

राजकपूर के आग्रह पर शंकर-जयकिशन ने गीत की धुन बनाने का प्रयास भी किया परंतु गीत के बोलों पर धुन बैठी ही नहीं। आखिर हारकर उन्होंने गोपालदास नीरज से कहा—"इसकी धुन तो नहीं बन सकती।" गोपालदास नीरज ने सहज कहा—"आप कहते हैं नहीं बन सकती परंतु मैं कहता हूँ इसकी धुन तो बेहद शानदार बनेगी।"

"तो फिर आप ही बना दीजिए ना।"

"क्यों नहीं।" कहते हुए गोपालदास नीरज ने अपने लिखे बोल—'ऐ भाई ज़रा देख के...' को सस्वर गाना प्रारंभ किया। बीच में उन्होंने संगीत की काव्यमय अपनी टेर भी दी। शंकर-जयकिशन गीत सुनकर उछल पड़े। राजकपूर को भी नीरज की सुझाई गीत की लय इतनी भायी कि उन्होंने तुरंत इस पर साजिंदों के साथ अंतिम रिहर्सल कर गीत तैयार करने को कह दिया। फिर क्या था, चंद समय में ही गीत की धुन बनकर तैयार हो गई। मन्ना डे ने अनमने भाव से ही गीत को अपना स्वर दिया। गीत जब फिल्म में आया तो चारों ओर चर्चा इसी गीत की थी।

गोपालदास नीरज आज भी इस गीत की धुन को लेकर हुई मुश्किल पर हँस पड़ते हैं। यूँ उनसे बहुतेरी बार संवाद हुआ है परंतु इस बार जब वे जयपुर आए तो फिल्मों में गीत लिखने की उनके दौर पर ढ़ेरों बातें हुई। इसी दौरान स्वयं उन्होंने ही पहल करके इस गीत का ज़िक्र छेड़ते यह प्रसंग सुनाया। इन पंक्तियों के लेखक से उन्होंने कहा—"फिल्मों में पहले साहित्य सृजन से ही लोग पहुँचते थे। लिखने वालों का तब सम्मान भी बहुत था। अब ऐसा नहीं है। पहले फिल्मों में गीतकार के कहने पर संगीतकार या निर्माता निर्देशक बहुत कुछ करने को तैयार हो जाया करते थे। 'ऐ भाई ज़रा देख के चलो....' गीत की धुन मैंने सुझाई तो उसे तुरंत मानकर संगीत से उसे बेहतरीन रूप में शंकर-जयकिशन ने सजा दिया।...समय बदल गया है परंतु बेहतर होने की उम्मीद कभी नहीं छोड़नी चाहिए।"

फिल्मों में शुद्‌ध साहित्यिक लिखने वालों में गोपालदास नीरज का नाम अग्रिम पंक्तियों के गीतकारों में है। याद करें 'नई उमर की नई फ़सल' फिल्म का उनका बेहद लोकप्रिय गीत—'कारवाँ गुजर गया, गुबार देखते रहे...', या फिर 'प्रेम पुजारी' का 'रंगीला रे, तेरे रंग में यूँ रंगा है मेरा मन...' या फिर शास्त्रीय संगीत आधारित उनका बेहद कर्णप्रिय 'मेघा छाए आधी रात...' और ऐसे ही

अनेकानेक वे गीत जिनमें उन्होंने जीवनानुभूतियों को बेहद मनोरम भाव प्रदान किए हैं। पद्‌मश्री से सम्मानित नीरज ने पहली बार कविता तब लिखी थी जब वे नौवीं कक्षा में पढ़ते थे। तब से लेकर अब तक उन्होंने मंचीय कवि, फिल्मों में गीतकार के रूप में बेहद शोहरत हासिल की। फिल्मों में अपनी लेखनी से उन्होंने जो दिया, वह ऐसा है जिसमें बसी है साहित्य की कभी न खत्म होने वाली सुरभि।

अगले जनम मोहे बिटिया न कीजो...

सूचना प्रौद्‌योगिकी के इस दौर में सुदूर देशों की दूरियाँ सिमटकर रह गई है। सच में दुनिया अब एक छोटे से गाँव में समा गई है, बावजूद इसके स्त्री-पुरूष समानता का सैद्‌धांतिक और व्यावहारिक पक्ष अभी भी बेहद जुदा है। कन्या जन्म पर अभी भी बहुत से घरों में मातम-सा छा जाता है। यूँ भी समाज में जितनी विषमताएँ महिलाओं के लिए है, उतनी पुरुषों के लिए नहीं है। विख्यात लेखिका स्व. करतुल एन. हैदर ने इसे महसूस करते हुए ही अपने एक उपन्यास का शीर्षक रखा–'अगले जनम मोहे बिटिया न कीजो।'

उनके उपन्यास के शीर्षक से लिए मुखड़े पर ही बाद में 'अगले जनम मोहे बिटिया न कीजो...' जैसा कभी न भुला देने वाला गीत रचा गया। वर्ष 2001 में आई 'हरी भरी' फिल्म के इस गीत की मर्म छुने वाली धुन तैयार की नई धारा की आर्ट फिल्मों के संगीतकार वनराज भाटिया ने। स्त्री समस्याओं पर जब कभी बात होती है, यह गीत औचक जेहन में कौंधता ही है। स्त्री व्यथा-कथा का यह गीत है ही ऐसा मार्मिक कि इसे सुनते अश्रुधारा फूट पड़ती है।

बहरहाल, संगीतकार के रूप में वनराज भाटिया ने पहले-पहल 1963 में आई 'मर्चेंट आइवरी' की 'द हाउसहोल्डर' में संगीत दिया था परंतु उन्हें पहचान 1974 में तब मिली जब उन्होंने श्याम बेनेगल निर्मित बेहद चर्चित फिल्म 'अंकुर' में संगीत दिया। इसके बाद 1975 में श्याम बेनेगल की 'निशांत' में भी उन्होंने बेहतरीन गीत कंपोज किए। इस फिल्म में दक्कनी उर्दू गजल के जन्मदाता कुली कुतुब शाह की मशहूर गजल 'पिया बाज प्याला पिया जाए ना, जिया जाए ना...' को उन्होंने प्रीति सागर से गवाया। गीत की धुन इतनी कठिन थी कि प्रीति को इसे गाने के लिए कई दिनों तक जमकर रिहर्सल करनी पड़ी। 'भागमति' फिल्म में इसी गीत को आशा के स्वर में रिकॉर्ड किया गया था परंतु उसका संगीत

इतना तेज़ है कि गीत के बोल धुन से परे जाते भुला दिए गए थे। वनराज भाटिया ने अपने संगीत से इस गीत को इस खूबसूरती से जिया कि आज भी इसे सुनते मन दर्शन की गहराईयों में गोते लगाने लगता है।

भाटिया ने अधिकतर कला फिल्मों में ही संगीत दिया है। लता मंगेशकर ने भाटिया के लिए पहली बार 'तरंग' (1984) फिल्म में 'संग सो जा...' गीत गाया। रघुवीर सहाय के लिखे और लोक संगीत और शास्त्रीय संगीत की मिली-जुली धुनों पर सृजित इस गीत की मिठास ऐसी है कि दिल में घर कर जाती है। मांड, जोगिया और भीमपलासी तथा 12 मात्रा की हलकी धुन में लता ने जब इसे अपने स्वर दिए तो वे खुद असमंजस में थीं परंतु लता ने इस गीत को अपने सुरों से पूरी तरह से जिया, वह भी सिंगल रिकॉर्डिंग में। यह बात अलग है कि गीत की धुन को सुनने के बाद लता ने पौन-एक घंटे तक उस पर विचार किया। मन ही मन धुन को जैसे अपने सुरों में पिरोया और फिर एक ही टेक में गीत को इस खूबसूरती से गाया कि स्वयं वनराज भाटिया दंग रह गए। बाद में स्वयं लता ने अपने ही गाए इस गीत को तसल्ली के लिए पूरा सुना।

भाटिया लता के गाए 'संग सो जा...' गीत की रिकॉर्डिंग की याद में खोते हुए भावुक हो जाते हैं, कहते हैं–"लताबाई ने मेरे संगीत में एक ही गीत गाया है और वह भी ऐसा है जिसे मैं कभी भूल नहीं सकता। लता ने मेरी कंपोज की धुन सुनी और उसके बाद कुछ नहीं बोली। पौन-एक घंटे कुछ सोचती रही...फिर एक ही टेक में गीत रिकॉर्ड करवा दिया। रिकॉर्डिंग करवाने के बाद कहा कि आपने इतनी मुश्किल धुन बनाई थी तो पहले उसकी रिहर्सल क्यों नहीं करवाई? अब मैं उन्हें यह कैसे बताता कि उनसे रिहर्सल करवाने की हिमाकत भला मैं कर सकता था!"

श्याम बेनेगल की फिल्मों में वनराज भाटिया का संगीत फिल्म के कथानक और उसमें निहित संवेदनाओं के साथ पूरा न्याय करता है। याद करें 1970 में आई 'मंथन' फिल्म के एक मात्र बेहद लोकप्रिय रहे गीत–'मेरो गाम काठा पारे, जहाँ दूध की नदिया बहे...' को। प्रीति सागर के गाए लोक संगीत पर आधारित इस गीत को आज भी सुनते गाँव की गलियाँ, वहाँ की आबोहवा जेहन में कौंधने लगती है। 'मोहरे', 'पर्सी', 'मेकिंग ऑफ ए महात्मा', 'अंतर्नाद', 'सूरज का सातवाँ घोड़ा', 'मोहन जोशी हाज़िर हो', 'जाने भी दो यारों', 'मंडी', 'भूमिका', 'हिप-हिप हुर्रे' जैसी फिल्मों में उनके संगीत में हिंदुस्तानी और पाश्चात्य शास्त्रीय संगीत की बारीकियाँ ऐसी हैं जो संगीत में उन्हें अपना अलग मुकाम दिलाती है।

ये वही वनराज भाटिया हैं जिन्होंने 1996 में आई 'सरदारी बेगम' में 'हुजूर इतना अगर हम पर कर्म करते तो अच्छा था..' जैसी शानदार गजल देने के साथ ही दूरदर्शन के 'भारत एक खोज', 'तमस', 'ख़ानदान', 'वागले की दुनिया', जैसे लोकप्रिय धारावाहिकों में भी संगीत दिया। यही नहीं 'परदेश', 'खामोश', 'सजा-ए-मौत' फिल्मों का बैकग्राउंड म्यूजिक भी वनराज भाटिया ने ही तैयार किया था। उनके संगीत की बीट और लय ऐसी है जिसे यूँ ही बिसराया नहीं जा सकता। भाटिया ने संगीत में सदा अपने आपको जिया है, यही कारण रहा है कि लीक से हटकर दिया उनका संगीत माहौल को जीवंतता देता है।

तू जो मेरे सुर में सुर मिला के...

'अँखियों के झरोखे से....' (अँखियों के झरोखे से), 'चँदा को ढूँढने तारे...' (जीने की राह), 'मधुबन खुशबू देता है..'(साजन बिना सुहागन), 'तू इस तरह से मेरी ज़िंदगी में शामिल..'(आप तो ऐसे न थे), 'फकीरा चल चला चल...'(फकीरा) जैसे अनेकानेक गीतों के सुर सजाती हेमलता ने जो भी गाया उसे हृदय के अंतरतम भावों से जैसे सजाया। हिंदी ही नहीं राजस्थानी में भी 'सासु लड़ मत' और 'पल्लो लटके' एलबम के ज़रिए सुरीले गीतों की ढ़ेरों सौगात देने वाली इस गायिका को एक दौर के बाद फिल्म इंडस्ट्री ने गाने का मौका ही नहीं दिया परंतु हेमलता ने अपने कॅरियर के स्वर्णिम दौर में जो भी गाया उसे बेहद सराहा गया। वह चाहे रामायण की चौपाइयाँ हों, गुरु ग्रंथ की वाणी या फिर कबीर के दोहे हों—सभी में उनके सुर सदा ही सजे।

हेमलता के गीतों की लंबी फेहरिश्त में से एक प्यारा सा गीत है—'तू जो मेरे सुर में सुर मिला ले....'। रवींद्र जैन के संगीत में इस गीत को हेमलता ने 'चितचोर' फिल्म के लिए सुप्रसिद्ध मलयालम गायक येसूदास के साथ युगल स्वर दिया था परंतु हेमलता की आवाज की मिठास इस गीत में कुछ ऐसी है कि मन करता है गीत को सुनते ही रहें। गीत जब रिकॉर्ड किया जा रहा था तब रवींद्र जैन को कुछ संशय था। इस बात को लेकर कि शास्त्रीय संगीत आधारित इस युगल गीत के साथ मलयालम गायक येसूदास क्या न्याय कर पाएँगे! वजह यह भी थी कि 'चितचोर' से ही येसूदास हिंदी फिल्मों में गायक के रूप में प्रवेश कर रहे थे।

हेमलता के साथ हालाँकि येसूदास ने गीत में पूरी मेहनत की परंतु गीत को इस बार ज़रा गौर से सुनें। हेमलता ने गीत में अपनी आवाज का जादू इस खूबसूरती से बिखेरा है कि युगल स्वर होते हुए भी येसूदास उसके सामने कहीं

नहीं ठहरते। यही नहीं कहीं-कहीं तो येसूदास की सुरों की चूक को इस खूबसूरती से हेमलता ने सँवारा है कि गीत अपने पूरे ओज के साथ माधुर्य का ऐसा जादू बिखेरता है कि उसमें सुनने वाला डूब कर रह जाए। वर्ष 1976 में बासु चटर्जी की 'चितचोर' जब प्रदर्शित हुई तो उसमें 'तू जो मेरे सुर में....' गीत को इतना अधिक पसंद किया गया कि हर तरफ इसी गीत की गुनगुनाहट सुनाई देती थी।

बहरहाल, हेमलता के गाए इस श्रेष्ठतम गीत के साथ एक रोचक इतिहास भी जुड़ा हुआ है। 'तू जो मेरे सुर में...' गीत में हेमलता और येसूदास के युगल स्वर हैं परंतु इस गीत के लिए श्रेष्ठतम गायक का फिल्म फेअर पुरस्कार मिला केवल इसकी गायिका हेमलता को। फिल्म फेअर अवार्ड के इतिहास में ऐसा पहली बार हुआ जब किसी युगल गीत में एक ही सिंगर को पुरस्कार प्रदान किया गया। फिल्म फेअर अवार्ड की जूरी में नौशाद भी सदस्य थे। उन्होंने तब विशेष रूप से कहा भी—''हेमलता की आवाज में लता की गुणवत्ता और नूरजहाँ की मासूमियत है।''

सच भी यही है। हेमलता ने गीतों में जिस मिठास को घोला, वैसी दूसरी गायिकाओं के सुरों में कम ही मिलता है। याद करें जसपाल सिंह के साथ गाए हेमलता के पारंपरिक दोहों के गीत 'बड़े बड़ाई ना करे....', या फिर 1977 में आई 'दुल्हन वही जो पिया मन भाए' फिल्म के गीत 'ले तो आए हो हमें सपनों के गाँव में....' या फिर 'पहेली'(1977) के 'तन भीजे मन भीजे....', या फिर 1975 में आई 'सलाखें' फिल्म के 'सुमन समान तुम अपना खिला-खिला मन रखना...' जैसे गीतों को। इनमें जिस तरह से सुरों को हेमलता ने सजाया है, वह सर्वथा विरल है।

मूलतः राजस्थान के चूरू जिले की रतनगढ़ की हेमलता ने फिल्मों में पार्श्वगायन की शुरूआत 1969 में एक ही दिन में 'एक फूल एक भूल' फिल्म के लिए 'दस पैसे में राम ले लो...' और 'विश्वास' फिल्म के लिए 'ले चल मेरे जीवन साथी...' दो गीतों की रिकॉर्डिंग करके की। इसके बाद तो राजश्री की फिल्मों के लिए भी रवींद्र जैन के संगीत में हेमलता ने एक से बढ़कर एक गीत दिए। ये वही हेमलता हैं जिसने कभी हिंदुस्तान में गायक अताउल्ला खां की काल्पनिक कहानी गढ़कर उस पर फिल्म बनाने और कैसेट निकालकर ढ़ेरों कमाई करने के लिए स्व. गुलशन कुमार के खिलाफ आवाज बुलंद की थी। दरअसल लंदन में एक कार्यक्रम के दौरान हेमलता की जब मूल गायक अताउल्ला खां से

मुलाकात हुई तो यह जानकर उन्हें बेहद हैरत भी हुई कि जिस अताउल्ला खां की काल्पनिक कहानी गढ़कर, उस पर फिल्म बनाकर उसे मार भी दिया गया है, असल में तो वह ज़िंदा है और उसका कभी स्व. गुलशन कुमार से कोई सरोकार ही नहीं रहा।

बहरहाल, मुंबई में जोगेश्वरी स्थित उनके निवास पर कुछ वर्ष पूर्व हेमलता से इन पंक्तियों के लेखक का लंबा संवाद जब हुआ तो पार्श्वगायन के अंतर्गत फिल्म जगत की राजनीति और जोड़-तोड़ पर बहुत सी बातों का राज़ भी उन्होंने खोला था। उस राज़ में न जाकर हम तो उनकी आवाज के जादू को महसूस करें—'तू जो मेरे सुर में सुर मिला कर..।'

ये जीवन है...

मन्ना डे ने कभी अपने सधे हुए सुरों में गाया था—'सुर ना सजे क्या गाउँ मैं ....।' मन्ना डे के सुर तो सदा ही सधे रहे हैं परंतु खुद उन्होंने इन पंक्तियों के लेखक से एकाधिक बार हुई मुलाकातों में इस बात का उल्लेख विशेष रूप से किया कि वे आज भी रियाज करते हैं। उम्र के इस पड़ाव पर रियाज! सुनकर किसी को भी हैरत हो सकती है परंतु सच यही है। बहुतेरी बार ऐसा भी होता है कि गायक अच्छा गाना चाहता है, वह उस पर बहुत मेहनत भी करता है परंतु पूरी तरह से बात बनती नहीं है। सुर सध जाए तो संगीत नहीं सधता। जो हो इस बात से तो इन्कार किया ही नहीं जा सकता कि सुरों के साथ संगीत जब सधता है तभी जाकर कहीं पूर्णता आती है। लक्ष्मीकांत-प्यारेलाल, शंकर-जयकिशन, जयदेव, बसंत देसाई, मदनमोहन, सी.रामचंद्र आदि किसी एक गीत को साधने के लिए घंटों, महिनों मेहनत करते थे। ऐसा होता तभी कहीं जाकर संगीत बनता, गायक के सुर सधते और ऐसे ही फिल्मी गीत कालजयी शृंखला में शुमार होते। आप खुद ही सुनें पुरानी फिल्मों के गीतों को। संगीत से सधे सुरों को। कहीं कोई कमी नज़र नहीं आएगी। गीत के बोल के साथ पूरा-पूरा न्याय गायन और संगीत में मिलेगा।

बहरहाल, लक्ष्मीकांत-प्यारेलाल का संगीतबद्ध ऐसा ही जीवन दर्शन का एक गीत है—'ये जीवन है, इस जीवन का, यही है, यही है...'। आनंद बक्शी के लिखे बेहतरीन गीतों में से एक इस गीत का संगीत जब लक्ष्मी-प्यारे दे रहे थे तो रिकॉर्डिंग स्टूडियो का माहौल भी गीत के बोल के हिसाब से कुछ गमगीन हो गया था। किशोर कुमार ने गीत गाना शुरू किया तो एक ही बार में सारा गीत बगैर किसी रिटेक के रिकॉर्ड हो गया। सब बेहद प्रसन्न थे कि इतनी जल्दी गीत

कंपलीट हो गया। लक्ष्मीकांत के चेहरे पर संतुष्टि के भाव नहीं थे। प्यारेलाल से रहा नहीं गया, बोले—''क्या है ना, ठीक तो हो गया है ना?''

उत्तर नहीं पाकर लक्ष्मीकांत से फिर से पूछा—''कुछ कमी रह गई है?''

लक्ष्मीकांत बोले—''कुछ मिस हो रहा है। गीत के बोल के हिसाब से गायन की लय ठीक से जा नहीं रही है।''

आनंद बक्शी ने कहा—''ठीक तो है।''

''नहीं ठीक नहीं हुआ। कुछ गड़बड़ है। सच में कुछ मिस हो रहा है। फिर से देखना पड़ेगा।'' इतना कहते हुए लक्ष्मीकांत रिकॉर्डिंग स्टूडियो में पड़ी लंबी कुर्सी पर लपककर चढ़ गए और माइक्रोफोन के पास जाकर साँस छोड़ने के बाद की लय को पकड़ते गीत के अंदर के शब्दों 'यही है, यही है, यही है रंग रूप' को कुछ इस अंदाज में बोल दिए कि सभी को औचक लगा सच में कुछ मिस हुआ तो था। स्टूडियो में मौजूद सभी के चेहरों के भाव बता रहे थे कि किशोर दा गीत गाते हुए इसी साउंड को लाए। फिर क्या था। फिर से 'ये जीवन है, इस जीवन का...' गीत की रिकॉर्डिंग के लिए साज़िंदों के साथ किशोर के सुर सजने लगे। इस बार जब गीत रिकॉर्ड हुआ तो लक्ष्मीकांत-प्यारेलाल के चेहरों पर पूर्ण संतुष्टि के भाव थे। फिल्म के ज़रिए गीत जब श्रोताओं तक पहुँचा तो सभी जानते हैं यह कितना हिट हुआ। इतना कि आज भी इसे सुनते मन जीवन के फलसफे में खो-सा जाता है। यही तो है कालजयी गीत की पहचान।

अभी बहुत समय नहीं हुआ संगीतकार जोड़ी लक्ष्मीकांत-प्यारेलाल के प्यारेलाल जी से इन पंक्तियों के लेखक ने गीत-संगीत पर घंटों संवाद किया था। गीत-संगीत के बहुत से वाकयों के साथ ही इस वाकये को सुनाते उन्होंने तब कहा था—''क्या है ना (यह उनका तकिया कलाम है) लक्ष्मी जी को साउंड इफेक्ट और गीत के बोलों को संगीत में जीने की ऐसी महारत थी कि वे जब तक गीत में पूर्णता नहीं होती, उसकी फाइनल रिकॉर्डिंग नहीं होने देते थे। गीत में साउंड का बहुत बड़ा रोल होता है। आप समझ गए ना?...'' प्यारेलाल जब यह कहते हैं तो कैसे इससे कोई इन्कार कर सकता है। गीत की पूर्णता संगीतकार की संतुष्टि के बगैर हो भी कैसे सकती है। संगीतकार ही तो वह सख्श है जो गीतकार के भावों को पकड़ते उसमें जान डालता है। कालजयी गीतों का सच यही है।

ये कहाँ आ गए हम...

संगीतकार जोड़ी 'शिव-हरि' को फिल्मों में लाने का श्रेय यश चौपड़ा को है। यश चौपड़ा ने इस जोड़ी को स्वतंत्र रूप से पहले-पहल 'सिलसिला' फिल्म में संगीत देने का अवसर दिया और कमाल देखिए कि फिल्म तो खास कोई चली नहीं परंतु इसके गाने सारे ही हिट हुए। इस फिल्म से पहले इस जोड़ी के संगीतकार शिव यानी प्रख्यात संतूर वादक पं. शिवकुमार शर्मा और हरि यानी सुप्रसिद्ध बाँसुरी वादक हरिप्रसाद चौरसिया फिल्मों में बैकग्राउंड म्यूजिक ही दिया करते थे।

'सिलसिला' फिल्म का प्यारा सा—'ये कहाँ आ गए हम...' गीत फिल्मों में अपनी तरह का पहला ऐसा गीत है जिसमें शायरी और संगीत का सहज प्रयोग ऐसा है जिसे आज भी सुनकर मन रोमांच से भर उठता है। पं. शिवकुमार शर्मा इस गीत के कंपोजिंग के समय को याद कर आज भी भाव-विभोर हो उठते हैं। गीत दरअसल है ही ऐसा।

यश चौपड़ा चाहते थे कि फिल्म में एक गीत ऐसा हो जिसमें हीरो खयालों में बैठा है और खयालों में ही उसके कविता की पंक्तियाँ आती चली जाती है। जैसे-जैसे वह अपने प्यार के बारे में सोचता है, वैसे-वैसे ही गीत आगे बढ़े, ऐसा कुछ किया जाए तो बात बने। दिक्कत यह थी कि इस प्रकार के गीत के लिए संगीत का कौन-सा रास्ता अपनाया जाए।...इस पृष्ठभूमि पर लो पीच पर संगीत का सृजन किया गया।

कुछ दिन पहले पं. शिवकुमार शर्मा जब जयपुर आए तो उनसे फिल्म संगीत पर ढ़ेरों बातें हुई। इस गीत की याद को अपनी धरोहर बनाए उन्होंने इससे ही बातों का सिलसिला प्रारंभ किया। वे बताने लगे—"गीत के संगीत के बारे में पहले कुछ सोचा नहीं था। यश जी जैसा चाहते थे, वैसा ही कुछ करने के उद्‌देश्य से हमने काम किया। मन के खयाल और शायरी का मेल कराते जैसे-जैसे संगीत

की स्वर लहरियाँ ज़ेहन में कौंधती, उस पर काम शुरू हो जाता। संगीत के साथ ही शायरी आती। मन के खयाल आते और उनको संगीत में पिरोने का काम चलता रहा। ऐसे चलते-चलते ही गीत कब पूरा हो गया पता ही नहीं चला। जावेद साहब ने गीत की शायरी में कमाल किया तो जब संगीत कंपोज हो रहा था तो हमारे ज़ेहन में भी हीरो की कल्पनाएँ ही घूम रही थी। कैसे कल्पना को पंख लगे, इसके बारे में आपको बताने की जरूरत नहीं है। हाँ, यह फिल्मों में अपनी तरह का पहला गीत है।''

सच भी यही है। इस तरह के मौलिक और खूबसूरत गीत की रचना पहले कभी फिल्मों में नहीं हुई थी। वैसे 'सिलसिला' में बहुत सी चीज़ें ऐसी थीं जो पहले कभी नहीं हुई थी। मसलन इसमें पहली बार संगीतकार के रूप में शिव-हरि ने फिल्मों में पूर्ण संगीत दिया। पहली बार अमिताभ, जया और रेखा को यश चौपड़ा एक साथ लाए, पहली बार जावेद अख़्तर ने गीतकार के रूप में फिल्मों में शुरूआत की और पहली बार ही शायरी, कविता और मन के भीतर के खयालों को संगीत में पिरोने का प्रयास 'ये कहाँ आ गए हम...' गीत के ज़रिए फिल्मों में किया गया। है ना कमाल की बात!

बाबुल की दुआएँ लेती जा...

मो. रफी ने यूँ तो दर्द भरे बहुत से गीतों को अपना स्वर दिया है परंतु एक गीत ऐसा भी है जिसे गाते हुए स्वयं वे भी रो पड़े थे। शादी-विवाह में लड़की की विदाई का पर्याय बना यह गीत है ही ऐसा कि इसे सुनते हुए कोई भी रो पड़े। दरअसल इस गीत में बाबुल के घर से बेटी की विदाई की संवेदनाओं को रफी ने जैसे जिया है। आपने सही पहचाना। 'नीलकमल' फिल्म का 'बाबुल की दुआएँ लेती जा...' गीत पहले पहल श्रोताओं ने 1965 में सुना था।

तब से लेकर आज भी इस गीत को उसी संज़िदगी से सुना जाता है। गीत में पिता का बेटी से लगाव और शादी होने पर उसके भविष्य के लिए की गई कामनाओं का ऐसा मार्मिक चित्रण है कि सुनते हुए मन भर आता है। पत्थर दिल इन्सान के आँखों में भी पानी ला देने वाले इस गीत की यही विशेषता है कि इसमें रफी के मन की संवेदनाओं का सच ही सामने उभरकर आया है।

'बाबुल की दुआएँ लेती जा...' गीत का संगीत दिया था रवि ने। रवि के संगीत के जादू में रफी ने जब गीत गाया तो गाते-गाते रो पड़े। रवि ने भी उनके रोते हुए स्वरों में ही गीत को अंतिम रूप से रिकॉर्ड कर लिया। विदाई के दर्द की अभिव्यक्ति के इस गीत की कहानी के पीछे का सच ही दरअसल इसकी सफलता का कारण है। हुआ दरअसल यह कि इस गीत की रिकॉर्डिंग के लिए पहले रफी उपलब्ध नहीं हुए थे। रवि को गीत उसी दिन रिकॉर्ड करना था सो उन्होंने ज़ोर देकर रफी को स्टूडियो बुलवा लिया।

रफी ने गीत की रिकॉर्डिंग कुछ दिन बाद करने का आग्रह किया था परंतु रवि ने कहा कि रिकॉर्डिंग आज ही होनी जरूरी है। रफी इतने सहज और सहृदय थे कि उन्होंने बात मान ली और रिकॉर्डिंग कराने आ गए। जैसे ही गीत की पंक्तियों को रफी ने पढ़ा, वे अपने आपको रोक नहीं पाए और रवि से कहा कि

वे इस गीत को गा नहीं पाएँगे। रवि समझे नहीं सो बोले–'आप नहीं गा पाएँगे!' उन्होंने जिद की और रफी रिकॉर्डिंग स्टूडियो में गाने लगे। रिकॉर्डिंग शुरू हुई तो रफी की आँखों में पानी था। रवि ने रफी को यूँ रोते देखा तो अपने आपको रोक नहीं पाए और बोले–'भई, रो क्यों रहे हो?'

'गीत ही ऐसा है।' रफी ने भावुकता भरे स्वर में कहा।

रवि ने सोचा गीत की सिचुएशन के हिसाब से यह भावुकता जरूरी है सो उन्होंने रफी के रोने वाले स्वरों में ही पूरे गीत को रिकॉर्ड करवा लिया। गीत जब रिकॉर्ड हो गया तो स्वयं रवि भी भावुक हो उठे। उन्होंने रफी को सिने से लगाते हुए कहा कि गीत में आपने जान डाल दी।

रफी ने बताया–"अभी-अभी ही बेटी की मँगनी की है। गीत के बोल ऐसे हैं कि मुझे लगा यह तो मेरे पर ही लिखा गया है।"

'बाबुल की दुआएँ लेती जा...' को ध्यान से सुनें। पूरे गीत को रफी ने रोते-रोते ही गाया है। उनका यह रोना भी बनावटी नहीं, सच का है। गीत के बोलों की संवेदनाओं के सच को स्वरों में जिते रफी ने इस गीत में जैसे जान ही डाल दी है। रवि के संगीत में रफी के बोलों की सहज संवेदना का ही वह जादू है जो इस गीत को शादी-ब्याह के अवसरों पर बाप के बेटी के प्रति भावों को जीवंत करते सुनने वालों को भी रूलाता है।

बेदर्दी बालमा तुझको...

कश्मीर को धरती का स्वर्ग यूँ ही नहीं कहा जाता। प्रकृति का सौंदर्य वहाँ पग-पग पर जैसे बिखरा पड़ा है। कहते हैं, इसके सौंदर्य को देखकर ही नूरजहाँ कहा करती थी—"अगर फिरदौस्त बररूये जमीन अस्त; हमीं नस्तो, हमीं नस्तो, हमीं नस्त।"

यानी दुनिया में है जन्नत कहीं पर, यहीं पर है, यहीं पर है, यहीं पर। यह कश्मीर का सौंदर्य ही तो है कि बड़े-बड़े फिल्म निर्माता-निर्देशकों को यहाँ खींच ले आता रहा है। दूर तक फैली हरियाली, डल झील के शिकारे, बर्फ़ से ढ़के पहाड़, शालीमार, निशात और चश्मेशाही बाग की अपार सुंदरता फिल्मी गीतों में सदा लुभाती वहाँ जाने का जैसे आमंत्रण देती है।

बहरहाल, जिस गीत का ज़िक्र यहाँ हो रहा है, वह कश्मीर की उस सुंदरता को लिए है जिसमें पूर्ण सौंदर्य के उजाड़पन, विरानी और चिनार के वृक्षों से पतझड़ में गिरते सूखे पत्तों की सरसराहट की रवानी है। यह जानकर हैरत होना स्वाभाविक ही है कि कश्मीर में गिरती बर्फ़ के लिए नहीं, वहाँ छाने वाली फूलों की खूशबू के लिए नहीं, वहाँ की फिजाओं में घुलने वाले प्रकृति के सुनहरे नज़ारों के लिए नहीं बल्कि वहाँ पसरने वाली उदासी, पतझड़ और चिनार से गिरने वाले सूखे पत्तों के नज़ारों के लिए पूरे एक वर्ष तक इंतज़ार किया गया। कारण यह था कि कश्मीर की उदास फिजाओं में रामानंद सागर को अपनी फिल्म 'आरजू' के एक गीत का फिल्मांकन करना था।

'आरजू' का वह गीत आज भी सुनते हैं तो मन कश्मीर की वादियों में पसरी उदासी में चला जाता है। लता मंगेशकर ने इस गीत को गाया भी इस शिद्दत से है कि विरह का दर्द जैसे दिल की गहराईयों में घर बसाने लगता है। इस गीत को लिखने की कहानी भी कम रोचक नहीं है।

हुआ दरअसल यह कि रामानंद सागर अपनी फिल्म 'आरजू' के एक दृश्य को कुछ इस तरह से फिल्माना चाहते थे कि प्रेमिका वादी में इधर-उधर घुमती उन स्थानों पर जाती है जहाँ कभी उसने अपने प्रेमी के साथ प्रेम के सुनहरे दिनों को जिया था। कहानी का बदलाव कुछ इस तरह से हुआ कि उसका प्रेमी उससे बिछड़ गया। प्रेमी के बिछड़ने के अपने गम को नायिका को दर्द भरे गीत में अभिव्यक्ति देनी है। यह सिचुएशन रामानंद सागर ने जब शायर हसरत जयपुरी को सुनाई तो वे पशोपेश में पड़ गए।

जन्नत कही जाने वाली जगह पर उदासी के गीत को कैसे गाया जाएगा? यही सोचकर उन्होंने कश्मीर की कोई चार-पाँच बार सैर की। मन कुछ लिखने का हुआ नहीं। आखिर एक दिन उन्होंने कुछ सोचते हुए कहा—'कश्मीर में पतझड़ कब आता है? यह जो सुंदरता है, उसका स्थान उजाड़पन कब ले लेता है?' उन्हें बताया गया कि इसके लिए तो लंबा इंतज़ार करना होगा। आखिर तय यह किया गया कि ऐसा जब हो तो उन्हें बताया जाए। कश्मीर पर्यटन विभाग को बाकायदा इस हेतु आग्रह किया गया कि ऐसा मौसम आए तो उसकी सूचना उन्हें दी जाए।

लंबे इंतज़ार के बाद आखिर वे दिन आए जब कश्मीर की वादियों के सौंदर्य का स्थान पतझड़ ने लिया। हसरत जयपुरी तब बाकायदा इसे देखने फिर से कश्मीर पहुँचे। वहाँ इधर-उधर वे खूब घूमे और सुंदरता के बाद के इस दृश्य अनुभूति से ही प्रेरित हो उन्होंने लिखा शानदार वह गीत—'बेदर्दी बालमा तुझको मेरा मन याद करता है...'। हसरत की बेमिसाल शायरी की इन पंक्तियों पर ज़रा गौर करें—'फिजा के भेष में गिरते हैं पत्ते चिनारों से...'। हरे-भरे चिनार के वृक्षों से गिरने वाले सूखे पत्तों के ज़रिए अतीत के सुनहरेपन की याद का यह बिंब मन में गहरे तक जैसे उतर जाता है। शंकर-जयकिशन ने इस गीत की विरह वेदना को समझते हुए इसे चारूकेशी दादरा ताल में किया भी इस खूबसूरती से कंपोज कि इसके एक-एक बोल को संगीत में उन्होंने जैसे जिया है। हसरत की शायरी का कमाल 'बेदर्दी बालमा तुझको...' में इस रूप में भी है कि उन्होंने इसमें अतीत के मोह को विरह वेदना के न भुला देने वाले स्वर दिए हैं।

बहरहाल, 'आरजू' के इस एक गीत के फिल्मांकन के लिए भले ही रामानंद सागर को लंबा इंतज़ार करना पड़ा परंतु इसमें आई संवेदनाएँ ऐसी हैं जिन्हें कभी भुलाया नहीं जा सकता। फिल्मांकन की ऐसी मौलिकता भी कम ही देखने को

मिलती है। इसलिए कि जिन हरी-भरी वादियों में कभी प्रेम का फूल खिलता दिखाया गया, उस फूल के मुर्झाने के बाद नायिका के मन में छाई उदासी को उन्हीं फिजाओं के पतझड़पन, चिनार से गिरते सूखे पत्तों के ज़रिए माहौल की समग्रता में दिखाया गया। फिल्मांकन और गीत लेखन की ऐसी रचनात्मक सोच भला अब फिल्मों में दिखाई देती है!

दिल ढूँढता है...

सुप्रसिद्ध बाँसुरी वादक पं. हरिप्रसाद चौरसिया के जीवन पर उमा वासुदेव ने हाल ही में एक पुस्तक लिखी है–'हरिप्रसाद चौरसिया : रोमांस ऑफ द बेंबू रीड'। इसमें चौरसिया जी के जीवन यात्रा के पन्नों के साथ ही बाँसुरी की वाद्‌य शैली की वह रोचक कहानी भी है जिसमें उन्होंने अपनी बाँसुरी की शास्त्रीय और सुगम संगीत बारीकियों के साथ ही बाँस के इस वाद्‌य यंत्र से निकली ध्वनियों की विविधता के बारे में कहा है–'बाँसुरी तो बाँस है–उसे किसी भी तरफ डालकर बजाया जा सकता है।' चौरसिया जी जब यह कहते हैं तो संगीत के उस असीम आकाश पर अनायास ही ध्यान चला जाता है जिसमें उसे किसी सीमा से बाँधकर देखा नहीं जा सकता। सच में संगीत काल की सीमाओं से परे की वह अनुभूति है जो सदा संवेदनाओं से संवाद करती है।

बहरहाल, भारतीय फिल्म संगीत पर भी यही बात लागू होती है। संगीतकारों ने जिस विविधता से इसे समृद्‌ध किया है, उसके बारे में जितना कहा जाए उतना ही कम होगा। ऐसे बहुत से संगीतकार हुए हैं जिन्होंने समय की नब्ज को पहचानते धुनों को अपने दौर में ही नहीं जिया बल्कि अपने समय से आगे जाकर भी समय से संवाद करता कर्णप्रिय संगीत दिया है। विश्वास नहीं हो तो याद कर लीजिए 'वीरजारा' फिल्म का संगीत। ऐसा संगीतकार जो आज से कोई तीन दशक पहले तक इस संसार तक में नहीं था, उसकी कंपोज धुनों ने लोगों के दिलों में जो हलचल मचाई उसमें ही छुपा है संगीत का वह कालजयी सच जो उसे काल की सीमाओं से परे करता है।

जी हाँ, बात हो रही है मदन मोहन की। वही मदन मोहन जिनकी बरसों पहले कंपोज की हुई अप्रयुक्त धुनों को यश चौपड़ा ने अपनी फिलम 'वीरजारा' में इस्तेमाल किया। इस फिल्म के 'तेरे लिए हम हैं जिए होठों को सिए...', 'दो

पल रूका ख्वाबों का कारवाँ...' इतने हिट हुए कि सहज कोई कह नहीं सकता कि इन्हें उस संगीतकार ने कंपोज किया जिसने 14 जुलाई 1975 को सदा के लिए इस संसार को अलविदा कह दिया था।

मदन मोहन के संगीत में जादू है। उन्होंने जो भी रचा वह कालजयी हुआ। याद करें, उनके कंपोज किए गीतों से सर्वथा अलायदा भूपेंद्र का गाया वह सदा सुहाता 'दिल ढूँढता है फिर वही फुरसत के रात-दिन...' गीत। गुलजार की उम्दा शायरी में संगीत के जो बिंब मदन मोहन ने दिए, उसी से यह गीत आज भी भागमभाग के इस दौर में फुरसत के रात-दिन ढूँढता कानों में जैसे रस घोलता है।

गीत की धुन में गुलजार के एक-एक शब्द को जैसे जिया गया है। यही कारण है कि आज भी इसे सुनते मन नहीं भरता। गीत की रचना ऐसे ही नहीं की गई थी। हुआ यूँ कि 'मौसम' फिल्म जब बन रही थी तो उसमें गुलजार के लिखे इस गीत पर कोई धुन फिट बैठ ही नहीं रही थी। मदन मोहन इस गीत पर इतने फिदा थे कि उन्होंने इसके लिए 10 अलग-अलग धुनें कंपोज की। धुनों को बार-बार सुना गया और अंततः गुलजार के साथ बैठकर आज जो हम सुनते हैं, उसी धुन को अंतिम रूप दिया गया।...मदन मोहन की यही विशेषता थी कि जब तक वे खुद अपने आप से संतुष्ट नहीं होते, तब तक आगे नहीं बढ़ते थे। गीत के बोलों के अनुरूप संगीत को समय से जोड़ते वे उसमें पूरी तरह से रम से जाते थे। यही कारण रहा है कि उनके संगीत में जितनी विविधता है, उतनी अन्यत्र कम ही देखने को मिलती है।

लोक धुनों का इस्तेमाल भी उनके गीतों में बेमिसाल हुआ है। याद करें, लता का गाया 'हीर-रांझा' फिल्म का गीत–'दो दिल टूटे दो दिल हारे...'। धोरों के लोक संगीत मांड के ऐसे इस्तेमाल का कमाल मदन मोहन ही कर सकते थे। यही नहीं शास्त्रीय संगीत की उनकी समझ भी गजब की थी। ज़रा सुनें 'अनपढ़' फिल्म का लता का गाया 'जिया ले गयो जी मेरा साँवरिया...', और 'देख कबिरा रोया' फिल्म का 'मेरी वीणा तुम बिन रोए...' या फिर मन्ना डे का गाया 'कौन आया मेरे मन के द्वारे...' जैसे कभी न भुला देने वाले गीत। कभी राजा मेंहदी अली खां रचित 'अनपढ़' की ही लता द्वारा गाई कालजयी 'आप की नज़रों ने समझा प्यार के काबिल मुझे...' और ' है इसी में प्यार की आबरू...' गजलों पर नौशाद ने अपनी तमाम रचनाएँ न्योछावर करने की बात कही थी। दरअसल गजलों को जिस शिद्दत से धुनों में मदन मोहन ने ढ़ाला, उसी में उनकी वह

निजता थी जो उन्हें अपने समकालीनों से सर्वथा अलग पहचान देती थी। यकीन नहीं हो तो सुन लें उनकी 'हकीकत' फिल्म की वह गजल 'ज़रा सी आहट होती है तो दिल पूछता है कहीं ये वो तो नहीं...'। मदन मोहन नहीं हैं परंतु उनके संगीत की आहट हर पल फिजाओं में सुनाई पड़ती है।

दूर हटो ऐ दुनिया वालों...

देश को आज़ादी मिले इतना समय हो गया है। आज़ादी की जो खुली साँस हम आज ले पा रहे हैं, उसमें बड़ा योगदान स्वाधीनता सेनानियों का तो है ही, उन माध्यमों की भी इसमें बड़ी भूमिका रही है जिसने समाज को स्वतंत्रता के लिए आंदोलित किया। सिनेमा ने इसमें महत्ती भूमिका निभाई है। आज़ादी से पहले की फिल्मों के गीतों ने बहुतेरी बार समाज को स्वतंत्रता के लिए आंदोलित ही नहीं किया बल्कि स्वाधीनता की अलख जगाते ब्रितानी हुकूमत की जड़ें हिलाकर रख दी।

बात है वर्ष 1943 की। फिल्म आई थी–'किस्मत'। इसमें संगीत का जादू जगाया सुप्रसिद्ध संगीतकार अनिल विश्वास ने। बॉम्बे टॉकिज की इस फिल्म में हीरोईन मुमताज शांति मंच पर गीत गाती है–'आज हिमालय की चोटी से, दुश्मन को ललकारा है, दूर हटो ऐ दुनिया वालों, हिंदुस्तान हमारा है...'। प्रदीप के लिखे इस कोरस गीत को जोश भरा स्वर दिया अमीरबाई ने। फिल्म जब प्रदर्शित हुई तो सिनेमा हॉल में अपार भीड़ उमड़ी। रातोंरात फिल्म हिट हो गई। वजह थी, फिल्म की कहानी और उसका क्रांतिकारी गीत '...दूर हटो ऐ दुनिया वालों, हिंदुस्तान हमारा है'।

दरअसल अनिल विश्वास ने गीत में गुंफित आज़ादी की चाह को समझते 'दूर हटो ऐ दुनिया वालों...' का संगीत कुछ इस खूबसूरती से दिया कि लोग लगातार इसके दीवाने होते चले गए। अमीरबाई के साथ कोरस स्वरों में जोश और अदम्य उत्साह भरे स्वरों के साथ संगीत में एक प्रकार से लोक का आलोक था। ऐसा आलोक जिसमें आज़ादी की भावनाएँ बलवती लेती साफ महसूस की जा सकती है।

बहरहाल, 'किस्मत' फिल्म में जब यह गीत आया तो गली-गली इसी की गूँज सुनाई देने लगी। झुंड के झुंड लोग गली-चौराहे पर इस गीत को गाते मिलने लगे। बस फिर क्या था। ब्रिटिश सरकार के कान खड़े हो गए। आनन-फानन में पता लगवाया गया कि आखिर यह गीत ब्रितानी सेंसर से पास कैसे हो गया। पता लगा कि इस गीत पर आपत्ति तो फिल्म प्रदर्शन से पहले हुई थी परंतु तर्क यह दिया गया कि यह भारत की आज़ादी के लिए नहीं बल्कि भारत की ओर से नाज़ियों और जापानियों के लिए चेतावनी है कि वे हिंदुस्तान की ओर रूख नहीं करें। दरअसल उस समय द्वितीय विश्व युद्ध चल रहा था और गीत के लिए बॉम्बे टॉकिज की ओर से दिए गए इस तर्क को ब्रितानी सरकार ने सहर्ष मान भी लिया।

अर्सा पहले निधन से कोई तीन-चार माह पूर्व अनिल विश्वास सूचना एवं प्रसारण मंत्रालय की ओर से आमंत्रित थे। उन्होंने तब नई दिल्ली में अपने संगीत से सजी फिल्मों के बहुतेरी किस्सों की याद ताज़ा की थी। तभी उन्होंने 'किस्मत' फिल्म का यह वाकया भी सुनाया था। खास बात इस गीत के साथ यह भी थी कि इसके लिए बाकायदा ब्रितानी सरकार ने फिल्म प्रदर्शन के बाद सीआईडी को जिम्मेदारी दी कि वाकई इस गीत का हिंदुस्तानी जनता पर आज़ादी की चेतना के रूप में कितना असर हुआ है। सीआईडी की जाँच रिपोर्ट तो अपने समय के हिसाब से जैसी आनी थी, वैसी ही आई परंतु तब तक इस गीत ने लोगों में जबरदस्त क्रांति कर दी थी।

फिल्मों के ज़रिए देशभक्ति के जज्बे ऐसे ही फिल्मी गीतों ने पैदा किए हैं। आज़ादी से पहले गीतों में गुंफित संदेश को आत्मसात करते लोग स्वाधीनता संग्राम के लिए तन-मन और धन से निरंतर जुड़ते चले गए।...ऐसे ही फिल्मों ने सामाजिक, राजनैतिक चेतना जगाते आज़ादी के संग्राम को काफी कुछ आसान किया था।

गीत गाता हूँ मैं...

कविता और शायरी की आजमाइश फिल्मों में करने के लिए 18-19 वर्ष की उम्र में ही अपने शहर देहरादून को चुपचाप छोड़ मुंबई आए देव कोहली भारतीय रजतपट के उन गीतकारों में से हैं जिन्होंने फिल्मों में गीत लेखन की अपनी पारी की शुरूआत ही सर्वाधिक हिट गीत लिखकर की परंतु हाय री किस्मत। पहला गीत हिट होने के बावजूद फिल्म जगत ने इस बेहतरीन गीतकार को अपने आँचल में पनाह नहीं दी। वे गुमनामी के उस भँवर में जा फँसे जहाँ से लौटने की उम्मीद अव्वल तो होती ही नहीं और यदि होती भी है तो कोई इस बात की कल्पना नहीं कर सकता कि फिर से खेलने वाली नई पारी की शुरूआत भी पहले जैसे ही अंदाज से होगी।

बहरहाल, सिने जगत का यही फलसफा है। प्रतिभा, मेहनत और अपने लक्ष्य के लिए खुद को पूरी तरह से समर्पित करने के बावजूद गीतकार देव कोहली शायद वह सब कुछ नहीं कर पाए जिससे कि वह किसी संगीतकार, फिल्म निर्माता की आँखों में चढ़ पाते। फिल्मों में प्रतिभा के अलावा भी जो दूसरी प्रतिभा की जरूरत पड़ती है, शायद वह उनमें नहीं थी।

याद करें, देव कोहली का पहले-पहल फिल्म 'लाल पत्थर' के लिए लिखा किशोर की आवाज में गाया वह मधुर गीत–'गीत गाता हूँ मैं गुनगुनाता हूँ मैं...'। संगीतकार जोड़ी शंकर-जयकिशन के जयकिशन के निधन के बाद 1971 में इस गीत को शंकर द्वारा जब संगीतबद्ध किया गया तो इसकी शायरी ने इतना गजब ढ़ाया था कि हर किसी की जुबान पर तब यही गीत रहता था। तब क्यों आज भी यह गीत होठों पर चढ़ता है तो फिर उतरने का नाम ही नहीं लेता। किशोर ने गाया भी इसे बेहद संज़िदगी से था। इतने मधुर हिट गीत के बावजूद फिल्मों में कोहली को फिर गीत लिखने के अवसर नहीं मिले। अवसर नहीं मिलने

का रहस्य ही फिल्म जगत का वह क्रूरतम सच है, जिसमें बहुत सी प्रतिभाएँ यहाँ से बगैर किसी वजह के पलायन कर जाती है। देव कोहली ने पलायन की बजाए ढूँढ़ी भगवद्‌गीता में अपनी राह। इस राह ने लंबा इंतज़ार तो करवाया परंतु इस मुकाम पर भी ला छोड़ा, जिसमें सफलता व्यक्ति के कदम चूमती है।

भले ही देव कोहली को पहले हिट गीत के बाद लिखने का मौका नहीं मिला परंतु उनकी कलम 18 वर्ष बाद भी पहले की ही तरह जवां थी। याद करें वर्ष 1989 में प्रदर्शित राजश्री की फिल्म 'मैंने प्यार किया' को। इसकी सफलता का बड़ा श्रेय आज भी इसके मैलोडी गीत ही है। फिल्म में लता की शहद घुली मीठी आवाज में गाए 'कबूतर जा जा जा, कबूतर जा...' और 'दिल दिवाना बिन सजना के माने ना...' ने जवां मनों को इतना तरंगित किया कि वे इन गीतों के दिवाने हो उठे। गायक एस.पी. बालासुब्रह्मण्यम की आवाज में 'आजा शाम होने आई...', 'मेरे रंग में....' गीत भी मैलोडी इतिहास में नया मुकाम लेकर आए। सोचिए, ऐसे मधुर गीतों को रचने वाले गीतकार देव कोहली बरसों तक गुमनामी में नहीं रहते तो क्या ऐसे ही बेहतरीन गीत लगातार श्रोताओं को नहीं मिलते?

देव कोहली को गुमनामी के अंधेरे से बाहर निकाल एक नई बेहतरीन पारी की ओर ले जाने के अलावा भी 'मैंने प्यार किया' फिल्म के गीतों की रोचक दास्तां है। यही वह फिल्म है जिससे लता मंगेशकर ने पार्श्वगायन छोड़ने के इरादे को त्याग दिया तो यही वह फिल्म है जिसके हिट गीत इतने बिके कि बंद होने के कगार पर पहुँच चुकी एचएमवी फिर से लाभ में आ गई। संगीतकार राम-लक्ष्मण यानी विजय पाटिल ने भी बरसों बाद इसी फिल्म से शानदार लोकप्रियता का वरण किया तो गायक एस.पी. बालसुब्रह्मण्यम को भी इसमें गाए गीतों ने ही नई पहचान दी। इस फिल्म में लता के गाए बेहद प्यारे गीतों की रोचक कहानी यह भी है कि लता ने बगैर किसी रूचि के ये गीत गाए। यही कारण था कि फिल्म के पाँच गीत लता ने एक ही दिन में गा दिए थे।

बहरहाल, बात हो रही है देव कोहली की। देव कोहली ने इस फिल्म के बाद 'बाज़ीगर', ' हम आपके हैं कौन', 'जुड़वा', 'मेजर साब' जैसी हिट फिल्मों में लगातार 250 से अधिक स्तरीय हिट गीत दिए हैं।

अभी बहुत समय नहीं हुआ, उनसे मुलाकात हुई तो बीते दौर और फिल्मों में उनकी नई पारी को लेकर ढ़ेरों बातें हुई। फिल्मों में पहला हिट गीत देने के बावजूद 18 बरस तक क्या करते रहे? के प्रश्न पर बेहद शांत स्वर में उन्होंने

कहा–''देहरादून से मुंबई आया तो बहुत से सपने लेकर था और पहला गीत हिट होने पर लगा भी था कि सपने सब सच होंगे परंतु 'गीत गाता हूँ...' के बाद अवसर ही नहीं मिले। अकसर इस बात से क्रोध भी आता परंतु ऐसा नहीं होता तो मैं श्रीमद्‌भगवद्‌गीता के करीब नहीं आता। शोहरत, दौलत के आम भौतिक सुख कॅरियर के आरंभ में ही मिल जाते तो फिर गीता का सार समझ नहीं आता। मैंने 18 वर्षों के अज्ञातवास में भगवान श्रीकृष्ण पर पाँच हजार दोहों की रचना की।...मेरे मन में इसके बाद उन सभी के प्रति क्रोध जाता रहा, जिनके कारण मैं उभर नहीं पाया। हाँ, 'मैंने प्यार किया' के गीत लिखने का मौका जब मिला तब सुफियाना रंग में रंगा मैं इतना बदल चुका था कि पूरी तरह से अपने आप से संतुष्ट था। मुझे फिर से फिल्मों में गीत लिखने से दौलत, शोहरत तब मिली जब मैं इसे पाने की लालसा को पूरी तरह से मन में समाप्त कर चुका था।...''

कोहली जब यह कहते हैं तो अनायास ध्यान गीता के उस सच पर चला जाता है जिसमें व्यक्ति सुख और संतुष्टि के लिए बाहर भाग रहा होता है जबकि यह सब होता खुद उसके भीतर है, बस अंदर झाँकने भर की ही तो जरूरत होती है। देव कोहली ने भगवद्‌गीता जिसमें कर्म करें, फल की इच्छा ही न करें कहा गया है, को ही अब अपने जीवन का वह सच भी बना लिया है।

इन आँखों की मस्ती...

वर्ष 1981 में मुजफ्फ़र अली की कभी न भुला देने वाली एक फिल्म आई थी–'उमराव जान'। फिल्म तो शानदार थी ही, उसका संगीत भी ऐसा है जिसे सुनने ही लोग तब सिनेमा हॉल तक खींचे चले आए थे। दरअसल इसका संगीत है ही ऐसा कि इसे सुनते मन मुजरा गीतों के उस माधुर्य में चला जाता है, जिसमें संगीत की पवित्रता सब कुछ भुलाकर सुकून प्रदान करती है। शास्त्रीय संगीत रागों की बारीकियां संजोए 'उमराव जान' के शहरयार के लिखे शायराना गीतों को संगीत का जादू देते ख़याम ने फिल्म संगीत में धुनों की सदा संजोकर रखने वाली अमर सौगात जैसे श्रोताओं को दी है।

इस फिल्म के बेहद लोकप्रिय 'इन आँखों की मस्ती के मैखाने हजारों हैं ...' गीत को ही लें। ख़याम ने इसमें संगीत की मस्ती का सर्वथा नया रंग घोला है। लता की बजाए आशा से उन्होंने इस गीत को जब गवाया तो सभी को हैरत हुई थी परंतु ख़याम ने आशा के स्वरों का जो दिलकश अंदाज श्रोताओं को दिया, वही बाद में आशा की अलग पहचान भी बनी। गीत में आशा के प्रचलित स्वरों से इतर ख़याम ने उनसे सर्वथा नए सुर लगवाए। यही नहीं आशा से उन्होंने बाकायदा उमराव जान के किरदार को समझकर गीत गाने हेतु भी बेहद मेहनत करवायी और परिणाम सभी जानते हैं कि आशा का गाया 'इन आँखों की मस्ती...' गीत आज भी सर्वाधिक सुना जाता है।

आशा भोंसले 'उमराव जान' के संगीत की चर्चा से ही भाव-विभोर हो जाती है। कहती हैं, '''ख़याम साहब ने इस फिल्म के ज़रिए मुझे एक प्रकार से नया जीवन दिया। मुझे आज भी याद है वह दिन जब मुजफ्फ़र साहब एक दिन मेरे पास आए और उमराव जान की जीवनी से संबंधित एक किताब मुझे दी। ख़याम साहब गीतों की रिहर्सल करवाते और कहते कि गाओ तो उमराव जान को आँखों

के सामने रखो।...क्या कहूँ, इस सबके बारे में।...संगीत में मेरे लिए 'उमराव जान' सर्वथा नया अनुभव था।''

ख़याम ने आशा से जब इस फिल्म के लिए 'इन आँखो की मस्ती के मैखाने हजारों हैं....' गीत गवाया तो अपनी ओर से संगीत के नीचे सुर गाने के लिए उन्हें दिए। इस पर आशा को बेहद अटपटा लगा। वे समझीं ख़याम कुछ भूल रहे हैं। इसीलिए बोली–''सुर थोड़ा ऊँचा दीजिए।'' आशा भोंसले बताती हैं, ''ख़याम ने सुनकर भी अनसुना करते हुए मुझे दिए गए सुरों में ही गाने के निर्देश दिए। मैंने बार-बार उन्हें जब कहा कि यह मुश्किल है तो उन्होंने कहा कि इस मुश्किल को ही तो आसान करना है।...तो मैंने फिर नीचे के सुर में ही 'इन आँखों की मस्ती...' को गाया। मुझे खुद यह पहले कुछ ठीक नहीं लगा परंतु जब मैंने अपने गाए को सुना तो दंग रह गई। ख़याम सच कह रहे थे। मैंने अपनी जिद के लिए उनसे माफी माँगी तो वे हँसने लगे बोले–''उमराव जान को मुझे आपसे गवाना था, आशा को नहीं।''

सच में ख़याम ने 'उमराव जान' के संगीत को उसके चरित्र से जैसे जिया है। इस बार आप जब 'इन आँखों की मस्ती...' गीत को सुनें तो थोड़ा गौर करें। इसमें आशा के सुर आपको साफ अलग नज़र आएँगे। ख़याम ने आशा के स्वाभाविक पीच से थोड़ा नीचे इसमें उनसे गवाया है। राग यमन कल्याण के साथ भूपाली का मेल करते तबले और सारंगी का जैसा खूबसूरत प्रयोग इस गीत में किया गया है, वैसा बहुत कम देखने को मिलता है। गीत सुनते मन मंत्रमुग्ध हो आशा के सुरों के साथ गुनगुनाने लगता है।....यही तो है ख़याम के संगीत का वह सुकून जिसका हर कोई हिस्सेदार होना चाहता है। आशा ने भी जिस दिलकश अंदाज में इस गीत में अपने सुरों के रंग घोले हैं, वे कभी भुलाए नहीं जा सकते। ख़याम को इस फिल्म के लिए श्रेष्ठतम संगीत का राष्ट्रीय पुरस्कार मिला तो आशा भोंसले को भी गायन के उनके सर्वथा अलग अंदाज के लिए इस फिल्म के लिए सर्वश्रेष्ठ पार्श्वगायिका का सम्मान दिया गया।

जब दिल ही टूट गया...

जज्बातों के सैलाब की मजरूह सुल्तानपुरी की शायरी सीधे दिल में उतरती है। मुशायरों में उनकी शायरी कुछ इस तरह सर चढ़कर बोली कि उन्हें न चाहते हुए भी फिल्मों के लिए लिखना पड़ा, यह बात अलग है कि फिल्मी पारी की शुरूआत ही उनकी पुरज़ोर अंदाज में कुछ इस तरह से हुई कि पहला लिखा उनका गीत ही कालजयी हुआ।

कुंदन लाल सैगल का गाया यह अमर गीत है–'जब दिल ही टूट गया, तब जी कर क्या करेंगे...'। मन की वेदना को जैसे इस गीत में जिया गया है। नौशाद ने राग भैरवी में गीत की धुन को इस खूबसूरती से पिरोया कि गीत के बोल संगीत से एकमेक होते भावनाओं को पूरी तरह से उभारते हैं। सैगल खुद भी इसे गाते अपनी सुध-बुध खो बैठे और उन्हें होश ही नहीं रहा कि कब गीत समाप्त होते उन्हें भी रूला गया। जबरदस्त संयोग इस गीत का यह भी है कि मजरूह का फिल्मों में गीत लेखन में प्रवेश इसी गीत से हुआ तो सैगल का फिल्मों में गाया यह अंतिम गीत था।

'शाहजहाँ' फिल्म (1947) में मजरूह से गीत लिखवाने की दास्तां भी कम रोचक नहीं है। निर्माता ए.आर. कारदार ने पहले इस फिल्म के गीत लेखन के लिए जिगर मुरादाबादी को साईन किया था। किसी कारण से जिगर मुरादाबादी गीत नहीं लिख सके और उन्होंने गीत लेखन का साइनिंग एमाउंट कारदार को लौटा दिया। कारदार ने किसी और गीतकार का नाम सुझाने का जब उन्हें आग्रह किया तो उन्होंने मजरूह का नाम सुझाया। मजरूह पहले तो इस बात के लिए राज़ी ही नहीं हुए कि फिल्मों के लिए वह लिखेंगे परंतु बाद में जिगर मुरादाबादी के ही समझाने पर उन्होंने 'शाहजहाँ' के लिए गीत लिखना स्वीकार कर लिया।

मजरूह ने भले ही 'शाहजहाँ' के गीत अनमने भाव से लिखे परंतु यह फिल्म जब पर्दे पर आई तो पूरे देश में इस फिल्म के गीतों ने ही धूम मचाई।

'शाहजहाँ' फिल्म के इतिहास के रोचक पहलू और भी हैं। मसलन यही वह फिल्म है जिसमें कुंदनलाल सैगल ने बगैर शराब पीकर गीत गाए थे। इससे पहले उन्होंने जितनी भी फिल्मों में गीत गाए, सुरा पान करने के बाद ही रिकॉर्डिंग करवाई। दरअसल उनके मन में यह धारणा घर कर चुकी थी कि उनकी खूबसूरत आवाज का कारण शराब पीकर गाना है। नौशाद ने उनकी इस धारणा को तोड़ते हुए बगैर शराब के 'शाहजहाँ' के गीत रिकॉर्ड करवाए तो सैगल को यह नागवार ही लगा था परंतु संगीतकार की जिद के आगे उनकी एक नहीं चली। गीत रिकॉर्डिंग के बाद जब सैगल को सुनाए गए तो खुद उन्हें इस बात का बेहद अचरज हुआ कि बगैर शराब के तो वे और भी अच्छा गाते हैं। 'शाहजहाँ' का ही मजरूह का लिखा एक और गीत 'गम दिए मुस्तिक...' भी बेहद हिट हुआ परंतु 'जब दिल ही टूट गया...' सैगल को इतना भाया कि उन्होंने अपने परिवारजनों को पहले ही कह दिया कि उनकी मौत हो तो शमसान घाट में इसी गीत को बजाया जाए। उनकी इस ख्वाहिश को उनके परिजनों ने पूरा भी किया और मृत्यु होने पर यही गीत शमसान में बजा।

बहरहाल, मजरूह का लिखा यह गीत ऐसा है जिसे सुनकर आज भी मन की पीड़ाएँ बाहर निकलने को बेताब हो उठती है। मजरूह की शायरी की यही वह कशिश है ज़ो उन्हें औरों से जुदा करती है। शायर मजरूह यानी असरार उल हसन खान के बारे में कौन यह विश्वास करेगा कि वे कभी मशहूर हकीम हुआ करते थे! बाकायदा यूनानी चिकित्सा पद्धति की उन्होंने पढ़ाई की थी और हकीमी करते ही मजाज लखनवी से प्रेरणा लेते वे 1934-35 से गजलें लिखने लगे। गजलें लिखने का यह शौक ही उन्हें मुशायरों तक ले आया और फिर जब वे जिगर मुरादाबादी के संपर्क में आए तो वे ही उन्हें फिल्मों में लिखने के लिए खींच ले आए। फिल्मों में भी उन्होंने सदा अदब की शायरी की और बाकायदा उनकी शायरी का सम्मान भी निरंतर हुआ। वे पहले ऐसे फिल्मी शायर हुए जिन्हें फिल्मों का सर्वोच्च 'दादा साहब फाल्के अवार्ड' दिया गया। फिल्मों में गीतकारों को हैसियत दिलाने का श्रेय भी मजरूह को ही है। 'सीआईडी', 'फिर वही दिल लाया हूँ...', 'तीसरी मंजिल', 'यादों की बारात', 'पेइंग गेस्ट,' 'अंदाज', 'क़यामत से क़यामत तक' 'खामोशी द म्यूजिकल' आदि फिल्मों में उन्होंने 4 हजार से अधिक एक से एक उम्दा गीत लिखे।

ये वही मजरूह सुल्तानपुरी हैं जिन्हें लालबाग और परेल की मज़दूर बस्ती में 'अमन का झंडा' गीत गाने के कारण डेढ़ साल ऑर्थर रोड जेल में रहना पड़ा था। तत्कालीन गृह मंत्री मोरारजी देसाई ने तब उन्हें अपने इस गीत के लिए माफी माँगने की शर्त पर छोड़ने को भी कहा था परंतु मजरूह ने तब यह कहकर माफी माँगने से इन्कार कर दिया कि अपनी आइडियोलॉजी के बारे में माफी का काम वे कभी नहीं करेंगे। उनकी ज़िंदगी का सच भी यही रहा। अपनी आइडियोलॉजी के बारे में कभी उन्होंने कदम पीछे हटाए भी नहीं। अर्सा पहले उनसे साक्षात्कार का अवसर मिला था। तब उनसे देर तक उनकी तरक्की पसंद शायरी पर ढ़ेरों बातें हुई थी। उन्होंने इन पंक्तियों के लेखक से तब कहा था–''मैंने अपनी शायरी में जदीयत (आधुनिकता) के फरेब को लाने की कोशिश की है। मैंने बहुत पहले लिखा था–'हम हैं काबा, हम हैं बुतखाना, हमीं हैं कायनात, हो सके तो खुद को भी एक सजदा कीजिए।' सच में जो उन्होंने कहा, उसे ताउम्र जिया भी। मन उन्हें इसलिए तो सजदा करता है।

जाने वालों ज़रा...

कभी 'दोस्ती' फिल्म का गीत–'जाने वालों ज़रा मुड़के देखो मुझे, एक इन्सान हूँ मैं तुम्हारी तरह....' इतना हिट हुआ था कि इस फिल्म के लिए मो. रफी को सर्वश्रेष्ठ पार्श्वगायक के रूप में और संगीतकार लक्ष्मीकांत-प्यारेलाल को श्रेष्ठतम संगीतकार के रूप में फिल्म फेअर अवार्ड से नवाजा गया था। वर्ष 1964 में आई 'दोस्ती' में पहले डमी रूप में यह गीत महिला पार्श्वगायक की आवाज में रिकॉर्ड किया गया था। लक्ष्मीकांत-प्यारेलाल जब गीत को अंतिम रूप देने में लगे थे तभी गीतकार मजरूह सुल्तानपुरी ने टोक दिया। मजरूह का कहना था कि इस गीत के साथ कोई न्याय कर सकता है तो वह मो. रफी है। लक्ष्मी-प्यारे मजरूह सुल्तानपुरी का बहुत सम्मान करते थे सो उन्होंने उनकी बात मान ली और जब यह गीत रफी की आवाज मे रिकॉर्ड हुआ तो आप जानते ही हैं कि कितना लोकप्रिय हुआ।

मो. रफी की सुरीली आवाज की रेंज गजब की थी। नौशाद के संगीत निर्देशन में वर्ष 1952 में आई 'बैजू बावरा' के गीतों को भला कोई भुला सकता है! इस फिल्म में कुल ग्यारह गीत थे और उनमें से दो प्रसिद्ध शास्त्रीय गायक उस्ताद अमीर खां साहब ने और एक डी.वी. पलुस्कर ने गाया था। शेष गीत या तो रफी या रफी-लता के युगल स्वरों में रिकॉर्ड किए गए थे। बहुतों को यह जानकार अचरज हो सकता है कि इस फिल्म में रफी के गाए गीतों की सफलता को लेकर पहले निर्देशक विजय भट्ट को अत्यधिक संदेह था। यही कारण था कि उन्होंने फिल्म के पोस्टरों में अमीर खां साहब और पलुस्कर के नाम ही प्रचारित किए। फिल्म जब प्रदर्शित हुई तो गली-गली में रफी के गाए 'ओ दुनिया के रखवाले....' और 'तू गंगा की मौज में...' गीत ही गाए जाने लगे।

इसके बाद तो रफी शिखर पर पहुँच गए। गुरूदत्त की 'प्यासा' फिल्म का गीत 'ये महलों ये तख्तों, ये ताज़ों की दुनिया...' को पहले संगीतकार एस.डी. बर्मन ने मन्ना डे की आवाज में रिकॉर्ड किया था। रिकॉर्डिंग के बाद जब उन्होंने इसे सुना तो उन्हें बेहद निराशा हुई। दरअसल वे जो प्रभाव इस गीत में डालना चाहते थे वह उन्हें मन्ना डे की आवाज में नज़र नहीं आया। उन्होंने रफी से आग्रह किया कि इस गीत को वे गाएँ। गीत की दुबारा रिकॉर्डिंग हुई और जब इसे सुना गया तो बर्मन दा भाव-विभोर हो उठे। उन्होंने उसी समय रफी को गले से लगा लिया। ऐसा ही वाकया तब भी हुआ जब 'भाभी' फिल्म के लिए संगीतकार चित्रगुप्त ने पहले तलत महमूद की आवाज ले ली थी। उन्होंने जब रिकॉर्डिंग के बाद इसे सुना तो लगा कि बात कुछ बनी नहीं। काफी सोच-विचारकर उन्होंने रफी को याद किया। रफी ने जब इसे स्वर दिया तो बात बनी ही नहीं बल्कि यह गीत अपार लोकप्रिय हुआ।

रफी के साथ ऐसा भी बहुतेरी बार हुआ जब उनकी आवाज दूसरे गायक-कलाकार के लिए ली गई। 'रंगीली' फिल्म में ओ.पी.नय्यर का संगीत था और फिल्म में अभिनय किया था किशोर कुमार ने। किशोर कुमार इस फिल्म में पर्दे पर एक गीत गाते नज़र आते हैं तो सुनने वाले चौंक जाते हैं। पर्दे पर होंठ किशोर के हिल रहे होते हैं और पार्श्व में आवाज रफी की सुनाई देती है। गीत के बोल थे—'मन मोरा बावरा...।'

बहरहाल, रफी की आवाज का जादू इस कदर था कि उन्होंने हर रेंज में अपनी प्रतिभा को साबित किया। चार दशक से अधिक के अपने गायन कॅरियर में 26 हजार से अधिक गीतों को स्वर देने वाले रफी ने किराना घराने के उस्ताद वहीद खां और उनके वरिष्ठ शिष्य पं. जीवनलाल मट्टू से शास्त्रीय संगीत की शिक्षा ली।

चालीस के दशक के मशहूर संगीतकार श्यामसुंदर ने उन्हें पहले-पहल गायन का अवसर दिया अपनी फिल्म 'गुल बलोच' में। वर्ष 1944 में आई इस पंजाबी फिल्म में रफी ने 'सोणिए नी, हीरिए नी, तेरी याद ने मैंनू बड़ा सताया...' गीत गाया तो रातों-रात वे गायन के स्टार बन बैठे। इसके बाद श्यामसुंदर के संगीत निर्देशन में ही रफी ने 'गाँव की गोरी' और 'बाज़ार' फिल्म में गाया। कहा यह भी जाता है कि वर्ष 1944 में नौशाद ने रफी से पहले-पहल गवाया था। ए.आर. कारदार की फिल्म 'पहले आप' में रफी को नौशाद ने

'हिंदुस्तान के हम हैं, हिंदुस्तान हमारा...' गीत में कोरस के रूप में अवसर दिया था परंतु स्वयं रफी अपने गायन के सफर की शुरूआत 'गुल बलोच' से ही मानते हैं। स्वतंत्र रूप से इसी से अपने गायन की शुरूआत जो उन्होंने की थी। बहरहाल, पद्मश्री रफी नहीं हैं परंतु उनकी सुरीली आवाज़ का जादू क़यामत तक यूँ ही छाया रहेगा। उन्हें शहंशाह-ए-तरन्नुम कहा जाए तो कोई अतिशयोक्ति नहीं होगी।

महँगाई मार गई...

यह वह दौर है जब महँगाई सुरसा के मुँह की तरह बढ़ती ही जा रही है। इधर पैट्रोल की कीमत वृद्धि हो रही है तो उधर रोटी, कपड़ा और मकान सभी महँगे दर महँगे होते जा रहे हैं। हर काल में महँगाई में वृद्धि होती है। भूतकाल से वर्तमान काल की तुलना करें तो अचरज भी होता है कि तब महँगाई थी तो फिर अब तो यह महा महँगाई होनी चाहिए परंतु महँगाई शब्द में ही महा महँगाई शब्द जैसे समाहित है।

बहरहाल, सिने इतिहास से महँगाई शब्द जुदा नहीं है। महँगाई की चर्चा से पहले बात सिने इतिहास की करें तो सहज ही यह कहा जा सकता है कि फिल्में आम जन के इतिहास से सदा ही जुड़ी रही है। आम जन जो भोगता है, उसी में सिनेमा बहुतेरी बार अपने भविष्य को गढ़ता है। सिने पत्रकारिता पर हाल ही में मित्र श्याम माथुर की आई पुस्तक बहुत से स्तरों पर इस संबंध में झकझोरती जीवन को सिनेमा से जैसे जोड़ती है। इसमें एक जगह उन्होंने कहा है—"सिनेमा के प्रत्येक फ्रेम में हमारी ज़िंदगी से जुड़े अनेक रंग झिलमिलाते हैं।...कई बार सिनेमा कुछ इस हद तक हमारी ज़िंदगी में शामिल होता है कि वह अलग से दिखाई ही नहीं देता।"

सच भी यही है। वर्ष 1974 में एक फिल्म आई थी—'रोटी, कपड़ा और मकान।' इस फिल्म में बढ़ती महँगाई पर मुकेश, लता, नरेंद्र चंचल, जानी बाबू और साथियों का गाया भाव प्रवण एक गीत है—'बाकी जो बचा तो महँगाई मार गई...'। गीत में आज से कोई 34 साल पहले की आर्थिक स्थिति के मुद्देनज़र बढ़ी महँगाई पर कटाक्ष करते जीवन की कड़वी सच्चाई को बेहद खूबसूरती से उजागर किया गया है। इतने वर्षों बाद भी महँगाई की स्थिति पर यह गीत उतना

ही सटीक है। यही सिनेमा का वह पक्ष है जिसमें ज़िंदगी के हर रंग झिलमिलाते हैं।

लक्ष्मीकांत-प्यारेलाल के संगीत से सजे इस गीत में नरेंद्र चंचल की खुली-खुली बुलंद आवाज अलग से आकृष्ट करती है। प्यारेलाल इस गीत के ज़िक्र से ही हँस पड़ते हैं। कहते हैं, ''गीत जब रिकॉर्ड हो रहा था तो ऐसी उम्मीद नहीं थी कि यह इतना हिट होगा। सभी इस गीत को बेहद हलके मूड में ही ले रहे थे। मुकेश और नरेंद्र चंचल के साथ लता बाई को गीत के बोल सुनकर अनायास ही हँसी आ गई थी। बोल थे ही ऐसे। हमने भी तब इसे हलके मूड में लेते ही रिकॉर्ड किया था परंतु गीत जब फिल्म में प्रदर्शित हुआ तो जैसे तहलका मच गया। चारों तरफ गीत में आए 'महँगाई मार गई....' शब्दों की ही चर्चा थी।'

एच.एम.वी. ने 'रोटी, कपड़ा और मकान' फिल्म के गीतों की 50 हजार की रिकॉर्ड बिक्री होने पर रजत शिल्ड निकाला था। नरेंद्र चंचल को राजकपूर ने 'बॉबी' फिल्म में गायन के लिए ढूँढा था। उन्होंने चंचल को मुंबई में गाते सुना था और वे उनकी आवाज से बेहद प्रभावित हुए थे। लक्ष्मी-प्यारे के संगीत में राजकपूर की पहल पर ही तब नरेंद्र चंचल ने 'बेशक मंदिर, मस्जिद तोड़ो...' गीत गाया था। यह इतना लोकप्रिय हुआ कि इस पर ही उन्हें 1974 का श्रेष्ठ गायक का फिल्म फेअर अवार्ड मिला था।

'रोटी, कपड़ा और मकान' का संगीत जब लक्ष्मी-प्यारे ने दिया तो उन्होंने चंचल को इसमें मुकेश, लता और जानी बाबू के साथ महँगाई का 'नेशनल एंथम' में मौका दिया। भले ही इस फिल्म में महेंद्र कपूर को उनके गाए गीत 'और नहीं बस और नहीं, गम के प्याले और नहीं...' पर सर्वश्रेष्ठ गायक का अवार्ड मिला परंतु महँगाई की सच्चाई को बयां करते इस गीत को जनता ने सदा ही सर्वश्रेष्ठ करार दिया। तब भी और आज भी यह इतना ही सुना और गुनगुनाया जाता है।

दरअसल गीत आम जन की भावनाओं से इस कदर घुला-मिला है कि महँगाई भरी ज़िंदगी से अलग नज़र आता ही नहीं। और नहीं तो इस गीत के आइने में ही इसे परख लें।

मेरे देश की धरती सोना उगले...

फिल्मी गीतों का यह ऐसा दौर है जिसमें खिचड़ी शब्दावली में हिंदी और अंग्रेजी का एक प्रकार से रिमिक्स श्रोताओं को परोसा जा रहा है। बहुत से गीत तो ऐसे भी रचे जा रहे हैं, जिन्हें बस कोरी तुकबंदी कहा जा सकता है। उनका अर्थ सिर धुनकर भी निकालना कोई चाहे तो निकाल नहीं सकता। ऐसे में कैसे यह उम्मीद की जा सकती है कि उन गीतों क़ी कोई ज्यादा उम्र होगी। बहुत से गीतकार तो ऐसे हैं जो रोमन में ही गीत लिख रहे हैं। याद करें फिल्मी गीतों के उस दौर को जिसमें एक गीत के लिए दिनों, महिनों तक गीतकार मेहनत करते थे। गीतकार; फिल्म निर्माता, निर्देशक और संगीतकार के निर्देशानुसार सिचुएशन को महसूस करते हुए और खुद को उसमें ढ़ालते हुए गीत की रचना करता था। ऐसे गीत ही कई बार कालजयी हो जाते रहे हैं।

फिल्मी गीतों में गीत की संवेदना को जीने वाले ऐसे ही गीतकार रहे हैं—गुलशन बावरा। कल्याणजी-आनंदजी ने 'चंद्रसेना' में पहले-पहल उन्हें गीत लिखने का मौका दिया था। इस फिल्म के बाद 'सट्टा बाज़ार' में उनका लिखा गीत 'तुम्हें याद होगा, कभी हम मिले थे...' और 'परिवार' फिल्म में 'हमने जो देखे सपने....' गीत ऐसे आए कि रातों-रात वे मशहूर गीतकारों की श्रेणी में शुमार हो गए।

बहरहाल, याद करें। ये वही गुलशन बावरा हैं जिन्होंने कभी 'उपकार' फिल्म के लिए देश के प्रति अपने जज्बे का इज़हार 'मेरे देश की धरती सोना उगले, उगले हीरे-मोती...' जैसे शब्दों से करते देश-प्रेम का जैसे नया मुहावरा गढ़ा। इस देश-प्रेम में देश की खुशहाली सिर चढ़कर बोलती है। अर्सा पहले जब उनसे लंबा संवाद हुआ था तो इस गीत से ही बातचीत का सिलसिला प्रारंभ हुआ था।

गुलशन बावरा इस गीत के प्रसंग से ही रोमांचित हो उठते हैं। कहते हैं—"अब तक के अपने गीत लेखन के कॅरियर में दो सौ पचास से अधिक गीत लिख चुका हूँ परंतु जितनी संतुष्टि 'मेरे देश की धरती...' को लिखकर हुई, उतनी फिर किसी में नहीं हुई। आज के हालात में चाहकर भी मैं ऐसा गीत दोबारा नहीं लिख सकता। उस समय इस गीत के मेरे प्रेरणास्रोत नेहरू, शास्त्री जैसे जननायक थे लेकिन आज के नेताओं को देखता हूँ तो मुँह से यही निकलता है—'मेरे देश को लूट के खा गए जिन पे मुझे विश्वास था, अब तो कुछ भी नहीं आज़ादी से पहले कुछ तो पास था।"

गुलशन बावरा जब यह कहते हैं तो देश के प्रति उनके जज्बे को अंदर तक महसूस किया जा सकता है। उनके बाद के गीत भी संवेदनाओं से लबरेज हैं। 'जंजीर' फिल्म का ही उनका लिखा 'यारी है इमान मेरा यार मेरी ज़िंदगी...' को ही लें इसमें संवेदनाएँ अंदर तक झकझोरती मन को अजीब सा सुकून देती है। बावरा ने जब 'मेरे देश की धरती सोना उगले...' गीत लिखा था तब भी वे उसमें डूब से गए थे। दूर तक पसरे खेतों में लहलहाती फ़सलों, किसान की मेहनत से खेतों में उपजने वाले अन्न को सोना बताते गुलशन बावरा ने देश की खुशहाली, उन्नति की जो तसवीर इस गीत में खिंची उसमें हर हिंदुस्तानी तब जैसे अपना अक्श ढूँढने लगा था। दरअसल गीत है ही ऐसा।

गुलशन बावरा बताते हैं—"कल्याणजी-आनंदजी ने गीत के बोलों पर इतनी मेहनत की कि लगातार 24 घंटे वे इस पर लगे रहे। गीत की रिकॉर्डिंग दोपहर में प्रारंभ हुई और दूसरे दिन दोपहर तक जारी रही। इस दौरान कल्याणजी-आनंदजी ने ऑरकेस्ट्रा में 125 वादकों और इतने ही कोरस के साथ गीत की संवेदनाओं को जैसे संगीत से जिया। महेंद्र कपूर के स्वरों में गीत की जब अंतिम रिकॉर्डिंग पूरी हुई तो गुलशन बावरा को खुद पर विश्वास नहीं हुआ कि उनकी कलम से इतना शानदार गीत रचा गया है। संगीतकार कल्याणजी-आनंदजी ने गीत के बोलों पर इतना परिश्रम किया कि गीत ने लोकप्रियता का नया इतिहास ही रच दिया। गुलशन बावरा को तो इस गीत के लिए सर्वश्रेष्ठ गीतकार का फिल्म फेअर अवार्ड मिला ही, गायक महेंद्र कपूर को भी गीत में दिए अपने स्वर के लिए राष्ट्रपति अवार्ड से सम्मानित किया गया।

'उपकार' फिल्म के हीरो मनोज कुमार को गीत का सर्वाधिक लाभ मिला। वे जनता की नज़र में भारत के सच में भारत कुमार हो गए। गुलशन बावरा खुद

अपने गीत की प्रस्तुति से इतने भाव-विभोर थे कि उन्होंने गीत सुनते ही घोषणा कर दी कि वे इसके लिए कोई पारिश्रमिक नहीं लेंगे। यह बात अलग है कि मनोज कुमार की पत्नी ने उन्हें इस गीत के लिए एक अंगूठी भेंट की थी। उनकी भावनाओं की कद्र करते उन्होंने इसे स्वीकार कर लिया था अन्यथा वे आज भी गीत की लोकप्रियता को ही अपने लिए बड़ा पुरस्कार मानते हैं। शायद इसीलिए इन पंक्तियों के लेखक से उन्होंने कहा—"मैं सौभाग्यशाली हूँ कि मुझे इस सदी का मशहूर गीत लिखने का मौका मिला।" उनके शब्दों में श्रोताओं की तरफ से यह भी जोड़ दें—"यह देश का सौभाग्य है कि उन्हें गुलशन बावरा जैसे कालजयी गीत लिखने वाले गीतकार मिले।"

ओ ज़िंदगी के देने वाले....

संगीतकार रवि ने फिल्मों में एक से बढ़कर एक बेहतरीन गीतों की सौगात दी है। धुन को पूरी तरह से आत्मसात करने वाले रवि की यह विशेषता ही रही है कि वे एक गीत के लिए कई-कई धुनें बनाते और तब तक उसे अंतिम रूप नहीं देते जब तक कि खुद उससे पूरी तरह से संतुष्ट नहीं हो जाते। सलमा आगा तो 'निकाह' के उनके संगीत से ही गायन में हिट हो गई। दरअसल धुन बनाते वे गायक कलाकार की आवाज को ध्यान में रखने के साथ ही गीत के बोल और उसमें निहित भावनाओं पर खास ध्यान सदा ही देते रहे हैं। उनसे बीते दौर के संगीत, धुनों से जुड़े बेशुमार किस्सों और खुद उनकी ज़िंदगी के फक्कड़पन पर ढ़ेरों बातें हुई। बातें निकली तो फिर निकलती ही चली गई।...

हेमंत कुमार के संगीत निर्देशन में आई फिल्म 'नागिन' इतनी हिट रही कि इसका हर गीत लोगों की जुबान पर चढ़ा। विशेष रूप से इस फिल्म में प्रयुक्त बीन धुन इतनी हिट हुई कि तब से लेकर अब तक फिल्मों में ये धड़ल्ले से उपयोग की जाती है। इस धुन को इजाद करने का पूरा श्रेय संगीतकार रवि को ही है। तब वे हेमंत कुमार के सहायक हुआ करते थे। उन्होंने ही एक दिन हारमोनियम से इस धुन को निकाला। बाद में हारमोनियम के साथ क्लेवॉयलिन को मिलाते उन्होंने इसे बीन धुन में परिवर्तित किया।....मजे की बात यह है कि अधिकांश लोग इस धुन को कल्याणजी और रवि के मिले-जुले प्रयासों का परिणाम बताते हैं। रवि से जब उनके संगीत के विविध पहलुओं पर बातचीत हुई तो इस संबंध में खुलाशा करते हुए उन्होंने कहा—''नागिन' के संगीत का अनुभव अनूठा था। क्या कहूँ, उसके बारे में। हेमंत कुमार के संगीत सहायक के रूप में मैंने एक दिन क्लेवॉयलिन बजाने वाली संगीतकार महिला शीला को कहा कि

हारमोनियम में जैसे मेरी उंगलियाँ बैठ रही है, वैसे ही तुम क्लेवॉयलिन में बजाओ। उसने ऐसा ही किया। बात बन गई। दूसरे दिन जब धुन को अंतिम रूप देने वाला था तो शीला स्टूडियो आई नहीं थीं। कल्याणजी तब क्लेवॉयलिन बजाया करते थे। मैंने उन्हें हारमोनियम के साथ निकलने वाले स्वरों के बारे में निर्देश देते हुए उनसे बीन की धुन बजवाई। उन्होंने जब इसे सुना तो स्तब्ध रह गए। बोले–''क्यों नहीं हम साथ-साथ इसका रिकॉर्ड तैयार करें?'' मैंने मना कर दिया और कहा कि मैं हेमंत दा का सहायक ही बना रहना चाहता हूँ। बाद में फिल्मिस्तान ने बीन का रिकॉर्ड बनाया तो उसमें बाकायदा रिकॉर्ड पर उन्होंने दिया–बीन म्यूजिक प्लेड बाई रविशंकर।...वैसे मैं बता दूँ कि हेमंत दा का मेरे अलावा कोई सहायक नहीं रहा।''

'नागिन' के बेहतरीन गीत राजेंद्र कृष्ण ने लिखे। इन्हें संगीत के साथ दूसरे शब्दों से सँवारने का काम रवि ने भी पूरी तरह से किया। 'ओ ज़िंदगी के देने वाले...' गीत को ही लें। इसमें गीत के मूल बोलों के साथ कुछ जंगली शब्द 'जाजूवाला हकोवाला हो...हो...ओ...' भी है। इन्हें रवि ने विशेष रूप से फिल्म के लिए लिखा। 'नागिन' के इस गीत में मेहमूद ने भी अपना पहला कोरस गाया। नागिन का यह गीत स्टूडियो में रिकॉर्ड नहीं होकर फिल्मिस्तान के कैंटिन के पास वाली गली में रिकॉर्ड किया गया। हेमंत कुमार के साथ कोरस के गाने की रिहर्सल हो रही थी, तभी मेहमूद रवि के पास आए और कहा कि आप कोरस में मुझसे भी गवाएँ। मेहमूद के लिए वे दिन कड़की के थे। रवि बताते हैं–''मैंने हेमंत दा से इजाजत लेते मेहमूद को कोरस में गवाया।''

बहरहाल, रवि गीत में पूरी तरह से डूबकर उसकी धुन बनाते रहे हैं। ये वही रवि हैं जिन्होंने कभी 'चौदहवीं का चाँद हो या आफताब हो....', 'बच्चे मन के सच्चे...', 'मोरा मन दरपण कहलाए...', 'वक्त से दिन और रात....', जैसे बेहतरीन नगमे फिल्म जगत को दिए हैं। रवि ने कुछ फिल्मों में पार्श्वगायन भी किया है तो फिल्मों में गीत भी कम नहीं लिखे हैं। इन पर फिर कभी।...

प्रीतम आन मिलो...

तांगा-घोड़ागाड़ी के ठेके के गीतों से फिल्म संगीत में सर्वथा अपनी अलग पहचान रखने वाले ओ.पी. नय्यर मानव मन की संवेदनाओं को संगीत के जरिए सदा ही जीवंत करते रहे हैं। उनके संगीतबद्‌ध गीतों में मस्ती ऐसी है कि मन करता है गाएँ और न गाएँ तो गुनगुनाएँ। बाँसुरी, सितार, सरोद, संतूर, सारंगी, वॉयलीन, मंडोलीन, सेक्साफोन, पियानो का जैसा सहज प्रयोग ओ.पी. नय्यर ने किया है, वैसा बहुधा कम ही देखने को मिलता है। 'जाइए आप कहाँ जाएँगे, ये नज़र लौट के फिर आएगी...', के आरंभ में संतूर की स्वर लहरियाँ पर गौर करें। मन करता है, धुन में खो जाएँ। ऐसे ही 'ये चाँद सा रौशन चेहरा, जुल्फों का रंग सुनहरा ...तारीफ करूँ क्या उसकी जिसने...' के मध्य में संतूर जैसे सुनने वाले से संवाद करता है। ऐसे ही तांगा-गाड़ी की आवाज के लिए तबले का जैसा प्रयोग ओ.पी. नय्यर ने करवाया, वैसा फिर कभी हुआ ही नहीं।

गीतों में सांगीतिक संवेदना का आस्वाद कराते ओ.पी. नय्यर ने शब्दों को जैसे धुनों में डूबोया है। फिल्मी गीतों में उन्होंने नवाचार भी कम नहीं किए। मसलन गुरूदत्त की फिल्म 'मिस्टर एंड मिसेज 55' के संगीत से उन्होंने हिंदी फिल्मों में जैसे नवीन क्रांति का उद्‌घोष किया। फिल्म में उनकी नई प्रकार की रिद्‌म, अलमस्ती और पाश्चात्य बेबाकपन के संगीत की स्वर लहरियां देशभर में तब खासतौर पर पसंद की गई। इस फिल्म का ही गीता दत्त का गाया एक बेहद सुरीला गीत है—'प्रीतम आन मिलो...'। नय्यर की तर्ज़ पर गीता दत्त ने अपनी मादक आवाज में इसे इस खूबसूरती से स्वर दिया है कि मन करता है गीत की बेलोस मस्ती में झूम-झूम जाएँ।

दरअसल 'प्रीतम आन मिलो...' गीत की तर्ज़ ओ.पी. नय्यर ने बेहद संज़िदगी और प्यार से बनाई थी। खास बात यह भी है कि यही गीत फिल्म में आने से पहले गैर फिल्मी गीत के रूप में रेडियो पर अपनी विशिष्ट पहचान बना चुका था परंतु तब इसे गाया था सी.एच. आत्मा ने। गुरूदत्त को इस गीत के बोल इतने अच्छे लगते थे कि वे इसे अकसर गुनगुनाते थे। निधन से पहले नय्यर साहब से इन पंक्तियों के लेखक का बहुतेरी बार संवाद हुआ था। एक मुलाकात में उन्होंने यह रहस्योद्‌घाटन किया कि यह गीत उनकी पत्नी सरोज मोहिनी ने लिखा था। आरंभ के दिनों में जब नय्यर लाहौर रेडियो के लिए गीत बनाते थे तब पत्नी के लिखे इस गीत पर विशेष मेहनत कर उन्होंने इसका संगीत तैयार किया और उसे सी.एच. आत्मा से गवाया। गीत रेडियो पर भी खासा पसंद किया गया। बहुतों को यह जानकर हैरत हो सकती है कि नय्यर ने फिल्मी गीतों के साथ ही करीबन 42 गैर-फिल्मी गीतों में भी संगीत दिया था।

जब 'मिस्टर एंड मिसेज 55' बनी तो गुरूदत्त ने 'प्रीतम आन मिलो...' गीत को उसमें रखे जाने का आग्रह किया। नय्यर ने गीत की पुनर्सर्जना करते उसकी धुन को ही नहीं बदला बल्कि गीता दत्त के स्वर माधुर्य में उसे पिरोया। गीता दत्त ने गीत में मन के भीतर के उल्लास और बेलोस मस्ती को जैसे पूरी तरह से जिया। यही कारण था कि गीता दत्त का गाया यह गीत तब घर-घर बजा और आज भी इस गीत की मस्ती का रोमांच शरीर में झुरझुरी दौड़ाता है।

ओ.पी. नय्यर संगीत में मौलिकता के नए मुहावरे गढ़े हैं। किसी दूसरे के संगीत का असर उनके संगीत पर नहीं आए, इस हेतु ही वे अपने समकालीन संगीतकारों को नहीं सुनते थे। एक मुलाकात में उन्होंने कहा भी—"मैंने कभी अपने समकालीन संगीतकारों को नहीं सुना। इसका कारण यह भी रहा है कि मुझे हमेशा यह डर रहा कि मैं कहीं उनसे प्रभावित न हो जाउँ।...आपको और तो क्या बताउँ। मैं खुद अपना दिया संगीत भी नहीं सुनता। संसार यदि मेरा संगीत सुनता है तो यह भगवान की कृपा ही है।" सच में नय्यर पर भगवान की कृपा ही थी। संगीत की बगैर औपचारिक तालिम के उन्होंने जो रचा, वह कुदरत का करिश्मा ही तो है। विश्वास नहीं हो तो सुन लें उनका राग चाँदनी केदार में कहरवा पर रचित 'आप यूँ ही अगर हमसे मिलते रहे....' गीत। है न संगीत का जादू!

चिट्ठिया दर्द फिराक वालिए...

लोक संगीत जीवन से इतना घुला होता है कि देश और काल की सीमाओं से परे सीधे हृदय में उतरता है। चित्त में रागात्मक वृत्ति जगाने के कारण ही लोक संगीत का जब-तब भारतीय फिल्म संगीत में इस्तेमाल होता ही रहा है। सुनें जरा 'हिना' फिल्म का गीत—'चिट्ठिया दर्द फिराक वालिए..।' होले-होले हवा में प्रीत की मीठी याद में भावनाओं का जैसे यह गीत जादू जगाता है। एक-एक शब्द भँवरे की तरह गूंजन करता हृदय के तारों को जैसे झंकृत करता है। नक्श लायलपुरी की शायरी का यही वह अंदाज है जो औरों से उन्हें जुदा करता है।

विशुद्ध लोक वाद्यों के ज़रिए वादी के माहौल को जीवंत करते इस गीत का संगीत भले ही रवींद्र जैन ने दिया परंतु इसमें लोक संगीत की मिठास घोली राजकपूर ने। है न हैरत की बात! जी हाँ, सच यही है।

हुआ दरअसल यह कि रवींद्र जैन और रणधीर कपूर ने पहले इस गीत का संगीत पाश्चात्य वाद्य यंत्रों से अरेंज किया था। रिकॉर्डिंग के दौरान औचक राजकपूर संगीत स्टूडियो पहुँचे तो उन्हें गीत के बोलों के साथ पाश्चात्य वाद्य यंत्रों से सजा संगीत ज़रा भी नहीं जँचा। उन्होंने रिकॉर्डिंग रोकते पेशावर की अपनी यादों के ज़रिए 'चिट्ठिया दर्द फिराक...' को विशुद्ध लोक संगीत से सजाने का आदेश दिया। लोक वाद्यों के साथ इस गीत को फिर से रिकॉर्ड किया गया। गीत के बोलों में जैसे जान आ गई। आज भी इसे सुनते मन प्रकृति की वादियों में प्रीत की यादें संजोता रिझाता है।

'चिट्ठिया दर्द...' गीत में लोक संवेदनाओं के बोलों को लिखे जाने की कहानी भी कम रोचक नहीं है। राजकपूर ने 'हिना' के लिए नक्श लायलपुरी को गीत की सिचुएशन समझाई थी और कहा था कि गीत माहौल के हिसाब से जीवंत होना चाहिए। नक्श इस बात को लेकर असमंजस में थे कि गीत शुरू कहाँ से

करें। दिन ऐसे ही बीता। रात हो गई। लिखने बैठे भी तो कुछ सूझा नहीं। सोचते-सोचते एक बज गई। कुछ नहीं हुआ तो ऐसे ही तनाव में नींद ने आ घेरा। उठे तो सुबह हो गई थी। चाय पी और पान की दुकान में सिगरेट लेने पहुँच गए। दिमाग में गीत के मुखड़े की ही सोच बसी हुई। औचक उनके दिमाग में कुछ सूझा। पेन तो था परंतु कागज नहीं था। जेहन में आयी चीज़ चली न जाए इसलिए सिगरेट के पैकेट के गते पर ही जो दिमाग में आया, वह लिख दिया। मुखड़ा हुआ—'चिट्ठिया दर्द फिराक..'।

घर जाकर तो फिर पूरा गीत ही लिख दिया। दोपहर में राजकपूर के पास गए तो उन्होंने नक्श का लिखा गीत अपने हाथ में लिया। गीत को पढ़ा परंतु बोले कुछ नहीं। उन्हें गीत के बोल इतने पसंद आए कि उन्होंने बगैर कोई काट-छाँट किए ही गीत रवींद्र जैन को पकड़ाया और बोले इस पर त्वरित धुन तैयार कर दो।

बहरहाल, नक्श लायलपुरी यानी जसवंत राय का यह गीत ही नहीं बल्कि जो भी उन्होंने फिल्मों में लिखा, वह बेहद संज़िदगी से लिखा। उनके गीतों में भावों का स्पंदन ऐसा है जो हर किसी के मन को छुता है। 'दर्द' फिल्म का उनका लिखा 'न जाने क्या हुआ, जो तूने छू लिया...' गीत हो या फिर 'दिल की राहें' फिल्म का 'रस्मे उल्फत को निभाएँ तो निभाएँ कैसे, हर तरफ आग है दामन को बचाएँ कैसे...' जैसे समय की संवेदना लिए दूसरे बहुतेरे गीत।

अभी बहुत समय नहीं हुआ, मुंबई में जोगेश्वरी स्थित उनके निवास पर ढ़ेरों बातें हुई थी। बात करते बीते दिनों में जैसे खो से गए थे वे। उन्हें याद है जीवन के वे ढ़ेरों मुशायरे भी जिनमें उनकी शायरी सर चढ़कर बोला करती थी। अतीत की गलियों में पहुँचते ही तब उन्होंने बताया था—''जसवंत राय से नक्श लायलपुरी के सफर में बेहद शोहरत मिली है। फिल्म इंडस्ट्री ने बहुत कुछ दिया है। फिल्मों में गीत लिखकर ही बाइज्जत ज़िंदगी बसर कर सका। 1952 में जगदीश सेठी ने जब 'जग्गू' फिल्म प्रारंभ की तो मुझे भी इस फिल्म में दूसरे सात शायरों के साथ गीत लिखने का मौका मिला। इसके बाद तो फिल्मों में मेरी शायरी चल निकली। लगभग सभी संगीतकारों के साथ काम करने का निंरतर मौका मिलता रहा।...पहले गीत के बोलों पर संगीतकार बहुत मेहनत करते थे।...अब वह बात कहाँ। मैंने जो लिखा साफ-सुथरा लिखा। वल्गर नहीं लिख सकता। जरूरत भी नहीं है। बाइज्जत अच्छी ज़िंदगी बसर कर रहा हूँ। एक शायर को और क्या चाहिए।'' नक्श जब यह कहते हैं तो सहज ही 'ख़ानदान' फिल्म में लिखी शायरी के उनके बोल ज़ेहन में कौंध जाते हैं—'ये मुलाकात तो एक बहाना है... ।'

अल्ला तेरो नाम, ईश्वर तेरो नाम...

संगीतकार जयदेव ने साहित्यिक रचनाओं को संगीतबद्ध करने का शानदार प्रयास सदा ही किया है। उनके संगीत में जो मिठास और पवित्र शांति है, उसे महसूस भर किया जा सकता है। लता मंगेशकर जब उनके 'प्रेम पर्वत' का संगीतबद्ध 'ये दिल और उनकी निगाहों के साए...' गीत गुनगुनाते हुए कहती है कि जयदेव जी का गीत गाने को मिलता है तो मन को बड़ी शांति मिलती है तो उसमें अंतर्निहित वह सच भी है जिसमें जयदेव के संगीत पर उनकी असीम श्रद्धा है। हो भी क्यों नहीं, जयदेव ने फिल्मों में संगीतबद्ध अपनी जितनी भी रचनाएँ दी, सब एक से बढ़कर एक है। हरिवंशराय बच्चन, गालिब, मीर, महादेवी वर्मा, जयशंकर प्रसाद, मीरा की लिखी रचनाओं का संगीत में जैसे उन्होंने पुनराविष्कार किया है। मन्ना डे से इन पंक्तियों के लेखक ने जब भी संवाद किया वे जयदेव की संगीतबद्ध 'मधुशाला' को गुनगुनाते जैसे उसमें खो जाते और कहते–'जयदेव के संगीत में 'मधुशाला' के गायन ने सदा ही मुझे नई ऊर्जा दी है।'

बहरहाल, जयदेव की संगीतबद्ध बेहद लोकप्रिय पावन रचना है–'अल्ला तेरो नाम, ईश्वर तेरो नाम...'। लता मंगेशकर की सुरीली आवाज में आज भी इसे सुनते हैं तो रोम-रोम में संगीत की पावनता जैसे घर बनाने लगती है। पवित्र शांति का अहसास कराता 'हम दोनों' फिल्म के इस गीत को लता ने गाया भी बेहद शिद्दत से है। बहुतों को यह जानकर हैरत हो सकती है कि इस गीत को पहले सुप्रसिद्ध शास्त्रीय गायिका एस.एस. सुब्बूलक्ष्मी गाने वाली थी।

नवकेतन की वर्ष 1961 'हम दोनों' फिल्म जब बन रही थी तब लता और जयदेव में मौन अनबन चल रही थी परंतु लता को जब पता चला कि जयदेव ने 'अल्ला तेरो नाम...' के संगीत की अलौकिक रचना की है तो वह अपने आपको रोक नहीं पाई और खुद आगे बढ़कर जयदेव के संगीत में इसे गाने का

आग्रह किया।...तो ऐसे अलौकिक संगीत को अलौकिक आवाज भी मिल गई। गीत अनेकता में एकता और सर्वधर्म सद्भाव की भारतीय संस्कृति को जैसे पूरी तरह से साकार करता है। लता ने 1967 में घोषित अपने 10 सर्वश्रेष्ठ गीतों में विशेष रूप से इसे भी शुमार किया था।

जयदेव ने शास्त्रीय संगीत आधारित फिल्म संगीत रचनाओं में नया मुहावरा गढ़ा। उनकी संगीतबद्ध रचनाओं में गीत, भजन की भावनाओं का ऐसा प्रवाह है कि मन करता है उनके संगीत की स्वरलहरियों में डूबते से चले जाएँ। याद करें लता की ही आवाज में रिकॉर्ड 'हम दोनों' फिल्म का भजन—'प्रभु तेरो नाम, जो ध्यावे...'। इसमें प्रभु स्मरण के संगीत के जो भाव संजोए गए हैं, वैसे बहुत कम देखने को मिलते हैं। शास्त्रीय संगीत और लोक संगीत का मेल कराते उन्होंने फिल्मी गीतों में मधुरता को जैसे जिया है।

'रेशमा और शेरा' के संगीत को भला कोई भूल सकता है! राजस्थानी लोकसंगीत के साथ शास्त्रीय संगीत की बंदिशों का मेल करते उन्होंने इसी फिल्म में एक बेहद मधुर छंद गीत दिया—'तू चंदा मैं चाँदनी...'। गीत के छंदों को जिस खूबसूरती से संगीत में जयदेव ने पिरोया है, उसमें ही छुपी है संगीत की वह आनंदानुभूति जो वर्णनातीत है। इसी फिल्म में लोकसंगीत की मांड और शास्त्रीय संगीत की विभिन्न रागों के मेल पर आधारित 'इक मीठी सी चुभन....' गीत ऐसा है जिसकी सांगीतिक चुभन हर किसी को लुभाती है।

जयदेव का संगीत हर किसी के मन में ऐसे ही नहीं बसता। आस-पास के परिवेश को महसूस करते ही उन्होंने संगीत के अपने भव की सृष्टि की है। मिसाल के तौर पर 'किनारे-किनारे' (1963) फिल्म में उषा मंगेशकर और रफी के गाए—'ओ पगले देर न होगी पल छिन की...' भजन को ही लें। सहज सरल इस भजन की रचना की प्रेरणा जयदेव ने अपनी माँ के गाए उस हरजस से ली थी जिसे प्रातः काल में वे तुलसी सींचते गुनगुनाया करती थी।

जयदेव ने फिल्मों में मधुरता की सर्वथा अलग संगीत शैली दी है। भूपेंद्र, अनुराधा के स्वरों में कभी जयदेव ने 'दूरियाँ' (1979) फिल्म में 'ज़िंदगी मेरे घर आना...' जैसा बेहतरीन गीत गवाया तो 'घरौंदा' (1977) में भूपेंद्र, रूना लैला की आवाज में संगीतबद्ध 'दो दिवाने शहर में, रात में दोपहर में...' गीत ऐसे हैं जो उन्हें अपने ही पूर्व में दिए संगीतबद्ध बेहतरीन गीतों से सर्वथा अलग पहचान देते संगीत की उनकी उत्कृष्ट निजता को प्रमाणित करते हैं।

उनके संगीत में सरोद के जादू को भी हर कहीं महसूस किया जा सकता है। अली अकबर खां से सरोद की बाकायदा उन्होंने शिक्षा ली थी। अली अकबर खां ने नवकेतन की 'आँधियां' तथा 'हमसफर' फिल्म में जब संगीत दिया तो जयदेव ने उनके सहायक के रूप में काम भी किया। बाद में कुछ समय तक वे सचिनदेव बर्मन के भी सहायक रहे। पहले-पहल स्वतंत्र रूप से संगीत भी जयदेव ने चेतन आनंद निर्देशित 'जोरू का भाई' में 1955 में दिया। इस फिल्म में तलत से शायराना अंदाज में गवाया उनका 'सुरमई रात ढ़लती जाती है, तेरी जुल्फों से प्यार कौन करे...' गीत बेहद हिट हुआ। शास्त्रीय और लोक संगीत के माधुर्य में फिल्मों को उन्होंने जो दिया, वह ऐसा है जिसमें छुपा है संगीत का वह जादू जो जीवन की उमंग जगाते उसमें मिठास के बहुत से रंग भरता है।

राम तेरी गंगा मैली हो गई...

राजकपूर की वर्ष 1985 में आई 'राम तेरी गंगा मैली' फिल्म ही हिट नहीं थी बल्कि इसके सभी गीत भी बेहद हिट रहे हैं। यूँ इस फिल्म के सारे ही गीत लीक से हटकर धुनें लिए प्रभावित करते हैं परंतु शीर्षक गीत 'राम तेरी गंगा मैली हो गई, पापियों के पाप धोते-धोते...' ऐसा है जिसमें समय की संवेदनाओं को बेहद खूबसूरती से स्वर दिया गया है। राग अहिर भैरवी पर आधारित इस गीत की धुन में गीत के बोलों को जैसे जीवंत किया गया है।

'राम तेरी गंगा मैली' का संगीत दिया था—रवींद्र जैन ने। उन्हें इस फिल्म में दिए गए सर्वश्रेष्ठ संगीत के लिए फिल्म फेअर अवार्ड से सम्मानित किया गया था। फिल्म के शीर्षक गीत 'राम तेरी गंगा मैली...' की धुन ही रवींद्र जैन की नहीं है बल्कि इसके बोल भी उन्हीं के लिखे हैं। रवींद्र जैन बेहतरीन संगीतकार होने के साथ ही आशुकवि भी हैं। उनके अंदर के आशुकवि ने कुछ ही पलों में इस गीत का मुखड़ा तैयार कर राजकपूर को सुना दिया था और उन्हें यह इतना भाया कि फिल्म बनने से पहले ही उन्होंने इसे फिल्म के शीर्षक गीत के रूप में स्वीकार कर लिया था।

हुआ दरअसल यह कि पूना में एक आयोजन के दौरान राजकपूर के साथ ही संगीतकार रवींद्र जैन भी बैठे हुए थे। बातों ही बातों में राजकपूर ने रवींद्र जैन से कहा कि दादू जी (राजकपूर रवींद्र जैन को दादू कहकर ही संबोधित किया करते थे) मेरी अगली फिल्म का शीर्षक 'राम तेरी गंगा मैली' है। रवींद्र जैन को उनकी फिल्म का शीर्षक इतना पसंद आया कि तत्काल वे बाजे पर बैठ गए और धुन छेड़ते हुए उन्होंने अपनी चिर-परिचित बुलंद आवाज में गाना आरंभ किया—'गंगा हमारी कहे, बात ये रोते-रोते...राम तेरी गंगा मैली हो गई, पापियों के पाप धोते-धोते।...' राजकपूर इन बोलों को सुनकर उछल पड़े, बोले—''बात बन

गई, अब फिल्म भी बन जाएगी।'' फिल्म जब प्रदर्शित हुई तो उसमें शीर्षक गीत के रूप में रवींद्र जैन के संगीत से सजे इस गीत को ही सम्मिलित किया गया। सभी जानते हैं, गीत इतना हिट हुआ कि आज भी इसे सुनते समय की कड़वी सच्चाईयाँ जेहन में तैरने लगती है। 'राम तेरी गंगा मैली' फिल्म के बेहद लोकप्रिय 'एक राधा, एक मीरा...' गीत भी रवींद्र जैन का ही लिखा है। गजब का संयोग यह भी है कि इसके लिए भी राजकपूर ने रवींद्र जैन को पहले ही साइनिंग अमाउन्ट देकर अपनी फिल्म के लिए बुक कर लिया था। साइनिंग अमाउन्ट और राजकपूर द्वारा अपनी फिल्म के लिए इस गीत को लिए जाने की याद करके ही रवींद्र जैन रोमांचित हो उठते हैं। याद पड़ता है, एक मुलाकात में उन्होंने खास तौर से इन पंक्तियों के लेखक को बताया था–''दिल्ली में हमारे एक मित्र की बिटिया की शादी की पार्टी थी। मैंने उस पार्टी में 'एक राधा, एक मीरा, दोनों ने श्याम को चाहा...' गीत सुनाया था। राजकपूर भी उस पार्टी में मौजूद थे। इसे सुनकर वे बहुत खुश हुए। मेरी पत्नी दिव्या से उन्होंने तभी पूछा–यह गीत किसी को दिया तो नहीं है? मैंने तब तपाक़ से कहा–दे दिया है। राज़कपूर ने कुछ निराश होते स्वरों में फिर से पूछा–किसे? मैंने कहा–राजकपूर को। यह सुनकर उनकी आँखों में जो चमक उभरी, उसे मैंने तब अपने मन की आँखों से साफ देखा था। उन्होंने त्वरित जेब में हाथ डाला और सवा रू. की राशि मेरे हाथ में रख दी। यह इस गीत की उनकी ओर से दी साइनिंग अमाउन्ट थी।''

बहरहाल, अलीगढ़ में जन्मे रवींद्र जैन के संगीत की सुरीली तान और आलाप का अलायदा अल्हड़पन ही उन्हें औरों से जुदा करता है। ये वही रवींद्र जैन हैं जिन्होंने संगीतकार जयदेव के अचानक अवसान के बाद उनके द्वारा हाथ में लिए काम को बेहद सफल बनाते हुए बेहद लोकप्रिय धारावाहिक 'रामायण' का संगीत भी दिया तो कभी 'दो जासूस' फिल्म के लिए मुकेश-रफी का गाया 'दो जासूस करे महसूस कि दुनिया बड़ी खराब है...', 'दुल्हन वही जो पिया मन भाए' फिल्म में हेमलता का गाया 'ले तो आए हो हमें सपनों के गाँव में...' जैसे कर्णप्रिय गीतों का संगीत देने के साथ ही 'कालीचरण' फिल्म के बेहद हिट रहे 'जा रे जा ओ हरज़ाई...', 'दादा' फिल्म में 'गड्डी आंदी है छलाँगा मार दी...' जैसे गीतों को खुद लिखा भी। उनकी रचनाधर्मिता के यही वे बहुआयामी सरोकार हैं जो उन्हें भारतीय फिल्म जगत में खास स्थान दिलाते हैं।

बंदे में था दम...

'लगे रहो मुन्नाभाई' के गीत 'बंदे में था दम...' में वाकई दम था। इस दम के बल पर ही इस गीत के लिए गीतकार स्वानंद किरकिरे को श्रेष्ठ गीतकार का राष्ट्रीय फिल्म पुरस्कार मिला। नई पीढ़ी के गीतकारों में स्वानंद ऐसे हैं जिनके गीतों की शब्दावली लीक से हटकर है। वे मन के जटिल भावों को भी सरस शब्दावली देते गीत के जरिए फिल्म की सिचुएशन को जैसे जीवंत करते हैं। याद करें 'परिणीता' में लिखा इस गीतकार का बेहद लोकप्रिय मीठा-सा वह 'पिऊ बोले...' गीत। एक-एक शब्द में इसके भाव जैसे प्रतिध्वनित होते हैं। इधर के गीतकारों में लेखन की यह बारीकी अनूठी मिसाल है।

बहरहाल, 'लगे रहो मुन्नाभाई' फिल्म के 'बंदे में था दम...' गीत ऐसा है जो राष्ट्रपिता महात्मा गाँधी के जीवन दर्शन को सर्वथा नए या यूँ कहें कि आधुनिक मुहावरे में व्याख्यायित करता है। यूँ गाँधी जी पर बहुत से बेहतरीन गीत लिखे गए और सुने जाते रहे हैं परंतु उनमें इस गीत की शब्दावली सीधी, सरल और साधारण होते हुए भी अंदर तक झकझोरती है। अंतर्निहित जटिल दार्शनिक भावों को भी इस गीत में इतना सरस संप्रेषित किया गया है कि सुनने वाले के दिलो-दिमाग पर यह एकबारगी में ही छा-सा जाता है फिल्में समाज को कैसे आंदोलित करती है, इसकी शानदार मिसाल निर्माता विधु विनोद चौपड़ा की 'लगे रहो मुन्नाभाई' फिल्म ही नहीं रही है बल्कि 'बंदे में था दम...' गीत भी रहा है। फिल्म और उसके गीत के ज़रिए जिस गाँधीगिरी का संप्रेषण समाज में हुआ उसने नई पीढ़ी में गाँधी के दर्शन का जैसे पुनराविष्कार का काम किया।

'बंदे में था दम...' गीत स्वानंद किरकिरे द्वारा यूँ ही नहीं लिख दिया गया। इसके पीछे उनकी और निर्माता विधु विनोद चौपड़ा की कई दिनों की मेहनत और चरित्र के साथ न्याय करने की चुनौती का तनाव जुड़ा रहा है।

हुआ दरअसल यह कि जब फिल्म बन रही थी तो विधु विनोद चौपड़ा चाहते थे कि गाँधी जी के चरित्र को उजागर करता एक गीत इसमें डाला जाए। ऐसा जो सुनने वालों को अपना लगे साथ ही फिल्म के मुख्य किरदार मुन्नाभाई के चरित्र पर भी पूरी तरह से जचे। 'मुन्नाभाई' के चरित्र के साथ किसी गीत की संगत बिठाते चुनौती यह भी कम नहीं थी कि उसमें किसी प्रकार का छिछोरापन नहीं हो।

ऐसे में जब महात्मा गाँधी पर पहले से ही बहुत से बेहतरीन गीत लिखे हुए थे, स्वानंद के लिए यह और भी बड़ी चुनौती थी। इसलिए भी कि इसमें उन्हें खुद को साबित करना था। विधु विनोद चौपड़ा के साथ विमर्श के बाद स्वानंद ने गाँधी जी के चरित्र को सामयिक संदर्भ देते मुखड़े के लिए कोई 200 पंक्तियाँ अलग-अलग लिखीं। गीत को जब अंतिम रूप दिया जा रहा था तो गाँधी जी के चरित्र की विशेषताओं की विविधताओं की पंक्तियों में से किसी एक पर लिखी पंक्तियों पर निर्णय बेहद मुश्किल हो गया। बात तब यहीं अटक कर रह गई। औचक एक दिन विधु विनोद चौपड़ा स्वानंद के पास आए और बोले–'बंदे में था दम...'। स्वानंद ने इस मुखड़े को उठाया और आगे का पूरा गीत इसी पर लिख दिया।

स्वानंद ने पूरा गीत इस ईमानदारी से लिखा कि उसमें गाँधी जी के प्रति आधुनिक पीढ़ी की भावनाओं को जैसे जिया गया है। खुद स्वानंद कहते भी हैं–"मैं मूलतः शायर नहीं हूँ। मेरे आस-पास का जो परिवेश है, उसी से प्रेरणा ले मुझे अपनी रचनात्मकता को किसी गीत में दिखाना होता है। ऐसे में मेरा यह स्पष्ट मानना है कि ईमानदारी से अपने आपको व्यक्त करने, लिखने की प्रतिबद्धता और फिल्म के चरित्र को ध्यान में रखकर समय से उसका नाता कराने के प्रति यदि सचेत रहा जाए तभी किसी गीत के साथ न्याय किया जा सकता है।"

स्वानंद किरकिरे दरअसल नई पीढ़ी के ऐसे गीतकार हैं जो अपने गीतों में इश्क, मुहब्बत, सनम जैसे शब्दों की बजाए खुद की नई शब्दावली देने का एक प्रकार से जोखिम उठाते हैं। यही उनकी निजता है कि वे अपने गीतों के शब्दों के ज़रिए मन के जटिल भावों को भी आसान से शब्दों में पिरोकर बेहद सज़िंदगी से सुनने वालों में संप्रेषित होते हैं। शब्दों की उनकी ध्वनियों की समझ पर जावेद अख़्तर भी कहते हैं–"स्वानंद को शब्दों का चयन और उनमें अंतर्निहित ध्वनियों की गहरी समझ है।" सच भी यही है। स्वानंद अपने गीतों में आज की चीज़ों

में ही बिंब तलाशते हैं। उनके लेखन का अंदाजे-बयां ही उन्हें अपने समकालीन गीतकारों से अलग पहचान देता है।

बहरहाल, नेशनल स्कूल ऑफ ड्रामा (एनएसडी) से स्नातक स्वानंद किरकिरे गीतकार संयोग से ही बन गए। 'चमेली' और 'खोया खोया चाँद' जैसी फिल्मों के सहायक निदेशक और संवाद लेखक के रूप में फिल्मों में अपनी पारी की शुरूआत करते एक दिन ऐसे ही उन्होंने सुधीर मिश्रा के सहायक के रूप में 'हजारों ख्वाहिशें ऐसी' फिल्म के समय कुछ पंक्तियाँ लिखकर उन्हें गुनगुनाना प्रारंभ कर दिया। पंक्तियाँ थी–'बावरा मन देखने चला एक सपना'। उनकी लिखी ये पंक्तियाँ जब सुधीर मिश्रा और संगीतकार शांतनु मोइत्रा ने सुनी तो उन्हें फिल्म में एक सिचुएशन के लिए बेहद पसंद आई। प्रदीप सरकार को भी उनका लिखा गीत इतना भाया कि उन्होंने 'परिणीता' फिल्म उन्हें ऑफर कर दी। बस यहीं से स्वानंद का गीतकार का सफर प्रारंभ हुआ।

बुल्ले की जाणा मैं कौन...

गीत-संगीत के इस दौर में मौलिकता ढूँढना बेहद मुश्किल कार्य है। ऐसे में जब कोई मौलिक स्वर और गीत कानों में पड़े तो स्वाभाविक ही है कि उस ओर लोगों का विशेष ध्यान जाए। जरूरी यह नहीं है कि उसकी भाषा को लोग समझे, संगीत में यदि दम है, तो गीत की भावनाओं को समझने में देर नहीं लगती। अध्यात्म के रंग में रंगा जीवन दर्शन का ऐसा ही गीत है—'बुल्ले की जाणा मैं कौन...।'

रब्बी शेरगिल का गाया यह ऐसा गीत है जो पिछले कई सालों में लगातार 20 सप्ताह तक पहले पायदान पर यानी सर्वाधिक पंसद किए जाने वाले गीतों में शुमार हुआ। बुल्ले शाह की किताब का आस्वाद करते ही रब्बी शेरगिल ने जब इसे लिखा और संगीतबद्ध किया तब उन्हें भी इसकी कल्पना नहीं थी कि यह इतना अधिक चलेगा।

बहरहाल, अध्यात्म की भारतीय परंपरा के बेहद संज़िदा इस गीत की रचना रब्बी ने लिडियन मोड (पश्चिमी संगीत की शब्दावली) पर की। खास बात यह भी कि गिटार में 'बुल्ले की जाणा मैं कौन...' को उतारते पाश्चात्य संगीत में भारतीय मिट्टी की सौंधी महक को अनायास ही रब्बी शेरगिल ने ढूँढ निकाला।

बात उन दिनों की है जब रब्बी पर किताबें पढ़ने का जुनून चढ़ा हुआ था। दिन में किताबें पढ़ना और रात को किताबों में पढ़े को गिटार में पिरोना। ऐसे ही बहुत सी किताबों को पढ़ते एक दिन उन्होंने अपनी माँ की दी हुई पंजाबी काव्य पुस्तक 'बुल्ले शाह दा पंजाबी काव्य' जब पढ़ी तो औचक उनके दिमाग में आया कि इसकी काव्य पंक्तियों को क्यों नहीं गिटार में पिरोया जाए। बस, फिर क्या था। बैठ गए रब्बी गिटार लेकर बुल्ले शाह की किताब को उसमें पिरोने। बहुत सी सूफी रचनाओं में जब 'बुल्ले की जाणा मैं कौन...' पर उनकी नज़र गई तो उन्होंने इसे अपने हिसाब से जैसे पुनर्सर्जित ही कर दिया।

रब्बी शेरगिल बताते हैं—''कविता और संगीत के मिलन से ही गाना बनता है। गाना बनाने की प्रक्रिया दरअसल जादुई होती है। मुझ पर आरंभ से ही पश्चिमी संगीत का प्रभाव रहा है तो मैंने जब 'बुल्ले की जाणा...' गीत को पश्चिम संगीत में ढालने का प्रयास प्रारंभ किया तो मुझे लगा यह ऐसा बने जिसमें आनंद भी आए और मिट्टी की सौंधी महक भी बरकरार रहे। चूँकि पश्चिमी संगीत से मैं बेहद प्रभावित रहा हूँ, मैंने एक शाम 'बुल्ले की जाणा...' गीत को लिडियन मोड पर लगाने की सोची और बैठ गया। मैलोडी ढूँढते ही बात बन गई।''

रब्बी शेरगिल यह कहते 'बुल्ले की जाणा मैं कौन...' गुनगुनाने लगते हैं। ऐसा जब वे करते हैं तो लगता है सच में वे गीत को जी रहे हैं। उन्होंने जब बुल्ले शाह को पूरा पढ़ा तो लगा बुल्ले शाह की जबान आम जन की बोली से बहुत मिलती है। हालाँकि गीत बनाते उन्हें इस बात का डर भी था कि इसे लोग समझ भी पाएँगे या नहीं परंतु लोगों ने इसमें निहित भावनाओं को समझा और गीत में उनके बजाए गिटार के जादू का सम्मोहन कुछ ऐसा जगा कि रातों-रात गीत हिट ही नहीं हुआ बल्कि उन्हें भी हिट कर गया।

गायक, गीतकार और गिटार प्लेयर रब्बी शेरगिल पश्चिमी गायक ब्रूस स्प्रिंक्सिटीन से बेहद प्रभावित हैं। पंजाबी के मशहूर कवि शिव बटालवी की रचनाओं का भी उन पर गहरा प्रभाव है तो वडाली बंधुओं को सुनना उन्हें आज भी सुकून देता है। एकांत के पलों में लता के गाए गीतों की संवेदनाएँ उन्हें झकझोरती है। उनके इस गीत के अलावा गाए गीतों की यह खास बात ही है कि उनमें अध्यात्म, योग और भोग का ऐसा मिश्रण है जिसे हर कोई सुनना चाहता है।

संसार है इक नदिया....

मुकेश के गाए 'संसार है इक नदिया, दुख-सुख दो किनारे हैं....' गीत को आज भी जब सुनते हैं तो मन किसी और जहाँ में चला जाता है। दार्शनिक भावों में ज़िंदगी का पूरा फलसफा बयां करता यह गीत इतना मार्मिक है कि सुनकर आँखें अपने आप ही भीग जाती है। मुकेश की दर्द भरी आवाज के साथ इस गीत की जो खास बात है, वह है—गीत से पहले का बेहद दर्द भरा वॉयलिन पीस।

'रफ़्तार' फिल्म का यह गीत तब इतना हिट हुआ था कि बहुतेरे दर्शक इस गीत को देखने भर के लिए ही सिनेमा हॉल जाया करते थे। सेल्युलाईड के पर्दे पर अपने जमाने के मशहूर चरित्र अभिनेता मदनपुरी को फिल्म में वॉयलिन बजाते देखकर उनकी खलनायकी को भी तब लोग भूल से गए थे। बहरहाल, इस पूरे गीत को सुनने के बाद भी कानों में दर्द भरे वॉयलिन की स्वर लहरियाँ शेष रह जाती है। वॉयलिन के ऐसे यादगार पीस के पीछे की कहानी भी कम रोचक नहीं है।

यह जानकर बहुतों को हैरत हो सकती है कि पहले वॉयलिन की जगह हारमोनियम बजाया गया था। अभिलाष के लिखे इस गीत की संगीतकार जोड़ी सोनिक-ओमी के सोनिक चाहते थे कि इस गीत में खास कुछ ऐसा डाला जाए कि यह साधारण गीत नहीं रहकर लीक से कुछ हटकर हो जाए। वे चूँकि खुद बेहद खूबसूरत हारमोनियम बजाया करते थे सो पहले उन्होंने इस गीत में हारमोनियम का पीस ही रखा।

मुकेश ने दर्द के स्वरों में गीत को सजा तो दिया परंतु रिकॉर्ड होने के बाद जब यह सुना गया तो सोनिक-ओमी को लगा वह बात बनी नहीं जो वे चाहते थे।...औचक उनके जेहन में खयाल आया कि क्यों नहीं गीत से पहले हारमोनियम के स्थान पर वॉयलिन का पीस रखा जाए। बस फिर क्या था! उन्होंने अपने

म्यूजिक अरेंजर उत्तम सिंह की ओर देखा। उत्तम सिंह बहुत अच्छे वॉयलिनिष्ट थे।

इधर संगीत निर्देशक का आदेश हुआ और उधर उत्तम सिंह वॉयलिन लेकर बैठ गए। वॉयलिन के तार छेड़े और जब धुन निकली तो इसमें वे इस कदर खो गए कि उन्हें कुछ होश ही नहीं रहा जो पीस उन्होंने तब बजाया वह इतना मार्मिक बना कि स्टूडियो में सन्नाटा पसर गया। मुकेश ने भी बाद में वॉयलिन की संगत करते अपने स्वरों का जादू इस खूबसूरती से गीत में बिखेरा कि यह गीत कालजयी गीतों की श्रेणी में शुमार हो गया।

'संसार है इक नदिया...' में वॉयलिन पीस देने वाले ये वही उत्तम सिंह हैं जिन्होंने बरसों तक नौशाद, शंकर शंभू, सोनिक-ओमी के म्यूजिक अरेंजर के रूप में कार्य करने के बाद बहुत सी फिल्मों में खुद स्वतंत्र हैसीयत से शानदार संगीत निर्देशन किया है। वर्ष 1997 में उनकी संगीतबद्ध 'दिल तो पागल है' फिल्म को अपार लोकप्रियता मिली तो इसके बाद भी 'गदर', 'पिंजर', 'फर्ज़', 'द हीरो', 'हम तुम पे मरते हैं' जैसी फिल्मों में मेलोडी की मानो उन्होंने वापसी की। संगीत निर्देशक के रूप में उत्तम सिंह की पहली फिल्म 'पेंटर बाबू' थी जिसके सारे ही गीत तब हिट हुए थे। इसके बाद तो उत्तम सिंह ने फिर पीछे मुड़कर नहीं देखा।

मुद्रकः चंदू प्रेस, दिल्ली–110092

भाग 4 (क)

अनुच्छेद 51 (क)

मूल कर्तव्य

भारत के प्रत्येक नागरिक का यह कर्त्तव्य होगा कि वह :

(क) संविधान का पालन करे और उसके आदर्शों, संस्थाओं, राष्ट्र ध्वज और राष्ट्रगान का आदर करे;

(ख) स्वतंत्रता के लिए हमारे राष्ट्रीय आंदोलन को प्रेरित करने वाले उच्च आदर्शों को हृदय में संजोए रखे और उनका पालन करे;

(ग) भारत की प्रभुता, एकता और अखंडता की रक्षा करे और उसे अक्षुण्ण रखे;

(घ) देश की रक्षा करे और आह्वान किए जाने पर राष्ट्र की सेवा करे;

(ङ) भारत के सभी लोगों में समरसता और समान भ्रातृत्व की भावना का निर्माण करे जो धर्म, भाषा और प्रदेश या वर्ग पर आधारित सभी भेदभाव से परे हो, ऐसी प्रथाओं का त्याग करे जो स्त्रियों के सम्मान के विरुद्ध हैं;

(च) हमारी सामासिक संस्कृति की गौरवशाली परंपरा का महत्व समझे और उसका परिरक्षण करे;

(छ) प्राकृतिक पर्यावरण की, जिसके अंतर्गत वन, झील, नदी और वन्य जीव हैं, रक्षा करे और उसका संवर्धन करे तथा प्राणि मात्र के प्रति दयाभाव रखे;

(ज) वैज्ञानिक दृष्टिकोण, मानववाद और ज्ञानार्जन तथा सुधार की भावना का विकास करे;

(झ) सार्वजनिक संपत्ति को सुरक्षित रखे और हिंसा से दूर रहे;

(ञ) व्यक्तिगत और सामूहिक गतिविधियों के सभी क्षेत्रों में उत्कर्ष की ओर बढ़ने का सतत प्रयास करे जिससे राष्ट्र निरंतर बढ़ते हुए प्रयत्न और उपलब्धि की नई ऊंचाइयों को छू ले;

(ट) यदि माता-पिता या संरक्षक है, छह वर्ष से चौदह वर्ष तक की आयु वाले अपने, यथास्थिति, बालक या प्रतिपाल्य के लिए शिक्षा के अवसर प्रदान करे।